LE PÈRE GORIOT

HONORÉ DE BALZAC

LE PÈRE GORIOT

Chronologie et préface
par
Pierre Citron
professeur à la Sorbonne nouvelle

GF
FLAMMARION

CHRONOLOGIE

1799 : Naissance, à Tours, le 20 mai, d'Honoré Balzac, fils du « citoyen Bernard-François Balzac » et de la « citoyenne Anne-Charlotte-Laure-Sallambier », son épouse ». Il sera mis en nourrice à Saint-Cyr-sur-Loire jusqu'à l'âge de quatre ans. Il aura deux sœurs : Laure, née en 1800, et Laurence, née en 1802; un frère, Henri, né en 1807.

1804 : Il entre à la pension Le Guay, à Tours.

1807 : Il entre, le 22 juin, au collège des Oratoriens de Vendôme, où il passera six ans de rigoureux internat.

1813 : Il quitte Vendôme le 22 avril 1813. En été il est placé pour quelques mois comme pensionnaire dans l'institution Ganser, à Paris.

1814 : Pendant l'été, il fréquente le collège de Tours. En novembre, il suit sa famille à Paris, rue du Temple.

1815 : Il fréquente deux institutions du quartier du Marais, l'institution Lepître, puis, à partir d'octobre, de nouveau l'institution Ganser; suit vraisemblablement les cours du lycée Charlemagne.

1816 : En novembre, il s'inscrit à la Faculté de Droit et entre, comme clerc, chez Me Guillonnet-Merville, avoué, rue Coquillière.

1818 : Il quitte, en mars, l'étude de Me Guillonnet-Merville pour entrer dans celle de Me Passez, notaire, ami de ses parents et qui habite la même maison, rue du Temple. Il rédige des *Notes sur l'immortalité de l'âme*.

1819 : Vers le 1er août, Bernard-François Balzac, retraité de l'administration militaire, se retire à Ville-parisis avec sa famille. Honoré, bachelier en droit depuis le mois de janvier, obtient de rester à Paris pour devenir homme de lettres. Installé dans un modeste logis mansardé, rue Lesdiguières, il y compose une tragédie, *Cromwell*, qui ne sera ni jouée, ni publiée de son vivant.

1820 : Il commence *Falthurne*, récit qu'il n'achèvera pas. Le 18 mai, il assiste au mariage de sa sœur Laure avec Eugène Surville, ingénieur des Ponts et Chaussées. Ses parents donnent congé rue Lesdiguières pour le 1ᵉʳ janvier 1821.

1821 : Il commence *Sténie*, autre récit qui restera inachevé. Le 1ᵉʳ septembre, sa sœur Laurence épouse M. de Montzaigle.

1822 : Début de sa liaison avec Laure de Berny, âgée de quarante-cinq ans, dont il a fait la connaissance à Villeparisis l'année précédente ; elle sera pour lui la plus vigilante et la plus dévouée des amies. Pendant l'été, il séjourne à Bayeux, en Normandie, avec les Surville. Ses parents emménagent avec lui à Paris, dans le Marais, rue du Roi-Doré.

Sous le pseudonyme de Lord R'Hoone, il publie, en collaboration, *L'Héritière de Birague* et *Jean-Louis ;* puis, seul, *Clotilde de Lusignan ; Le Centenaire* et *Le Vicaire des Ardennes*, parus la même année, sont signés Horace de Saint-Aubin.

1823 : Au cours de l'été, séjour en Touraine.

La Dernière Fée, par Horace de Saint-Aubin.

1824 : Vers la fin de l'été, ses parents ayant regagné Villeparisis, il s'installe rue de Tournon.

Annette et le Criminel (*Argow le Pirate*), par Horace de Saint-Aubin. Sous l'anonymat : *Du droit d'aînesse ; Histoire impartiale des Jésuites.*

1825 : Associé avec Urbain Canel, il réédite les œuvres de Molière et de La Fontaine. En avril, bref voyage à Alençon. Début des relations avec la duchesse d'Abrantès.

Sa sœur Laurence meurt le 11 août.

Wann-Chlore, par Horace de Saint-Aubin. Sous l'anonymat : *Code des gens honnêtes.*

1826 : Le 1ᵉʳ juin, il obtient un brevet d'imprimeur. Associé avec Barbier, il s'installe rue des Marais-Saint-Germain (aujourd'hui rue Visconti). Au cours de l'été sa famille abandonne Villeparisis pour se fixer à Versailles.

1827 : Le 15 juillet, avec Laurent et Barbier, il crée une société pour l'exploitation d'une fonderie de caractères d'imprimerie.

1828 : Au début du printemps, Balzac s'installe 1, rue Cassini, près de l'Observatoire. Ses affaires marchent mal : il doit les liquider et contracter de lourdes dettes. Il revient à la littérature : du 15 septembre à la fin d'octobre, il séjourne à Fougères, chez le général de Pommereul, pour préparer un roman sur la chouannerie.

1829 : Balzac commence à fréquenter les salons : il est reçu chez Sophie Gay, chez le baron Gérard, chez Mme Hamelin, chez la princesse Bagration, chez

Mme Récamier. Début de la correspondance avec
Mme Zulma Carraud qui, mariée à un commandant
d'artillerie, habite alors Saint-Cyr-l'Ecole. Le 19 juin,
mort de Bernard-François Balzac.
En mars a paru, avec la signature Honoré Balzac, *Le
Dernier Chouan ou La Bretagne en 1800* qui, sous le
titre définitif *Les Chouans*, sera le premier roman
incorporé à *La Comédie humaine*. En décembre, *Physio-
logie du mariage*, « par un jeune célibataire ».

1830 : Balzac collabore à la *Revue de Paris*, à la *Revue
des Deux Mondes*, ainsi qu'à divers journaux : le *Feuil-
leton des Journaux politiques*, *La Mode*, *La Silhouette*,
Le Voleur, *La Caricature*. Il adopte la particule et
commence à signer « de Balzac ». Avec Mme de Berny,
il descend la Loire en bateau (juin) et séjourne pendant
l'été dans la propriété de La Grenadière, à Saint-Cyr-
sur-Loire. Pendant l'automne, il devient un familier du
salon de Charles Nodier, à l'Arsenal.
Premières « Scènes de la vie privée » : *La Vendetta;
Les Dangers de l'inconduite* (*Gobseck*); *Le Bal de Sceaux;
Gloire et Malheur* (*La Maison du Chat-qui-pelote*); *La
Femme vertueuse* (*Une double famille*); *La Paix du
ménage*. Parmi les premiers « Contes philosophiques » :
Les Deux Rêves, *L'Elixir de longue vie*...

1831 : Désormais consacré comme écrivain, il travaille
avec acharnement, tout en menant, à ses heures, une
vie mondaine et luxueuse, qui ranimera indéfiniment ses
dettes. Ambitions politiques demeurées insatisfaites.
La Peau de chagrin, roman philosophique. Sous l'éti-
quette « Contes philosophiques » : *Les Proscrits; Le
Chef-d'œuvre inconnu*...

1832 : Entrée en relation avec Mme Hanska, « l'Etran-
gère », qui habite le château de Wierzchownia, en Ukraine.
Il est l'hôte de M. de Margonne à Saché (où il a fait et
fera d'autres séjours); puis des Carraud, qui habitent
maintenant Angoulême. Il est devenu l'ami de la marquise de Castries, qu'il rejoint en août à Aix-les-Bains
et qu'il suit en octobre à Genève : désillusion amoureuse.
Au retour, il passe trois semaines à Nemours auprès de
Mme de Berny. Il a adhéré au parti néo-légitimiste
et publié plusieurs essais politiques.
La Transaction (*Le Colonel Chabert*). Parmi de nouvelles « Scènes de la vie privée » : *Les Célibataires*
(*Le Curé de Tours*) et cinq « scènes » distinctes qui
seront groupées plus tard dans *La Femme de trente ans*.
Parmi de nouveaux « Contes philosophiques » :
Louis Lambert. En marge de la future *Comédie humaine* :
premier dixain des *Contes drolatiques*.

1833 : Début d'une correspondance suivie avec
Mme Hanska. Il la rencontre pour la première fois

en septembre à Neuchâtel et la retrouve à Genève pour Noël. Liaison secrète avec Maria du Fresnay, née Daminois. Contrat avec Mme Béchet pour la publication, achevée par Werdet, des *Etudes de mœurs au XIXe siècle* qui, de 1833 à 1837, paraîtront en douze volumes et qui sont comme une préfiguration de *La Comédie humaine* (I à IV : « Scènes de la vie privée ». V à VIII : « Scènes de la vie de province ». IX à XII : « Scènes de la vie parisienne ».

Le Médecin de campagne. Parmi les premières « Scènes de la vie de province » : *La Femme abandonnée; La Grenadière; L'Illustre Gaudissart; Eugénie Grandet* (décembre).

1834 : Retour de Suisse en février. Le 4 juin naît Marie du Fresnay, sa fille présumée. Nouveaux développements de la vie mondaine : il se lie avec la comtesse Guidoboni-Visconti.

La Recherche de l'absolu. Parmi les premières « Scènes de la vie parisienne » : *Histoire des Treize* (I. *Ferragus*, 1833; II. *Ne touchez pas la hache* [*La Duchesse de Langeais*], 1833-1834; III. *La fille aux yeux d'or* 1834-1835).

1835 : Une édition collective d'*Etudes philosophiques* (1835-1840) commence à paraître chez Werdet. Au printemps, Balzac s'installe en secret rue des Batailles, à Chaillot. Au mois de mai, il rejoint Mme Hanska, qui est avec son mari à Vienne, en Autriche; il passe trois semaines auprès d'elle et ne la reverra plus pendant huit ans.

Le Père Goriot (1834-1835). *Melmoth réconcilié. La Fleur des pois* (*Le Contrat de mariage*). *Séraphîta.*

1836 : Année agitée. Le 20 mai naît Lionel-Richard Guidoboni-Visconti, qui est peut-être son fils naturel. En juin, Balzac gagne un procès contre la *Revue de Paris* au sujet du *Lys dans la vallée.* En juillet, il doit liquider *La Chronique de Paris*, qu'il dirigeait depuis janvier. Il va passer quelques semaines à Turin; au retour, il apprend la mort de Mme de Berny, survenue le 27 juillet.

Le Lys dans la vallée. L'Interdiction. La Messe de l'athée. Facino Cane. L'Enfant maudit (1831-1836). *Le Secret des Ruggieri* (*La Confidence des Ruggieri*).

1837 : Nouveau voyage en Italie (février-avril) : Milan, Venise, Gênes, Livourne, Florence, le lac de Côme. *La Vieille Fille. Illusions perdues* (début). *César Birotteau.*

1838 : Séjour à Frapesle, près d'Issoudun, où sont fixés désormais les Carraud (février-mars); quelques jours à Nohant, chez George Sand. Voyage en Sardaigne et dans la péninsule italienne (avril-mai). En juillet, installation aux Jardies, entre Sèvres et Ville-d'Avray.

La Femme supérieure (Les Employés). La Maison Nucingen. Début des futures *Splendeurs et Misères des courtisanes (La Torpille).*

1839 : Balzac est nommé, en avril, président de la Société des Gens de lettres. En septembre-octobre, il mène une campagne inutile en faveur du notaire Peytel, ancien codirecteur du *Voleur,* condamné à mort pour meurtre de sa femme et d'un domestique. Activité dramatique : il achève *L'Ecole des ménages* et *Vautrin.* Candidat à l'Académie française, il s'efface, le 2 décembre, devant Victor Hugo, qui ne sera pas élu.
Le Cabinet des antiques. Gambara. Une fille d'Eve. Massimilla Doni. Béatrix ou les Amours forcés. Une princesse parisienne (Les Secrets de la princesse de Cadignan).

1840 : *Vautrin,* créé le 14 mars à la Porte-Saint-Martin, est interdit le 16. Balzac dirige et anime la *Revue parisienne,* qui aura trois numéros (juillet-août-septembre); dans le dernier, la célèbre étude sur *La Chartreuse de Parme.* En octobre, il s'installe 19, rue Basse (aujourd'hui la « Maison de Balzac », 47, rue Raynouard).
Pierrette. Pierre Grassou. Z. Marcas. Les Fantaisies de Claudine (Un prince de la bohème).

1841 : Le 2 octobre, traité avec Furne et un consortium de libraires pour la publication de *La Comédie humaine,* qui paraîtra, avec un *Avant-propos* capital, en dix-sept volumes (1842-1848) et un volume posthume (1855).
Le Curé de village (1839-1841). Les Lecamus (Le Martyr calviniste).

1842 : Le 19 mars, création, à l'Odéon, des *Ressources de Quinola.*
Mémoires de deux jeunes mariées. Albert Savarus. La Fausse Maîtresse. Autre étude de femme. Ursule Mirouët. Un début dans la vie. Les Deux Frères (La Rabouilleuse).

1843 : Juillet-octobre : séjour à Saint-Pétersbourg, auprès de Mme Hanska, veuve depuis le 10 novembre 1841; retour par l'Allemagne. Le 26 septembre, création, à l'Odéon, de *Paméla Giraud.*
Une ténébreuse affaire. La Muse du département. Honorine. Illusions perdues, complet en trois parties (I. *Les Deux Poètes,* 1837. II. *Un grand homme de province à Paris,* 1839. III. *Les Souffrances de l'inventeur,* 1843).

1844 : *Modeste Mignon. Les Paysans* (début). *Béatrix* (II. *La Lune de miel). Gaudissart II.*

1845 : Mai-août : Balzac rejoint à Dresde Mme Hanska, sa fille Anna et le comte Georges Mniszech; il voyage avec eux en Allemagne, en France, en Hollande et en Belgique. En octobre, il retrouve Mme Hanska à Châlons et se rend avec elle à Naples. En décembre, seconde candidature à l'Académie française.
Un homme d'affaires. Les Comédiens sans le savoir.

1846 : Fin mars : séjour à Rome avec Mme Hanska; puis la Suisse et le Rhin jusqu'à Francfort. Le 13 octobre, à Wiesbaden, Balzac est témoin au mariage d'Anna Hanska avec le comte Mniszech. Au début de novembre, Mme Hanska met au monde un enfant mort-né, qui devait s'appeler Victor-Honoré.
Petites Misères de la vie conjugale (1845-1846). *L'Envers de l'histoire contemporaine* (premier épisode). *La Cousine Bette.*

1847 : De février à mai, Mme Hanska séjourne à Paris, tandis que Balzac s'installe rue Fortunée (aujourd'hui rue Balzac). Le 28 juin, il fait d'elle sa légataire universelle. Il la rejoint è Wierzchownia en septembre.
Le Cousin Pons. La Dernière Incarnation de Vautrin (dernière partie de *Splendeurs et Misères des courtisanes*).

1848 : Rentré à Paris le 15 février, il assiste aux premières journées de la Révolution. *La Marâtre* est créée, en mai, au Théâtre historique; *Mercadet*, reçu en août au Théâtre-Français, n'y sera pas représenté. A la fin de septembre, il retrouve Mme Hanska en Ukraine et reste avec elle jusqu'au printemps de 1850.
L'Initié, second épisode de *L'Envers de l'histoire contemporaine.*

1849 : Deux voix à l'Académie française le 11 janvier (fauteuil Chateaubriand) ; deux voix encore le 18 (fauteuil Vatout). La santé de Balzac, déjà éprouvée, s'altère gravement : crises cardiaques répétées au cours de l'année.

1850 : Le 14 mars, à Berditcheff, il épouse Mme Hanska. Malade, il rentre avec elle à Paris le 20 mai et meurt le 18 août. Sa mère lui survit jusqu'en 1854 et sa femme jusqu'en 1882. Son frère Henri mourra en 1858; sa sœur Laure en 1871.

1854 : Publication posthume du *Député d'Arcis*, terminé par Charles Rabou.

1855 : Publication posthume des *Paysans*, terminés sur l'initiative de Mme Honoré de Balzac. Edition, commencée en 1853, des *Œuvres complètes* en vingt volumes par Houssiaux, qui prend la suite de Furne comme concessionnaire (I à XVIII. *La Comédie humaine.* XIX. *Théâtre.* XX. *Contes drolatiques*).

1856-1857 : Publication posthume des *Petits Bourgeois*, terminés par Charles Rabou.

1869-1876 : Edition définitive des *Œuvres complètes* de Balzac en vingt-quatre volumes chez Michel Lévy, puis Calmann-Lévy. Parmi les « Scènes de la vie parisienne » sont réunies pour la première fois les quatre parties de *Splendeurs et Misères des courtisanes.*

PRÉFACE

Balzac, en 1834, a trente-cinq ans. S'il écrit depuis vingt ans, s'il publie depuis douze, il ne signe Balzac que depuis cinq ans et *de* Balzac que depuis trois. Son œuvre semble s'être dispersée dans de multiples directions : fresque historique, essai sur le mariage, contes philosophiques et récits frénétiques — les uns situés dans le passé, les autres dans la chronique contemporaine — romans décrivant avec un réalisme minutieux la société bourgeoise du temps, romans ou nouvelles de couleur sentimentale, illustrant le plus souvent l'amour malheureux. Dispersion réelle : Balzac se sent riche de cent virtualités, et les exploite dans de multiples directions. Mais en même temps il se sent un, et il cherche les moyens de faire passer dans son œuvre cette unité intime dont il a conscience. Comme bien d'autres romanciers, en particulier à son époque — Stendhal, Hugo, G. Sand — Balzac met en scène des reflets de lui-même : Raphaël de Valentin dans *La Peau de chagrin*, Louis Lambert et Gaudissart dans les œuvres auxquelles ils ont donné leurs noms, Benassis dans *Le Médecin de campagne*, Montriveau dans *La Duchesse de Langeais*, Balthazar Claës dans *La Recherche de l'absolu*. Ces personnages ont suscité des situations et des thèmes qui reviennent d'œuvre en œuvre, à travers les scènes de la vie privée ou les récits philosophiques. En outre, Balzac semble caresser parfois l'idée d'un réseau d'analogies tissé par des prénoms ou des initiales identiques d'une histoire à l'autre. Il va parfois plus loin. Depuis 1832, certains personnages d'une œuvre reparaissent, très incidemment, dans une autre où ils ne sont que mentionnés — parfois par allusion seulement. En 1833, c'est la grande illumination : tous ses livres ne formeront plus qu'un seul livre, et les mêmes personnes reparaîtront à travers tout l'œuvre. Le premier roman où soit appliqué systématiquement ce procédé génial, ce sera *Le Père Goriot*.

C'est l'histoire du jeune Rastignac, venu à Paris pour

faire son droit, et qui, dans la sordide pension Vauquer, fait progressivement la connaissance du jovial et énigmatique Vautrin, de la jeune orpheline Victorine Taillefer, de l'ancien vermicellier Goriot. En outre, par sa cousine Mme de Beauséant, il s'introduit dans la haute société. Il découvre l'existence des deux filles de Goriot, mariées l'une à l'aristocrate Restaud et l'autre au financier Nucingen : elles sont l'unique passion de leur père, qui s'est ruiné pour elles. Vautrin révèle à Rastignac que la société est une jungle ; il lui propose de faire assassiner le frère de Victorine : elle deviendra ainsi une héritière à épouser. Le jeune homme s'indigne tout en étant ébranlé. Mais il devient l'amant de Mme de Nucingen. Et Vautrin, ancien forçat, est arrêté. Les deux filles de Goriot, menacées par leurs maris, qui ont découvert leur conduite, tentent de soutirer à leur père des sommes qu'il n'a plus, et se disputent odieusement devant lui. Frappé d'apoplexie, il mourra après quelques jours d'agonie, abandonné par ses filles, soigné seulement par Rastignac et l'ami de celui-ci, l'étudiant en médecine Bianchon. Rastignac s'engagera sur la voie du défi à la société.

L'œuvre, qui devait d'abord être un récit assez court, fut commencée en septembre 1834 et achevée à la fin de janvier 1835. Le début en fut publié en décembre dans la *Revue de Paris* avant que la rédaction de la deuxième moitié fût achevée. Tout est parti du thème central, que nous connaissons par une note non datée de l'album de Balzac : « Un brave homme — pension bourgeoise — 600 fr. de rente — s'étant dépouillé pour ses filles qui toutes deux ont 50.000 fr. de rente — mourant comme un chien. » Voilà sur quoi le romancier se met au travail en septembre 1834. Le titre, d'emblée, est ce qu'il restera : *Le Père Goriot*.

« Pension bourgeoise. » Cette note initiale gardera son importance lors de la rédaction : si l'action pousse ses prolongements dans le faubourg Saint-Germain des Restaud, des Beauséant et des Langeais, et dans la chaussée d'Antin de Nucingen, l'essentiel se déroule sur la montagne Sainte-Geneviève, dans une pension bourgeoise comme Balzac en avait sans doute connu une, à l'emplacement même où il situe la pension Vauquer. Il lui prête plutôt l'apparence d'une autre pension voisine, tenue par une dame Vimont, et où avait habité une demoiselle Vauquer dont la famille était en relation avec celle de Balzac, comme l'a découvert Mlle Madeleine Fargeaud. Balzac a sans doute eu l'occasion de dîner dans ces établissements, qui recevaient aussi bien des externes pour les repas que des pensionnaires à demeure. La peinture qu'il fait de ce milieu est bien exacte ; elle est corroborée par d'autres descriptions de l'époque (auxquelles il n'a d'ailleurs rien emprunté) : au *Provincial à Paris* de Montigny, à un article de Desnoyers dans le *Livre des Cent et un*, cités par P.-G. Castex dans sa belle introduction au *Père Goriot*, à laquelle seront puisés la plupart des éléments qui suivent, on peut ajouter un chapitre de Jouy dans *L'Hermite de la Guyane*, « Une pension bourgeoise », et un vaudeville de Scribe, Dupin et Dumersan, *La Pension bourgeoise*. On trouve notamment dans tous ces textes les joyeux jeunes étudiants et le classique farceur de table d'hôte : bref les habitués mêmes de la maison Vauquer dans *Le Père Goriot*.

Quant à l'histoire de Goriot, Balzac a affirmé qu'elle était vraie, ce qui est possible. Il a pu avoir connaissance d'un drame semblable lors de ses stages de clerc chez l'avoué Guillonnet-Merville ou chez le notaire Passez, en 1817 ou 1818. Il a eu d'autre part comme propriétaire, à partir de 1830, rue Cassini, un vieux marchand de blé (c'est la profession de Goriot). Ce personnage a-t-il été l'informateur de Balzac ? Son inspirateur ? Son modèle même ? On l'ignore.

Ce qui est plus sûr, c'est l'inspiration shakespearienne, commentée déjà par les contemporains et mise en lumière par P.-G. Castex. Shakespeare est, avec Dante, le grand homme de Balzac à cette époque. Le romancier se place même sous sa protection en mettant en épigraphe à la première édition du *Père Goriot* un sous-titre de l'*Henri VIII* (ou un premier titre, on ne sait) : *All is true* (plus tard il se contentera de l'inclure dans la première page du texte). La même année, dans l'introduction aux *Études philosophiques*, signée Félix Davin mais inspirée par Balzac, qui l'a sans doute corrigée de sa main, on lit, à propos de l'ensemble de l'œuvre balzacien considéré comme un miroir du monde : « Jadis Shakespeare s'est, dit-on, proposé dans ses compositions scéniques un semblable but. » Rien d'invraisemblable à ce que Balzac ait pensé au *Roi Lear*. Lear a voulu doter ses deux filles (Balzac n'a pas adopté le personnage touchant de Cordélia, qui dans le drame de Shakespeare n'apparaît d'ailleurs que tout au début et tout à la fin). Goneril et Régane, poussées par leurs maris, l'exploitent autant qu'elles le peuvent, l'accusent de stupidité et de sénilité. Malgré sa colère, le père aveuglé continue à les aimer, cherchant à se persuader que l'une vaut mieux que l'autre. D'ailleurs elles se détestent et se jalousent. Le père, poussé à la folie, meurt dans la misère et l'accablement. Le journal *Le Voleur*, en 1835, reproche à Balzac d'avoir plagié *Les Deux Gendres* d'Étienne, pièce créée sous l'Empire, reprise sous Louis-Philippe et acclamée comme un chef-d'œuvre par le public et la critique. Toutefois, s'il y figure un père ruiné par ses deux filles, les véritables protagonistes y sont les gendres ; et la comédie finit bien. Mais Etienne avait été aussi accusé d'avoir plagié le *Conaxa* d'un jésuite anonyme du

XVIIIᵉ siècle, qui lui-même l'avait tiré de l'*Esprit des conversations agréables*, du compilateur Gayot de Pitaval. C'est finalement de ce dernier récit que l'action décrite par Balzac se rapproche le plus : un riche marchand, qui a magnifiquement marié ses deux filles et s'est dépouillé de tout en leur faveur, est rejeté et maltraité par elles.

Mais la recherche des sources n'est qu'anecdotique si elle ne se réfère pas à des idées ou à des visions essentielles, que les lectures ou l'observation ont aidées à prendre corps. L'idée semble ici assez évidente : c'est la *paternité*.

C'est là chez Balzac un thème constant, dès ses romans de jeunesse, puis dans les *Études philosophiques* (*El Verdugo*, *le Réquisitionnaire* et *Un drame au bord de la mer*, publiés en 1830, 1831 et 1835) et surtout dans *La Vendetta* (1830), où Bartholomeo di Piombo est fou de sa fille Ginevra, et dans *Ferragus* (1833), où le chef de la société secrète des Treize, Ferragus XXIII, chef des Dévorants, est également en délire quand il s'agit de sa fille, Mme Jules, et assassine M. de Maulincour qui la courtise. Comme Goriot, Ferragus, qui a perdu sa femme, a reporté son affection sur sa fille.

Mais Ferragus a d'autres activités dans la vie. Goriot est un monomane que seules ses filles intéressent. Tout le reste de sa personnalité a été étouffé, dévoré par cette excroissance comme par un cancer. C'est que Balzac lui-même vient de connaître la paternité. Comme l'ont prouvé en 1955 A. Chancerel et R. Pierrot, Balzac avait été en 1833 l'amant de Maria Daminois, épouse du Fresnay, à qui est dédiée *Eugénie Grandet ;* elle avait eu, en juin 1834, une fille, Marie du Fresnay, à qui Balzac devait faire un legs dans son testament. L'annonce de cet événement a été pour lui une grande joie, et même un choc, au point qu'il a écrit à sa sœur, comme un cri de triomphe, près de huit mois avant l'accouchement : « Je suis père ! » C'était peut-être vrai. Mme du Fresnay, mariée depuis plusieurs années à un homme sensiblement plus âgé qu'elle, n'avait pas eu d'enfant auparavant; Balzac la décrivait à sa sœur, en octobre 1833, comme une « pauvre, simple et délicieuse bourgeoise qui enfin est comme Blanche d'Azay » : c'est-à-dire que, comme l'héroïne du *Péché véniel*, dans les *Contes drolatiques* de 1832, elle se désespérait de n'avoir pas d'enfant de son mari, et est enfin parvenue à s'en faire donner un par un amant plus jeune. C'est moins de trois mois après la naissance de cet enfant que Balzac se met au travail sur *Le Père Goriot*. Sur l'histoire de Lear et de Conaxa, sur ce thème éternel de l'ingratitude filiale, Balzac va projeter sa propre passion de créateur, ce souffle absolu qu'il a senti passer en apprenant qu'un être issu de lui allait venir au monde. Enfin, si Goriot prend pour Balzac une telle importance, c'est que s'incarne une fois de plus en lui celle de ses idées

de base qui présidait à la plupart de ses *Etudes philoso-*
phiques : la pensée est un fluide qui agit matériellement,
les idées tuent. Goriot est rongé et finalement tué
par l'idée de paternité, passion qui le dévore par son
excès.

Mais avant de saisir exactement l'articulation de l'œuvre,
il faut présenter dans leur origine les deux autres protagonistes du roman : Rastignac et Vautrin. Dans les premières pages du manuscrit, Rastignac, dont la genèse a
été minutieusement étudiée par J. Pommier, s'appelait
Eugène de Massiac : nom plus proche que l'autre de celui
de Balzac. Il est indiscutablement une figure du romancier
lui-même. Par sa famille d'abord : il a deux sœurs, dont
l'une, particulièrement dévouée, s'appelle Laure et est
née en 1801 (Laure Balzac en 1800); l'autre, Agathe, est
née en 1802, comme Laurence Balzac; quant au frère,
plus jeune, Balzac a hésité sur son âge ; si l'on suit une
indication donnée dans *Une fille d'Eve*, il est né en 1806
(Henry de Balzac en 1807). Ce décalage d'un an, entre
les personnages de *La Comédie humaine* et leur modèle,
est très fréquent : Balzac semble se donner tout à la fois
une garantie de vérité et un alibi contre les accusations.
Ou plus simplement, sa mémoire et son imagination ne
faisant qu'une seule et même fonction, il déforme ou
transpose tout ce dont il se souvient. Comme Balzac,
Rastignac, pauvre, ambitieux, vient faire son droit à
Paris. Sensible et bon par un côté de sa nature, il se blin-
dera à la fin, pour atteindre son but, contre les émotions,
et se rendra en apparence et souvent en fait égoïste et
insensible. En transformant Massiac en Rastignac (nom
réel, qui avait été celui d'un archevêque de Tours au
XVIIIᵉ siècle, et qui était encore du temps de Balzac celui
d'un pair de France), le romancier reprend un des personnages de *La Peau de chagrin*, un ami de Raphaël de
Valentin, homme d'esprit doué de verve gasconne et d'un
entrain méridional qui doit faire son succès (on a relevé
chez lui des traits de diverses relations de Balzac à cette
époque, l'écrivain Etienne Arago, le dandy Lautour-
Mézeray, le journaliste Jacques Coste). Le Rastignac du
Père Goriot a une autre envergure. Si son ambition est
peut-être un peu celle de Julien Sorel, charmant, naïf,
victime d'avanies analogues et s'exerçant à l'hypocrisie
pour mieux parvenir — Balzac avait lu et estimé *Le Rouge
et le Noir* —, elle est surtout celle de Balzac lui-même,
et c'est par là que le personnage prend son unité essentielle
et son élan.

Quant à la soudure opérée entre le joyeux convive de
La Peau de chagrin, qui est assez extérieur au romancier,
et la figure de jeune étudiant prévue initialement sous le
nom de Massiac, et que Balzac a créée à son image, elle
n'est guère perceptible que pour qui considère l'ensemble

de *La Comédie humaine*. Ce n'est pas que le Rastignac de *La Peau de chagrin* soit fondamentalement différent de celui du *Père Goriot;* Balzac affirme simplement une distance entre deux étapes de la vie de son héros : il crée ainsi, comme l'a souligné A. R. Pugh, un dynamisme plutôt qu'une cohérence. Cela convient admirablement au personnage de Rastignac, qui est, par nature, un être qui monte en agissant, — et il s'oppose par là, dans le roman, à Goriot, qui se défait en subissant.

Vautrin est plus complexe. Balzac a lui-même, vers la fin de sa vie, désigné, comme son modèle, de façon assez transparente, Vidocq, l'ancien forçat devenu chef de la police de sûreté sous la Restauration, et auquel il s'était intéressé dès avant 1830, comme le prouvent des allusions dans plusieurs de ses œuvres de jeunesse; Vidocq, dont les Mémoires, parus en 1828 et rédigés par des relations de Balzac, renferment un épisode analogue à celui de la claque appliquée sur l'épaule de Vautrin par un policier pour faire apparaître les lettres T. F. (travaux forcés) imprimées autrefois au fer rouge; Vidocq, robuste, athlétique, adroit à toutes les armes, assez vulgaire et joyeux comme Vautrin; Vidocq, avec qui Balzac avait dîné, chez le philanthrope Appert, en compagnie du bourreau Sanson, quatre mois seulement avant de mettre en chantier *Le Père Goriot* — rencontre qui aura pu raviver un intérêt déjà ancien.

Mais il faut se garder de systématiser. Si Vidocq a fourni certains traits à Vautrin pour *Le Père Goriot*, il en fournira plus encore dans *Splendeurs et Misères des courtisanes*, où Vautrin devient chef de la Sûreté; presque certainement, Balzac ne pensait pas encore en 1834 à cet avatar, qu'il ne relatera qu'en 1847. Au contraire, dans *Le Père Goriot*, Vidocq semble un modèle de Gondureau, le chef de la police qui arrête Vautrin; sur le manuscrit, ce policier était primitivement désigné sous le nom de Vidocq, que Balzac a rayé pour le remplacer par une périphrase d'ailleurs transparente, « le fameux chef de la police de sûreté »; Gondureau a d'ailleurs les méthodes parfois peu orthodoxes de Vidocq.

Au reste Vidocq, même dans sa période criminelle, n'a jamais rien eu d'un révolté contre la société en bloc, et encore bien moins de ce théoricien de la révolte qu'on trouve dans *Le Père Goriot*. Ces théories viennent en partie du *Neveu de Rameau* de Diderot, œuvre connue et admirée de Balzac; le bohème de Diderot déclare : « Dans la nature, toutes les espèces se dévorent, toutes les conditions se dévorent dans la société »; et Vautrin compare Paris à une forêt vierge, où se combattent les sauvages; il proclame que seule la force existe dans la société, que la morale est une duperie, que la richesse remplace tout : « Si je réussis, personne ne me demandera : Qui es-tu ?

Je serai Monsieur Quatre-millions. » Rameau veut enseigner à son fils la primauté de l'or. C'est ce que fait Vautrin avec Rastignac. Et le jeune homme retiendra la leçon. Comment ne serait-il pas fasciné par cet or qui a fasciné aussi Goriot et ses filles, et qui domine toute la vie du temps ? Il y a chez Restif de la Bretonne, comme l'a montré P. Vernière, un autre précurseur de Vautrin : c'est le Gaudet d'Arras du *Paysan perverti*, qui s'attache systématiquement au naïf paysan Edmond, comme Vautrin au naïf provincial Rastignac, et le pervertit en se délectant de cette perversion, et en jouissant par procuration à la fois de l'abaissement moral et des triomphes matériels de sa victime. Une tradition romantique déjà ancienne a bien entendu modifié ces personnages philosophiques créés par le XVIIIe siècle. Sur eux sont venus se greffer les surhommes démoniaques du roman noir, du drame de Schiller, des poèmes de Byron, des récits de Far-West de Fenimore Cooper. Le roman populaire avait exploité aussi le thème du brigand qui pense, par exemple, comme l'a signalé J. Pommier, avec d'anonymes *Mémoires d'un forban philosophe* parus en 1829, où est évoqué un épisode analogue à l'assassinat du fils Taillefer par un spadassin à gages. Balzac lui-même a de longue date créé des héros semblables, lors de ses débuts, dans *Falthurne*, et surtout avec les redoutables protagonistes d'*Argow-le-pirate*, et du *Centenaire*, plus récemment avec le Capitaine Parisien de *La Femme de trente ans* et avec Ferragus, le chef des Treize. Enfin Balzac lui-même est un peu Vautrin, d'abord pour les mêmes raisons qu'il est Rastignac : ambitieux, Vautrin méprise les lois et les êtres, et il est même, sur ce point, le maître de Rastignac. Il semble que Balzac soit aussi Vautrin par certaines tendances profondes de son être : une attirance pour les jeunes gens que le romancier a peut-être ressentie et sublimée (encore peut-on en discuter) et qui n'a pas exclu chez lui, comme elle le fait chez Vautrin, le penchant pour les femmes. Surtout, Vautrin a la volonté de Balzac, le rêve de pouvoir magnétique, « le double instinct de jouissance et de puissance qui donne à la figure de Vautrin sa terrible grandeur » pour reprendre les mots de P.-G. Castex.

Chacun des protagonistes, Goriot, Rastignac et Vautrin, est, on le voit, fort distant des deux autres, bien que tous trois aient une part commune, celle qu'ils tiennent de leur commun créateur qui a projeté en chacun d'eux une parcelle de soi. Comment se trouvent-ils unis dans le roman, et comment leurs destinées s'y fixent-elles ?

On l'a vu, le noyau initial concernait Goriot. Rien n'atteste que Vautrin ait été présent dès le début dans l'esprit de Balzac. Mais, au drame caché de Goriot, il fallait un témoin qui en démêlât les fils et en vécût les péripéties. Celui qui joue ce rôle, c'est Rastignac : c'est par ses yeux

que le lecteur connaîtra l'histoire. Et, comme Derville
du *Colonel Chabert*, autre témoin devenu acteur, il sera
vite impliqué dans le drame. C'est peut-être de lui qu'est
né l'élargissement de la nouvelle en roman . c'est grâce à
lui que l'idée originelle de paternité, restreinte d'abord à
Goriot et à ses filles, va s'étendre à toute l'œuvre. En lui
donnant comme maîtresse Delphine de Nucingen, la fille
de Goriot, Balzac fait un peu de lui le fils de Goriot :
Goriot le considérera du moins comme tel : le voyant
heureux avec Delphine, il les appellera « mes enfants » ;
il lui dira « mon fils ». Rastignac l'appellera « mon bon père
Goriot » ; il sera seul à suivre son cortège funèbre ; plus que
Delphine et Anastasie, il aura pour leur père des sentiments filiaux. Et il devient un nouvel objet du sens de la
paternité de Goriot.

Mais, prenant ainsi de l'importance, il devient le point
de départ d'un autre thème, celui de l'éducation ; cette
éducation est celle de Balzac lui-même. La scène de la vie
privée se gonfle par là en roman de formation. Le père est
celui qui éduque, au moins par l'exemple. Or Rastignac
ne peut être formé à la lutte pour la vie par Goriot qui,
en dehors de son ancien métier oublié et de ses filles auxquelles il subordonne son existence, ignore tout de la vie
et veut tout en ignorer. C'est ici que Balzac va faire inter-
venir Vautrin. Vautrin, dont le rapport, comme chef de
brigands, est surtout évident avec Ferragus. Mais Ferragus était un personnage trop grand pour l'intrigue assez
mince du roman auquel il donne son nom. Balzac, un an
après l'avoir créé, le reprend dans *Le Père Goriot* et le
scinde pour ainsi dire en deux. Le passionné de sa fille,
c'est Goriot. Le personnage mystérieux, ténébreux, chef
d'une bande secrète, c'est Vautrin. Mais Vautrin a gardé
une étincelle de cet esprit de paternité qui animait Ferragus. A son tour, il devient un père pour Rastignac. On
le voit, lui aussi, l'appeler « mon enfant », « mon petit »,
lui dire « je vous aime », le protéger, lui laisser au moment
de son arrestation un ami dévoué ; il est le symétrique de
Goriot jusque dans les détails ; comme lui, en échange
d'un simple papier, il prêtera à Rastignac de l'argent rem-
boursable quand il le voudra. La touche est encore discrète.

Mais il est aussi le mal, non seulement parce qu'il est
un voleur, un chef de voleurs, un forçat évadé, parce qu'il
propose à Eugène de faire sa fortune par un assassinat,
parce qu'il prêche les théories de total immoralisme de
Rameau et de Gaudet d'Arras, mais aussi parce que sa
paternité pour Eugène a quelque chose d'équivoque : il
n'aime pas les femmes, et l'amitié d'homme à homme est
la seule qui lui importe. Elle sera beaucoup plus nette dans *Splendeurs et Misères des
courtisanes ;* et cela dès le premier épisode, paru en 1838
sous le titre de *La Torpille,* mais auquel Balzac songeait

dès 1835 comme l'atteste une note manuscrite : donc
dès l'année de publication du *Père Goriot*.

Rastignac est ainsi placé à la croisée des chemins, comme
Hercule selon la légende antique, entre le bien et le mal.
Il n'est pas seulement le spectateur et le témoin de l'histoire, le lien entre Goriot et Vautrin ; il est aussi le fils
auquel deux pères spirituels présentent deux exemples
opposés, celui de l'abnégation et celui de la révolte.

Mais — et c'est ici que Balzac évite l'écueil du roman
moralisant, tout en témoignant de la profonde corruption
de la société qu'il décrit — le bien, incarné par Goriot,
échoue ; Goriot meurt fou, misérable, berné, solitaire. Et
le mal triomphe sur plus d'un plan : Franchessini tue le fils
Taillefer ; Vautrin, on le devine au mot qu'il prononce
lors de son arrestation, ne demeurera pas longtemps en
prison ; et dans l'âme de Rastignac, c'est son exemple qui
l'emporte, au moins partiellement, contre celui de Goriot.
Rastignac va partir en guerre contre la société. Mais,
moins franc, plus fin, il ne combattra pas de l'extérieur
comme Vautrin dont la révolte anarchiste est individuelle,
donc vouée à l'échec, et qui, une fois son enseignement
donné, disparaît définitivement du roman où il est désormais inutile. Non : Rastignac luttera de l'intérieur en
s'insinuant dans le monde pour mieux le conquérir.
Attitude hypocrite ? elle est après tout en partie celle
de Balzac lui-même, s'efforçant d'être reçu dans tous
les salons, conquérant les grandes dames, jouant les dan-
dys, se présentant à la députation et à l'Académie, jouant
donc le jeu de la société, tout en écrivant contre elle le
plus formidable acte d'accusation de toute l'histoire du
roman : *La Comédie humaine*.

On le voit, il est finalement un peu vain de se demander
si *Le Père Goriot* est un roman de la paternité ou un roman
de formation. Certes Balzac a insisté sur la paternité en
faisant figurer le mot « père » dans le titre ; mais si Goriot
donne son nom au roman, c'est qu'il est le seul des trois
protagonistes dont le destin soit achevé à la fin du livre :
ceux de Rastignac et de Vautrin restent ouverts et se pro-
longeront ailleurs. En réalité, *Le Père Goriot* est un roman
de formation par la paternité, par deux paternités spiri-
tuelles, faites à la fois de leçons et d'exemples, et que
Rastignac rejettera d'ailleurs l'une et l'autre après en
avoir assimilé l'enseignement profond qui lui permettra
de les dépasser.

Autour de cette action centrale, viennent se grouper de
multiples personnages, dont Balzac utilise avec une vir-
tuosité extraordinaire les apparitions dans des œuvres
antérieures, donnant ainsi son amplitude à ce qui deviendra *La Comédie humaine ;* et en même temps leurs existences
sont souvent les reflets où les illustrations des deux thèmes
essentiels du roman : celui de la paternité se retrouve avec

Taillefer (créé en 1831 dans *L'Auberge rouge* sous le nom
de Mauricey et qui va prendre bientôt son identité actuelle)
et avec sa fille; celui de la formation mondaine avec les
amours de Mme de Beauséant (évoquée dans *La Femme
abandonnée* en 1832) et avec celles de Mme de Restaud et de
Maxime de Trailles (ces deux derniers nés en 1830 dans
Les Dangers de l'inconduite, nouvelle devenue depuis
Gobseck).

Avec tous ces personnages, non seulement Balzac entre-
prend de construire la société unique qui emplira son
œuvre, mais il noue ensemble les fils épars de ses romans
précédents. *Le Père Goriot* est un roman d'analyse des
sentiments par tous les caractères de femmes qui tra-
versent l'action; un roman noir par la personnalité de
Vautrin; son arrestation, ses crimes (l'assassinat du fils
Taillefer); un roman réaliste bourgeois par la pension
Vauquer, un roman philosophique par le destin de Goriot,
que tue l'idée de paternité. *Le Père Goriot* est par là le
premier en date des carrefours de *La Comédie humaine ;*
ensuite viendra *Le Contrat de mariage,* où les personnages
rappellent encore les thèmes abordés dans les œuvres
frénétiques et philosophiques, mais où l'action est tout
entière sur le mode réaliste; et *Illusions perdues,* la grand-
place centrale de l'œuvre de Balzac. *Le Père Goriot* a
pour Balzac le caractère d'une source fondamentale : c'est
là que sont nés Vautrin — un des rares personnages balza-
ciens à être le protagoniste de plus d'un roman — et
certains des caractères qui reviendront dans le plus grand
nombre de romans de *La Comédie humaine :* par ordre
de fréquence décroissante, Nucingen, Bianchon le médecin et Rastignac.

Balzac était conscient de la grandeur de son œuvre. Sa
dédicace, qui date de l'édition de 1843, en est la preuve.
Bien souvent il choisissait ses dédicataires soit en tenant
compte de l'atmosphère de l'œuvre (par exemple à Ber-
lioz *Ferragus* où le *Dies Irae* joue un tel rôle, à Liszt *La
Duchesse de Langeais* qui s'ouvre sur une évocation musi-
cale, à Delacroix *La Fille aux yeux d'or,* où la coloration
sanglante, contrastée et baroque est si violemment accen-
tuée), soit en établissant une relation de grandeur entre
un roman et l'homme auquel il le dédiait (*Illusions perdues* à Victor Hugo). Il a ici pensé successivement à deux
hautes figures : d'abord, dans le monde des lettres, au
grand ancêtre de tous les romantiques, au seul écrivain
français vivant qui fût indiscuté, à Chateaubriand. Il
s'est finalement décidé pour un savant dont il avait fait
la connaissance au début de 1835, au moment de terminer
Le Père Goriot : Geoffroy Saint-Hilaire. Ce transfert
souligne que Balzac cherche à dépasser une certaine
littérature subjective et à fonder une œuvre d'analyse
scientifique des groupes humains, avec ses classifications

et ses stratifications : en face de la Nature, la Société, elle aussi dans sa complexité, son architecture, son unité. Illusion ? Peut-être. Mais y a-t-il eu dans l'histoire des lettres beaucoup d'illusions aussi fécondes que celle qui a donné naissance à *La Comédie humaine* ?

Pierre CITRON.

BIBLIOGRAPHIE

L'édition de base est :
Le Père Goriot, p.p. P.-G. Castex, Garnier, 1960.

On pourra consulter en outre :

Le Père Goriot, introduction d'A. Prioult, dans *La Comédie humaine*, éd. Hazan, t. 5 (1949).

Le Père Goriot, préface de Marcel Arland, dans *L'Œuvre de Balzac*, Club français du Livre, t. 4 (1950).

Le Père Goriot, introduction de J.-A. Ducourneau, Club du Meilleur Livre (collection « l'Astrée » (1955).

Le Père Goriot, notice de R. Pierrot, au t. XI de *La Comédie humaine*, Gallimard, collection Pléiade (1955).

Le Père Goriot, introduction de M. Bardèche, dans *Œuvres* de Balzac, Club de l'Honnête Homme, t. 4 (1959).

LE PÈRE GORIOT

LE PÈRE GORIOT

AU GRAND ET ILLUSTRE
GEOFFROY SAINT-HILAIRE

Comme un témoignage d'admiration
de ses travaux et de son génie.

DE BALZAC.

Madame Vauquer, née de Conflans, est une vieille femme qui, depuis quarante ans, tient à Paris une pension bourgeoise établie rue Neuve-Sainte-Geneviève, entre le quartier latin et le faubourg Saint-Marceau. Cette pension, connue sous le nom de la Maison-Vauquer, admet également des hommes et des femmes, des jeunes gens et des vieillards, sans que jamais la médisance ait attaqué les mœurs de ce respectable établissement. Mais aussi depuis trente ans ne s'y était-il jamais vu de jeune personne, et pour qu'un jeune homme y demeure, sa famille doit-elle lui faire une bien maigre pension. Néanmoins, en 1819, époque à laquelle ce drame commence, il s'y trouvait une pauvre jeune fille. En quelque discrédit que soit tombé le mot drame par la manière abusive et tortionnaire dont il a été prodigué dans ces temps de douloureuse littérature, il est nécessaire de l'employer ici : non que cette histoire soit dramatique dans le sens vrai du mot; mais, l'œuvre accomplie, peut-être aura-t-on versé quelques larmes *intra muros* et *extra*. Sera-t-elle comprise au-delà de Paris ? le doute est permis. Les particularités de cette scène pleine d'observations et de couleurs locales ne peuvent être appréciées qu'entre les buttes de Montmartre et les hauteurs de Montrouge, dans cette illustre vallée de plâtras incessamment près de tomber et de ruisseaux noirs de boue; vallée remplie de souffrances réelles, de joies souvent fausses, et si terriblement agitée qu'il faut je ne sais quoi d'exorbitant pour y produire une sensation de quelque durée. Cependant il s'y rencontre çà et là des douleurs que l'agglomération des vices et des vertus rend grandes et solennelles : à leur aspect, les égoïsmes, les intérêts, s'arrêtent et s'apitoient; mais l'impression qu'ils en reçoivent est comme un fruit savoureux promptement dévoré. Le char de la civilisation, semblable à celui de l'idole de Jaggernat, à peine retardé par un cœur moins facile à broyer que les autres et qui enraie sa roue, l'a brisé bientôt et continue sa marche glorieuse. Ainsi ferez-vous, vous qui tenez ce livre d'une main blanche, vous qui vous enfoncez dans un moelleux fauteuil en vous disant : Peut-être ceci va-t-il m'amuser. Après avoir lu les secrètes infortunes du père Goriot, vous dînerez avec appétit en mettant votre insensibilité sur le compte de l'auteur, en le taxant d'exagération, en l'accusant de poésie. Ah! sachez-le : ce drame n'est ni une fiction, ni un roman. *All is true*, il est si véritable, que chacun peut en reconnaître les éléments chez soi, dans son cœur peut-être.

La maison où s'exploite la pension bourgeoise appartient à madame Vauquer. Elle est située dans le bas de la rue Neuve-Sainte-Geneviève, à l'endroit où le terrain s'abaisse vers la rue de l'Arbalète par une pente si brusque et si rude que les chevaux la montent ou la descendent rarement. Cette circonstance est favorable au silence qui règne dans ces rues serrées entre le dôme du Val-de-Grâce et le dôme du Panthéon, deux monuments qui changent les conditions de l'atmosphère en y jetant des tons jaunes, en y assombrissant tout par les teintes sévères que projettent leurs coupoles. Là, les pavés sont secs, les ruisseaux n'ont ni boue ni eau, l'herbe croît le long des murs. L'homme le plus insouciant s'y attriste comme tous les passants, le bruit d'une voiture y devient un événement, les maisons y sont mornes, les murailles y sentent la prison. Un Parisien égaré ne verrait là que des pensions bourgeoises ou des institutions, de la misère ou de l'ennui, de la vieillesse qui meurt, de la joyeuse jeunesse contrainte à travailler. Nul quartier de Paris n'est plus horrible, ni, disons-le, plus inconnu. La rue Neuve-Sainte-Geneviève surtout est comme un cadre de bronze, le seul qui convienne à ce récit, auquel on ne saurait trop préparer l'intelligence par des couleurs brunes, par des idées graves; ainsi que, de marche en marche, le jour diminue et le chant du conducteur se creuse, alors que le voyageur descend aux Catacombes. Comparaison vraie! Qui décidera de ce qui est plus horrible à voir, ou des cœurs desséchés, ou des crânes vides?

La façade de la pension donne sur un jardinet, en sorte que la maison tombe à angle droit sur la rue Neuve-

Sainte-Geneviève, où vous la voyez coupée dans sa profondeur. Le long de cette façade, entre la maison et le jardinet, règne un cailloutis en cuvette, large d'une toise, devant lequel est une allée sablée, bordée de géraniums, de lauriers-roses et de grenadiers plantés dans de grands vases en faïence bleue et blanche. On entre dans cette allée par une porte bâtarde, surmontée d'un écriteau sur lequel est écrit : MAISON-VAUQUER, et dessous : *Pension bourgeoise des deux sexes et autres.* Pendant le jour, une porte à claire-voie, armée d'une sonnette criarde, laisse apercevoir au bout du petit pavé, sur le mur opposé à la rue, une arcade peinte en marbre vert par un artiste du quartier. Sous le renfoncement que simule cette peinture, s'élève une statue représentant l'Amour. A voir le vernis écaillé qui la couvre, les amateurs de symboles y découvriraient peut-être un mythe de l'amour parisien qu'on guérit à quelques pas de là. Sous le socle, cette inscription à demi effacée rappelle le temps auquel remonte cet ornement par l'enthousiasme dont il témoigne pour Voltaire, rentré dans Paris en 1777 :

> Qui que tu sois, voici ton maître :
> Il l'est, le fut, ou le doit être.

A la nuit tombante, la porte à claire-voie est remplacée par une porte pleine. Le jardinet, aussi large que la façade est longue, se trouve encaissé par le mur de la rue et par le mur mitoyen de la maison voisine, le long de laquelle pend un manteau de lierre qui la cache entièrement, et attire les yeux des passants par un effet pittoresque dans Paris. Chacun de ces murs est tapissé d'espaliers et de vignes dont les fructifications grêles et poudreuses sont l'objet des craintes annuelles de madame Vauquer et de ses conversations avec les pensionnaires. Le long de chaque muraille, règne une étroite allée qui mène à un couvert de tilleuls, mot que madame Vauquer, quoique née de Conflans, prononce obstinément *tieuilles*, malgré les observations grammaticales de ses hôtes. Entre les deux allées latérales est un carré d'artichauts flanqué d'arbres fruitiers en quenouille, et bordé d'oseille, de laitue ou de persil. Sous le couvert de tilleuls est plantée une table ronde peinte en vert, et entourée de sièges. Là, durant les jours caniculaires, les convives assez riches pour se permettre de prendre du café viennent le savourer par une chaleur capable de faire éclore des œufs. La façade, élevée de trois étages et surmontée de mansardes, est bâtie en moellons et badigeonnée avec cette couleur jaune qui donne un caractère ignoble à presque toutes les maisons de Paris. Les cinq croisées percées à chaque étage ont de petits carreaux et sont garnies de jalousies dont aucune n'est relevée de la même manière, en sorte que toutes leurs lignes jurent entre elles. La profondeur de cette maison comporte deux croisées qui, au rez-de-chaussée, ont pour ornement des barreaux en fer, grillagés. Derrière le bâtiment est une cour large d'environ vingt pieds, où vivent en bonne intelligence des cochons, des poules, des lapins, et au fond de laquelle s'élève un hangar à serrer le bois. Entre ce hangar et la fenêtre de la cuisine se suspend le garde-manger, au-dessous duquel tombent les eaux grasses de l'évier. Cette cour a sur la rue Neuve-Sainte-Geneviève une porte étroite par où la cuisinière chasse les ordures de la maison en nettoyant cette sentine à grand renfort d'eau, sous peine de pestilence.

Naturellement destiné à l'exploitation de la pension bourgeoise, le rez-de-chaussée se compose d'une première pièce éclairée par les deux croisées de la rue, et où l'on entre par une porte-fenêtre. Ce salon communique à une salle à manger qui est séparée de la cuisine par la cage d'un escalier dont les marches sont en bois et en carreaux mis en couleur et frottés. Rien n'est plus triste à voir que ce salon meublé de fauteuils et de chaises en étoffe de crin à raies alternativement mates et luisantes. Au milieu se trouve une table ronde à dessus de marbre Sainte-Anne, décorée de ce cabaret en porcelaine blanche ornée de filets d'or effacés à demi, que l'on rencontre partout aujourd'hui. Cette pièce, assez mal planchéiée, est lambrissée à hauteur d'appui. Le surplus des parois est tendu d'un papier verni représentant les principales scènes de *Télémaque*, et dont les classiques personnages sont coloriés. Le panneau d'entre les croisées grillagées offre aux pensionnaires le tableau du festin donné au fils d'Ulysse par Calypso. Depuis quarante ans, cette peinture excite les plaisanteries des jeunes pensionnaires, qui se croient supérieurs à leur position en se moquant du dîner auquel la misère les condamne. La cheminée en pierre, dont le foyer toujours propre atteste qu'il ne s'y fait de feu que dans les grandes occasions, est ornée de deux vases pleins de fleurs artificielles, vieillies et enca-

gées, qui accompagnent une pendule en marbre bleuâtre
du plus mauvais goût. Cette première pièce exhale une
odeur sans nom dans la langue, et qu'il faudrait appeler
l'*odeur de pension*. Elle sent le renfermé, le moisi, le
rance; elle donne froid, elle est humide au nez, elle
pénètre les vêtements; elle a le goût d'une salle où l'on
a dîné; elle pue le service, l'office, l'hospice. Peut-être
pourrait-elle se décrire si l'on inventait un procédé pour
évaluer les quantités élémentaires et nauséabondes qu'y
jettent les atmosphères catarrhales et *sui generis* de
chaque pensionnaire, jeune ou vieux. Eh bien! malgré ces
plates horreurs, si vous le compariez à la salle à manger,
qui lui est contiguë, vous trouveriez ce salon élégant et
parfumé comme doit l'être un boudoir. Cette salle,
entièrement boisée, fut jadis peinte en une couleur indis-
tincte aujourd'hui, qui forme un fond sur lequel la crasse
a imprimé ses couches de manière à y dessiner des figures
bizarres. Elle est plaquée de buffets gluants sur lesquels sont des carafes échancrées, ternies, des ronds
de moiré métallique, des piles d'assiettes en porcelaine
épaisse, à bords bleus, fabriquées à Tournai. Dans un
angle est placée une boîte à cases numérotées qui sert à
garder les serviettes, ou tachées ou vineuses, de chaque
pensionnaire. Il s'y rencontre de ces meubles indes-
tructibles, proscrits partout, mais placés là comme le
sont les débris de la civilisation aux Incurables. Vous y
verriez un baromètre à capucin qui sort quand il pleut,
des gravures exécrables qui ôtent l'appétit, toutes encadrées en bois verni à filets dorés; un cartel en écaille
incrustée de cuivre; un poêle vert, des quinquets d'Ar-
gand où la poussière se combine avec l'huile, une longue
table couverte en toile cirée assez grasse pour qu'un
facétieux externe y écrive son nom en se servant de son
doigt comme de style, des chaises estropiées, de petits
paillassons piteux en sparterie qui se déroule toujours
sans se perdre jamais, puis des chaufferettes misérables
à trous cassés, à charnières défaites, dont le bois se car-
bonise. Pour expliquer combien ce mobilier est vieux, cre-
vassé, pourri, tremblant, rongé, manchot, borgne, inva-
lide, expirant, il faudrait en faire une description qui
retarderait trop l'intérêt de cette histoire, et que les gens
pressés ne pardonneraient pas. Le carreau rouge est plein
de vallées produites par le frottement ou par les mises
en couleur. Enfin, là règne la misère sans poésie; une
misère économe, concentrée, râpée. Si elle n'a pas de

fange encore, elle a des taches; si elle n'a ni trous ni haillons, elle va tomber en pourriture.

Cette pièce est dans tout son lustre au moment où, vers sept heures du matin, le chat de madame Vauquer précède sa maîtresse, saute sur les buffets, y flaire le lait que contiennent plusieurs jattes couvertes d'assiettes, et fait entendre son *rourou* matinal. Bientôt la veuve se montre, attifée de son bonnet de tulle sous lequel pend un tour de faux cheveux mal mis; elle marche en traînassant ses pantoufles grimacées. Sa face vieillotte, grassouillette, du milieu de laquelle sort un nez à bec de perroquet; ses petites mains potelées, sa personne dodue comme un rat d'église, son corsage trop plein et qui flotte, sont en harmonie avec cette salle où suinte le malheur, où s'est blottie la spéculation et dont madame Vauquer respire l'air chaudement fétide sans en être écœurée. Sa figure fraîche comme une première gelée d'automne, ses yeux ridés, dont l'expression passe du sourire prescrit aux danseuses à l'amer renfrognement de l'escompteur, enfin toute sa personne explique la pension, comme la pension implique sa personne. Le bagne ne va pas sans l'argousin, vous n'imagineriez pas l'un sans l'autre. L'embonpoint blafard de cette petite femme est le produit de cette vie, comme le typhus est la conséquence des exhalaisons d'un hôpital. Son jupon de laine tricotée, qui dépasse sa première jupe faite avec une vieille robe, et dont la ouate s'échappe par les fentes de l'étoffe lézardée, résume le salon, la salle à manger, le jardinet, annonce la cuisine et fait pressentir les pensionnaires. Quand elle est là, ce spectacle est complet. Âgée d'environ cinquante ans, madame Vauquer ressemble à toutes les *femmes qui ont eu des malheurs*. Elle a l'œil vitreux, l'air innocent d'une entremetteuse qui va se gendarmer pour se faire payer plus cher, mais d'ailleurs prête à tout pour adoucir son sort, à livrer Georges ou Pichegru, si Georges ou Pichegru étaient encore à livrer. Néanmoins, elle est *bonne femme au fond*, disent les pensionnaires, qui la croient sans fortune en l'entendant geindre et tousser comme eux. Qu'avait été monsieur Vauquer? Elle ne s'expliquait jamais sur le défunt. Comment avait-il perdu sa fortune? Dans les malheurs, répondait-elle. Il s'était mal conduit envers elle, ne lui avait laissé que les yeux pour pleurer, cette maison pour vivre, et le droit de ne compatir à aucune infortune, parce que, disait-elle, elle avait souffert tout ce qu'il est possible de souffrir. En entendant trottiner sa maîtresse, la grosse Sylvie, la cuisinière, s'empressait de servir le déjeuner des pensionnaires internes.

Généralement les pensionnaires externes ne s'abonnaient qu'au dîner, qui coûtait trente francs par mois. A l'époque où cette histoire commence, les internes étaient au nombre de sept. Le premier étage contenait les deux meilleurs appartements de la maison. Madame Vauquer habitait le moins considérable, et l'autre appartenait à madame Couture, veuve d'un Commissaire-Ordonnateur de la République française. Elle avait avec elle une très jeune personne, nommée Victorine Taillefer, à qui elle servait de mère. La pension de ces deux dames montait à dix-huit cents francs. Les deux appartements du second étaient occupés, l'un par un vieillard nommé Poiret; l'autre, par un homme âgé d'environ quarante ans, qui portait une perruque noire, se teignait les favoris, se disait ancien négociant, et s'appelait monsieur Vautrin. Le troisième étage se composait de quatre chambres, dont deux étaient louées, l'une par une vieille fille nommée mademoiselle Michonneau, l'autre par un ancien fabricant de vermicelles, de pâtes d'Italie et d'amidon, qui se laissait nommer le père Goriot. Les deux autres chambres étaient destinées aux oiseaux de passage, à ces infortunés étudiants qui, comme le père Goriot et mademoiselle Michonneau, ne pouvaient mettre que quarante-cinq francs par mois à leur nourriture et à leur logement; mais madame Vauquer souhaitait peu leur présence et ne les prenait que quand elle ne trouvait pas mieux : ils mangeaient trop de pain. En ce moment, l'une de ces deux chambres appartenait à un jeune homme venu des environs d'Angoulême à Paris pour y faire son Droit, et dont la nombreuse famille se soumettait aux plus dures privations afin de lui envoyer douze cents francs par an. Eugène de Rastignac, ainsi se nommait-il, était un de ces jeunes gens façonnés au travail par le malheur, qui comprennent dès le jeune âge les espérances que leurs parents placent en eux, et qui se préparent une belle destinée en calculant déjà la portée de leurs études, et, les adaptant par avance au mouvement futur de la société, pour être les premiers à la pressurer. Sans ses observations curieuses et l'adresse avec laquelle il sut se produire dans les salons de Paris, ce récit n'eût pas été coloré des tons vrais qu'il devra sans doute à son esprit sagace et à son désir de pénétrer les mystères d'une situation épouvantable, aussi soigneusement cachée par ceux qui l'avaient créée que par celui qui la subissait.

Au-dessus de ce troisième étage étaient un grenier à étendre le linge et deux mansardes où couchaient un garçon de peine, nommé Christophe, et la grosse Sylvie, la cuisinière. Outre les sept pensionnaires internes, madame Vauquer avait, bon an, mal an, huit étudiants en Droit ou en Médecine, et deux ou trois habitués qui demeuraient dans le quartier, abonnés tous pour le dîner seulement. La salle contenait à dîner dix-huit personnes et pouvait en admettre une vingtaine ; mais le matin, il ne s'y trouvait que sept locataires dont la réunion offrait pendant le déjeuner l'aspect d'un repas de famille. Chacun descendait en pantoufles, se permettait des observations confidentielles sur la mise ou sur l'air des externes, et sur les événements de la soirée précédente, en s'exprimant avec la confiance de l'intimité. Ces sept pensionnaires étaient les enfants gâtés de madame Vauquer, qui leur mesurait avec une précision d'astronome les soins et les égards, d'après le chiffre de leurs pensions. Une même considération affectait ces êtres rassemblés par le hasard. Les deux locataires du second ne payaient que soixante-douze francs par mois. Ce bon marché, qui ne se rencontre que dans le faubourg Saint-Marcel, entre la Bourbe et la Salpêtrière, et auquel madame Couture faisait seule exception, annonce que ces pensionnaires devaient être sous le poids de malheurs plus ou moins apparents. Aussi le spectacle désolant que présentait l'intérieur de cette maison se répétait-il dans le costume de ses habitués, également délabrés. Les hommes portaient des redingotes dont la couleur était devenue problématique, des chaussures comme il s'en jette au coin des bornes dans les quartiers élégants, du linge élimé, des vêtements qui n'avaient plus que l'âme. Les femmes avaient des robes passées, reteintes, déteintes, de vieilles dentelles raccommodées, des gants glacés par l'usage, des collerettes toujours rousses et des fichus éraillés. Si tels étaient les habits, presque tous montraient des corps solidement charpentés, des constitutions qui avaient résisté aux tempêtes de la vie, des faces froides, dures, effacées comme celles des écus démonétisés. Les bouches flétries étaient armées de dents avides. Ces pensionnaires faisaient pressentir des drames accomplis ou en action ; non pas de ces drames joués à la lueur des rampes, entre des toiles peintes mais des drames vivants et muets, des drames glacés qui remuaient chaudement le cœur, des drames continus.

La vieille demoiselle Michonneau gardait sur ses yeux fatigués un crasseux abat-jour en taffetas vert, cerclé par du fils d'archal qui aurait effarouché l'ange de la Pitié. Son châle à franges maigres et pleurardes semblait couvrir un squelette, tant les formes qu'il cachait étaient anguleuses. Quel acide avait dépouillé cette créature de ses formes féminines ? elle devait avoir été jolie et bien faite : était-ce le vice, le chagrin, la cupidité ? avait-elle trop aimé, avait-elle été marchande à la toilette, ou seulement courtisane ? Expiait-elle les triomphes d'une jeunesse insolente au-devant de laquelle s'étaient rués les plaisirs par une vieillesse que fuyaient les passants ? Son regard blanc donnait froid, sa figure rabougrie menaçait. Elle avait la voix clairette d'une cigale criant dans son buisson aux approches de l'hiver. Elle disait avoir pris soin d'un vieux monsieur affecté d'un catarrhe à la vessie et abandonné par ses enfants, qui l'avaient cru sans ressource. Ce vieillard lui avait légué mille francs de rente viagère, périodiquement disputés par les héritiers, aux calomnies desquels elle était en butte. Quoique le jeu des passions eût ravagé sa figure, il s'y trouvait encore certains vestiges d'une blancheur et d'une finesse dans le tissu qui permettaient de supposer que le corps conservait quelques restes de beauté.

Monsieur Poiret était une espèce de mécanique. En l'apercevant s'étendre comme une ombre grise le long d'une allée au Jardin des Plantes, la tête couverte d'une vieille casquette flasque, tenant à peine sa canne à pomme d'ivoire jauni dans sa main, laissant flotter les pans flétris de sa redingote qui cachait mal une culotte presque vide, et des jambes en bas bleus qui flageolaient comme celles d'un homme ivre, montrant son gilet blanc sale et son jabot de grosse mousseline recroquevillée qui s'unissait imparfaitement à sa cravate cordée autour de son cou de dindon, bien des gens se demandaient si cette ombre chinoise appartenait à la race audacieuse des fils de Japhet qui papillonnent sur le boulevard Italien. Quel travail avait pu le ratatiner ainsi ? quelle passion avait bistré sa face bulbeuse, qui, dessinée en caricature, aurait paru hors du vrai ? Ce qu'il avait été ? mais peut-être avait-il été employé au Ministère de la Justice, dans le bureau où les exécuteurs des hautes œuvres envoient

leurs mémoires de frais, le compte des fournitures de
voiles noirs pour les parricides, de son pour les paniers,
de ficelle pour les couteaux. Peut-être avait-il été rece-
veur à la porte d'un abattoir, ou sous-inspecteur de salu-
brité. Enfin, cet homme semblait avoir été l'un des ânes
de notre grand moulin social, l'un de ces Ratons parisiens qui ne connaissent même pas leurs Bertrands,
quelque pivot sur lequel avaient tourné les infortunes
ou les saletés publiques, enfin l'un de ces hommes dont
nous disons, en les voyant : *Il en faut pourtant comme ça*.
Le beau Paris ignore ces figures blêmes de souffrances
morales ou physiques. Mais Paris est un véritable océan.
Jetez-y la sonde, vous n'en connaîtrez jamais la profondeur. Parcourez-le, décrivez-le! quelque soin que vous
mettiez à le parcourir, à le décrire; quelque nombreux et
intéressés que soient les explorateurs de cette mer, il s'y
rencontrera toujours un lieu vierge, un antre inconnu, des
fleurs, des perles, des monstres, quelque chose d'inouï, oublié par les plongeurs littéraires. La Maison Vauquer
est une de ces monstruosités curieuses.

Deux figures y formaient un contraste frappant avec
la masse des pensionnaires et des habitués. Quoique
mademoiselle Victorine Taillefer eût une blancheur maladive semblable à celle des jeunes filles attaquées de chlo-
rose, et qu'elle se rattachât à la souffrance générale qui
faisait le fond de ce tableau par une tristesse habituelle,
par une contenance gênée, par un air pauvre et grêle,
néanmoins son visage n'était pas vieux, ses mouvements
et sa voix étaient agiles. Ce jeune malheur ressemblait
à un arbuste aux feuilles jaunies, fraîchement planté dans
un terrain contraire. Sa physionomie roussâtre, ses cheveux d'un blond fauve, sa taille trop mince, exprimaient
cette grâce que les poètes modernes trouvaient aux sta-
tuettes de Moyen Âge. Ses yeux gris mélangés de noir
exprimaient une douceur, une résignation chrétiennes.
Ses vêtements simples, peu coûteux, trahissaient des
formes jeunes. Elle était jolie par juxtaposition. Heureuse,
elle eût été ravissante : le bonheur est la poésie des femmes,
comme la toilette en est le fard. Si la joie d'un bal eût
reflété ses teintes rosées sur ce visage pâle; si les douceurs
d'une vie élégante eussent rempli, eussent vermillonné ces
joues déjà légèrement creusées; si l'amour eût ranimé ces
yeux tristes, Victorine aurait pu lutter avec les plus belles
jeunes filles. Il lui manquait ce qui crée une seconde fois
la femme, les chiffons et les billets doux. Son histoire eût

fourni le sujet d'un livre. Son père croyait avoir des raisons pour ne pas la reconnaître, refusait de la garder près de lui, ne lui accordait que six cents francs par an, et avait dénaturé sa fortune, afin de pouvoir la transmettre en entier à son fils. Parente éloignée de la mère de Victorine, qui jadis était venue mourir de désespoir chez elle, madame Couture prenait soin de l'orpheline comme de son enfant. Malheureusement la veuve du Commissaire-Ordonnateur des armées de la République ne possédait rien au monde que son douaire et sa pension; elle pouvait laisser un jour cette pauvre fille, sans expérience et sans ressources, à la merci du monde. La bonne femme menait Victorine à la messe tous les dimanches, à confesse tous les quinze jours, afin d'en faire à tout hasard une fille pieuse. Elle avait raison. Les sentiments religieux offraient un avenir à cet enfant désavoué, qui aimait son père, qui tous les ans s'acheminait chez lui pour y apporter le pardon de sa mère; mais qui, tous les ans, se cognait contre la porte de la maison paternelle, inexorablement fermée. Son frère, son unique médiateur, n'était pas venu la voir une seule fois en quatre ans, et ne lui envoyait aucun secours. Elle suppliait Dieu de dessiller les yeux de son père, d'attendrir le cœur de son frère, et priait pour eux sans les accuser. Madame Couture et madame Vauquer ne trouvaient pas assez de mots dans le dictionnaire des injures pour qualifier cette conduite barbare. Quand elles maudissaient ce millionnaire infâme, Victorine faisait entendre de douces paroles, semblables au chant du ramier blessé, dont le cri de douleur exprime encore l'amour.

Eugène de Rastignac avait un visage tout méridional, le teint blanc, des cheveux noirs, des yeux bleus. Sa tournure, ses manières, sa pose habituelle dénotaient le fils d'une famille noble, où l'éducation première n'avait comporté que des traditions de bon goût. S'il était ménager de ses habits, si les jours ordinaires il achevait d'user les vêtements de l'an passé, néanmoins il pouvait sortir quelquefois mis comme l'est un jeune homme élégant. Ordinairement il portait une vieille redingote, un mauvais gilet, la méchante cravate noire, flétrie, mal nouée de l'Étudiant, un pantalon à l'avenant et des bottes ressemelées.

Entre ces deux personnages et les autres, Vautrin, l'homme de quarante ans, à favoris peints, servait de transition. Il était un de ces gens dont le peuple dit :

Voilà un fameux gaillard! Il avait les épaules larges, le
buste bien développé, les muscles apparents, des mains
épaisses, carrées et fortement marquées aux phalanges
par des bouquets de poils touffus et d'un roux ardent. Sa
figure, rayée par des rides prématurées, offrait des signes
de dureté que démentaient ses manières souples et liantes.
Sa voix de basse-taille, en harmonie avec sa grosse
gaieté, ne déplaisait point. Il était obligeant et rieur. Si
quelque serrure allait mal, il l'avait bientôt démontée,
rafistolée, huilée, limée, remontée, en disant : « Ça me
connaît. » Il connaissait tout d'ailleurs, les vaisseaux, la
mer, la France, l'étranger, les affaires, les hommes, les
événements, les lois, les hôtels et les prisons. Si quelqu'un
se plaignait par trop, il lui offrait aussitôt ses services. Il
avait prêté plusieurs fois de l'argent à madame Vauquer et
à quelques pensionnaires; mais ses obligés seraient morts
plutôt que de ne pas le lui rendre, tant, malgré son air
bonhomme, il imprimait de crainte par un certain regard
profond et plein de résolution. A la manière dont il lan-
çait un jet de salive, il annonçait un sang-froid imperturbable qui ne devait pas le faire reculer devant un
crime pour sortir d'une position équivoque. Comme un
juge sévère, son œil semblait aller au fond de toutes les
questions, de toutes les consciences, de tous les sentiments. Ses mœurs consistaient à sortir après le déjeuner,
à revenir pour dîner, à décamper pour toute la soirée, et
à rentrer vers minuit, à l'aide d'un passe-partout que lui
avait confié madame Vauquer. Lui seul jouissait de cette
faveur. Mais aussi était-il au mieux avec la veuve, qu'il
appelait maman en la saisissant par la taille, flatterie peu
comprise! La bonne femme croyait la chose encore facile,
tandis que Vautrin seul avait les bras assez longs pour
presser cette pesante circonférence. Un trait de son caractère était de payer généreusement quinze francs par mois
pour le *gloria* qu'il prenait au dessert. Des gens moins
superficiels que ne l'étaient ces jeunes gens emportés par
les tourbillons de la vie parisienne, ou ces vieillards indifférents à ce qui ne les touchait pas directement, ne se
seraient pas arrêtés à l'impression douteuse que leur
causait Vautrin. Il savait ou devinait les affaires de ceux
qui l'entouraient, tandis que nul ne pouvait pénétrer ni
ses pensées ni ses occupations. Quoiqu'il eût jeté son
apparente bonhomie, sa constante complaisance et sa
gaieté comme une barrière entre les autres et lui, souvent
il laissait percer l'épouvantable profondeur de son carac-

tère. Souvent une boutade digne de Juvénal, et par laquelle il semblait se complaire à bafouer les lois, à fouetter la haute société, à la convaincre d'inconséquence avec elle-même, devait faire supposer qu'il gardait rancune à l'état social, et qu'il y avait au fond de sa vie un mystère soigneusement enfoui.

Attirée, peut-être à son insu, par la force de l'un ou par la beauté de l'autre, mademoiselle Taillefer partageait ses regards furtifs, ses pensées secrètes, entre ce quadragénaire et le jeune étudiant; mais aucun d'eux ne paraissait songer à elle, quoique d'un jour à l'autre le hasard pût changer sa position et la rendre un riche parti. D'ailleurs aucune de ces personnes ne se donnait la peine de vérifier si les malheurs allégués par l'une d'elles étaient faux ou véritables. Toutes avaient les unes pour les autres une indifférence mêlée de défiance qui résultait de leurs situations respectives. Elles se savaient impuissantes à soulager leurs peines, et toutes avaient en se les contant épuisé la coupe des condoléances. Semblables à de vieux époux, elles n'avaient plus rien à se dire. Il ne restait donc entre elles que les rapports d'une vie mécanique, le jeu de rouages sans huile. Toutes devaient passer droit dans la rue devant un aveugle, écouter sans émotion le récit d'une infortune, et voir dans une mort la solution d'un problème de misère qui les rendait froides à la plus terrible agonie. La plus heureuse de ces âmes désolées était madame Vauquer, qui trônait dans cet hospice libre. Pour elle seule ce petit jardin, que le silence et le froid, le sec et l'humide faisaient vaste comme un steppe, était un riant bocage. Pour elle seule cette maison jaune et morne, qui sentait le vert-de-gris du comptoir, avait des délices. Ces cabanons lui appartenaient. Elle nourrissait ces forçats acquis à des peines perpétuelles, en exerçant sur eux une autorité respectée. Où ces pauvres êtres auraient-ils trouvé dans Paris, au prix où elle les donnait, des aliments sains, suffisants, et un appartement qu'ils étaient maîtres de rendre, sinon élégant ou commode, du moins propre et salubre ? Se fût-elle permis une injustice criante, la victime l'aurait supportée sans se plaindre.

Une réunion semblable devait offrir et offrait en petit les éléments d'une société complète. Parmi les dix-huit convives il se rencontrait, comme dans les collèges, comme dans le monde, une pauvre créature rebutée, un souffre-douleur sur qui pleuvaient les plaisanteries. Au

commencement de la seconde année, cette figure devint
pour Eugène de Rastignac la plus saillante de toutes celles
au milieu desquelles il était condamné à vivre encore
pendant deux ans. Ce *Patiras* était l'ancien vermicellier,
le père Goriot, sur la tête duquel un peintre aurait, comme
l'historien, fait tomber toute la lumière du tableau. Par
quel hasard ce mépris à demi haineux, cette persécution
mélangée de pitié, ce non respect du malheur avaient-ils
frappé le plus ancien pensionnaire ? Y avait-il donné lieu
par quelques-uns de ces ridicules ou de ces bizarreries
que l'on pardonne moins qu'on ne pardonne des vices ?
Ces questions tiennent de près à bien des injustices
sociales. Peut-être est-il dans la nature humaine de tout
faire supporter à qui souffre tout par humilité vraie, par
faiblesse ou par indifférence. N'aimons-nous pas tous à
prouver notre force aux dépens de quelqu'un ou de
quelque chose ? L'être le plus débile, le gamin sonne à
toutes les portes quand il gèle, ou se glisse pour écrire
son nom sur un monument vierge.

Le père Goriot, vieillard de soixante-neuf ans environ,
s'était retiré chez madame Vauquer, en 1813, après avoir
quitté les affaires. Il y avait d'abord pris l'appartement
occupé par madame Couture, et donnait alors douze cents
francs de pension, en homme pour qui cinq louis de plus
ou de moins étaient une bagatelle. Madame Vauquer avait
rafraîchi les trois chambres de cet appartement moyennant une indemnité préalable qui paya, dit-on, la valeur
d'un méchant ameublement composé de rideaux en
calicot jaune, de fauteuils en bois verni couverts en
velours d'Utrecht, de quelques peintures à la colle, et de
papiers que refusaient les cabarets de la banlieue. Peut-
être l'insouciante générosité que mit à se laisser attraper
le père Goriot, qui vers cette époque était respectueusement nommé monsieur Goriot, le fit-elle considérer
comme un imbécile qui ne connaissait rien aux affaires.
Goriot vint muni d'une garde-robe bien fournie, le trousseau magnifique du négociant qui ne se refuse rien en se
retirant du commerce. Madame Vauquer avait admiré
dix-huit chemises de demi-hollande, dont la finesse était
d'autant plus remarquable que le vermicellier portait sur
son jabot dormant deux épingles unies par une chaînette,
et dont chacune était montée d'un gros diamant. Habituellement vêtu d'un habit bleu-barbeau, il prenait chaque
jour un gilet de piqué blanc, sous lequel fluctuait son
ventre piriforme et proéminent, qui faisait rebondir une

lourde chaîne d'or garnie de breloques. Sa tabatière,
également en or, contenait un médaillon plein de cheveux qui le rendaient en apparence coupable de quelques
bonnes fortunes. Lorsque son hôtesse l'accusa d'être un
galantin, il laissa errer sur ses lèvres le gai sourire du
bourgeois dont on a flatté le dada. Ses *ormoires* (il prononçait ce mot à la manière du menu peuple) furent
remplies par la nombreuse argenterie de son ménage. Les
yeux de la veuve s'allumèrent quand elle l'aida complaisamment à déballer et ranger les louches, les cuillers à
ragoût, les couverts, les huiliers, les saucières, plusieurs
plats, des déjeuners en vermeil, enfin des pièces plus ou
moins belles, pesant un certain nombre de marcs, et dont
il ne voulait pas se défaire. Ces cadeaux lui rappelaient
les solennités de sa vie domestique. « Ceci, dit-il à
madame Vauquer en serrant un plat et une petite écuelle
dont le couvercle représentait deux tourterelles qui se
becquetaient, est le premier présent que m'a fait ma
femme, le jour de notre anniversaire. Pauvre bonne! elle
y avait consacré ses économies de demoiselle. Voyez-vous,
madame ? j'aimerais mieux gratter la terre avec mes ongles
que de me séparer de cela. Dieu merci! je pourrai prendre
dans cette écuelle mon café tous les matins durant le reste
de mes jours. Je ne suis pas à plaindre, j'ai sur la planche
du pain de cuit pour longtemps. » Enfin, madame Vauquer avait bien vu, de son œil de pie, quelques inscriptions sur le Grand Livre qui, vaguement additionnées,
pouvaient faire à cet excellent Goriot un revenu d'environ
huit à dix mille francs. Dès ce jour, madame Vauquer,
née de Conflans, qui avait alors quarante-huit ans effectifs
et n'en acceptait que trente-neuf, eut des idées. Quoique
le larmier des yeux de Goriot fût retourné, gonflé, pendant, ce qui l'obligeait à les essuyer assez fréquemment,
elle lui trouva l'air agréable et comme il faut. D'ailleurs
son mollet charnu, saillant, pronostiquait, autant que son
long nez carré, des qualités morales auxquelles paraissait
tenir la veuve, et que confirmait la face lunaire et naïvement niaise du bonhomme. Ce devait être une bête solidement bâtie, capable de dépenser tout son esprit en
sentiment. Ses cheveux en ailes de pigeon, que le coiffeur
de l'École Polytechnique vint lui poudrer tous les matins,
dessinaient cinq pointes sur son front bas, et décoraient
bien sa figure. Quoique un peu rustaud, il était si bien
tiré à quatre épingles, il prenait si richement son tabac, il
le humait en homme si sûr de toujours avoir sa taba-

tière pleine de macouba, que le jour où monsieur Goriot
s'installa chez elle, madame Vauquer se coucha le soir en
rôtissant, comme une perdrix dans sa barde, au feu du
désir qui la saisit de quitter le suaire de Vauquer pour
renaître en Goriot. Se marier, vendre sa pension, donner
le bras à cette fine fleur de bourgeoisie, devenir une dame
notable dans le quartier, y quêter pour les indigents,
faire de petites parties le dimanche à Choisy, Soissy, Gen-
tilly ; aller au spectacle à sa guise, en loge, sans attendre
les billets d'auteur que lui donnaient quelques-uns de ses
pensionnaires, au mois de juillet : elle rêva tout l'Eldorado
des petits ménages parisiens. Elle n'avait avoué à personne qu'elle possédait quarante mille francs amassés sou
à sou. Certes elle se croyait, sous le rapport de la fortune, un parti sortable. « Quant au reste, je vaux bien le
bonhomme ! » se dit-elle en se retournant dans son lit,
comme pour s'attester à elle-même des charmes que la
grosse Sylvie trouvait chaque matin moulés en creux.

Dès ce jour, pendant environ trois mois, la veuve Vauquer profita du coiffeur de monsieur Goriot, et fit quelques frais de toilette, excusés par la nécessité de donner à
sa maison un certain décorum en harmonie avec les
personnes honorables qui la fréquentaient. Elle s'intrigua
beaucoup pour changer le personnel de ses pensionnaires, en affichant la prétention de n'accepter désormais
que les gens les plus distingués sous tous les rapports. Un
étranger se présentait-il, elle lui vantait la préférence que
monsieur Goriot, un des négociants les plus notables et
les plus respectables de Paris, lui avait accordée. Elle dis-
tribua des prospectus en tête desquels se lisait : MAISON-
VAUQUER. « C'était, disait-elle, une des plus anciennes
et des plus estimées pensions bourgeoises du pays latin.
Il y existait une vue des plus agréables sur la vallée des
Gobelins (on l'apercevait du troisième étage), et un *joli*
jardin, au bout duquel s'ÉTENDAIT une ALLÉE de
tilleuls. » Elle y parlait du bon air et de la solitude. Ce
prospectus lui amena madame la comtesse de l'Ambermesnil, femme de trente-six ans, qui attendait la fin de la
liquidation et le règlement d'une pension qui lui était due,
en qualité de veuve d'un général mort sur *les* champs de
bataille. Madame Vauquer soigna sa table, fit du feu dans
les salons pendant près de six mois, et tint si bien les promesses de son prospectus, qu'*elle y mit du sien.* Aussi la
comtesse disait-elle à madame Vauquer, en l'appelant
chère amie, qu'elle lui procurerait la baronne de Vaumer-

land et la veuve du colonel comte Picquoiseau, deux de ses
amies, qui achevaient au Marais leur terme dans une pension plus coûteuse que ne l'était la Maison-Vauquer. Ces
dames seraient d'ailleurs fort à leur aise quand les Bureaux
de la Guerre auraient fini leur travail. « Mais, disait-elle,
les Bureaux ne terminent rien. » Les deux veuves mon-
taient ensemble après le dîner dans la chambre de
madame Vauquer, et y faisaient de petites causettes en
buvant du cassis et mangeant des friandises réservées
pour la bouche de la maîtresse. Madame de l'Ambermesnil approuva beaucoup les vues de son hôtesse sur le
Goriot, vues excellentes, qu'elle avait d'ailleurs devinées
dès le premier jour; elle le trouvait un homme parfait.

— Ah! ma chère dame, un homme sain comme mon
œil, lui disait la veuve, un homme parfaitement conservé,
et qui peut donner encore bien de l'agrément à une
femme.

La comtesse fit généreusement des observations à
madame Vauquer sur sa mise, qui n'était pas en harmonie avec ses prétentions. « Il faut vous mettre sur le pied
de guerre », lui dit-elle. Après bien des calculs, les deux
veuves allèrent ensemble au Palais-Royal, où elles ache-
tèrent, aux Galeries de Bois, un chapeau à plumes et un
bonnet. La comtesse entraîna son amie au magasin de *La
Petite Jeannette*, où elles choisirent une robe et une
écharpe. Quand ces munitions furent employées, et que
la veuve fut sous les armes, elle ressembla parfaitement
à l'enseigne du *Bœuf à la mode*. Néanmoins elle se trouva
si changée à son avantage, qu'elle se crut l'obligée de la
comtesse, et, quoique peu *donnante*, elle la pria d'accepter un chapeau de vingt francs. Elle comptait, à la vérité,
lui demander le service de sonder Goriot et de la faire
valoir auprès de lui. Madame de l'Ambermesnil se prêta
fort amicalement à ce manège, et cerna le vieux vermicellier avec lequel elle réussit à avoir une conférence; mais
après l'avoir trouvé pudibond, pour ne pas dire réfrac-
taire aux tentatives que lui suggéra son désir particulier
de le séduire pour son propre compte, elle sortit révol-
tée de sa grossièreté.

— Mon ange, dit-elle à sa chère amie, vous ne tirerez
rien de cet homme-là! il est ridiculement défiant, c'est
un grippe-sou, une bête, un sot, qui ne vous causera que
du désagrément.

Il y eut entre monsieur Goriot et madame de l'Ambermesnil des choses telles que la comtesse ne voulut même

plus se trouver avec lui. Le lendemain, elle partit en
oubliant de payer six mois de pension, et en laissant une
défroque prisée cinq francs. Quelque âpreté que madame
Vauquer mît à ses recherches, elle ne put obtenir aucun
renseignement dans Paris sur la comtesse de l'Ambermesnil. Elle parlait souvent de cette déplorable affaire, en
se plaignant de son trop de confiance, quoiqu'elle fût
plus méfiante que ne l'est une chatte; mais elle ressemblait à beaucoup de personnes qui se défient de leurs
proches, et se livrent au premier venu. Fait moral,
bizarre, mais vrai, dont la racine est facile à trouver dans
le cœur humain. Peut-être certaines gens n'ont-ils plus
rien à gagner auprès des personnes avec lesquelles ils
vivent; après leur avoir montré le vide de leur âme, ils se
sentent secrètement jugés par elles avec une sévérité méri-
tée; mais, éprouvant un invincible besoin de flatteries qui
leur manquent, ou dévorés par l'envie de paraître possé-
der les qualités qu'ils n'ont pas, ils espèrent surprendre
l'estime ou le cœur de ceux qui leur sont étrangers, au
risque d'en déchoir un jour. Enfin il est des individus
nés mercenaires qui ne font aucun bien à leurs amis ou à
leurs proches, parce qu'ils le doivent; tandis qu'en rendant service à des inconnus, ils en recueillent un gain
d'amour-propre : plus le cercle de leurs affections est près
d'eux, moins ils aiment; plus il s'étend, plus serviables
ils sont. Madame Vauquer tenait sans doute de ces deux
natures, essentiellement mesquines, fausses, exécrables.

— Si j'avais été ici, lui disait alors Vautrin, ce malheur
ne vous serait pas arrivé! je vous aurais joliment dévi-
sagé cette farceuse-là. Je connais leurs *frimousses*.

Comme tous les esprits rétrécis, madame Vauquer avait
l'habitude de ne pas sortir du cercle des événements, et
de ne pas juger leurs causes. Elle aimait à s'en prendre à
autrui de ses propres fautes. Quand cette perte eut lieu,
elle considéra l'honnête vermicellier comme le principe
de son infortune, et commença dès lors, disait-elle, à se
dégriser sur son compte. Lorsqu'elle eut reconnu l'inutilité de ses agaceries et de ses frais de représentation, elle
ne tarda pas à en deviner la raison. Elle s'aperçut alors
que son pensionnaire avait déjà, selon son expression,
ses allures. Enfin il lui fut prouvé que son espoir si
mignonnement caressé reposait sur une base chimérique,
et qu'elle ne tirerait jamais rien de cet homme-là, suivant
le mot énergique de la comtesse, qui paraissait être une
connaisseuse. Elle alla nécessairement plus loin en aver-

sion qu'elle n'était allée dans son amitié. Sa haine ne fut pas en raison de son amour, mais de ses espérances trompées. Si le cœur humain trouve des repos en montant les hauteurs de l'affection, il s'arrête rarement sur la pente rapide des sentiments haineux. Mais monsieur Goriot était son pensionnaire, la veuve fut donc obligée de réprimer les explosions de son amour-propre blessé, d'enterrer les soupirs que lui causa cette déception, et de dévorer ses désirs de vengeance, comme un moine vexé par son prieur. Les petits esprits satisfont leurs sentiments, bons ou mauvais, par des petitesses incessantes. La veuve employa sa malice de femme à inventer de sourdes persécutions contre sa victime. Elle commença par retrancher les superfluités introduites dans sa pension. « Plus de cornichons, plus d'anchois : c'est des duperies ! » dit-elle à Sylvie, le matin où elle rentra dans son ancien programme. Monsieur Goriot était un homme frugal, chez qui la parcimonie nécessaire aux gens qui font eux-mêmes leur fortune était dégénérée en habitude. La soupe, le bouilli, un plat de légumes, avaient été, devaient toujours être son dîner de prédilection. Il fut donc bien difficile à madame Vauquer de tourmenter son pensionnaire, de qui elle ne pouvait en rien froisser les goûts. Désespérée de rencontrer un homme inattaquable, elle se mit à le déconsidérer, et fit ainsi partager son aversion pour Goriot par ses pensionnaires, qui, par amusement, servirent ses vengeances. Vers la fin de la première année, la veuve en était venue à un tel degré de méfiance, qu'elle se demandait pourquoi ce négociant, riche de sept à huit mille livres de rente, qui possédait une argenterie superbe et des bijoux aussi beaux que ceux d'une fille entretenue, demeurait chez elle, en lui payant une pension si modique relativement à sa fortune. Pendant la plus grande partie de cette première année, Goriot avait souvent dîné dehors une ou deux fois par semaine ; puis, insensiblement, il en était arrivé à ne plus dîner en ville que deux fois par mois. Les petites parties fines du sieur Goriot convenaient trop bien aux intérêts de madame Vauquer pour qu'elle ne fût pas mécontente de l'exactitude progressive avec laquelle son pensionnaire prenait ses repas chez elle. Ces changements furent attribués autant à une lente diminution de fortune qu'au désir de contrarier son hôtesse. Une des plus détestables habitudes de ces esprits lilliputiens est de supposer leurs petitesses chez les autres. Malheureusement, à la fin de la deuxième année, monsieur Goriot justifia les bavardages dont il était l'objet, en demandant à madame Vauquer de passer au second étage, et de réduire sa pension à neuf cents francs. Il eut besoin d'une si stricte économie qu'il ne fit plus de feu chez lui pendant l'hiver. La veuve Vauquer voulut être payée d'avance; à quoi consentit monsieur Goriot, que dès lors elle nomma le père Goriot. Ce fut à qui devinerait les causes de cette décadence. Exploration difficile! Comme l'avait dit la fausse comtesse, le père Goriot était un sournois, un taciturne. Suivant la logique des gens à tête vide, tous indiscrets parce qu'ils n'ont que des riens à dire, ceux qui ne parlent pas de leurs affaires en doivent faire de mauvaises. Ce négociant si distingué devint donc un fripon, ce galantin fut un vieux drôle. Tantôt, selon Vautrin, qui vint vers cette époque habiter la Maison-Vauquer, le père Goriot était un homme qui allait à la Bourse et qui, suivant une expression assez énergique de la langue financière, *carottait* sur les rentes après s'y être ruiné. Tantôt c'était un de ces petits joueurs qui vont hasarder et gagner tous les soirs dix francs au jeu. Tantôt on en faisait un espion attaché à la haute police; mais Vautrin prétendait qu'il n'était pas assez rusé pour *en être*. Le père Goriot était encore un avare qui prêtait à la petite semaine, un homme qui nourrissait des numéros à la loterie. On en faisait tout ce que le vice, la honte, l'impuissance engendrent de plus mystérieux. Seulement, quelque ignobles que fussent sa conduite ou ses vices, l'aversion qu'il inspirait n'allait pas jusqu'à le faire bannir: il payait sa pension. Puis il était utile, chacun essayait sur lui sa bonne ou mauvaise humeur par des plaisanteries ou par des bourrades. L'opinion qui paraissait plus probable, et qui fut généralement adoptée, était celle de madame Vauquer. A l'entendre, cet homme si bien conservé, sain comme son œil et avec lequel on pourrait avoir encore beaucoup d'agrément, était un libertin qui avait des goûts étranges. Voici sur quels faits la veuve Vauquer appuyait ses calomnies. Quelques mois après le départ de cette désastreuse comtesse qui avait su vivre pendant six mois à ses dépens, un matin, avant de se lever, elle entendit dans son escalier le froufrou d'une robe de soie et le pas mignon d'une femme jeune et légère qui filait chez Goriot, dont la porte s'était intelligemment ouverte. Aussitôt la grosse Sylvie vint dire à sa maîtresse qu'une fille trop jolie pour être honnête, *mise comme une divinité*, chaussée en brodequins de prunelle qui n'étaient pas crottés, avait glissé comme une anguille de la rue jusqu'à la cuisine, et lui avait demandé l'appartement de monsieur Goriot. Madame Vauquer et sa cuisinière se mirent aux écoutes, et surprirent plusieurs mots tendrement prononcés pendant la visite, qui dura quelque temps. Quand monsieur Goriot reconduisit sa *dame*, la grosse Sylvie prit aussitôt son panier, et feignit d'aller au marché, pour suivre le couple amoureux.

— Madame, dit-elle à sa maîtresse en revenant, il faut que monsieur Goriot soit diantrement riche tout de même, pour les mettre sur ce pied-là. Figurez-vous qu'il y avait au coin de l'Estrapade un superbe équipage dans lequel *elle* est montée.

Pendant le dîner, madame Vauquer alla tirer un rideau pour empêcher que Goriot ne fût incommodé par le soleil dont un rayon lui tombait sur les yeux.

— Vous êtes aimé des belles, monsieur Goriot, le soleil vous cherche, dit-elle en faisant allusion à la visite qu'il avait reçue. Peste! vous avez bon goût, elle était bien jolie.

— C'était ma fille, dit-il avec une sorte d'orgueil dans lequel les pensionnaires voulurent voir la fatuité d'un vieillard qui garde les apparences.

Un mois après cette visite, monsieur Goriot en reçut une autre. Sa fille qui, la première fois, était venue en toilette du matin, vint après le dîner et habillée comme pour aller dans le monde! Les pensionnaires, occupés à causer dans le salon, purent voir en elle une jolie blonde, mince de taille, gracieuse, et beaucoup trop distinguée pour être la fille d'un père Goriot.

— Et de deux! dit la grosse Sylvie, qui ne la reconnut pas.

Quelques jours après, une autre fille, grande et bien faite, brune, à cheveux noirs et à l'œil vif, demanda monsieur Goriot.

— Et de trois! dit Sylvie.

Cette seconde fille, qui la première fois était aussi venue voir son père le matin, vint quelques jours après, le soir, en toilette de bal et en voiture.

— Et de quatre! dirent madame Vauquer et la grosse Sylvie, qui ne reconnurent dans cette grande dame aucun vestige de la fille simplement mise le matin où elle fit sa première visite.

Goriot payait encore douze cents francs de pension. Madame Vauquer trouva tout naturel qu'un homme riche eût quatre ou cinq maîtresses, et le trouva même fort adroit de les faire passer pour ses filles. Elle ne se formalisa point de ce qu'il les mandait dans la Maison-Vauquer. Seulement, comme ces visites lui expliquaient l'indifférence de son pensionnaire à son égard, elle se permit, au commencement de la deuxième année, de l'appeler *vieux matou*. Enfin, quand son pensionnaire tomba dans les neuf cents francs, elle lui demanda fort insolemment ce qu'il comptait faire de sa maison, en voyant descendre une de ces dames. Le père Goriot lui répondit que cette dame était sa fille aînée.

— Vous en avez donc trente-six, des filles ? dit aigrement madame Vauquer.

— Je n'en ai que deux, répliqua le pensionnaire avec la douceur d'un homme ruiné qui arrive à toutes les docilités de la misère.

Vers la fin de la troisième année, le père Goriot réduisit encore ses dépenses, en montant au troisième étage et en se mettant à quarante-cinq francs de pension par mois. Il se passa de tabac, congédia son perruquier et ne mit plus de poudre. Quand le père Goriot parut pour la première fois sans être poudré, son hôtesse laissa échapper une exclamation de surprise en apercevant la couleur de ses cheveux, ils étaient d'un gris sale et verdâtre. Sa physionomie, que des chagrins secrets avaient insensiblement rendue plus triste de jour en jour, semblait la plus désolée de toutes celles qui garnissaient la table. Il n'y avait alors plus aucun doute. Le père Goriot était un vieux libertin dont les yeux n'avaient été préservés de la maligne influence des remèdes nécessités par ses maladies que par l'habileté d'un médecin. La couleur dégoûtante de ses cheveux provenait de ses excès et des drogues qu'il avait prises pour les continuer. L'état physique et moral du bonhomme donnait raison à ces radotages. Quand son trousseau fut usé, il acheta du calicot à quatorze sous l'aune pour remplacer son beau linge. Ses diamants, sa tabatière d'or, sa chaîne, ses bijoux, disparurent un à un. Il avait quitté l'habit bleu-barbeau, tout son costume cossu, pour porter, été comme hiver, une redingote de drap marron grossier, un gilet en poil de chèvre, et un pantalon gris en cuir de laine. Il devint progressivement maigre; ses mollets tombèrent; sa figure, bouffie par le contentement d'un bonheur bourgeois, se vida démesu-

rément; son front se plissa, sa mâchoire se dessina.
Durant la quatrième année de son établissement rue
Neuve-Sainte-Geneviève, il ne se ressemblait plus. Le
bon vermicellier de soixante-deux ans qui ne paraissait
pas en avoir quarante, le bourgeois gros et gras, frais de
bêtise, dont la tenue égrillarde réjouissait les passants,
qui avait quelque chose de jeune dans le sourire, semblait
être un septuagénaire hébété, vacillant, blafard. Ses yeux
bleus si vivaces prirent des teintes ternes et gris-de-fer,
ils avaient pâli, ne larmoyaient plus, et leur bordure rouge
semblait pleurer du sang. Aux uns, il faisait horreur; aux
autres, il faisait pitié. De jeunes étudiants en Médecine,
ayant remarqué l'abaissement de sa lèvre inférieure et
mesuré le sommet de son angle facial, le déclarèrent
atteint de crétinisme, après l'avoir longtemps houspillé
sans en rien tirer. Un soir, après le dîner, madame Vauquer lui ayant dit en manière de raillerie : « Eh bien!
elles ne viennent donc plus vous voir, vos filles ? » en
mettant en doute sa paternité, le père Goriot tressaillit
comme si son hôtesse l'eût piqué avec un fer.

— Elles viennent quelquefois, répondit-il d'une voix
émue.

— Ah! ah! vous les voyez encore quelquefois!
s'écrièrent les étudiants. Bravo, père Goriot!

Mais le vieillard n'entendit pas les plaisanteries que sa
réponse lui attirait, il était retombé dans un état méditatif
que ceux qui l'observaient superficiellement prenaient
pour un engourdissement sénile dû à son défaut d'intelligence. S'ils l'avaient bien connu, peut-être auraient-ils
été vivement intéressés par le problème que présentait sa
situation physique et morale; mais rien n'était plus difficile. Quoiqu'il fût aisé de savoir si Goriot avait réellement
été vermicellier, et quel était le chiffre de sa fortune, les
vieilles gens dont la curiosité s'éveilla sur son compte ne
sortaient pas du quartier et vivaient dans la pension
comme des huîtres sur un rocher. Quant aux autres personnes, l'entraînement particulier de la vie parisienne leur
faisait oublier, en sortant de la rue Neuve-Sainte-Geneviève, le pauvre vieillard dont ils se moquaient. Pour ces
esprits étroits, comme pour ces jeunes gens insouciants,
la sèche misère du père Goriot et sa stupide attitude
étaient incompatibles avec une fortune et une capacité
quelconques. Quant aux femmes qu'il nommait ses filles,
chacun partageait l'opinion de madame Vauquer, qui
disait, avec la logique sévère que l'habitude de tout sup-

poser donne aux vieilles femmes occupées à bavarder pendant leurs soirées : « Si le père Goriot avait des filles aussi riches que paraissaient l'être toutes les dames qui sont venues le voir, il ne serait pas dans ma maison, au troisième, à quarante-cinq francs par mois, et n'irait pas vêtu comme un pauvre. » Rien ne pouvait démentir ces inductions. Aussi, vers la fin du mois de novembre 1819, époque à laquelle éclata ce drame, chacun dans la pension avait-il des idées arrêtées sur le pauvre vieillard. Il n'avait jamais eu ni fille ni femme; l'abus des plaisirs en faisait un colimaçon, un mollusque anthropomorphe à classer dans les *Casquettifères*, disait un employé au Muséum, un des habitués à cachet. Poiret était un aigle, un gentleman auprès de Goriot. Poiret parlait, raisonnait, répondait, il ne disait rien, à la vérité, en parlant, raisonnant ou répondant, car il avait l'habitude de répéter en d'autres termes ce que les autres disaient; mais il contribuait à la conversation, il était vivant, il paraissait sensible; tandis que le père Goriot, disait encore l'employé au Muséum, était constamment à zéro de Réaumur.

Eugène de Rastignac était revenu dans une disposition d'esprit que doivent avoir connue les jeunes gens supérieurs, ou ceux auxquels une position difficile communique momentanément les qualités des hommes d'élite. Pendant sa première année de séjour à Paris, le peu de travail que veulent les premiers grades à prendre dans la Faculté l'avait laissé libre de goûter les délices visibles du Paris matériel. Un étudiant n'a pas trop de temps s'il veut connaître le répertoire de chaque théâtre, étudier les issues du labyrinthe parisien, savoir les usages, apprendre la langue et s'habituer aux plaisirs particuliers de la capitale; fouiller les bons et les mauvais endroits, suivre les cours qui amusent, inventorier les richesses des musées. Un étudiant se passionne alors pour des niaiseries qui lui paraissent grandioses. Il a son grand homme, un professeur du Collège de France, payé pour se tenir à la hauteur de son auditoire. Il rehausse sa cravate et se pose pour la femme des premières galeries de l'Opéra-Comique. Dans ces initiations successives, il se dépouille de son aubier, agrandit l'horizon de sa vie, et finit par concevoir la superposition des couches humaines qui composent la société. S'il a commencé par admirer les voitures au défilé des Champs-Elysées par un beau soleil, il arrive bientôt à les envier. Eugène avait subi cet apprentissage à son insu, quand il partit en vacances, après avoir été reçu bachelier ès Lettres et bachelier en Droit. Ses illusions d'enfance, ses idées de province avaient disparu. Son intelligence modifiée, son ambition exaltée lui firent voir juste au milieu du manoir paternel, au sein de la famille. Son père, sa mère, ses deux frères, ses deux sœurs, et une tante dont la fortune consistait en pensions, vivaient sur la petite terre de Rastignac. Ce domaine d'un revenu d'environ trois mille francs était soumis à l'incertitude qui régit le produit tout industriel de la vigne, et néanmoins il fallait en extraire chaque année douze cents francs pour lui. L'aspect de cette constante détresse qui lui était généreusement cachée, la comparaison qu'il fut forcé d'établir entre ses sœurs, qui lui semblaient si belles dans son enfance, et les femmes de Paris, qui lui avaient réalisé le type d'une beauté rêvée, l'avenir incertain de cette nombreuse famille qui reposait sur lui, la parcimonieuse attention avec laquelle il vit serrer les plus minces productions, la boisson faite pour sa famille avec les marcs de pressoir, enfin une foule de circonstances inutiles à consigner ici, décuplèrent son désir de parvenir et lui donnèrent soif des distinctions. Comme il arrive aux âmes grandes, il voulut ne rien devoir qu'à son mérite. Mais son esprit était éminemment méridional; à l'exécution, ses déterminations devaient donc être frappées de ces hésitations qui saisissent les jeunes gens quand ils se trouvent en pleine mer, sans savoir ni de quel côté diriger leurs forces, ni sous quel angle enfler leurs voiles. Si d'abord il voulut se jeter à corps perdu dans le travail, séduit bientôt par la nécessité de se créer des relations, il remarqua combien les femmes ont d'influence sur la vie sociale, et avisa soudain à se lancer dans le monde, afin d'y conquérir des protectrices : devaient-elles manquer à un jeune homme ardent et spirituel dont l'esprit et l'ardeur étaient rehaussés par une tournure élégante et par une sorte de beauté nerveuse à laquelle les femmes se laissent prendre volontiers ? Ces idées l'assaillirent au milieu des champs, pendant les promenades que jadis il faisait gaiement avec ses sœurs, qui le trouvèrent bien changé. Sa tante, madame de Marcillac, autrefois présentée à la Cour, y avait connu les sommités aristocratiques. Tout à coup le jeune ambitieux reconnut, dans les souvenirs dont sa tante l'avait si souvent bercé, les éléments de plusieurs conquêtes sociales, au moins aussi importantes que celles qu'il entreprenait à l'Ecole de Droit; il la questionna sur les liens de parenté qui pouvaient encore

se renouer. Après avoir secoué les branches de l'arbre
généalogique, la vieille dame estima que, de toutes les
personnes qui pouvaient servir son neveu parmi la gent
égoïste des parents riches, madame la vicomtesse de
Beauséant serait la moins récalcitrante. Elle écrivit à cette
jeune femme une lettre dans l'ancien style, et la remit à
Eugène, en lui disant que, s'il réussissait auprès de la
vicomtesse, elle lui ferait retrouver ses autres parents.
Quelques jours après son arrivée, Rastignac envoya la
lettre de sa tante à madame de Beauséant. La vicomtesse
répondit par une invitation de bal pour le lendemain.

Telle était la situation générale de la pension bourgeoise à la fin du mois de novembre 1819. Quelques
jours plus tard, Eugène, après être allé au bal de madame
de Beauséant, rentra vers deux heures dans la nuit. Afin
de regagner le temps perdu, le courageux étudiant s'était
promis, en dansant, de travailler jusqu'au matin. Il allait
passer la nuit pour la première fois au milieu de ce silencieux quartier, car il s'était mis sous le charme d'une
fausse énergie en voyant les splendeurs du monde. Il
n'avait pas dîné chez madame Vauquer. Les pensionnaires purent donc croire qu'il ne reviendrait du bal que
le lendemain matin au petit jour, comme il était quelquefois rentré des fêtes du Prado ou des bals de l'Odéon, en
crottant ses bas de soie et gauchissant ses escarpins. Avant
de mettre les verrous à la porte, Christophe l'avait ouverte
pour regarder dans la rue. Rastignac se présenta dans ce
moment, et put monter à sa chambre sans faire de bruit,
suivi de Christophe qui en faisait beaucoup. Eugène se
déshabilla, se mit en pantoufles, prit une méchante
redingote, alluma son feu de mottes, et se prépara
lestement au travail, en sorte que Christophe couvrit
encore par le tapage de ses gros souliers les apprêts peu
bruyants du jeune homme. Eugène resta pensif pendant
quelques moments avant de se plonger dans ses livres
de Droit. Il venait de reconnaître en madame la vicomtesse de Beauséant l'une des reines de la mode à Paris, et
dont la maison passait pour être la plus agréable du faubourg Saint-Germain. Elle était d'ailleurs, et par son nom
et par sa fortune, l'une des sommités du monde aristocratique. Grâce à sa tante de Marcillac, le pauvre étudiant avait été bien reçu dans cette maison, sans connaître l'étendue de cette faveur. Être admis dans ces
salons dorés équivalait à un brevet de haute noblesse. En
se montrant dans cette société, la plus exclusive de toutes,

il avait conquis le droit d'aller partout. Ebloui par cette brillante assemblée, ayant à peine échangé quelques paroles avec la vicomtesse, Eugène s'était contenté de distinguer, parmi la foule des déités parisiennes qui se pressaient dans ce raout, une de ces femmes que doit adorer tout d'abord un jeune homme. La comtesse Anastasie de Restaud, grande et bien faite, passait pour avoir l'une des plus jolies tailles de Paris. Figurez-vous de grands yeux noirs, une main magnifique, un pied bien découpé, du feu dans les mouvements, une femme que le marquis de Ronquerolles nommait un cheval de pur sang. Cette finesse de nerfs ne lui ôtait aucun avantage; elle avait les formes pleines et rondes, sans qu'elle pût être accusée de trop d'embonpoint. *Cheval de pur sang, femme de race*, ces locutions commençaient à remplacer les anges du ciel, les figures ossianiques, toute l'ancienne mythologie amoureuse repoussée par le dandysme. Mais pour Rastignac, madame Anastasie de Restaud fut la femme désirable. Il s'était ménagé deux tours dans la liste des cavaliers écrite sur l'éventail, et avait pu lui parler pendant la première contredanse. — Où vous rencontrer désormais, madame ? lui avait-il dit brusquement avec cette force de passion qui plaît tant aux femmes. — Mais, dit-elle, au Bois, aux Bouffons, chez moi, partout. Et l'aventureux Méridional s'était empressé de se lier avec cette délicieuse comtesse, autant qu'un jeune homme peut se lier avec une femme pendant une contredanse et une valse. En se disant cousin de madame de Beauséant, il fut invité par cette femme, qu'il prit pour une grande dame, et eut ses entrées chez elle. Au dernier sourire qu'elle lui jeta, Rastignac crut sa visite nécessaire. Il avait eu le bonheur de rencontrer un homme qui ne s'était pas moqué de son ignorance, défaut mortel au milieu des illustres impertinents de l'époque, les Maulincourt, les Ronquerolles, les Maxime de Trailles, les de Marsay, les Ajuda-Pinto, les Vandenesse, qui étaient là dans la gloire de leurs fatuités et mêlés aux femmes les plus élégantes, lady Grandon, la duchesse de Langeais, la comtesse de Kergarouët, madame de Sérisy, la duchesse de Carigliano, la comtesse Ferraud, madame de Lanty, la marquise d'Aiglemont, madame Firmiani, la marquise de Listomère et la marquise d'Espard, la duchesse de Maufrigneuse et les Grandlieu. Heureusement donc, le naïf étudiant tomba sur le marquis de Montriveau, l'amant de la duchesse de Langeais, un général simple comme un enfant, qui lui apprit que la comtesse de Restaud demeurait rue du Helder. Être jeune, avoir soif du monde, avoir faim d'une femme, et voir s'ouvrir pour soi deux maisons ! mettre le pied au faubourg Saint-Germain chez la vicomtesse de Beauséant, le genou dans la Chaussée-d'Antin chez la comtesse de Restaud ! plonger d'un regard dans les salons de Paris en enfilade, et se croire assez joli garçon pour y trouver aide et protection dans un cœur de femme ! se sentir assez ambitieux pour donner un superbe coup de pied à la corde roide sur laquelle il faut marcher avec l'assurance du sauteur qui ne tombera pas, et avoir trouvé dans une charmante femme le meilleur des balanciers ! Avec ces pensées et devant cette femme qui se dressait sublime auprès d'un feu de mottes, entre le Code et la misère, qui n'aurait comme Eugène sondé l'avenir par une méditation, qui ne l'aurait meublé de succès ? Sa pensée vagabonde escomptait si drûment ses joies futures qu'il se croyait auprès de madame de Restaud quand un soupir semblable à un *ban* de saint Joseph troubla le silence de la nuit, retentit au cœur du jeune homme de manière à le lui faire prendre pour le râle d'un moribond. Il ouvrit doucement la porte, et quand il fut dans le corridor, il aperçut une ligne de lumière tracée au bas de la porte du père Goriot. Eugène craignit que son voisin ne se trouvât indisposé, il approcha son œil de la serrure, regarda dans la chambre, et vit le vieillard occupé de travaux qui lui parurent trop criminels pour qu'il ne crût pas rendre service à la société en examinant bien ce que machinait nuitamment le soidisant vermicellier. Le père Goriot, qui sans doute avait attaché sur la barre d'une table renversée un plat et une espèce de soupière en vermeil, tournait une espèce de câble autour de ces objets richement sculptés, en les serrant avec une si grande force qu'il les tordait vraisemblablement pour les convertir en lingots. — Peste ! quel homme ! se dit Rastignac en voyant le bras nerveux du vieillard qui, à l'aide de cette corde, pétrissait sans bruit l'argent doré, comme une pâte. Mais serait-ce donc un voleur ou un receleur qui, pour se livrer plus sûrement à son commerce, affecterait la bêtise, l'impuissance, et vivrait en mendiant ? se dit Eugène en se relevant un moment. L'étudiant appliqua de nouveau son œil à la serrure. Le père Goriot, qui avait déroulé son câble, prit la masse d'argent, la mit sur la table après y avoir étendu sa couverture, et l'y roula pour l'arrondir en barre, opération dont il s'acquitta avec une facilité merveilleuse. — Il serait donc aussi fort que l'était Auguste, roi de Pologne ? se dit Eugène quand la barre ronde fut à peu près façonnée. Le père Goriot regarda tristement son ouvrage, des larmes sortirent de ses yeux, il souffla le rat-de-cave à la lueur duquel il avait tordu ce vermeil, et Eugène l'entendit se coucher en poussant un soupir. — Il est fou, pensa l'étudiant.

— Pauvre enfant ! dit à haute voix le père Goriot.

A cette parole, Rastignac jugea prudent de garder le silence sur cet événement, et de ne pas inconsidérément condamner son voisin. Il allait rentrer quand il distingua soudain un bruit assez difficile à exprimer, et qui devait être produit par des hommes en chaussons de lisière montant l'escalier. Eugène prêta l'oreille, et reconnut en effet le son alternatif de la respiration de deux hommes. Sans avoir entendu ni le cri de la porte ni les pas des hommes, il vit tout à coup une faible lueur au second étage, chez monsieur Vautrin. — Voilà bien des mystères dans une pension bourgeoise ! se dit-il. Il descendit quelques marches, se mit à écouter, et le son de l'or frappa son oreille. Bientôt la lumière fut éteinte, les deux respirations se firent entendre derechef sans que la porte eût crié. Puis, à mesure que les deux hommes descendirent, le bruit alla s'affaiblissant.

— Qui va là ? cria madame Vauquer en ouvrant la fenêtre de sa chambre.

— C'est moi qui rentre, maman Vauquer, dit Vautrin de sa grosse voix.

— C'est singulier ! Christophe avait mis le verrou, se dit Eugène en rentrant dans sa chambre. Il faut veiller pour bien savoir ce qui se passe autour de soi, dans Paris. Détourné par ces petits événements de sa méditation ambitieusement amoureuse, il se mit au travail. Distrait par les soupçons qui lui venaient sur le compte du père Goriot, plus distrait encore par la figure de madame de Restaud, qui de moments en moments se posait devant lui comme la messagère d'une brillante destinée, il finit par se coucher et par dormir à poings fermés. Sur dix nuits promises au travail par les jeunes gens, ils en donnent sept au sommeil. Il faut avoir plus de vingt ans pour veiller.

Le lendemain matin régnait à Paris un de ces épais brouillards qui l'enveloppent et l'embrument si bien que les gens les plus exacts sont trompés par le temps.

Les rendez-vous d'affaires se manquent. Chacun se croit à huit heures quand midi sonne. Il était neuf heures et demie, madame Vauquer n'avait pas encore bougé de son lit. Christophe et la grosse Sylvie, attardés aussi, prenaient tranquillement leur café, préparé avec les couches supérieures du lait destiné aux pensionnaires, et que Sylvie faisait longtemps bouillir, afin que madame Vauquer ne s'aperçût pas de cette dîme illégalement levée.

— Sylvie, dit Christophe en mouillant sa première rôtie, monsieur Vautrin, qu'est un bon homme tout de même, a encore vu deux personnes cette nuit. Si madame s'en inquiétait, ne faudrait rien lui dire.

— Vous a-t-il donné quelque chose ?

— Il m'a donné cent sous pour son mois, une manière de me dire : « Tais-toi. »

— Sauf lui et madame Couture, qui ne sont pas regardants, les autres voudraient nous retirer de la main gauche ce qu'ils nous donnent de la main droite au jour de l'an, dit Sylvie.

— Encore, qu'est-ce qu'ils donnent ! fit Christophe, une méchante pièce *et* de cent sous. Voilà depuis deux ans le père Goriot qui fait ses souliers lui-même. Ce *grigou* de Poiret se passe de cirage, et le boirait plutôt que de le mettre à ses savates. Quant au gringalet d'étudiant, il me donne quarante sous. Quarante sous ne payent pas mes brosses, et il vend ses vieux habits, par-dessus le marché. Qué baraque !

— Bah ! fit Sylvie en buvant de petites gorgées de café, nos places sont encore les meilleures du quartier : on y vit bien. Mais, à propos de gros papa Vautrin, Christophe, vous a-t-on dit quelque chose ?

— Oui, j'ai rencontré il y a quelques jours un monsieur dans la rue, qui m'a dit : — N'est-ce pas chez vous que demeure un gros monsieur qui a des favoris qu'il teint ? Moi j'ai dit : « Non, monsieur, il ne les teint pas. Un homme gai comme lui, il n'en a pas le temps. » J'ai donc dit ça à monsieur Vautrin, qui m'a répondu : « Tu as bien fait, mon garçon ! Réponds toujours comme ça. Rien n'est plus désagréable que de laisser connaître nos infirmités. Ça peut faire manquer des mariages. »

— Eh bien ! à moi, au marché, on a voulu m'englauder aussi pour me faire dire si je lui voyais passer sa chemise. C'te farce ! Tiens, dit-elle en s'interrompant, voilà dix heures quart moins qui sonnent au Val-de-Grâce, et personne ne bouge.

— Ah bah! ils sont tous sortis. Madame Couture et sa jeune personne sont allées manger le bon Dieu à Saint-Étienne dès huit heures. Le père Goriot est sorti avec un paquet. L'étudiant ne reviendra qu'après son cours, à dix heures. Je les ai vus partir en faisant mes escaliers; que le père Goriot m'a donné un coup avec ce qu'il portait qu'était dur comme du fer. Qué qui fait donc, ce bonhomme-là? Les autres le font aller comme une toupie, mais c'est un brave homme tout de même, et qui vaut mieux qu'eux tous. Il ne donne pas grand-chose; mais les dames chez lesquelles il m'envoie quelquefois allongent de fameux pourboires, et sont joliment ficelées.

— Celles qu'il appelle ses filles, hein? Elles sont une douzaine.

— Je ne suis jamais allé que chez deux, les mêmes qui sont venues ici.

— Voilà madame qui se remue; elle va faire son sabbat: faut que j'y aille. Vous veillerez au lait, Christophe, rapport au chat.

— Comment, Sylvie, voilà dix heures quart moins, vous m'avez laissée dormir comme une marmotte! Jamais pareille chose n'est arrivée.

— C'est le brouillard, qu'est à couper au couteau.

— Mais le déjeuner?

— Bah! vos pensionnaires avaient bien le diable au corps; ils ont tous décanillé dès le patron-jacquette.

— Parle donc bien, Sylvie, reprit madame Vauquer: on dit le patron-minette.

— Ah! madame, je dirai comme vous voudrez. Tant y a que vous pouvez déjeuner à dix heures. La Michonnette et le Poiret n'ont pas bougé. Il n'y a qu'eux qui soient dans la maison, et ils dorment comme des souches qui sont.

— Mais, Sylvie, tu les mets tous les deux ensemble, comme si...

— Comme si, quoi? reprit Sylvie en laissant échapper un gros rire bête. Les deux font la paire.

— C'est singulier, Sylvie: comment monsieur Vautrin est-il donc rentré cette nuit après que Christophe a eu mis les verrous?

— Bien au contraire, madame. Il a entendu monsieur Vautrin, et est descendu pour lui ouvrir la porte. Et voilà ce que vous avez cru...

— Donne-moi ma camisole, et va vite voir au déjeuner. Arrange le reste du mouton avec des pommes de terre, et donne des poires cuites, de celles qui coûtent deux liards la pièce.

Quelques instants après, madame Vauquer descendit au moment où son chat venait de renverser d'un coup de patte l'assiette qui couvrait un bol de lait, et le lapait en toute hâte.

— Mistigris, s'écria-t-elle. Le chat se sauva, puis revint se frotter à ses jambes. Oui, oui, fais ton capon, vieux lâche! lui dit-elle. Sylvie! Sylvie!

— Eh bien! quoi, madame?

— Voyez donc ce qu'a bu le chat.

— C'est la faute de cet animal de Christophe, à qui j'avais dit de mettre le couvert. Où est-il passé? Ne vous inquiétez pas, madame; ce sera le café du père Goriot. Je mettrai de l'eau dedans, il ne s'en apercevra pas. Il ne fait attention à rien, pas même à ce qu'il mange.

— Où donc est-il allé, ce chinois-là? dit madame Vauquer en plaçant les assiettes.

— Est-ce qu'on sait? Il fait des trafics des cinq cents diables.

— J'ai trop dormi, dit madame Vauquer.

— Mais aussi madame est-elle fraîche comme une rose...

En ce moment la sonnette se fit entendre, et Vautrin entra dans le salon en chantant de sa grosse voix :

> J'ai longtemps parcouru le monde,
> Et l'on m'a vu de toute part...

— Oh! oh! bonjour, madame Vauquer, dit-il en apercevant l'hôtesse, qu'il prit galamment dans ses bras.

— Allons, finissez donc.

— Dites impertinent, reprit-il. Allons, dites-le. Voulez-vous bien le dire? Tenez, je vais mettre le couvert avec vous. Ah! je suis gentil, n'est-ce pas?

> Courtiser la brune et la blonde,
> Aimer, soupirer...

— Je viens de voir quelque chose de singulier.

> ... au hasard.

— Quoi? dit la veuve.

— Le père Goriot était à huit heures et demie rue Dauphine, chez l'orfèvre qui achète de vieux couverts et

des galons. Il lui a vendu pour une bonne somme un
ustensile de ménage, en vermeil, assez joliment tortillé
pour un homme qui n'est pas de la manique.

— Bah! vraiment?

— Oui. Je revenais ici après avoir conduit un de mes
amis qui s'expatrie par les Messageries royales; j'ai attendu le père Goriot pour voir: histoire de rire. Il a remonté
dans ce quartier-ci, rue des Grès, où il est entré dans la
maison d'un usurier connu, nommé Gobseck, un fier drôle,
capable de faire des dominos avec les os de son père;
un juif, un arabe, un grec, un bohémien, un homme
qu'on serait bien embarrassé de dévaliser, il met ses
écus à la Banque.

— Qu'est-ce que fait donc ce père Goriot?

— Il ne fait rien, dit Vautrin, il défait. C'est un imbécile assez bête pour se ruiner à aimer les filles qui...

— Le voilà! dit Sylvie.

— Christophe, cria le père Goriot, monte avec moi.
Christophe suivit le père Goriot, et redescendit bientôt.

— Où vas-tu? dit madame Vauquer à son domestique.

— Faire une commission pour monsieur Goriot.

— Qu'est-ce que c'est que ça? dit Vautrin en arrachant des mains de Christophe une lettre sur laquelle il
lut: *A madame la comtesse Anastasie de Restaud*. Et tu vas?
reprit-il en tendant la lettre à Christophe.

— Rue du Helder. J'ai ordre de ne remettre ceci qu'à
madame la comtesse.

— Qu'est-ce qu'il y a là-dedans? dit Vautrin en mettant la lettre au jour; un billet de banque? non. Il entrou-
vrit l'enveloppe. — Un billet acquitté, s'écria-t-il.
Fourche! il est galant, le roquentin. Va, vieux lascar,
dit-il en coiffant de sa large main Christophe, qu'il fit
tourner sur lui-même comme un dé, tu auras un bon
pourboire.

Le couvert était mis. Sylvie faisait bouillir le lait.
Madame Vauquer allumait le poêle, aidée par Vautrin,
qui fredonnait toujours:

> J'ai longtemps parcouru le monde
> Et l'on m'a vu de toute part...

Quand tout fut prêt, madame Couture et mademoiselle Taillefer rentrèrent.

— D'où venez-vous donc si matin, ma belle dame?
dit madame Vauquer à madame Couture.

— Nous venons de faire nos dévotions à Saint-Etienne-du-Mont, ne devons-nous pas aller aujourd'hui chez monsieur Taillefer ? Pauvre petite, elle tremble comme la feuille, reprit madame Couture en s'asseyant devant le poêle à la bouche duquel elle présenta ses souliers qui fumèrent.

— Chauffez-vous donc, Victorine, dit madame Vauquer.

— C'est bien, mademoiselle, de prier le bon Dieu d'attendrir le cœur de votre père, dit Vautrin en avançant une chaise à l'orpheline. Mais ça ne suffit pas. Il vous faudrait un ami qui se chargeât de dire son fait à ce marsouin-là, un sauvage qui a, dit-on, trois millions, et qui ne vous donne pas de dot. Une belle fille a besoin de dot dans ce temps-ci.

— Pauvre enfant, dit madame Vauquer. Allez, mon chou, votre monstre de père attire le malheur à plaisir sur lui.

A ces mots, les yeux de Victorine se mouillèrent de larmes, et la veuve s'arrêta sur un signe que lui fit madame Couture.

— Si nous pouvions seulement le voir, si je pouvais lui parler, lui remettre la dernière lettre de sa femme, reprit la veuve du Commissaire-Ordonnateur. Je n'ai jamais osé la risquer par la poste ; il connaît mon écriture...

— *O femmes innocentes, malheureuses et persécutées,* s'écria Vautrin en interrompant, voilà donc où vous en êtes ? D'ici à quelques jours je me mêlerai de vos affaires, et tout ira bien.

— Oh ! monsieur, dit Victorine en jetant un regard à la fois humide et brûlant à Vautrin, qui ne s'en émut pas, si vous saviez un moyen d'arriver à mon père, dites-lui bien que son affection et l'honneur de ma mère me sont plus précieux que toutes les richesses du monde. Si vous obteniez quelque adoucissement à sa rigueur, je prierais Dieu pour vous. Soyez sûr d'une reconnaissance...

— *J'ai longtemps parcouru le monde,* chanta Vautrin d'une voix ironique.

En ce moment, Goriot, mademoiselle Michonneau, Poiret descendirent, attirés peut-être par l'odeur du roux que faisait Sylvie pour accommoder les restes du mouton. À l'instant où les sept convives s'attablèrent en se souhaitant le bonjour, dix heures sonnèrent, l'on entendit dans la rue le pas de l'étudiant.

— Ah! bien, monsieur Eugène, dit Sylvie, aujourd'hui vous allez déjeuner avec tout le monde.

L'étudiant salua les pensionnaires, et s'assit auprès du père Goriot.

— Il vient de m'arriver une singulière aventure, dit-il en se servant abondamment du mouton et se coupant un morceau de pain que madame Vauquer mesurait toujours de l'œil.

— Une aventure! dit Poiret.

— Eh bien! pourquoi vous en étonneriez-vous, vieux chapeau? dit Vautrin à Poiret. Monsieur est bien fait pour en avoir.

Mademoiselle Taillefer coula timidement un regard sur le jeune étudiant.

— Dites-nous votre aventure, demanda madame Vauquer.

— Hier j'étais au bal chez madame la vicomtesse de Beauséant, une cousine à moi, qui possède une maison magnifique, des appartements habillés de soie, enfin qui nous a donné une fête superbe, où je me suis amusé comme un roi...

— Telet, dit Vautrin en interrompant net.

— Monsieur, reprit vivement Eugène, que voulez-vous dire?

— Je dis *telet*, parce que les roitelets s'amusent beaucoup plus que les rois.

— C'est vrai : j'aimerais mieux être ce petit oiseau sans souci que roi, parce... fit Poiret l'*idémiste*.

— Enfin, reprit l'étudiant en lui coupant la parole, je danse avec une des plus belles femmes du bal, une comtesse ravissante, la plus délicieuse créature que j'aie jamais vue. Elle était coiffée avec des fleurs de pêcher, elle avait au côté le plus beau bouquet de fleurs, des fleurs naturelles qui embaumaient; mais, bah! il faudrait que vous l'eussiez vue, il est impossible de peindre une femme animée par la danse. Eh bien! ce matin j'ai rencontré cette divine comtesse, sur les neuf heures, à pied, rue des Grès. Oh! le cœur m'a battu, je me figurais...

— Qu'elle venait ici, dit Vautrin en jetant un regard profond à l'étudiant. Elle allait sans doute chez le papa Gobseck, un usurier. Si jamais vous fouillez des cœurs de femmes à Paris, vous y trouverez l'usurier avant l'amant. Votre comtesse se nomme Anastasie de Restaud, et demeure rue du Helder.

A ce nom, l'étudiant regarda fixement Vautrin. Le père Goriot leva brusquement la tête, il jeta sur les deux interlocuteurs un regard lumineux et plein d'inquiétude qui surprit les pensionnaires.

— Christophe arrivera trop tard, elle y sera donc allée, s'écria douloureusement Goriot.

— J'ai deviné, dit Vautrin en se penchant à l'oreille de madame Vauquer.

Goriot mangeait machinalement et sans savoir ce qu'il mangeait. Jamais il n'avait semblé plus stupide et plus absorbé qu'il l'était en ce moment.

— Qui diable, monsieur Vautrin, a pu vous dire son nom ? demanda Eugène.

— Ah! ah! voilà, répondit Vautrin. Le père Goriot le savait bien, lui! pourquoi ne le saurais-je pas ?

— Monsieur Goriot, s'écria l'étudiant.

— Quoi! dit le pauvre vieillard. Elle était donc bien belle hier ?

— Qui ?

— Madame de Restaud.

— Voyez-vous le vieux grigou, dit madame Vauquer à Vautrin, comme ses yeux s'allument.

— Il l'entretiendrait donc ? dit à voix basse mademoiselle Michonneau à l'étudiant.

— Oh! oui, elle était furieusement belle, reprit Eugène, que le père Goriot regardait avidement. Si madame de Beauséant n'avait pas été là, ma divine comtesse eût été la reine du bal, les jeunes gens n'avaient d'yeux que pour elle, j'étais le douzième inscrit sur la liste, elle dansait toutes les contredanses. Les autres femmes enrageaient. Si une créature a été heureuse hier, c'était bien elle. On a bien raison de dire qu'il n'y a rien de plus beau que frégate à la voile, cheval au galop et femme qui danse.

— Hier en haut de la roue, chez une duchesse, dit Vautrin; ce matin en bas de l'échelle chez un escompteur : voilà les Parisiennes. Si leurs maris ne peuvent entretenir leur luxe effréné, elles se vendent. Si elles ne savent pas se vendre, elles éventreraient leurs mères pour y chercher de quoi briller. Enfin elles font les cent mille coups. Connu, connu!

Le visage du père Goriot, qui s'était allumé comme le soleil d'un beau jour en entendant l'étudiant, devint sombre à cette cruelle observation de Vautrin.

— Eh bien! dit madame Vauquer, où donc est votre

aventure ? Lui avez-vous parlé ? lui avez-vous demandé si elle voulait apprendre le Droit ?

— Elle ne m'a pas vu, dit Eugène. Mais rencontrer une des plus jolies femmes de Paris rue des Grès, à neuf heures, une femme qui a dû rentrer du bal à deux heures du matin, n'est-ce pas singulier ? Il n'y a que Paris pour ces aventures-là.

— Bah! il y en a de bien plus drôles, s'écria Vautrin.

Mademoiselle Taillefer avait à peine écouté, tant elle était préoccupée par la tentative qu'elle allait faire. Madame Couture lui fit signe de se lever pour aller s'habiller. Quand les deux dames sortirent, le père Goriot les imita.

— Eh bien! l'avez-vous vu ? dit madame Vauquer à Vautrin et à ses autres pensionnaires. Il est clair qu'il s'est ruiné pour ces femmes-là.

— Jamais on ne me fera croire, s'écria l'étudiant, que la belle comtesse de Restaud appartienne au père Goriot.

— Mais, lui dit Vautrin en l'interrompant, nous ne tenons pas à vous le faire croire. Vous êtes encore trop jeune pour bien connaître Paris, vous saurez plus tard qu'il s'y rencontre ce que nous nommons des *hommes à passions*... (A ces mots, mademoiselle Michonneau regarda Vautrin d'un air intelligent. Vous eussiez dit un cheval de régiment entendant le son de la trompette.) — Ah! ah! fit Vautrin en s'interrompant pour lui jeter un regard profond, *que* nous *n'avons néu* nos petites passions, nous ? (La vieille fille baissa les yeux comme une religieuse qui voit des statues.) — Eh bien! reprit-il, ces gens-là chaussent une idée et n'en démordent pas. Ils n'ont soif que d'une certaine eau prise à une certaine fontaine, et souvent croupie; pour en boire, ils vendraient leurs femmes, leurs enfants; ils vendraient leur âme au diable. Pour les uns, cette fontaine est le jeu, la Bourse, une collection de tableaux ou d'insectes, la musique; pour d'autres, c'est une femme qui sait leur cuisiner des friandises. A ceux-là, vous leur offririez toutes les femmes de la terre, ils s'en moquent, ils ne veulent que celle qui satisfait leur passion. Souvent cette femme ne les aime pas du tout, vous les rudoie, leur vend fort cher des bribes de satisfaction; eh bien! mes farceurs ne se lassent pas, et mettraient leur dernière couverture au Mont-de-Piété pour lui apporter leur dernier écu. Le père Goriot est un de ces gens-là. La comtesse l'exploite parce qu'il est discret, et voilà le beau monde! Le pauvre bonhomme ne pense qu'à elle. Hors de sa passion, vous le voyez, c'est une bête brute. Mettez-le sur ce chapitre-là, son visage étincelle comme un diamant. Il n'est pas difficile de deviner ce secret-là. Il a porté ce matin du vermeil à la fonte, et je l'ai vu entrant chez le papa Gobseck, rue des Grès. Suivez bien ! En revenant, il a envoyé chez la comtesse de Restaud ce niais de Christophe qui nous a montré l'adresse de la lettre dans laquelle était un billet acquitté. Il est clair que si la comtesse allait aussi chez le vieil escompteur, il y avait urgence. Le père Goriot a galamment financé pour elle. Il ne faut pas coudre deux idées pour voir clair là-dedans. Cela vous prouve, mon jeune étudiant, que, pendant que votre comtesse riait, dansait, faisait ses singeries, balançait ses fleurs de pêcher, et pinçait sa robe, elle était dans ses petits souliers, comme on dit, en pensant à ses lettres de change protestées, ou à celles de son amant.

— Vous me donnez une furieuse envie de savoir la vérité. J'irai demain chez madame de Restaud, s'écria Eugène.

— Oui, dit Poiret, il faut aller demain chez madame de Restaud.

— Vous y trouverez peut-être le bonhomme Goriot qui viendra toucher le montant de ses galanteries.

— Mais, dit Eugène avec un air de dégoût, votre Paris est donc un bourbier.

— Et un drôle de bourbier, reprit Vautrin. Ceux qui s'y crottent en voiture sont d'honnêtes gens, ceux qui s'y crottent à pied sont des fripons. Ayez le malheur d'y décrocher n'importe quoi, vous êtes montré sur la place du Palais-de-Justice comme une curiosité. Volez un million, vous êtes marqué dans les salons comme une vertu. Vous payez trente millions à la Gendarmerie et à la Justice pour maintenir cette morale-là. Joli !

— Comment, s'écria madame Vauquer, le père Goriot aurait fondu son déjeuner de vermeil ?

— N'y avait-il pas deux tourterelles sur le couvercle ? dit Eugène.

— C'est bien cela.

— Il y tenait donc beaucoup, il a pleuré quand il a eu pétri l'écuelle et le plat. Je l'ai vu par hasard, dit Eugène.

— Il y tenait comme à sa vie, répondit la veuve.

— Voyez-vous le bonhomme, combien il est passionné, s'écria Vautrin. Cette femme-là sait lui chatouiller l'âme.

L'étudiant remonta chez lui. Vautrin sortit. Quelques instants après, madame Couture et Victorine montèrent dans un fiacre que Sylvie alla leur chercher. Poiret offrit son bras à mademoiselle Michonneau, et tous deux allèrent se promener au Jardin des Plantes, pendant les deux belles heures de la journée.

— Eh bien! les voilà donc quasiment mariés, dit la grosse Sylvie. Ils sortent ensemble aujourd'hui pour la première fois. Ils sont tous deux si secs que, s'ils se cognent, ils feront feu comme un briquet.

— Gare au châle de mademoiselle Michonneau, dit en riant madame Vauquer, il prendra comme de l'amadou.

A quatre heures du soir, quand Goriot rentra, il vit, à la lueur de deux lampes fumeuses, Victorine dont les yeux étaient rouges. Madame Vauquer écoutait le récit de la visite infructueuse faite à monsieur Taillefer pendant la matinée. Ennuyé de recevoir sa fille et cette vieille femme, Taillefer les avait laissé parvenir jusqu'à lui pour s'expliquer avec elles.

— Ma chère dame, disait madame Couture à madame Vauquer, figurez-vous qu'il n'a pas même fait asseoir Victorine, qu'est restée constamment debout. A moi, il m'a dit, sans se mettre en colère, tout froidement, de nous épargner la peine de venir chez lui; que mademoiselle, sans dire sa fille, se nuisait dans son esprit en l'importunant (une fois par an, le monstre!); que la mère de Victorine ayant été épousée sans fortune, elle n'avait rien à prétendre; enfin les choses les plus dures, qui ont fait fondre en larmes cette pauvre petite. La petite s'est jetée alors aux pieds de son père, et lui a dit avec courage qu'elle n'insistait autant que pour sa mère, qu'elle obéirait à ses volontés sans murmure, mais qu'elle le suppliait de lire le testament de la pauvre défunte; elle a pris la lettre et la lui a présentée en disant les plus belles choses du monde et les mieux senties, je ne sais pas où elle les a prises, Dieu les lui dictait, car la pauvre enfant était si bien inspirée qu'en l'entendant, moi, je pleurais comme une bête. Savez-vous ce que faisait cet horreur d'homme, il se coupait les ongles, il a pris cette lettre que la pauvre madame Taillefer avait trempée de larmes, et l'a jetée sur la cheminée en disant : « C'est bon! » Il a voulu relever sa fille qui lui prenait les mains pour les lui baiser, mais il les a retirées. Est-ce pas une scélératesse ? Son grand dadais de fils est entré sans saluer sa sœur.

— C'est donc des monstres ? dit le père Goriot.

— Et puis, dit madame Couture sans faire attention à l'exclamation du bonhomme, le père et le fils s'en sont allés en me saluant et en me priant de les excuser, ils avaient des affaires pressantes. Voilà notre visite. Au moins, il a vu sa fille. Je ne sais pas comment il peut la renier, elle lui ressemble comme deux gouttes d'eau.

Les pensionnaires, internes et externes, arrivèrent les uns après les autres, en se souhaitant mutuellement le bonjour, et se disant de ces riens qui constituent, chez certaines classes parisiennes, un esprit drolatique dans lequel la bêtise entre comme élément principal, et dont le mérite consiste particulièrement dans le geste ou la prononciation. Cette espèce d'argot varie continuellement. La plaisanterie qui en est le principe n'a jamais un mois d'existence. Un événement politique, un procès en cour d'assises, une chanson des rues, les farces d'un acteur, tout sert à entretenir ce jeu d'esprit qui consiste surtout à prendre les idées et les mots comme des volants, et à se les renvoyer sur des raquettes. La récente invention du Diorama, qui portait l'illusion de l'optique à un plus haut degré que dans les Panoramas, avait amené dans quelques ateliers de peinture la plaisanterie de parler en *rama*, espèce de charge qu'un jeune peintre, habitué de la pension Vauquer, y avait inoculée.

— Eh bien ! *monsieurre* Poiret, dit l'employé au Muséum, comment va cette petite *santérama* ? Puis, sans attendre la réponse : Mesdames, vous avez du chagrin, dit-il à madame Couture et à Victorine.

— Allons-nous *dînare* ? s'écria Horace Bianchon, un étudiant en médecine, ami de Rastignac, ma petite estomac est descendue *usque ad talones*.

— Il fait un fameux *froitorama* ! dit Vautrin. Dérangez-vous donc, père Goriot ! Que diable ! votre pied prend toute la gueule du poêle.

— Illustre monsieur Vautrin, dit Bianchon, pourquoi dites-vous *froitorama* ? il y a une faute, c'est *froidorama*.

— Non, dit l'employé au Muséum, c'est *froitorama*, par la règle : j'ai froit aux pieds.

— Ah ! ah !

— Voici son excellence le marquis de Rastignac, docteur en droit-travers, s'écria Bianchon en saisissant Eugène par le cou et le serrant de manière à l'étouffer. Ohé ! les autres, ohé !

Mademoiselle Michonneau entra doucement, salua les convives sans rien dire, et s'alla placer près des trois femmes.

— Elle me fait toujours grelotter, cette vieille chauve-souris, dit à voix basse Bianchon à Vautrin en montrant mademoiselle Michonneau. Moi qui étudie le système de Gall, je lui trouve les bosses de Judas.

— Monsieur l'a connu ? dit Vautrin.

— Qui ne l'a pas rencontré ! répondit Bianchon. Ma parole d'honneur, cette vieille fille blanche me fait l'effet de ces longs vers qui finissent par ronger une poutre.

— Voilà ce que c'est, jeune homme, dit le quadragénaire en peignant ses favoris.

> Et rose, elle a vécu ce que vivent les roses,
> L'espace d'un matin.

— Ah! ah! voici une fameuse *soupeaurama*, dit Poiret en voyant Christophe qui entrait en tenant respectueusement le potage.

— Pardonnez-moi, monsieur, dit madame Vauquer, c'est une soupe aux choux.

Tous les jeunes gens éclatèrent de rire.

— Enfoncé, Poiret!

— Poirrrrrette enfoncé!

— Marquez deux points à maman Vauquer, dit Vautrin.

— Quelqu'un a-t-il fait attention au brouillard de ce matin ? dit l'employé.

— C'était, dit Bianchon, un brouillard frénétique et sans exemple, un brouillard lugubre, mélancolique, vert, poussif, un brouillard Goriot.

— Goriorama, dit le peintre, parce qu'on n'y voyait goutte.

— Hé, milord Gâôriotte, il être questiônne dé véaus.

Assis au bas-bout de la table, près de la porte par laquelle on servait, le père Goriot leva la tête en flairant un morceau de pain qu'il avait sous sa serviette, par une vieille habitude commerciale qui reparaissait quelquefois.

— Eh bien! lui cria aigrement madame Vauquer d'une voix qui domina le bruit des cuillers, des assiettes et des voix, est-ce que vous ne trouvez pas le pain bon ?

— Au contraire, madame, répondit-il, il est fait avec de la farine d'Etampes, première qualité.

— A quoi voyez-vous cela ? lui dit Eugène.

— A la blancheur, au goût.

— Au goût du nez puisque vous le sentez, dit madame Vauquer. Vous devenez si économe que vous finirez par trouver le moyen de vous nourrir en humant l'air de la cuisine.

— Prenez alors un brevet d'invention, cria l'employé au Muséum, vous ferez une belle fortune.

— Laissez donc, il fait ça pour nous persuader qu'il a été vermicellier, dit le peintre.

— Votre nez est donc une cornue, demanda encore l'employé du Muséum.

— Cor quoi ? fit Bianchon.

— Cor-nouille.

— Cor-nemuse.

— Cor-naline.

— Cor-niche.

— Cor-nichon.

— Cor-beau.

— Cor-nac.

— Cor-norama.

Ces huit réponses partirent de tous les côtés de la salle avec la rapidité d'un feu de file, et prêtèrent d'autant plus à rire, que le pauvre père Goriot regardait les convives d'un air niais, comme un homme qui tâche de comprendre une langue étrangère.

— Cor ? dit-il à Vautrin qui se trouvait près de lui.

— Cor aux pieds, mon vieux! dit Vautrin en enfonçant le chapeau du père Goriot par une tape qu'il lui appliqua sur la tête et qui le fit descendre jusque sur les yeux.

Le pauvre vieillard, stupéfait de cette brusque attaque, resta pendant un moment immobile. Christophe emporta l'assiette du bonhomme, croyant qu'il avait fini sa soupe; en sorte que quand Goriot, après avoir relevé son chapeau, prit sa cuiller, il frappa la table. Tous les convives éclatèrent de rire.

— Monsieur, dit le vieillard, vous êtes un mauvais plaisant, et si vous vous permettez encore de me donner de pareils renfoncements...

— Eh bien, quoi, papa ? dit Vautrin en l'interrompant.

— Eh bien! vous payerez cela bien cher quelque jour...

— En enfer, pas vrai ? dit le peintre, dans ce petit coin noir où l'on met les enfants méchants!

— Eh bien! mademoiselle, dit Vautrin à Victorine, vous ne mangez pas. Le papa s'est donc montré récalcitrant?

— Une horreur, dit madame Couture.

— Il faut le mettre à la raison, dit Vautrin.

— Mais, dit Rastignac, qui se trouvait assez près de Bianchon, mademoiselle pourrait intenter un procès sur la question des aliments, puisqu'elle ne mange pas. Eh! eh! voyez donc comme le père Goriot examine mademoiselle Victorine.

Le vieillard oubliait de manger pour contempler la pauvre jeune fille dans les traits de laquelle éclatait une douleur vraie, la douleur de l'enfant méconnu qui aime son père.

— Mon cher, dit Eugène à voix basse, nous nous sommes trompés sur le père Goriot. Ce n'est ni un imbécile ni un homme sans nerfs. Applique-lui ton système de Gall, et dis-moi ce que tu en penseras. Je lui ai vu cette nuit tordre un plat de vermeil, comme si ç'eût été de la cire, et dans ce moment l'air de son visage trahit des sentiments extraordinaires. Sa vie me paraît être trop mystérieuse pour ne pas valoir la peine d'être étudiée. Oui, Bianchon, tu as beau rire, je ne plaisante pas.

— Cet homme est un fait médical, dit Bianchon, d'accord; s'il veut, je le dissèque.

— Non, tâte-lui la tête.

— Ah! bien, sa bêtise est peut-être contagieuse.

Le lendemain Rastignac s'habilla fort élégamment, et alla, vers trois heures de l'après-midi, chez madame de Restaud, en se livrant pendant la route à ces espérances étourdiment folles qui rendent la vie des jeunes gens si belle d'émotions : ils ne calculent alors ni les obstacles ni les dangers, ils voient en tout le succès, poétisent leur existence par le seul jeu de leur imagination, et se font malheureux ou tristes par le renversement de projets qui ne vivaient encore que dans leurs désirs effrénés; s'ils n'étaient pas ignorants et timides, le monde social serait impossible. Eugène marchait avec mille précautions pour ne se point crotter, mais il marchait en pensant à ce qu'il dirait à madame de Restaud, il s'approvisionnait d'esprit, il inventait les reparties d'une conversation imaginaire, il préparait ses mots fins, ses phrases à la Talleyrand, en supposant de petites circonstances favorables à la déclaration sur laquelle il fondait son avenir. Il se crotta, l'étudiant, il fut forcé de faire cirer ses bottes et brosser son pantalon au Palais-Royal. « Si j'étais riche, se dit-il en changeant une pièce de trente sous qu'il avait prise *en cas de malheur,* je serais allé en voiture, j'aurais pu penser à mon aise. » Enfin il arriva rue du Helder et demanda la comtesse de Restaud. Avec la rage froide d'un homme sûr de triompher un jour, il reçut le coup d'œil méprisant des gens qui l'avaient vu traversant la cour à pied, sans avoir entendu le bruit d'une voiture à la porte. Ce coup d'œil lui fut d'autant plus sensible qu'il avait déjà compris son infériorité en entrant dans cette cour, où piaffait un beau cheval richement attelé à l'un de ces cabriolets pimpants qui affichent le luxe d'une existence dissipatrice, et sous-entendent l'habitude de toutes les félicités parisiennes. Il se mit, à lui tout seul, de mauvaise humeur. Les tiroirs ouverts dans son cerveau et qu'il comptait trouver pleins d'esprit se fermèrent, il devint stupide. En attendant la réponse de la comtesse, à laquelle un valet de chambre allait dire les noms du visiteur, Eugène se posa sur un seul pied devant une croisée de l'antichambre, s'appuya le coude sur une espagnolette, et regarda machinalement dans la cour. Il trouvait le temps long, il s'en serait allé s'il n'avait pas été doué de cette ténacité méridionale qui enfante des prodiges quand elle va en ligne droite.

— Monsieur, dit le valet de chambre, madame est dans son boudoir et fort occupée, elle ne m'a pas répondu ; mais si monsieur veut passer au salon, il y a déjà quelqu'un.

Tout en admirant l'épouvantable pouvoir de ces gens qui, d'un seul mot, accusent ou jugent leurs maîtres, Rastignac ouvrit délibérément la porte par laquelle était sorti le valet de chambre, afin sans doute de faire croire à ces insolents valets qu'il connaissait les êtres de la maison ; mais déboucha fort étourdiment dans une pièce où se trouvaient des lampes, des buffets, un appareil à chauffer des serviettes pour le bain, et qui menait à la fois dans un corridor obscur et dans un escalier dérobé. Les rires étouffés qu'il entendit dans l'antichambre mirent le comble à sa confusion.

— Monsieur, le salon est par ici, lui dit le valet de chambre avec ce faux respect qui semble être une raillerie de plus.

Eugène revint sur ses pas avec une telle précipitation qu'il se heurta contre une baignoire, mais il retint assez heureusement son chapeau pour l'empêcher de tomber dans le bain. En ce moment, une porte s'ouvrit au fond du long corridor éclairé par une petite lampe, Rastignac y entendit à la fois la voix de madame de Restaud, celle du père Goriot, et le bruit d'un baiser. Il entra dans la salle à manger, la traversa, suivit le valet de chambre, et rentra dans un premier salon où il resta posé devant la fenêtre, en s'apercevant qu'elle avait vue sur la cour. Il voulait voir si ce père Goriot était bien réellement son père Goriot. Le cœur lui battait étrangement, il se souvenait des épouvantables réflexions de Vautrin. Le valet de chambre attendait Eugène à la porte du salon, mais il en sortit tout à coup un élégant jeune homme, qui dit impatiemment : « Je m'en vais, Maurice. Vous direz à madame la comtesse que je l'ai attendue plus d'une demi-heure. » Cet impertinent, qui sans doute avait le droit de l'être, chantonna quelque roulade italienne en se dirigeant vers la fenêtre où stationnait Eugène, autant pour voir la figure de l'étudiant que pour regarder dans la cour.

— Mais monsieur le comte ferait mieux d'attendre encore un instant, Madame a fini, dit Maurice en retournant à l'antichambre.

En ce moment, le père Goriot débouchait près de la porte cochère par la sortie du petit escalier. Le bonhomme tirait son parapluie et se disposait à le déployer, sans faire attention que la grande porte était ouverte pour donner passage à un jeune homme décoré qui conduisait un tilbury. Le père Goriot n'eut que le temps de se jeter en arrière pour n'être pas écrasé. Le taffetas du parapluie avait effrayé le cheval, qui fit un léger écart en se précipitant vers le perron. Ce jeune homme détourna la tête d'un air de colère, regarda la père Goriot, et lui fit, avant qu'il ne sortît, un salut qui peignait la considération forcée que l'on accorde aux usuriers dont on a besoin, ou ce respect nécessaire exigé par un homme taré, mais dont on rougit plus tard. Le père Goriot répondit par un petit salut amical, plein de bonhomie. Ces événements se passèrent avec la rapidité de l'éclair. Trop attentif pour s'apercevoir qu'il n'était pas seul, Eugène entendit tout à coup la voix de la comtesse.

— Ah ! Maxime, vous vous en alliez, dit-elle avec un ton de reproche où se mêlait un peu de dépit.

La comtesse n'avait pas fait attention à l'entrée du tilbury. Rastignac se retourna brusquement et vit la comtesse coquettement vêtue d'un peignoir en cachemire blanc, à nœuds roses, coiffée négligemment, comme le sont les femmes de Paris au matin ; elle embaumait, elle

avait sans doute pris un bain, et sa beauté, pour ainsi
dire assouplie, semblait plus voluptueuse ; ses yeux étaient
humides. L'œil des jeunes gens sait tout voir : leurs esprits
s'unissent aux rayonnements de la femme comme une
plante aspire dans l'air des substances qui lui sont propres.
Eugène sentit donc la fraîcheur épanouie des mains de
cette femme sans avoir besoin d'y toucher. Il voyait, à
travers le cachemire, les teintes rosées du corsage que le
peignoir, légèrement entrouvert, laissait parfois à nu, et
sur lequel son regard s'étalait. Les ressources du busc
étaient inutiles à la comtesse, la ceinture marquait seule
sa taille flexible, son cou invitait à l'amour, ses pieds
étaient jolis dans les pantoufles. Quand Maxime prit cette
main pour la baiser, Eugène aperçut alors Maxime, et la
comtesse aperçut Eugène.

— Ah ! c'est vous, monsieur de Rastignac, je suis bien
aise de vous voir, dit-elle d'un air auquel savent obéir les
gens d'esprit.

Maxime regardait alternativement Eugène et la comtesse d'une manière assez significative pour faire décamper l'intrus. « Ah çà, ma chère, j'espère que tu vas me
mettre ce petit drôle à la porte ! » Cette phrase était une
traduction claire et intelligible des regards du jeune
homme impertinemment fier que la comtesse Anastasie
avait nommé Maxime, et dont elle consultait le visage de
cette intention soumise qui dit tous les secrets d'une
femme sans qu'elle s'en doute. Rastignac se sentit une
haine violente pour ce jeune homme. D'abord les beaux
cheveux blonds et bien frisés de Maxime lui apprirent
combien les siens étaient horribles. Puis Maxime avait des
bottes fines et propres, tandis que les siennes, malgré le
soin qu'il avait pris en marchant, s'étaient empreintes
d'une légère teinte de boue. Enfin Maxime portait une
redingote qui lui serrait élégamment la taille et le faisait
ressembler à une jolie femme, tandis qu'Eugène avait
à deux heures et demie un habit noir. Le spirituel enfant
de la Charente sentit la supériorité que la mise donnait à
ce dandy, mince et grand, à l'œil clair, au teint pâle, un
de ces hommes capables de ruiner des orphelins. Sans
attendre la réponse d'Eugène, madame de Restaud se
sauva comme à tire-d'aile dans l'autre salon, en laissant
flotter les pans de son peignoir qui se roulaient et se déroulaient de manière à lui donner l'apparence d'un papillon ;
et Maxime la suivit. Eugène furieux suivit Maxime et
la comtesse. Ces trois personnages se trouvèrent donc

en présence, à la hauteur de la cheminée, au milieu du grand salon. L'étudiant savait bien qu'il allait gêner cet odieux Maxime ; mais, au risque de déplaire à madame de Restaud, il voulut gêner le dandy. Tout à coup, en se souvenant d'avoir vu ce jeune homme au bal de madame de Beauséant, il devina ce qu'était Maxime pour madame de Restaud, et avec cette audace juvénile qui fait commettre de grandes sottises ou obtenir de grand succès, il se dit : « Voilà mon rival, je veux triompher de lui. » L'imprudent ! il ignorait que le comte Maxime de Trailles se laissait insulter, tirait le premier et tuait son homme. Eugène était un adroit chasseur, mais il n'avait pas encore abattu vingt poupées sur vingt-deux dans un tir. Le jeune comte se jeta dans une bergère au coin du feu, prit les pincettes et fouilla le foyer par un mouvement si violent, si grimaud, que le beau visage d'Anastasie se chagrina soudain. La jeune femme se tourna vers Eugène, et lui lança un de ces regards froidement interrogatifs qui disent si bien : Pourquoi ne vous en allez-vous pas ? que les gens bien élevés savent aussitôt faire de ces phrases qu'il faudrait appeler des phrases de sortie.

Eugène prit un air agréable et dit : — Madame, j'avais hâte de vous voir pour...

Il s'arrêta tout court. Une porte s'ouvrit. Le monsieur qui conduisait le tilbury se montra soudain, sans chapeau, ne salua pas la comtesse, regarda soucieusement Eugène, et tendit la main à Maxime, en lui disant : « Bonjour » avec une expression fraternelle qui surprit singulièrement Eugène. Les jeunes gens de province ignorent combien est douce la vie à trois.

— Monsieur de Restaud, dit la comtesse à l'étudiant en lui montrant son mari.

Eugène s'inclina profondément.

— Monsieur, dit-elle en continuant et en présentant Eugène au comte de Restaud, est monsieur de Rastignac, parent de madame la vicomtesse de Beauséant par les Marcillac, et que j'ai eu le plaisir de rencontrer à son dernier bal.

Parent de madame la vicomtesse de Beauséant par les Marcillac ! ces mots, que la comtesse prononça presque emphatiquement, par suite de l'espèce d'orgueil qu'éprouve une maîtresse de maison à prouver qu'elle n'a chez elle que des gens de distinction, furent d'un effet magique, le comte quitta son air froidement cérémonieux et salua l'étudiant.

— Enchanté, dit-il, monsieur, de pouvoir faire votre connaissance.

Le comte Maxime de Trailles lui-même jeta sur Eugène un regard inquiet et quitta tout à coup son air impertinent. Ce coup de baguette, dû à la puissante intervention d'un nom, ouvrit trente cases dans le cerveau du Méridional, et lui rendit l'esprit qu'il avait préparé. Une soudaine lumière lui fit voir clair dans l'atmosphère de la haute société parisienne, encore ténébreuse pour lui. La Maison Vauquer, le père Goriot étaient alors bien loin de sa pensée.

— Je croyais les Marcillac éteints ? dit le comte de Restaud à Eugène.

— Oui, monsieur, répondit-il. Mon grand-oncle, le chevalier de Rastignac, a épousé l'héritière de la famille de Marcillac. Il n'a eu qu'une fille, qui a épousé le maréchal de Clarimbault, aïeul maternel de madame de Beauséant. Nous sommes la branche cadette, branche d'autant plus pauvre que mon grand-oncle, vice-amiral, a tout perdu au service du Roi. Le gouvernement révolutionnaire n'a pas voulu admettre nos créances dans la liquidation qu'il a faite de la Compagnie des Indes.

— Monsieur votre grand-oncle ne commandait-il pas le *Vengeur* avant 1789 ?

— Précisément.

— Alors, il a connu mon grand-père, qui commandait le *Warwick*.

Maxime haussa légèrement les épaules en regardant madame de Restaud, et eut l'air de lui dire : « S'il se met à causer marine avec celui-là, nous sommes perdus. » Anastasie comprit le regard de monsieur de Trailles. Avec cette admirable puissance que possèdent les femmes, elle se mit à sourire en disant : « Venez, Maxime ; j'ai quelque chose à vous demander. Messieurs, nous vous laisserons naviguer de conserve sur le *Warwick* et sur le *Vengeur*. » Elle se leva et fit un signe plein de traîtrise railleuse à Maxime, qui prit avec elle la route du boudoir. A peine ce couple *morganatique*, jolie expression allemande qui n'a pas son équivalent en français, avait-il atteint la porte que le comte interrompit sa conversation avec Eugène.

— Anastasie ! restez donc, ma chère, s'écria-t-il avec humeur, vous savez bien que...

— Je reviens, je reviens, dit-elle en l'interrompant, il ne me faut qu'un moment pour dire à Maxime ce dont je veux le charger.

Elle revint promptement. Comme toutes les femmes qui, forcées d'observer le caractère de leurs maris pour pouvoir se conduire à leur fantaisie, savent reconnaître jusqu'où elles peuvent aller afin de ne pas perdre une confiance précieuse, et qui alors ne les choquent jamais dans les petites choses de la vie, la comtesse avait vu d'après les inflexions de la voix du comte qu'il n'y aurait aucune sécurité à rester dans le boudoir. Ces contretemps étaient dus à Eugène. Aussi la comtesse montra-t-elle l'étudiant d'un air et par un geste pleins de dépit à Maxime, qui dit fort épigrammatiquement au comte, à sa femme et à Eugène : — Ecoutez, vous êtes en affaires, je ne veux pas vous gêner; adieu. Il se sauva.

— Restez donc, Maxime! cria le comte.

— Venez dîner, dit la comtesse qui, laissant encore une fois Eugène et le comte, suivit Maxime dans le premier salon où ils restèrent assez de temps ensemble pour croire que monsieur de Restaud congédierait Eugène.

Rastignac les entendait tour à tour éclatant de rire, causant, se taisant; mais le malicieux étudiant faisait de l'esprit avec monsieur de Restaud, le flattait ou l'embarquait dans des discussions, afin de revoir la comtesse et de savoir quelles étaient ses relations avec le père Goriot. Cette femme, évidemment amoureuse de Maxime; cette femme, maîtresse de son mari, liée secrètement au vieux vermicellier, lui semblait tout un mystère. Il voulait pénétrer ce mystère, espérant ainsi pouvoir régner en souverain sur cette femme si éminemment Parisienne.

— Anastasie, dit le comte appelant de nouveau sa femme.

— Allons, mon pauvre Maxime, dit-elle au jeune homme, il faut se résigner. A ce soir...

— J'espère, Nasie, lui dit-il à l'oreille, que vous consignerez ce petit jeune homme dont les yeux s'allumaient comme des charbons quand votre peignoir s'entrouvrait. Il vous ferait des déclarations, vous compromettrait, et vous me forceriez à le tuer.

— Etes-vous fou, Maxime ? dit-elle. Ces petits étudiants ne sont-ils pas, au contraire, d'excellents paratonnerres ? Je le ferai, certes, prendre en grippe à Restaud.

Maxime éclata de rire et sortit suivi de la comtesse, qui se mit à la fenêtre pour le voir montant en voiture, faire piaffer son cheval, et agitant son fouet. Elle ne revint que quand la grande porte fut fermée.

— Dites donc, lui cria le comte quand elle rentra, ma chère, la terre où demeure la famille de monsieur n'est pas loin de Verteuil, sur la Charente. Le grand-oncle de monsieur et mon grand-père se connaissaient.

— Enchantée d'être en pays de connaissance, dit la comtesse distraite.

— Plus que vous ne le croyez, dit à voix basse Eugène.

— Comment ? dit-elle vivement.

— Mais, reprit l'étudiant, je viens de voir sortir de chez vous un monsieur avec lequel je suis porte à porte dans la même pension, le père Goriot.

A ce nom enjolivé du mot *père*, le comte, qui tisonnait, jeta les pincettes dans le feu, comme si elles lui eussent brûlé les mains, et se leva.

— Monsieur, vous auriez pu dire monsieur Goriot! s'écria-t-il.

La comtesse pâlit d'abord en voyant l'impatience de son mari, puis elle rougit, et fut évidemment embarrassée; elle répondit d'une voix qu'elle voulut rendre naturelle, et d'un air faussement dégagé : « Il est impossible de connaître quelqu'un que nous aimions mieux... » Elle s'interrompit, regarda son piano, comme s'il se réveillait en elle quelque fantaisie, et dit : — Aimez-vous la musique, monsieur ?

— Beaucoup, répondit Eugène devenu rouge et bêtifié par l'idée confuse qu'il eut d'avoir commis quelque lourde sottise.

— Chantez-vous ? s'écria-t-elle en s'en allant à son piano dont elle attaqua vivement toutes les touches en les remuant depuis l'ut d'en bas jusqu'au fa d'en haut. Rrrrah!

— Non, madame.

Le comte de Restaud se promenait de long en large.

— C'est dommage, vous êtes privé d'un grand moyen de succès. — *Ca-a-ro, ca-a-ro, ca-a-a-a-ro, non dubita-re*, chanta la comtesse.

En prononçant le nom du père Goriot, Eugène avait donné un coup de baguette magique, mais dont l'effet était inverse de celui qu'avaient frappé ces mots : parent de madame de Beauséant. Il se trouvait dans la situation d'un homme introduit par faveur chez un amateur de curiosités, et qui, touchant par mégarde une armoire pleine de figures sculptées, fait tomber trois ou quatre têtes mal collées. Il aurait voulu se jeter dans un gouffre. Le visage de madame de Restaud était sec, froid, et ses yeux devenus indifférents fuyaient ceux du malencontreux étudiant.

— Madame, dit-il, vous avez à causer avec monsieur de Restaud, veuillez agréer mes hommages, et me permettre...

— Toutes les fois que vous viendrez, dit précipitamment la comtesse en arrêtant Eugène par un geste, vous êtes sûr de nous faire, à monsieur de Restaud comme à moi, le plus vif plaisir.

Eugène salua profondément le couple et sortit suivi de monsieur de Restaud, qui, malgré ses instances, l'accompagna jusque dans l'antichambre.

— Toutes les fois que monsieur se présentera, dit le comte à Maurice, ni madame ni moi nous n'y serons.

Quand Eugène mit pied sur le perron, il s'aperçut qu'il pleuvait. — Allons, se dit-il, je suis venu faire une gaucherie dont j'ignore la cause et la portée, je gâterai pardessus le marché mon habit et mon chapeau. Je devrais rester dans un coin à piocher le Droit, ne penser qu'à devenir un rude magistrat. Puis-je aller dans le monde quand, pour y manœuvrer convenablement, il faut un tas de cabriolets, de bottes cirées, d'agrès indispensables, de chaînes d'or, dès le matin des gants de daim blancs qui coûtent six francs, et toujours des gants jaunes le soir ? Vieux drôle de père Goriot, va!

Quand il se trouva sous la porte de la rue, le cocher d'une voiture de louage, qui venait sans doute de remiser de nouveaux mariés et qui ne demandait pas mieux que de voler à son maître quelques courses de contrebande, fit à Eugène un signe en le voyant sans parapluie, en habit noir, gilet blanc, gants jaunes et bottes cirées. Eugène était sous l'empire de ces rages sourdes qui poussent un jeune homme à s'enfoncer de plus en plus dans l'abîme où il est entré, comme s'il espérait y trouver une heureuse issue. Il consentit par un mouvement de tête à la demande du cocher. Sans avoir plus de vingt-deux sous dans sa poche, il monta dans la voiture où quelques grains de fleurs d'oranger et des brins de cannetille attestaient le passage des mariés.

— Où monsieur va-t-il ? demanda le cocher, qui n'avait déjà plus ses gants blancs.

— Parbleu! se dit Eugène, puisque je m'enfonce, il faut au moins que cela me serve à quelque chose! Allez à l'hôtel de Beauséant, ajouta-t-il à haute voix.

— Lequel ? dit le cocher.

Mot sublime qui confondit Eugène. Cet élégant iné-
dit ne savait pas qu'il y avait deux hôtels de Beauséant, il
ne connaissait pas combien il était riche en parents qui
ne se souciaient pas de lui.

— Le vicomte de Beauséant, rue...

— De Grenelle, dit le cocher en hochant la tête et
l'interrompant. Voyez-vous, il y a encore l'hôtel du comte
et du marquis de Beauséant, rue Saint-Dominique, ajouta-t-il en relevant le marchepied.

— Je le sais bien, répondit Eugène d'un air sec. Tout
le monde aujourd'hui se moque donc de moi! dit-il en
jetant son chapeau sur les coussins de devant. Voilà une
escapade qui va me coûter la rançon d'un roi. Mais au
moins je vais faire ma visite à ma soi-disant cousine d'une
manière solidement aristocratique. Le père Goriot me
coûte déjà au moins dix francs, le vieux scélérat! Ma foi,
je vais raconter mon aventure à madame de Beauséant,
peut-être la ferai-je rire. Elle saura sans doute le mystère
des liaisons criminelles de ce vieux rat sans queue et de
cette belle femme. Il vaut mieux plaire à ma cousine que
de me cogner contre cette femme immorale, qui me fait
l'effet d'être bien coûteuse. Si le nom de la belle vicomtesse est si puissant, de quel poids doit donc être sa personne ? Adressons-nous en haut. Quand on s'attaque à
quelque chose dans le ciel, il faut viser Dieu!

Ces paroles sont la formule brève des mille et une pensées entre lesquelles il flottait. Il reprit un peu de calme
et d'assurance en voyant tomber la pluie. Il se dit que s'il
allait dissiper deux des précieuses pièces de cent sous qui
lui restaient, elles seraient heureusement employées à la
conservation de son habit, de ses bottes et de son chapeau. Il n'entendit pas sans un mouvement d'hilarité son
cocher criant : *La porte, s'il vous plaît ?* Un suisse rouge et
doré fit grogner sur ses gonds la porte de l'hôtel, et Rastignac vit avec une douce satisfaction sa voiture passant
sous le porche, tournant dans la cour, et s'arrêtant sous
la marquise du perron. Le cocher à grosse houppelande
bleue bordée de rouge vint déplier le marchepied. En
descendant de sa voiture, Eugène entendit des rires étouffés qui partaient sous le péristyle. Trois ou quatre valets
avaient déjà plaisanté sur cet équipage de mariée vulgaire. Leur rire éclaira l'étudiant au moment où il com-
para cette voiture à l'un des plus élégants coupés de
Paris, attelé de deux chevaux fringants qui avaient des
roses à l'oreille, qui mordaient leur frein, et qu'un cocher

poudré, bien cravaté, tenait en bride comme s'ils eussent voulu s'échapper. A la Chaussée-d'Antin, madame de Restaud avait dans sa cour le fin cabriolet de l'homme de vingt-six ans. Au faubourg Saint-Germain, attendait le luxe d'un grand seigneur, un équipage que trente mille francs n'auraient pas payé.

— Qui donc est là ? se dit Eugène en comprenant un peu tardivement qu'il devait se rencontrer à Paris bien peu de femmes qui ne fussent occupées, et que la conquête d'une de ces reines coûtait plus que du sang. Diantre! ma cousine aura sans doute aussi son Maxime.

Il monta le perron la mort dans l'âme. A son aspect la porte vitrée s'ouvrit; il trouva les valets sérieux comme des ânes qu'on étrille. La fête à laquelle il avait assisté s'était donnée dans les grands appartements de réception, situés au rez-de-chaussée de l'hôtel de Beauséant. N'ayant pas eu le temps, entre l'invitation et le bal, de faire une visite à sa cousine, il n'avait donc pas encore pénétré dans les appartements de madame de Beauséant; il allait donc voir pour la première fois les merveilles de cette élégance personnelle qui trahit l'âme et les mœurs d'une femme de distinction. Etude d'autant plus curieuse que le salon de madame de Restaud lui fournissait un terme de comparaison. A quatre heures et demie la vicomtesse était visible. Cinq minutes plus tôt, elle n'eût pas reçu son cousin. Eugène, qui ne savait rien des diverses étiquettes parisiennes, fut conduit par un grand escalier plein de fleurs, blanc de ton, à rampe dorée, à tapis rouge, chez madame de Beauséant, dont il ignorait la biographie verbale, une de ces changeantes histoires qui se content tous les soirs d'oreille à oreille dans les salons de Paris.

La vicomtesse était liée depuis trois ans avec un des plus célèbres et des plus riches seigneurs portugais, le marquis d'Ajuda-Pinto. C'était une de ces liaisons innocentes qui ont tant d'attraits pour les personnes ainsi liées, qu'elles ne peuvent supporter personne en tiers. Aussi le vicomte de Beauséant avait-il donné lui-même l'exemple au public en respectant, bon gré, mal gré, cette union morganatique. Les personnes qui, dans les premiers jours de cette amitié, vinrent voir la vicomtesse à deux heures, y trouvaient le marquis d'Ajuda-Pinto. Madame de Beauséant, incapable de fermer sa porte, ce qui eût été fort inconvenant, recevait si froidement les gens et contemplait si studieusement sa corniche, que cha-

cun comprenait combien il la gênait. Quand on sut dans
Paris qu'on gênait madame de Beauséant en venant la
voir entre deux et quatre heures, elle se trouva dans la
solitude la plus complète. Elle allait aux Bouffons ou à
l'Opéra en compagnie de monsieur de Beauséant et de
monsieur d'Ajuda-Pinto; mais en homme qui sait vivre,
monsieur de Beauséant quittait toujours sa femme et le
Portugais après les y avoir installés. Monsieur d'Ajuda
devait se marier. Il épousait une demoiselle de Rochefide.
Dans toute la haute société une seule personne ignorait
encore ce mariage, cette personne était madame de Beauséant. Quelques-unes de ses amies lui en avaient bien
parlé vaguement; elle en avait ri, croyant que ses amies
voulaient troubler un bonheur jalousé. Cependant les
bans allaient se publier. Quoiqu'il fût venu pour notifier ce mariage à la vicomtesse, le beau Portugais n'avait
pas encore osé dire un traître mot. Pourquoi ? rien sans
doute n'est plus difficile que de notifier à une femme un
semblable *ultimatum*. Certains hommes se trouvent plus
à l'aise sur le terrain, devant un homme qui leur menace
le cœur avec une épée, que devant une femme qui, après
avoir débité ses élégies pendant deux heures, fait la
morte et demande des sels. En ce moment donc monsieur d'Ajuda-Pinto était sur les épines, et voulait sortir,
en se disant que madame de Beauséant apprendrait cette
nouvelle, il lui écrirait, il serait plus commode de traiter ce galant assassinat par correspondance que de vive
voix. Quand le valet de chambre de la vicomtesse annonça
monsieur Eugène de Rastignac, il fit tressaillir de joie le
marquis d'Ajuda-Pinto. Sachez-le bien, une femme
aimante est encore plus ingénieuse à se créer des doutes
qu'elle n'est habile à varier le plaisir. Quand elle est sur
le point d'être quittée, elle devine plus rapidement le sens
d'un geste que le coursier de Virgile ne flaire les loin-
tains corpuscules qui lui annoncent l'amour. Aussi comp-
tez que madame de Beauséant surprit ce tressaillement
involontaire, léger, mais naïvement épouvantable. Eugène
ignorait qu'on ne doit jamais se présenter chez qui que ce
soit à Paris sans s'être fait conter par les amis de la maison l'histoire du mari, celle de la femme ou des enfants,
afin de n'y commettre aucune de ces balourdises dont on
dit pittoresquement en Pologne : *Attelez cinq bœufs à
votre char !* sans doute pour vous tirer du mauvais pas
où vous vous embourbez. Si ces malheurs de la conversation n'ont encore aucun nom en France, on les y suppose

sans doute impossibles, par suite de l'énorme publicité qu'y obtiennent les médisances. Après s'être embourbé chez madame de Restaud, qui ne lui avait pas même laissé le temps d'atteler les cinq bœufs à son char, Eugène seul était capable de recommencer son métier de bouvier, en se présentant chez madame de Beauséant. Mais s'il avait horriblement gêné madame de Restaud et monsieur de Trailles, il tirait d'embarras monsieur d'Ajuda.

— Adieu, dit le Portugais en s'empressant de gagner la porte quand Eugène entra dans un petit salon coquet, gris et rose, où le luxe semblait n'être que de l'élégance.

— Mais à ce soir, dit madame de Beauséant en retournant la tête et jetant un regard au marquis. N'allons-nous pas aux Bouffons ?

— Je ne le puis, dit-il en prenant le bouton de la porte.

Madame de Beauséant se leva, le rappela près d'elle, sans faire la moindre attention à Eugène, qui, debout, étourdi par les scintillements d'une richesse merveilleuse, croyait à la réalité des contes arabes, et ne savait où se fourrer en se trouvant en présence de cette femme sans être remarqué par elle. La vicomtesse avait levé l'index de sa main droite, et par un joli mouvement désignait au marquis une place devant elle. Il y eut dans ce geste un si violent despotisme de passion que le marquis laissa le bouton de la porte et vint. Eugène le regarda non sans envie.

— Voilà, se dit-il, l'homme au coupé ! Mais il faut donc avoir des chevaux fringants, des livrées et de l'or à flots pour obtenir le regard d'une femme de Paris ? Le démon du luxe le mordit au cœur, la fièvre du gain le prit, la soif de l'or lui sécha la gorge. Il avait cent trente francs pour son trimestre. Son père, sa mère, ses frères, ses sœurs, sa tante, ne dépensaient pas deux cents francs par mois, à eux tous. Cette rapide comparaison entre sa situation présente et le but auquel il fallait parvenir contribuèrent à le stupéfier.

— Pourquoi, dit la vicomtesse en riant, ne *pouvez-vous pas* venir aux Italiens ?

— Des affaires ! je dîne chez l'ambassadeur d'Angleterre.

— Vous les quitterez.

Quand un homme trompe, il est invinciblement forcé d'entasser mensonges sur mensonges. Monsieur d'Ajuda dit alors en riant : « Vous l'exigez ? »

— Oui, certes.

— Voilà ce que je voulais me faire dire, répondit-il en jetant un de ces fins regards qui auraient rassuré toute autre femme. Il prit la main de la vicomtesse, la baisa et partit.

Eugène passa la main dans ses cheveux et se tortilla pour saluer en croyant que madame de Beauséant allait penser à lui; tout à coup elle s'élance, se précipite dans la galerie, accourt à la fenêtre et regarde monsieur d'Ajuda pendant qu'il montait en voiture; elle prête l'oreille à l'ordre, et entend le chasseur répétant au cocher : « Chez monsieur de Rochefide. » Ces mots, et la manière dont d'Ajuda se plongea dans sa voiture, furent l'éclair et la foudre pour cette femme, qui revint en proie à de mortelles appréhensions. Les plus horribles catastrophes ne sont que cela dans le grand monde. La vicomtesse rentra dans sa chambre à coucher, se mit à sa table, et prit un joli papier.

Du moment, écrivait-elle, *où vous dînez chez les Rochefide, et non à l'ambassade anglaise, vous me devez une explication, je vous attends.*

Après avoir redressé quelques lettres défigurées par le tremblement convulsif de sa main, elle mit un C qui voulait dire Claire de Bourgogne, et sonna.

— Jacques, dit-elle à son valet de chambre qui vint aussitôt, vous irez à sept heures et demie chez monsieur de Rochefide, vous y demanderez le marquis d'Ajuda. Si monsieur le marquis y est, vous lui ferez parvenir ce billet sans demander de réponse; s'il n'y est pas, vous reviendrez et me rapporterez ma lettre.

— Madame la vicomtesse a quelqu'un dans son salon.

— Ah! c'est vrai, dit-elle en poussant la porte.

Eugène commençait à se trouver très mal à l'aise, il aperçut enfin la vicomtesse qui lui dit d'un ton dont l'émotion lui remua les fibres du cœur : « Pardon, monsieur, j'avais un mot à écrire, je suis maintenant tout à vous. » Elle ne savait ce qu'elle disait, car voici ce qu'elle pensait : « Ah! il veut épouser mademoiselle de Rochefide. Mais est-il donc libre ? Ce soir ce mariage sera brisé, ou je... Mais il n'en sera plus question demain. »

— Ma cousine... répondit Eugène.

— Hein ? fit la vicomtesse en lui jetant un regard dont l'impertinence glaça l'étudiant.

Eugène comprit ce hein. Depuis trois heures il avait appris tant de choses, qu'il s'était mis sur le qui-vive.

— Madame, reprit-il en rougissant. Il hésita, puis il dit en continuant : Pardonnez-moi ; j'ai besoin de tant de protection qu'un bout de parenté n'aurait rien gâté.

Madame de Beauséant sourit, mais tristement : elle sentait déjà le malheur qui grondait dans son atmosphère.

— Si vous connaissiez la situation dans laquelle se trouve ma famille, dit-il en continuant, vous aimeriez à jouer le rôle d'une de ces fées fabuleuses qui se plaisaient à dissiper les obstacles autour de leurs filleuls.

— Eh bien! mon cousin, dit-elle en riant, à quoi puis-je vous être bonne ?

— Mais le sais-je ? Vous appartenir par un lien de parenté qui se perd dans l'ombre est déjà toute une fortune. Vous m'avez troublé, je ne sais plus ce que je venais vous dire. Vous êtes la seule personne que je connaisse à Paris. Ah! je voulais vous consulter en vous demandant de m'accepter comme un pauvre enfant qui désire se coudre à votre jupe, et qui saurait mourir pour vous.

— Vous tueriez quelqu'un pour moi ?

— J'en tuerais deux, dit Eugène.

— Enfant! Oui, vous êtes un enfant, dit-elle en réprimant quelques larmes; vous aimeriez sincèrement, vous!

— Oh! fit-il en hochant la tête.

La vicomtesse s'intéressa vivement à l'étudiant pour une réponse d'ambitieux. Le méridional en était à son premier calcul. Entre le boudoir bleu de madame de Restaud et le salon rose de madame de Beauséant, il avait fait trois années de ce *Droit parisien* dont on ne parle pas, quoiqu'il constitue une haute jurisprudence sociale qui, bien apprise et bien pratiquée, mène à tout.

— Ah! j'y suis, dit Eugène. J'avais remarqué madame de Restaud à votre bal, je suis allé ce matin chez elle.

— Vous avez dû bien la gêner, dit en souriant madame de Beauséant.

— Eh! oui, je suis un ignorant qui mettra contre lui tout le monde, si vous me refusez votre secours. Je crois qu'il est fort difficile de rencontrer à Paris une femme jeune, belle, riche, élégante qui soit inoccupée, et il m'en faut une qui m'apprenne ce que, vous autres femmes, vous savez si bien expliquer : la vie. Je trouverai partout un monsieur de Trailles. Je venais donc à vous pour vous demander le mot d'une énigme, et vous prier de me dire de quelle nature est la sottise que j'y ai faite. J'ai parlé d'un père...

— Madame la duchesse de Langeais, dit Jacques en coupant la parole à l'étudiant, qui fit le geste d'un homme violemment contrarié.

— Si vous voulez réussir, dit la vicomtesse à voix basse, d'abord ne soyez pas aussi démonstratif.

— Eh! bonjour, ma chère, reprit-elle en se levant et allant au-devant de la duchesse dont elle pressa les mains avec l'effusion caressante qu'elle aurait pu montrer pour une sœur et à laquelle la duchesse répondit par les plus jolies câlineries.

— Voilà deux bonnes amies, se dit Rastignac. J'aurai dès lors deux protectrices; ces deux femmes doivent avoir les mêmes affections, et celle-ci s'intéressera sans doute à moi.

— A quelle heureuse pensée dois-je le bonheur de te voir, ma chère Antoinette? dit madame de Beauséant.

— Mais j'ai vu monsieur d'Ajuda-Pinto entrant chez monsieur de Rochefide, et j'ai pensé qu'alors vous étiez seule.

Madame de Beauséant ne se pinça point les lèvres, elle ne rougit pas, son regard resta le même, son front parut s'éclaircir pendant que la duchesse prononçait ces fatales paroles.

— Si j'avais su que vous fussiez occupée... ajouta la duchesse en se tournant vers Eugène.

— Monsieur est monsieur Eugène de Rastignac, un de mes cousins, dit la vicomtesse. Avez-vous des nouvelles du général Montriveau? fit-elle. Sérizy m'a dit hier qu'on ne le voyait plus, l'avez-vous eu chez vous aujourd'hui?

La duchesse, qui passait pour être abandonnée par monsieur de Montriveau, de qui elle était éperdument éprise, sentit au cœur la pointe de cette question, et rougit en répondant : — Il était hier à l'Elysée.

— De service, dit madame de Beauséant.

— Clara, vous savez sans doute, reprit la duchesse en jetant des flots de malignité par ses regards, que demain les bans de monsieur d'Ajuda-Pinto et de mademoiselle de Rochefide se publient?

Ce coup était trop violent, la vicomtesse pâlit et répondit en riant : — Un de ces bruits dont s'amusent les sots. Pourquoi monsieur d'Ajuda porterait-il chez les Rochefide un des plus beaux noms du Portugal? Les Rochefide sont des gens anoblis d'hier.

— Mais Berthe réunira, dit-on, deux cent mille livres de rente.

— Monsieur d'Ajuda est trop riche pour faire de ces calculs.

— Mais, ma chère, mademoiselle de Rochefide est charmante.

— Ah !

— Enfin il y dîne aujourd'hui, les conditions sont arrêtées. Vous m'étonnez étrangement d'être si peu instruite.

— Quelle sottise avez-vous donc faite, monsieur ? dit madame de Beauséant. Ce pauvre enfant est si nouvellement jeté dans le monde, qu'il ne comprend rien, ma chère Antoinette, à ce que nous disons. Soyez bonne pour lui, remettons à causer de cela demain. Demain, voyez-vous, tout sera sans doute officiel, et vous pourrez être officieuse à coup sûr.

La duchesse tourna sur Eugène un de ces regards impertinents qui enveloppent un homme des pieds à la tête, l'aplatissent, et le mettent à l'état de zéro.

— Madame, j'ai, sans le savoir, plongé un poignard dans le cœur de madame de Restaud. Sans le savoir, voilà ma faute, dit l'étudiant que son génie avait assez bien servi et qui avait découvert les mordantes épigrammes cachées sous les phrases affectueuses de ces deux femmes. Vous continuez à voir, et vous craignez peut-être les gens qui sont dans le secret du mal qu'ils vous font, tandis que celui qui blesse en ignorant la profondeur de sa blessure est regardé comme un sot, un maladroit qui ne sait profiter de rien, et chacun le méprise.

Madame de Beauséant jeta sur l'étudiant un de ces regards fondants où les grandes âmes savent mettre tout à la fois de la reconnaissance et de la dignité. Ce regard fut comme un baume qui calma la plaie que venait de faire au cœur de l'étudiant le coup d'œil d'huissier-priseur par lequel la duchesse l'avait évalué.

— Figurez-vous que je venais, dit Eugène en continuant, de capter la bienveillance du comte de Restaud ; car, dit-il en se tournant vers la duchesse d'un air à la fois humble et malicieux, il faut vous dire, madame, que je ne suis encore qu'un pauvre diable d'étudiant, bien seul, bien pauvre...

— Ne dites pas cela, monsieur de Rastignac. Nous autres femmes, nous ne voulons jamais de ce dont personne ne veut.

— Bah ! fit Eugène, je n'ai que vingt-deux ans, il faut savoir supporter les malheurs de son âge. D'ailleurs, je suis à confesse; et il est impossible de se mettre à genoux dans un plus joli confessionnal : on y fait les péchés dont on s'accuse dans l'autre.

La duchesse prit un air froid à ce discours antireligieux, dont elle proscrivit le mauvais goût en disant à la vicomtesse : — Monsieur arrive...

Madame de Beauséant se prit à rire franchement et de son cousin et de la duchesse.

— Il arrive, ma chère, et cherche une institutrice qui lui enseigne le bon goût.

— Madame la duchesse, reprit Eugène, n'est-il pas naturel de vouloir s'initier aux secrets de ce qui nous charme ? (Allons, se dit-il en lui-même, je suis sûr que je leur fais des phrases de coiffeur.)

— Mais madame de Restaud est, je crois, l'écolière de monsieur de Trailles, dit la duchesse.

— Je n'en savais rien, madame, reprit l'étudiant. Aussi me suis-je étourdiment jeté entre eux. Enfin, je m'étais assez bien entendu avec le mari, je me voyais souffert pour un temps par la femme, lorsque je me suis avisé de leur dire que je connaissais un homme que je venais de voir sortant par un escalier dérobé, et qui avait au fond d'un couloir embrassé la comtesse.

— Qui est-ce ? dirent les deux femmes.

— Un vieillard qui vit à raison de deux louis par mois, au fond du faubourg Saint-Marceau, comme moi, pauvre étudiant; un véritable malheureux dont tout le monde se moque, et que nous appelons le père Goriot.

— Mais, enfant que vous êtes, s'écria la vicomtesse, madame de Restaud est une demoiselle Goriot.

— La fille d'un vermicellier, reprit la duchesse, une petite femme qui s'est fait présenter le même jour qu'une fille de pâtissier. Ne vous en souvenez-vous pas, Clara ? Le Roi s'est mis à rire, et a dit en latin un bon mot sur la farine. Des gens, comment donc ? des gens...

— *Ejusdem farinæ*, dit Eugène.

— C'est cela, dit la duchesse.

— Ah! c'est son père, reprit l'étudiant en faisant un geste d'horreur.

— Mais oui; ce bonhomme avait deux filles dont il est quasi fou, quoique l'une et l'autre l'aient à peu près renié.

— La seconde n'est-elle pas, dit la vicomtesse en regardant madame de Langeais, mariée à un banquier dont le nom est allemand, un baron de Nucingen ? Ne se nomme-t-elle pas Delphine ? N'est-ce pas une blonde qui a une loge de côté à l'Opéra, qui vient aussi aux Bouffons, et rit très haut pour se faire remarquer ?

La duchesse sourit en disant : — Mais, ma chère, je vous admire. Pourquoi vous occupez-vous donc tant de ces gens-là ? Il a fallu être amoureux fou, comme l'était Restaud, pour s'être enfariné de mademoiselle Anastasie. Oh! il n'en sera pas le bon marchand! Elle est entre les mains de monsieur de Trailles, qui la perdra.

— Elles ont renié leur père, répétait Eugène.

— Eh bien! oui, leur père, le père, un père, reprit la vicomtesse, un bon père qui leur a donné, dit-on, à chacune cinq ou six cent mille francs pour faire leur bonheur en les mariant bien, et qui ne s'était réservé que huit à dix mille livres de rente pour lui, croyant que ses filles resteraient ses filles, qu'il s'était créé chez elles deux existences, deux maisons où il serait adoré, choyé. En deux ans, ses gendres l'ont banni de leur société comme le dernier des misérables...

Quelques larmes roulèrent dans les yeux d'Eugène, récemment rafraîchi par les pures et saintes émotions de la famille, encore sous le charme des croyances jeunes, et qui n'en était qu'à sa première journée sur le champ de bataille de la civilisation parisienne. Les émotions véritables sont si communicatives, que pendant un moment ces trois personnes se regardèrent en silence.

— Eh! mon Dieu, dit madame de Langeais, oui, cela semble bien horrible, et nous voyons cependant cela tous les jours. N'y a-t-il pas une cause à cela ? Dites-moi, ma chère, avez-vous pensé jamais à ce qu'est un gendre ? Un gendre est un homme pour qui nous élèverons, vous ou moi, une chère petite créature à laquelle nous tiendrons par mille liens, qui sera pendant dix-sept ans la joie de la famille, qui en est l'âme blanche, dirait Lamartine, et qui en deviendra la peste. Quand cet homme nous l'aura prise, il commencera par saisir son amour comme une hache, afin de couper dans le cœur et au vif de cet ange tous les sentiments par lesquels elle s'attachait à sa famille. Hier, notre fille était tout pour nous, nous étions tout pour elle; le lendemain elle se fait notre ennemie. Ne voyons-nous pas cette tragédie s'accomplissant tous les jours ? Ici, la belle-fille est de la dernière impertinence avec le beau-père, qui a tout sacrifié pour son fils. Plus loin, un gendre met sa belle-mère à la porte. J'entends demander ce qu'il y a de dramatique aujourd'hui dans la société; mais le drame du gendre est effrayant, sans compter nos mariages qui sont devenus de fort sottes choses. Je me rends parfaitement compte de ce qui est arrivé à ce vieux vermicellier. Je crois me rappeler que ce Foriot...

— Goriot, madame.

— Oui, ce Moriot a été président de sa section pendant la Révolution; il a été dans le secret de la fameuse disette, et a commencé sa fortune par vendre dans ce temps-là des farines dix fois plus qu'elles ne lui coûtaient. Il en a eu tant qu'il en a voulu. L'intendant de ma grand-mère lui en a vendu pour des sommes immenses. Ce Goriot partageait sans doute, comme tous ces gens-là, avec le Comité de Salut Public. Je me souviens que l'intendant disait à ma grand-mère qu'elle pouvait rester en toute sûreté à Grandvilliers, parce que ses blés étaient une excellente carte civique. Eh bien! ce Loriot, qui vendait du blé aux coupeurs de têtes, n'a eu qu'une passion. Il adore, dit-on, ses filles. Il a juché l'aînée dans la maison de Restaud, et greffé l'autre sur le baron de Nucingen, un riche banquier qui fait le royaliste. Vous comprenez bien que, sous l'Empire, les deux gendres ne se sont pas trop formalisés d'avoir ce vieux Quatre-vingt-treize chez eux; ça pouvait encore aller avec Buonaparte. Mais quand les Bourbons sont revenus, le bonhomme a gêné monsieur de Restaud, et plus encore le banquier. Les filles, qui aimaient peut-être toujours leur père, ont voulu ménager la chèvre et le chou, le père et le mari; elles ont reçu le Goriot quand elles n'avaient personne; elles ont imaginé des prétextes de tendresse. « Papa, venez, nous serons mieux, parce que nous serons seuls! » etc. Moi, ma chère, je crois que les sentiments vrais ont des yeux et une intelligence : le cœur de ce pauvre Quatre-vingt-treize a donc saigné. Il a vu que ses filles avaient honte de lui; que, si elles aimaient leurs maris, il nuisait à ses gendres. Il fallait donc se sacrifier. Il s'est sacrifié, parce qu'il était père : il s'est banni de lui-même. En voyant ses filles contentes, il comprit qu'il avait bien fait. Le père et les enfants ont été complices de ce petit crime. Nous voyons cela partout. Ce père Doriot n'aurait-il pas été une tache de cambouis dans le salon de ses filles ? il y aurait été gêné, il se serait ennuyé. Ce qui arrive à ce père peut arriver à la plus jolie femme avec l'homme qu'elle aimera le mieux : si elle l'ennuie de son amour, il s'en va, il fait des lâchetés pour la fuir.

Tous les sentiments en sont là. Notre cœur est un trésor,
videz-le d'un coup, vous êtes ruinés. Nous ne pardon-
nons pas plus à un sentiment de s'être montré tout entier
qu'à un homme de ne pas avoir un sou à lui. Ce père
avait tout donné. Il avait donné, pendant vingt ans, ses
entrailles, son amour; il avait donné sa fortune en un jour.
Le citron bien pressé, ses filles ont laissé le zeste au coin
des rues.

— Le monde est infâme, dit la vicomtesse en effilant
son châle et sans lever les yeux, car elle était atteinte au
vif par les mots que madame de Langeais avait dits, pour
elle, en racontant cette histoire.

— Infâme! non, reprit la duchesse; il va son train,
voilà tout. Si je vous en parle ainsi, c'est pour montrer
que je ne suis pas la dupe du monde. Je pense comme
vous, dit-elle en pressant la main de la vicomtesse. Le
monde est un bourbier, tâchons de rester sur les hauteurs.
Elle se leva, embrassa madame de Beauséant au front
en lui disant : « Vous êtes bien belle en ce moment, ma
chère. Vous avez les plus jolies couleurs que j'aie vues
jamais. » Puis elle sortit après avoir légèrement incliné la
tête en regardant le cousin.

— Le père Goriot est sublime! dit Eugène en se souvenant de l'avoir vu tordant son vermeil la nuit.

Madame de Beauséant n'entendit pas, elle était pen-
sive. Quelques moments de silence s'écoulèrent, et le
pauvre étudiant, par une sorte de stupeur honteuse,
n'osait ni s'en aller, ni rester, ni parler.

— Le monde est infâme et méchant, dit enfin la
vicomtesse. Aussitôt qu'un malheur nous arrive, il se
rencontre toujours un ami prêt à venir nous le dire, et à
nous fouiller le cœur avec un poignard en nous en faisant admirer le manche. Déjà le sarcasme, déjà les rail-
leries! Ah! je me défendrai. Elle releva la tête comme une
grande dame qu'elle était, et des éclairs sortirent de ses
yeux fiers. — Ah! fit-elle en voyant Eugène, vous êtes
là!

— Encore, dit-il piteusement.

— Eh bien! monsieur de Rastignac, traitez ce monde
comme il mérite de l'être. Vous voulez parvenir, je vous
aiderai. Vous sonderez combien est profonde la corruption féminine, vous toiserez la largeur de la misérable
vanité des hommes. Quoique j'aie bien lu dans ce livre
du monde, il y avait des pages qui cependant m'étaient
inconnues. Maintenant je sais tout. Plus froidement vous

calculerez, plus avant vous irez. Frappez sans pitié, vous serez craint. N'acceptez les hommes et les femmes que comme les chevaux de poste que vous laisserez crever à chaque relais, vous arriverez ainsi au faîte de vos désirs. Voyez-vous, vous ne serez rien ici si vous n'avez pas une femme qui s'intéresse à vous. Il vous la faut jeune, riche, élégante. Mais si vous avez un sentiment vrai, cachez-le comme un trésor; ne le laissez jamais soupçonner, vous seriez perdu. Vous ne seriez plus le bourreau, vous deviendriez la victime. Si jamais vous aimiez, gardez bien votre secret! ne le livrez pas avant d'avoir bien su à qui vous ouvrirez votre cœur. Pour préserver par avance cet amour qui n'existe pas encore, apprenez à vous méfier de ce monde-ci. Écoutez-moi, Miguel... (Elle se trompait naïvement de nom sans s'en apercevoir.) Il existe quelque chose de plus épouvantable que ne l'est l'abandon du père par ses deux filles, qui le voudraient mort. C'est la rivalité des deux sœurs entre elles. Restaud a de la naissance, sa femme a été adoptée, elle a été présentée; mais sa sœur, sa riche sœur, la belle madame Delphine de Nucingen, femme d'un homme d'argent, meurt de chagrin; la jalousie la dévore, elle est à cent lieues de sa sœur; sa sœur n'est plus sa sœur; ces deux femmes se renient entre elles comme elles renient leur père. Aussi, madame de Nucingen laperait-elle toute la boue qu'il y a entre la rue Saint-Lazare et la rue de Grenelle pour entrer dans mon salon. Elle a cru que de Marsay la ferait arriver à son but, et elle s'est faite l'esclave de de Marsay, elle assomme de Marsay. De Marsay se soucie fort peu d'elle. Si vous me la présentez, vous serez son Benjamin, elle vous adorera. Aimez-la si vous pouvez après, sinon servez-vous d'elle. Je la verrai une ou deux fois, en grande soirée, quand il y aura cohue; mais je ne la recevrai jamais le matin. Je la saluerai, cela suffira. Vous vous êtes fermé la porte de la comtesse pour avoir prononcé le nom du père Goriot. Oui, mon cher, vous iriez vingt fois chez madame de Restaud, vingt fois vous la trouveriez absente. Vous avez été consigné. Eh bien! que le père Goriot vous introduise près de madame Delphine de Nucingen. La belle madame de Nucingen sera pour vous une enseigne. Soyez l'homme qu'elle distingue, les femmes raffoleront de vous. Ses rivales, ses amies, ses meilleures amies voudront vous enlever à elle. Il y a des femmes qui aiment l'homme déjà choisi par une autre, comme il y a de pauvres bourgeoises qui, en prenant nos chapeaux, espèrent avoir nos manières. Vous aurez des succès. A Paris, le succès est tout, c'est la clef du pouvoir. Si les femmes vous trouvent de l'esprit, du talent, les hommes le croiront, si vous ne les détrompez pas. Vous pourrez alors tout vouloir, vous aurez le pied partout. Vous saurez alors ce qu'est le monde, une réunion de dupes et de fripons. Ne soyez ni parmi les uns ni parmi les autres. Je vous donne mon nom comme un fil d'Ariane pour entrer dans ce labyrinthe. Ne le compromettez pas, dit-elle en recourbant son cou et jetant un regard de reine à l'étudiant, rendez-le-moi blanc. Allez, laissez-moi. Nous autres femmes, nous avons aussi nos batailles à livrer.

— S'il vous fallait un homme de bonne volonté pour aller mettre le feu à une mine ? dit Eugène en l'interrompant.

— Eh bien ? dit-elle.

Il se frappa le cœur, sourit au sourire de sa cousine, et sortit. Il était cinq heures. Eugène avait faim, il craignit de ne pas arriver à temps pour l'heure du dîner. Cette crainte lui fit sentir le bonheur d'être rapidement emporté dans Paris. Ce plaisir purement machinal le laissa tout entier aux pensées qui l'assaillaient. Lorsqu'un jeune homme de son âge est atteint par le mépris, il s'emporte, il enrage, il menace du poing la société entière, il veut se venger et doute aussi de lui-même. Rastignac était en ce moment accablé par ces mots : *Vous vous êtes fermé la porte de la comtesse.* — J'irai ! se dit-il, et si madame de Beauséant a raison, si je suis consigné... je... Madame de Restaud me trouvera dans tous les salons où elle va. J'apprendrai à faire des armes, à tirer le pistolet, je lui tuerai son Maxime ! — Et de l'argent ! lui criait sa conscience, où donc en prendras-tu ? Tout à coup la richesse étalée chez la comtesse de Restaud brilla devant ses yeux. Il avait vu là le luxe dont une demoiselle Goriot devait être amoureuse, des dorures, des objets de prix en évidence, le luxe inintelligent du parvenu, le gaspillage de la femme entretenue. Cette fascinante image fut soudainement écrasée par le grandiose hôtel de Beauséant. Son imagination, transportée dans les hautes régions de la société parisienne, lui inspira mille pensées mauvaises au cœur, en lui élargissant la tête et la conscience. Il vit le monde comme il est : les lois et la morale impuissantes chez les riches, et vit dans la fortune l'*ultima ratio mundi.* « Vautrin a raison, la fortune est la vertu ! » se dit-il.

Arrivé rue Neuve-Sainte-Geneviève, il monta rapidement chez lui, descendit pour donner dix francs au cocher, et vint dans cette salle à manger nauséabonde où il aperçut, comme des animaux à un râtelier, les dix-huit convives en train de se repaître. Le spectacle de ces misères et l'aspect de cette salle lui furent horribles. La transition était trop brusque, le contraste trop complet, pour ne pas développer outre mesure chez lui le sentiment de l'ambition. D'un côté, les fraîches et charmantes images de la nature sociale la plus élégante, des figures jeunes, vives, encadrées par les merveilles de l'art et du luxe, des têtes passionnées pleines de poésie; de l'autre, de sinistres tableaux bordés de fange, et des faces où les passions n'avaient laissé que leurs cordes et leur mécanisme. Les enseignements que la colère d'une femme abandonnée avaient arrachés à madame de Beauséant, ses offres captieuses revinrent dans sa mémoire, et la misère les commenta. Rastignac résolut d'ouvrir deux tranchées parallèles pour arriver à la fortune, de s'appuyer sur la science et sur l'amour, d'être un savant docteur et un homme à la mode. Il était encore bien enfant! Ces deux lignes sont des asymptotes qui ne peuvent jamais se rejoindre.

— Vous êtes bien sombre, monsieur le marquis, lui dit Vautrin, qui lui jeta un de ces regards par lesquels cet homme semblait s'initier aux secrets les plus cachés du cœur.

— Je ne suis pas disposé à souffrir les plaisanteries de ceux qui m'appellent monsieur le marquis, répondit-il. Ici, pour être vraiment marquis, il faut avoir cent mille livres de rente, et quand on vit dans la Maison Vauquer on n'est pas précisément le favori de la Fortune.

Vautrin regarda Rastignac d'un air paternel et méprisant, comme s'il eût dit : «Marmot! dont je ne ferais qu'une bouchée!» Puis il répondit : — Vous êtes de mauvaise humeur, parce que vous n'avez peut-être pas réussi auprès de la belle comtesse de Restaud.

— Elle m'a fermé sa porte pour lui avoir dit que son père mangeait à notre table, s'écria Rastignac.

Tous les convives s'entre-regardèrent. Le père Goriot baissa les yeux, et se retourna pour les essuyer.

— Vous m'avez jeté du tabac dans l'œil, dit-il à son voisin.

— Qui vexera le père Goriot s'attaquera désormais à moi, répondit Eugène en regardant le voisin de l'ancien vermicellier; il vaut mieux que nous tous. Je ne parle pas des dames, dit-il en se retournant vers mademoiselle Taillefer.

Cette phrase fut un dénouement, Eugène l'avait prononcée d'un air qui imposa silence aux convives. Vautrin seul lui dit en goguenardant : — Pour prendre le père Goriot à votre compte, et vous établir son éditeur responsable, il faut savoir bien tenir une épée et bien tirer le pistolet.

— Ainsi ferai-je, dit Eugène.

— Vous êtes donc entré en campagne aujourd'hui ?

— Peut-être, répondit Rastignac. Mais je ne dois compte de mes affaires à personne, attendu que je ne cherche pas à deviner celles que les autres font la nuit.

Vautrin regarda Rastignac de travers.

— Mon petit, quand on ne veut pas être dupe des marionnettes, il faut entrer tout à fait dans la baraque, et ne pas se contenter de regarder par les trous de la tapisserie. Assez causé, ajouta-t-il en voyant Eugène près de se gendarmer. Nous aurons ensemble un petit bout de conversation quand vous le voudrez.

Le dîner devint sombre et froid. Le père Goriot, absorbé par la profonde douleur que lui avait causée la phrase de l'étudiant, ne comprit pas que les dispositions des esprits étaient changées à son égard, et qu'un jeune homme en état d'imposer silence à la persécution avait pris sa défense.

— Monsieur Goriot, dit madame Vauquer à voix basse, serait donc le père d'une comtesse à c't'heure ?

— Et d'une baronne, lui répliqua Rastignac.

— Il n'a que ça à faire, dit Bianchon à Rastignac, je lui ai pris la tête : il n'y a qu'une bosse, celle de la paternité, ce sera un Père *Eternel*.

Eugène était trop sérieux pour que la plaisanterie de Bianchon le fît rire. Il voulait profiter des conseils de madame de Beauséant, et se demandait où et comment il se procurerait de l'argent. Il devint soucieux en voyant les savanes du monde qui se déroulaient à ses yeux à la fois vides et pleines; chacun le laissa seul dans la salle à manger quand le dîner fut fini.

— Vous avez donc vu ma fille ? lui dit Goriot d'une voix émue.

Réveillé de sa méditation par le bonhomme, Eugène lui prit la main, et le contemplant avec une sorte d'attendrissement : — Vous êtes un brave et digne homme,

répondit-il. Nous causerons de vos filles plus tard. Il se
leva sans vouloir écouter le père Goriot, et se retira dans
sa chambre, où il écrivit à sa mère la lettre suivante :

« Ma chère mère, vois si tu n'as pas une troisième
« mamelle à t'ouvrir pour moi. Je suis dans une situa-
« tion à faire promptement fortune. J'ai besoin de douze
« cents francs, et il me les faut à tout prix. Ne dis rien de
« ma demande à mon père, il s'y opposerait peut-être, et
« si je n'avais pas cet argent, je serais en proie à un déses-
« poir qui me conduirait à me brûler la cervelle. Je
« t'expliquerai mes motifs aussitôt que je te verrai, car il
« faudrait t'écrire des volumes pour te faire comprendre
« la situation dans laquelle je suis. Je n'ai pas joué, ma
« bonne mère, je ne dois rien ; mais si tu tiens à me conser-
« ver la vie que tu m'as donnée, il faut me trouver cette
« somme. Enfin, je vais chez la vicomtesse de Beauséant,
« qui m'a pris sous sa protection. Je dois aller dans le
« monde, et n'ai pas un sou pour avoir des gants propres.
« Je saurai ne manger que du pain, ne boire que de l'eau,
« je jeûnerai au besoin ; mais je ne puis me passer des
« outils avec lesquels on pioche la vigne dans ce pays-ci.
« Il s'agit pour moi de faire mon chemin ou de rester
« dans la boue. Je sais toutes les espérances que vous
« avez mises en moi, et veux les réaliser promptement. Ma
« bonne mère, vends quelques-uns de tes anciens bijoux,
« je les remplacerai bientôt. Je connais assez la situa-
« tion de notre famille pour savoir apprécier de tels
« sacrifices, et tu dois croire que je ne te demande pas de
« les faire en vain, sinon je serais un monstre. Ne vois
« dans ma prière que le cri d'une impérieuse nécessité.
« Notre avenir est tout entier dans ce subside, avec
« lequel je dois ouvrir la campagne ; car cette vie de
« Paris est un combat perpétuel. Si, pour compléter la
« somme, il n'y a pas d'autres ressources que de vendre
« les dentelles de ma tante, dis-lui que je lui en enverrai
« de plus belles. » Etc.

Il écrivit à chacune de ses sœurs en leur demandant leurs
économies, et, pour les leur arracher sans qu'elles par-
lassent en famille du sacrifice qu'elles ne manqueraient
pas de lui faire avec bonheur, il intéressa leur délicatesse
en attaquant les cordes de l'honneur qui sont si bien ten-
dues et résonnent si fort dans de jeunes cœurs. Quand il
eut écrit ces lettres, il éprouva néanmoins une trépida-

tion involontaire : il palpitait, il tressaillait. Ce jeune ambitieux connaissait la noblesse immaculée de ces âmes ensevelies dans la solitude, il savait quelles peines il causerait à ses deux sœurs, et aussi quelles seraient leurs joies ; avec quel plaisir elles s'entretiendraient en secret de ce frère bien-aimé, au fond du clos. Sa conscience se dressa lumineuse, et les lui montra comptant en secret leur petit trésor : il les vit, déployant le génie malicieux des jeunes filles pour lui envoyer *incognito* cet argent, essayant une première tromperie pour être sublimes. « Le cœur d'une sœur est un diamant de pureté, un abîme de tendresse ! » se dit-il. Il avait honte d'avoir écrit. Combien seraient puissants leurs vœux, combien pur serait l'élan de leurs âmes vers le ciel ! Avec quelle volupté ne se sacrifieraient-elles pas ! De quelle douleur serait atteinte sa mère, si elle ne pouvait envoyer toute la somme ! Ces beaux sentiments, ces effroyables sacrifices allaient lui servir d'échelon pour arriver à Delphine de Nucingen. Quelques larmes, derniers grains d'encens jetés sur l'autel sacré de la famille, lui sortirent des yeux. Il se promena dans une agitation pleine de désespoir. Le père Goriot, le voyant ainsi par sa porte qui était restée entrebâillée, entra et lui dit : — Qu'avez-vous, monsieur ?

— Ah ! mon bon voisin, je suis encore fils et frère comme vous êtes père. Vous avez raison de trembler pour la comtesse Anastasie, elle est à un monsieur Maxime de Trailles qui la perdra.

Le père Goriot se retira en balbutiant quelques paroles dont Eugène ne saisit pas le sens. Le lendemain, Rastignac alla jeter ses lettres à la poste. Il hésita jusqu'au dernier moment, mais il les lança dans la boîte en disant : « Je réussirai ! » Le mot du joueur, du grand capitaine, mot fataliste qui perd plus d'hommes qu'il n'en sauve. Quelques jours après, Eugène alla chez madame de Restaud et ne fut pas reçu. Trois fois, il y retourna, trois fois encore il trouva la porte close, quoiqu'il se présentât à des heures où le comte Maxime de Trailles n'y était pas. La vicomtesse avait eu raison. L'étudiant n'étudia plus. Il allait aux cours pour y répondre à l'appel, et quand il avait attesté sa présence, il décampait. Il s'était fait le raisonnement que se font la plupart des étudiants. Il réservait ses études pour le moment où il s'agirait de passer ses examens ; il avait résolu d'entasser ses inscriptions de seconde et de troisième année, puis d'apprendre le Droit sérieusement et d'un seul coup au dernier moment.

Il avait ainsi quinze mois de loisirs pour naviguer sur l'océan de Paris, pour s'y livrer à la traite des femmes, ou y pêcher la fortune. Pendant cette semaine, il vit deux fois madame de Beauséant, chez laquelle il n'allait qu'au moment où sortait la voiture du marquis d'Ajuda. Pour quelques jours encore cette illustre femme, la plus poétique figure du faubourg Saint-Germain, resta victorieuse, et fit suspendre le mariage de mademoiselle de Rochefide avec le marquis d'Ajuda-Pinto. Mais ces derniers jours, que la crainte de perdre son bonheur rendit les plus ardents de tous, devaient précipiter la catastrophe. Le marquis d'Ajuda, de concert avec les Rochefide, avait regardé cette brouille et ce raccommodement comme une circonstance heureuse : ils espéraient que madame de Beauséant s'accoutumerait à l'idée de ce mariage et finirait par sacrifier ses matinées à un avenir prévu dans la vie des hommes. Malgré les plus saintes promesses renouvelées chaque jour, monsieur d'Ajuda jouait donc la comédie, la vicomtesse aimait à être trompée. « Au lieu de sauter noblement par la fenêtre, elle se laissait rouler dans les escaliers, » disait la duchesse de Langeais, sa meilleure amie. Néanmoins, ces dernières lueurs brillèrent assez longtemps pour que la vicomtesse restât à Paris et y servît son jeune parent auquel elle portait une sorte d'affection superstitieuse. Eugène s'était montré pour elle plein de dévouement et de sensibilité dans une circonstance où les femmes ne voient de pitié, de consolation vraie dans aucun regard. Si un homme leur dit alors de douces paroles, il les dit par spéculation.

Dans le désir de parfaitement bien connaître son échiquier avant de tenter l'abordage de la maison de Nucingen, Rastignac voulut se mettre au fait de la vie antérieure du père Goriot, et recueillit des renseignements certains, qui peuvent se réduire à ceci.

Jean-Joachim Goriot était, avant la Révolution, un simple ouvrier vermicellier, habile, économe, et assez entreprenant pour avoir acheté le fonds de son maître, que le hasard rendit victime du premier soulèvement de 1789. Il s'était établi rue de la Jussienne, près de la Halle-aux-Blés, et avait eu le gros bon sens d'accepter la présidence de sa section, afin de faire protéger son commerce par les personnages les plus influents de cette dangereuse époque. Cette sagesse avait été l'origine de sa fortune qui commença dans la disette, fausse ou vraie, par suite de laquelle les grains acquirent un prix énorme à Paris. Le peuple se tuait à la porte des boulangers, tandis que certaines personnes allaient chercher sans émeute des pâtes d'Italie chez les épiciers. Pendant cette année, le citoyen Goriot amassa les capitaux qui plus tard lui servirent à faire son commerce avec toute la supériorité que donne une grande masse d'argent à celui qui la possède. Il lui arriva ce qui arrive à tous les hommes qui n'ont qu'une capacité relative. Sa médiocrité le sauva. D'ailleurs, sa fortune n'étant connue qu'au moment où il n'y avait plus de danger à être riche, il n'excita l'envie de personne. Le commerce des grains semblait avoir absorbé toute son intelligence. S'agissait-il de blés, de farines, de grenailles, de reconnaître leurs qualités, les provenances, de veiller à leur conservation, de prévoir les cours, de prophétiser l'abondance ou la pénurie des récoltes, de se procurer les céréales à bon marché, de s'en approvisionner en Sicile, en Ukraine, Goriot n'avait pas son second. A lui voir conduire ses affaires, expliquer les lois sur l'exportation, sur l'importation des grains, étudier leur esprit, saisir leurs défauts, un homme l'eût jugé capable d'être ministre d'Etat. Patient, actif, énergique, constant, rapide dans ses expéditions, il avait un coup d'œil d'aigle, il devançait tout, prévoyait tout, savait tout, cachait tout; diplomate pour concevoir, soldat pour marcher. Sorti de sa spécialité, de sa simple et obscure boutique sur le pas de laquelle il demeurait pendant ses heures d'oisiveté, l'épaule appuyée au montant de la porte, il redevenait l'ouvrier stupide et grossier, l'homme incapable de comprendre un raisonnement, insensible à tous les plaisirs de l'esprit, l'homme qui s'endormait au spectacle, un de ces Dolibans parisiens, forts seulement en bêtise. Ces natures se ressemblent presque toutes. A presque toutes, vous trouveriez un sentiment sublime au cœur. Deux sentiments exclusifs avaient rempli le cœur du vermicellier, en avaient absorbé l'humide, comme le commerce des grains employait toute l'intelligence de sa cervelle. Sa femme, fille unique d'un riche fermier de la Brie, fut pour lui l'objet d'une admiration religieuse, d'un amour sans bornes. Goriot avait admiré en elle une nature frêle et forte, sensible et jolie, qui contrastait vigoureusement avec la sienne. S'il est un sentiment inné dans le cœur de l'homme, n'est-ce pas l'orgueil de la protection exercée à tout moment en faveur d'un être faible ? joignez-y l'amour, cette reconnaissance vive de toutes les âmes franches pour le principe de leurs plaisirs, et vous comprendrez une foule de bizarreries morales. Après sept ans de bonheur sans nuages, Goriot, malheureusement pour lui, perdit sa femme : elle commençait à prendre de l'empire sur lui, en dehors de la sphère des sentiments. Peut-être eût-elle cultivé cette nature inerte, peut-être y eût-elle jeté l'intelligence des choses du monde et de la vie. Dans cette situation, le sentiment de la paternité se développa chez Goriot jusqu'à la déraison. Il reporta ses affections trompées par la mort sur ses deux filles, qui d'abord satisfirent pleinement tous ses sentiments. Quelque brillantes que fussent les propositions qui lui furent faites par des négociants ou des fermiers jaloux de lui donner leurs filles, il voulut rester veuf. Son beau-père, le seul homme pour lequel il avait eu du penchant, prétendait savoir pertinemment que Goriot avait juré de ne pas faire d'infidélité à sa femme, quoique morte. Les gens de la Halle, incapables de comprendre cette sublime folie, en plaisantèrent, et donnèrent à Goriot quelque grotesque sobriquet. Le premier d'entre eux qui, en buvant le vin d'un marché, s'avisa de le prononcer, reçut du vermicellier un coup de poing sur l'épaule qui l'envoya, la tête la première, sur une borne de la rue Oblin. Le dévouement irréfléchi, l'amour ombrageux et délicat que portait Goriot à ses filles était si connu, qu'un jour un de ses concurrents, voulant le faire partir du marché pour rester maître du cours, lui dit que Delphine venait d'être renversée par un cabriolet. Le vermicellier, pâle et blême, quitta aussitôt la Halle. Il fut malade pendant plusieurs jours par suite de la réaction des sentiments contraires auxquels le livra cette fausse alarme. S'il n'appliqua pas sa tape meurtrière sur l'épaule de cet homme, il le chassa de la Halle en le forçant, dans une circonstance critique, à faire faillite. L'éducation de ses deux filles fut naturellement déraisonnable. Riche de plus de soixante mille livres de rente, et ne dépensant pas douze cents francs pour lui, le bonheur de Goriot était de satisfaire les fantaisies de ses filles : les plus excellents maîtres furent chargés de les douer des talents qui signalent une bonne éducation; elle eurent une demoiselle de compagnie; heureusement pour elles, ce fut une femme d'esprit et de goût; elles allaient à cheval, elles avaient voiture, elles vivaient comme auraient vécu les maîtresses d'un vieux seigneur riche; il leur suffisait d'exprimer les plus coûteux désirs pour voir leur père s'empressait de les combler; il ne demandait qu'une caresse en retour de ses offrandes. Goriot mettait ses filles au rang des anges, et nécessairement au-dessus de lui, le pauvre homme! il aimait jusqu'au mal qu'elles lui faisaient. Quand ses filles furent en âge d'être mariées, elles purent choisir leurs maris suivant leurs goûts : chacune d'elles devait avoir en dot la moitié de la fortune de son père. Courtisée pour sa beauté par le comte de Restaud, Anastasie avait des penchants aristocratiques qui la portèrent à quitter la maison paternelle pour s'élancer dans les hautes sphères sociales. Delphine aimait l'argent : elle épousa Nucingen, banquier d'origine allemande qui devint baron du Saint-Empire. Goriot resta vermicellier. Ses filles et gendres se choquèrent bientôt de lui voir continuer ce commerce, quoique ce fût toute sa vie. Après avoir subi pendant cinq ans leurs instances, il consentit à se retirer avec le produit de son fonds, et les bénéfices de ces dernières années; capital que madame Vauquer, chez laquelle il était venu s'établir, avait estimé rapporter de huit à dix mille livres de rente. Il se jeta dans cette pension par suite du désespoir qui l'avait saisi en voyant ses deux filles obligées par leurs maris de refuser non seulement de le prendre chez elles, mais encore de l'y recevoir ostensiblement.

Ces renseignements étaient tout ce que savait un monsieur Muret sur le compte du père Goriot, dont il avait acheté le fonds. Les suppositions que Rastignac avait entendu faire par la duchesse de Langeais se trouvaient ainsi confirmées. Ici se termine l'exposition de cette obscure, mais effroyable tragédie parisienne.

Vers la fin de cette première semaine du mois de décembre, Rastignac reçut deux lettres, l'une de sa mère, l'autre de sa sœur aînée. Ces écritures si connues le firent à la fois palpiter d'aise et trembler de terreur. Ces deux frêles papiers contenaient un arrêt de vie ou de mort sur ses espérances. S'il concevait quelque terreur en se rappelant la détresse de ses parents, il avait trop bien éprouvé leur prédilection pour ne pas craindre d'avoir aspiré leurs dernières gouttes de sang. La lettre de sa mère était ainsi conçue :

« Mon cher enfant, je t'envoie ce que tu m'as demandé. « Fais un bon emploi de cet argent, je ne pourrais, quand

« il s'agirait de te sauver la vie, trouver une seconde fois
« une somme si considérable sans que ton père en fût
« instruit, ce qui troublerait l'harmonie de notre ménage.
« Pour nous la procurer, nous serions obligés de donner
« des garanties sur notre terre. Il m'est impossible de
« juger le mérite de projets que je ne connais pas ; mais de
« quelle nature sont-ils donc pour te faire craindre de
« me les confier ? Cette explication ne demandait pas des
« volumes, il ne nous faut qu'un mot à nous autres mères,
« et ce mot m'aurait évité les angoisses de l'incertitude.
« Je ne saurais te cacher l'impression douloureuse que ta
« lettre m'a causée. Mon cher fils, quel est donc le senti-
« ment qui t'a contraint à jeter un tel effroi dans mon
« cœur ? tu as dû bien souffrir en m'écrivant, car j'ai bien
« souffert en te lisant. Dans quelle carrière t'engages-tu
« donc ? Ta vie, ton bonheur seraient attachés à paraître
« ce que tu n'es pas, à voir un monde où tu ne saurais
« aller sans faire des dépenses d'argent que tu ne peux
« soutenir, sans perdre un temps précieux pour tes
« études ? Mon bon Eugène, crois-en le cœur de ta mère,
« les voies tortueuses ne mènent à rien de grand. La
« patience et la résignation doivent être les vertus des
« jeunes gens qui sont dans ta position. Je ne te gronde
« pas, je ne voudrais communiquer à notre offrande
« aucune amertume. Mes paroles sont celles d'une mère
« aussi confiante que prévoyante. Si tu sais quelles sont
« tes obligations, je sais, moi, combien ton cœur est pur,
« combien tes intentions sont excellentes. Aussi puis-je
« te dire sans crainte : Va, mon bien-aimé, marche ! Je
« tremble parce que je suis mère ; mais chacun de tes pas
« sera tendrement accompagné de nos vœux et de nos bé-
« nédictions. Sois prudent, cher enfant. Tu dois être sage
« comme un homme, les destinées de cinq personnes
« qui te sont chères reposent sur ta tête. Oui, toutes nos
« fortunes sont en toi, comme ton bonheur est le nôtre.
« Nous prions tous Dieu de te seconder dans tes entre-
« prises. Ta tante Marcillac a été, dans cette circonstance,
« d'une bonté inouïe : elle allait jusqu'à concevoir ce que
« tu me dis de tes gants. Mais elle a un faible pour l'aîné,
« disait-elle gaiement. Mon Eugène, aime bien ta tante,
« je ne te dirai ce qu'elle a fait pour toi que quand tu
« auras réussi ; autrement, son argent te brûlerait les
« doigts. Vous ne savez pas, enfants, ce que c'est que de
« sacrifier des souvenirs ! Mais que ne vous sacrifierait-on
« pas ? Elle me charge de te dire qu'elle te baise au

« front, et voudrait te communiquer par ce baiser la
« force d'être souvent heureux. Cette bonne et excellente
« femme t'aurait écrit si elle n'avait pas la goutte
« aux doigts. Ton père va bien. La récolte de 1819 passe
« nos espérances. Adieu, cher enfant. Je ne dirai rien de
« tes sœurs : Laure t'écrit. Je lui laisse le plaisir de ba-
« biller sur les petits événements de la famille. Fasse
« le ciel que tu réussisses ! Oh ! oui, réussis, mon Eugène,
« tu m'as fait connaître une douleur trop vive pour que
« je puisse la supporter une seconde fois. J'ai su ce
« que c'était d'être pauvre, en désirant la fortune pour
« la donner à mon enfant. Allons, adieu. Ne nous laisse
« pas sans nouvelles, et prends ici le baiser que ta mère
« t'envoie. »

Quand Eugène eut achevé cette lettre, il était en pleurs,
il pensait au père Goriot tordant son vermeil et le vendant pour aller payer la lettre de change de sa fille. « Ta
mère a tordu ses bijoux ! se disait-il. Ta tante a pleuré
sans doute en vendant quelques-unes de ses reliques ! De
quel droit maudirais-tu Anastasie ? Tu viens d'imiter pour
l'égoïsme de ton avenir ce qu'elle a fait pour son amant !
Qui, d'elle ou de toi, vaut mieux ? » L'étudiant se sentit les
entrailles rongées par une sensation de chaleur intolérable.
Il voulait renoncer au monde, il voulait ne pas prendre
cet argent. Il éprouva ces nobles et beaux remords secrets
dont le mérite est rarement apprécié par les hommes
quand ils jugent leurs semblables, et qui font souvent
absoudre par les anges du ciel le criminel condamné par
les juristes de la terre. Rastignac ouvrit la lettre de sa
sœur, dont les expressions innocemment gracieuses lui
rafraîchirent le cœur.

« Ta lettre est venue bien à propos, cher frère. Agathe
« et moi nous voulions employer notre argent de tant de
« manières différentes, que nous ne savions plus à quel
« achat nous résoudre. Tu as fait comme le domestique
« du roi d'Espagne quand il a renversé les montres de
« son maître, tu nous as mises d'accord. Vraiment, nous
« étions constamment en querelle pour celui de nos désirs
« auquel nous donnerions la préférence, et nous n'avions
« pas deviné, mon bon Eugène, l'emploi qui compre-
« nait tous nos désirs. Agathe a sauté de joie. Enfin, nous
« avons été comme deux folles pendant toute la journée,
« à telles enseignes (style de tante) que ma mère nous disait

« de son air sévère : « Mais qu'avez-vous donc, mesdemoi-
« selles ? » Si nous avions été grondées un brin, nous en
« aurions été, je crois, encore plus contentes. Une femme
« doit trouver bien du plaisir à souffrir pour celui qu'elle
« aime! Moi seule étais rêveuse et chagrine au milieu
« de ma joie. Je ferai sans doute une mauvaise femme, je
« suis trop dépensière. Je m'étais acheté deux ceintures,
« un joli poinçon pour percer les œillets de mes corsets,
« des niaiseries, en sorte que j'avais moins d'argent que
« cette grosse Agathe, qui est économe, et entasse ses écus
« comme une pie. Elle avait deux cents francs! Moi, mon
« pauvre ami, je n'ai que cinquante écus. Je suis bien
« punie, je voudrais jeter ma ceinture dans le puits, il me
« sera toujours pénible de la porter. Je t'ai volé. Agathe a
« été charmante. Elle m'a dit : « Envoyons les trois cent
« cinquante francs, à nous deux! » Mais je n'ai pas tenu à
« te raconter les choses comme elles se sont passées. Sais-
« tu comment nous avons fait pour obéir à tes comman-
« dements, nous avons pris notre glorieux argent, nous
« sommes allées nous promener toutes deux, et quand
« une fois nous avons eu gagné la grande route, nous
« avons couru à Ruffec, où nous avons tout bonnement
« donné la somme à monsieur Grimbert, qui tient le bureau
« des Messageries royales! Nous étions légères comme
« des hirondelles en revenant. « Est-ce que le bonheur
« nous allégirait ? » me dit Agathe. Nous nous sommes dit
« mille choses que je ne vous répéterai pas, monsieur le
« Parisien, il était trop question de vous. Oh! cher frère,
« nous t'aimons bien, voilà tout en deux mots. Quant au
« secret, selon ma tante, de petites masques comme nous
« sont capables de tout, même de se taire. Ma mère est
« allée mystérieusement à Angoulême avec ma tante, et
« toutes deux ont gardé le silence sur la haute politique de
« leur voyage, qui n'a pas eu lieu sans de longues confé-
« rences d'où nous avons été bannies, ainsi que mon-
« sieur le baron. De grandes conjectures occupent les
« esprits dans l'Etat de Rastignac. La robe de mousseline
« semée de fleurs à jour que brodent les infantes pour sa
« majesté la reine avance dans le plus profond secret. Il
« n'y a plus que deux laizes à faire. Il a été décidé qu'on
« ne ferait pas de mur du côté de Verteuil, il y aura une
« haie. Le menu peuple y perdra des fruits, des espaliers,
« mais on y gagnera une belle vue pour les étrangers. Si
« l'héritier présomptif avait besoin de mouchoirs, il est
« prévenu que la douairière de Marcillac, en fouillant dans

« ses trésors et ses malles, désignées sous le nom de Pom-
« péia et d'Herculanum, a découvert une pièce de belle
« toile de Hollande, qu'elle ne se connaissait pas ; les prin-
« cesses Agathe et Laure mettent à ses ordres leur fil,
« leur aiguille, et des mains toujours un peu trop rouges.
« Les deux jeunes princes don Henri et don Gabriel ont
« conservé la funeste habitude de se gorger de raisiné, de
« faire enrager leurs sœurs, de ne vouloir rien apprendre,
« de s'amuser à dénicher les oiseaux, de tapager et de
« couper, malgré les lois de l'Etat, des osiers pour se faire
« des badines. Le nonce du pape, vulgairement appelé
« monsieur le curé, menace de les excommunier s'ils
« continuent à laisser les saints canons de la grammaire
« pour les canons du sureau belliqueux. Adieu, cher
« frère, jamais lettre n'a porté tant de vœux faits pour ton
« bonheur, ni tant d'amour satisfait. Tu auras donc bien
« des choses à nous dire quand tu viendras ! Tu me diras
« tout, à moi, je suis l'aînée. Ma tante nous a laissé soup-
« çonner que tu avais des succès dans le monde.

L'on parle d'une dame et l'on se tait du reste.

« Avec nous s'entend ! Dis donc Eugène, si tu voulais,
« nous pourrions nous passer de mouchoirs, et nous te
« ferions des chemises. Réponds-moi vite à ce sujet. S'il
« te fallait promptement de belles chemises bien cousues,
« nous serions obligées de nous y mettre tout de suite ; et
« s'il y avait à Paris des façons que nous ne connussions
« pas, tu nous enverrais un modèle, surtout pour les poi-
« gnets. Adieu, adieu ! je t'embrasse au front du côté
« gauche, sur la tempe qui m'appartient exclusivement.
« Je laisse l'autre feuillet pour Agathe, qui m'a promis
« de ne rien lire de ce que je te dis. Mais, pour en être
« plus sûre, je resterai près d'elle pendant qu'elle t'écrira.
« Ta sœur qui t'aime.

                                    « LAURE DE RASTIGNAC ».

— Oh ! oui, se dit Eugène, oui, la fortune à tout prix !
Des trésors ne payeraient pas ce dévouement. Je voudrais
leur apporter tous les bonheurs ensemble. Quinze cent
cinquante francs ! se dit-il après une pause. Il faut que
chaque pièce porte coup ! Laure a raison. Nom d'une
femme ! je n'ai que des chemises de grosse toile. Pour le
bonheur d'un autre, une jeune fille devient rusée autant
qu'un voleur. Innocente pour elle et prévoyante pour

moi, elle est comme l'ange du ciel qui pardonne les fautes de la terre sans les comprendre.

Le monde était à lui! Déjà son tailleur avait été convoqué, sondé, conquis. En voyant monsieur de Trailles, Rastignac avait compris l'influence qu'exercent les tailleurs sur la vie des jeunes gens. Hélas! il n'existe pas de moyenne entre ces deux termes : un tailleur est ou un ennemi mortel, ou un ami donné par la facture. Eugène rencontra dans le sien un homme qui avait compris la paternité de son commerce, et qui se considérait comme un trait d'union entre le présent et l'avenir des jeunes gens. Aussi Rastignac reconnaissant a-t-il fait la fortune de cet homme par un de ces mots auxquels il excella plus tard. — Je lui connais, disait-il, deux pantalons qui ont fait faire des mariages de vingt mille livres de rente.

Quinze cents francs et des habits à discrétion! En ce moment le pauvre Méridional ne douta plus de rien, et descendit au déjeuner avec cet air indéfinissable que donne à un jeune homme la possession d'une somme quelconque. A l'instant où l'argent se glisse dans la poche d'un étudiant, il se dresse en lui-même une colonne fantastique sur laquelle il s'appuie. Il marche mieux qu'auparavant, il se sent un point d'appui pour son levier, il a le regard plein, direct, il a les mouvements agiles; la veille, humble et timide, il aurait reçu des coups; le lendemain, il en donnerait à un premier ministre. Il se passe en lui des phénomènes inouïs : il veut tout et peut tout, il désire à tort et à travers, il est gai, généreux, expansif. Enfin, l'oiseau naguère sans ailes a retrouvé son envergure. L'étudiant sans argent happe un brin de plaisir comme un chien qui dérobe un os à travers mille périls, il le casse, en suce la moelle, et court encore; mais le jeune homme qui fait mouvoir dans son gousset quelques fugitives pièces d'or déguste ses jouissances, il les détaille, il s'y complaît, il se balance dans le ciel, il ne sait plus ce que signifie le mot *misère*. Paris lui appartient tout entier. Age où tout est luisant, où tout scintille et flambe! âge de force joyeuse dont personne ne profite, ni l'homme, ni la femme! âge des dettes et des vives craintes qui décuplent tous les plaisirs! Qui n'a pas pratiqué la rive gauche de la Seine, entre la rue Saint-Jacques et la rue des Saints-Pères, ne connaît rien à la vie humaine! « Ah! si les femmes de Paris savaient! se disait Rastignac en dévorant les poires cuites, à un liard la pièce, servies

par madame Vauquer, elles viendraient se faire aimer
ici. » En ce moment un facteur des Messageries royales
se présenta dans la salle à manger, après avoir fait sonner
la porte à claire-voie. Il demanda monsieur Eugène de
Rastignac, auquel il tendit deux sacs à prendre, et un
registre à émarger. Rastignac fut alors sanglé comme
d'un coup de fouet par le regard profond que lui lança
Vautrin.

— Vous aurez de quoi payer des leçons d'armes et des
séances au tir, lui dit cet homme.

— Les galions sont arrivés, lui dit madame Vauquer
en regardant les sacs.

Mademoiselle Michonneau craignait de jeter les yeux
sur l'argent, de peur de montrer sa convoitise.

— Vous avez une bonne mère, dit madame Couture.

— Monsieur a une bonne mère, répéta Poiret.

— Oui, la maman s'est saignée, dit Vautrin. Vous
pourrez maintenant faire vos farces, aller dans le monde,
y pêcher des dots, et danser avec des comtesses qui ont
des fleurs de pêcher sur la tête. Mais croyez-moi, jeune
homme, fréquentez le tir.

Vautrin fit le geste d'un homme qui vise son adversaire. Rastignac voulut donner pour boire au facteur, et
ne trouva rien dans sa poche. Vautrin fouilla dans la
sienne, et jeta vingt sous à l'homme.

— Vous avez bon crédit, reprit-il en regardant l'étudiant.

Rastignac fut forcé de le remercier, quoique depuis les
mots aigrement échangés, le jour où il était revenu de
chez madame de Beauséant, cet homme lui fût insup-
portable. Pendant ces huit jours Eugène et Vautrin étaient
restés silencieusement en présence, et s'observaient l'un
l'autre. L'étudiant se demandait vainement pourquoi.
Sans doute les idées se projettent en raison directe de la
force avec laquelle elles se conçoivent, et vont frapper là
où le cerveau les envoie, par une loi mathématique com-
parable à celle qui dirige les bombes au sortir du mortier.
Divers en sont les effets. S'il est des natures tendres où les
idées se logent et qu'elles ravagent, il est aussi des natures
vigoureusement munies, des crânes à remparts d'airain
sur lesquels les volontés des autres s'aplatissent et
tombent comme les balles devant une muraille; puis il
est encore des natures flasques et cotonneuses où les
idées d'autrui viennent mourir comme des boulets
s'amortissent dans la terre molle des redoutes. Rastignac

avait une de ces têtes pleines de poudre qui sautent au moindre choc. Il était trop vivacement jeune pour ne pas être accessible à cette projection des idées, à cette contagion des sentiments dont tant de bizarres phénomènes nous frappent à notre insu. Sa vue morale avait la portée lucide de ses yeux de lynx. Chacun de ses doubles sens avait cette longueur mystérieuse, cette flexibilité d'aller et de retour qui nous émerveille chez les gens supérieurs, bretteurs habiles à saisir le défaut de toutes les cuirasses. Depuis un mois il s'était d'ailleurs développé chez Eugène autant de qualités que de défauts. Ses défauts, le monde et l'accomplissement de ses croissants désirs les lui avaient demandés. Parmi ses qualités se trouvait cette vivacité méridionale qui fait marcher droit à la difficulté pour la résoudre, et qui ne permet pas à un homme d'outre-Loire de rester dans une incertitude quelconque; qualité que les gens du Nord nomment un défaut : pour eux, si ce fut l'origine de la fortune de Murat, ce fut aussi la cause de sa mort. Il faudrait conclure de là que quand un Méridional sait unir la fourberie du Nord à l'audace d'outre-Loire, il est complet et reste roi de Suède. Rastignac ne pouvait donc pas demeurer longtemps sous le feu des batteries de Vautrin sans savoir si cet homme était son ami ou son ennemi. De moment en moment, il lui semblait que ce singulier personnage pénétrait ses passions et lisait dans son cœur, tandis que chez lui tout était si bien clos qu'il semblait avoir la profondeur immobile d'un sphinx qui sait, voit tout, et ne dit rien. En se sentant le gousset plein, Eugène se mutina.

— Faites-moi le plaisir d'attendre, dit-il à Vautrin qui se levait pour sortir après avoir savouré les dernières gorgées de son café.

— Pourquoi ? répondit le quadragénaire en mettant son chapeau à larges bords et prenant une canne en fer avec laquelle il faisait souvent des moulinets en homme qui n'aurait pas craint d'être assailli par quatre voleurs.

— Je vais vous rendre, reprit Rastignac qui défit promptement un sac et compta cent quarante francs à madame Vauquer. Les bons comptes font les bons amis, dit-il à la veuve. Nous sommes quittes jusqu'à la Saint-Sylvestre. Changez-moi ces cent sous.

— Les bons amis font les bons comptes, répéta Poiret en regardant Vautrin.

— Voici vingt sous, dit Rastignac en tendant une pièce au sphinx en perruque.

— On dirait que vous avez peur de me devoir quelque chose ? s'écria Vautrin en plongeant un regard divinateur dans l'âme du jeune homme auquel il jeta un de ces sourires goguenards et diogéniques desquels Eugène avait été sur le point de se fâcher cent fois.

— Mais... oui, répondit l'étudiant qui tenait ses deux sacs à la main et s'était levé pour monter chez lui.

Vautrin sortait par la porte qui donnait dans le salon et l'étudiant se disposait à s'en aller par celle qui menait sur le carré de l'escalier.

— Savez-vous, monsieur le marquis de Rastignacorama, que ce que vous me dites n'est pas exactement poli, dit alors Vautrin en fouettant la porte du salon et venant à l'étudiant qui le regarda froidement.

Rastignac ferma la porte de la salle à manger, en emmenant avec lui Vautrin au bas de l'escalier, dans le carré qui séparait la salle à manger de la cuisine, où se trouvait une porte pleine donnant sur le jardin, et surmontée d'un long carreau garni de barreaux en fer. Là, l'étudiant dit devant Sylvie qui déboucha de sa cuisine : — *Monsieur* Vautrin, je ne suis pas marquis, et je ne m'appelle pas Rastignacorama.

— Ils vont se battre, dit mademoiselle Michonneau d'un air indifférent.

— Se battre ! répéta Poiret.

— Que non, répondit madame Vauquer en caressant sa pile d'écus.

— Mais les voilà qui vont sous les tilleuls, cria mademoiselle Victorine en se levant pour regarder dans le jardin. Ce pauvre jeune homme a pourtant raison.

— Remontons, ma chère petite, dit madame Couture, ces affaires-là ne nous regardent pas.

Quand madame Couture et Victorine se levèrent, elles rencontrèrent, à la porte, la grosse Sylvie qui leur barra le passage.

— Quoi qui n'y a donc ? dit-elle. Monsieur Vautrin a dit à monsieur Eugène : « Expliquons-nous ! » Puis il l'a pris par le bras, et les voilà qui marchent dans nos artichauts.

En ce moment Vautrin parut. — Maman Vauquer, dit-il en souriant, ne vous effrayez de rien, je vais essayer mes pistolets sous les tilleuls.

— Oh ! monsieur, dit Victorine en joignant les mains, pourquoi voulez-vous tuer monsieur Eugène ?

Vautrin fit deux pas en arrière et contempla Victorine.

— Autre histoire, s'écria-t-il d'une voix railleuse qui fit rougir la pauvre fille. Il est bien gentil, n'est-ce pas, ce jeune homme-là ? reprit-il. Vous me donnez une idée. Je ferai votre bonheur à tous deux, ma belle enfant.

Madame Couture avait pris sa pupille par le bras et l'avait entraînée en lui disant à l'oreille : — Mais, Victorine, vous êtes inconcevable ce matin.

— Je ne veux pas qu'on tire des coups de pistolet chez moi, dit madame Vauquer. N'allez-vous pas effrayer tout le voisinage et amener la police, à c't'heure !

— Allons, du calme, maman Vauquer, répondit Vautrin. Là, là, tout beau, nous irons au tir. Il rejoignit Rastignac, qu'il prit familièrement par le bras : — Quand je vous aurais prouvé qu'à trente-cinq pas je mets cinq fois de suite ma balle dans un as de pique, lui dit-il, cela ne vous ôterait pas votre courage. Vous m'avez l'air d'être un peu rageur, et vous vous feriez tuer comme un imbécile.

— Vous reculez, dit Eugène.

— Ne m'échauffez pas la bile, répondit Vautrin. Il ne fait pas froid ce matin, venez nous asseoir là-bas, dit-il en montrant les sièges peints en vert. Là, personne ne nous entendra. J'ai à causer avec vous. Vous êtes un bon petit jeune homme auquel je ne veux pas de mal. Je vous aime, foi de Tromp... (mille tonnerres!), foi de Vautrin. Pourquoi vous aimé-je je vous le dirai. En attendant, je vous connais comme si je vous avait fait, et vais vous le prouver. Mettez vos sacs là, reprit-il en lui montrant la table ronde.

Rastignac posa son argent sur la table et s'assit en proie à une curiosité que développa chez lui au plus haut degré le changement soudain opéré dans les manières de cet homme, qui, après avoir parlé de le tuer, se posait comme son protecteur.

— Vous voudriez bien savoir qui je suis, ce que j'ai fait, ou ce que je fais, reprit Vautrin. Vous êtes trop curieux, mon petit. Allons, du calme. Vous allez en entendre bien d'autres ! J'ai eu des malheurs. Ecoutez-moi d'abord, vous me répondrez après. Voilà ma vie antérieure en trois mots. Qui suis-je ? Vautrin. Que fais-je ? Ce qui me plaît. Passons. Voulez-vous connaître mon caractère ? Je suis bon avec ceux qui me font du bien ou dont le cœur parle au mien. A ceux-là tout est permis, ils peuvent me donner des coups de pied dans les os des jambes sans que je leur dise : *Prends garde !* Mais, nom d'une pipe ! je suis méchant comme le diable avec ceux qui me tracassent, ou qui ne me reviennent pas. Et il est bon de vous apprendre que je me soucie de tuer un homme comme de ça! dit-il en lançant un jet de salive. Seulement je m'efforce de le tuer proprement, quand il le faut absolument. Je suis ce que vous appelez un artiste. J'ai lu les Mémoires de Benvenuto Cellini, tel que vous me voyez, et en italien encore! J'ai appris de cet homme-là, qui était un fier luron, à imiter la Providence qui nous tue à tort et à travers, et à aimer le beau partout où il se trouve. N'est-ce pas d'ailleurs une belle partie à jouer que d'être seul contre tous les hommes et d'avoir la chance? J'ai bien réfléchi à la constitution actuelle de votre désordre social. Mon petit, le duel est un jeu d'enfant, une sottise. Quand de deux hommes vivants l'un doit disparaître, il faut être imbécile pour s'en remettre au hasard. Le duel? croix ou pile! voilà. Je mets cinq balles de suite dans un as de pique en enfonçant chaque nouvelle balle sur l'autre, et à trente-cinq pas encore! quand on est doué de ce petit talent-là, l'on peut se croire sûr d'abattre son homme. Eh bien! j'ai tiré sur un homme à vingt pas, je l'ai manqué. Le drôle n'avait jamais manié de sa vie un pistolet. Tenez! dit cet homme extraordinaire en défaisant son gilet et montrant sa poitrine velue comme le dos d'un ours, mais garnie d'un crin fauve qui causait une sorte de dégoût mêlé d'effroi, ce blanc-bec m'a roussi le poil, ajouta-t-il en mettant le doigt de Rastignac sur un trou qu'il avait au sein. Mais dans ce temps-là j'étais un enfant, j'avais votre âge, vingt et un ans. Je croyais encore à quelque chose, à l'amour d'une femme, un tas de bêtises dans lesquelles vous allez vous embarbouiller. Nous nous serions battus, pas vrai? Vous auriez pu me tuer. Supposez que je sois en terre, où seriez-vous? Il faudrait décamper, aller en Suisse, manger l'argent de papa, qui n'en a guère. Je vais vous éclairer, moi, la position dans laquelle vous êtes; mais je vais le faire avec la supériorité d'un homme qui, après avoir examiné les choses d'ici-bas, a vu qu'il n'y avait que deux partis à prendre: ou une stupide obéissance ou la révolte. Je n'obéis à rien, est-ce clair? Savez-vous ce qu'il vous faut, à vous, au train dont vous allez? un million, et promptement; sans quoi, avec notre petite tête, nous pourrions aller flâner dans les filets de Saint-Cloud, pour voir s'il y a un Etre Suprême. Ce million, je vais vous le donner. Il fit une pause en regardant Eugène. — Ah! ah! vous faites meilleure mine à votre petit papa Vautrin. En

entendant ce mot-là, vous êtes comme une jeune fille à
qui l'on dit : « A ce soir », et qui se toilette en se pourlé-
chant comme un chat qui boit du lait. A la bonne heure.
Allons donc! A nous deux! Voici votre compte, jeune
homme. Nous avons, là-bas, papa, maman, grand-tante,
deux sœurs (dix-huit et dix-sept ans), deux petits frères
(quinze et dix ans), voilà le contrôle de l'équipage. La
tante élève vos sœurs. Le curé vient apprendre le latin
aux deux frères. La famille mange plus de bouillie de
marrons que de pain blanc, le papa ménage ses culottes,
maman se donne à peine une robe d'hiver et une robe
d'été, nos sœurs font comme elles peuvent. Je sais tout,
j'ai été dans le Midi. Les choses sont comme cela chez
vous, si l'on vous envoie douze cents francs par an, et que
votre terrine ne rapporte que trois mille francs. Nous
avons une cuisinière et un domestique, il faut garder le
décorum, papa est baron. Quant à nous, nous avons de
l'ambition, nous avons les Beauséant pour alliés et nous
allons à pied, nous voulons la fortune et nous n'avons
pas le sou, nous mangeons les *ratatouilles* de maman Vauquer et nous aimons les beaux dîners du faubourg Saint-
Germain, nous couchons sur un grabat et nous voulons
un hôtel! Je ne blâme pas vos vouloirs. Avoir de l'ambition, mon petit cœur, ce n'est pas donné à tout le monde.
Demandez aux femmes quels hommes elles recherchent,
les ambitieux. Les ambitieux ont les reins plus forts, le
sang plus riche en fer, le cœur plus chaud que ceux des
autres hommes. Et la femme se trouve si heureuse et si
belle aux heures où elle est forte, qu'elle préfère à tous
les hommes celui dont la force est énorme, fût-elle en danger d'être brisée par lui. Je fais l'inventaire de vos désirs
afin de vous poser la question. Cette question, la voici.
Nous avons une faim de loup, nos quenottes sont incisives,
comment nous y prendrons-nous pour approvisionner la
marmite? Nous avons d'abord le Code à manger, ce
n'est pas amusant, et ça n'apprend rien; mais il le faut.
Soit. Nous nous faisons avocat pour devenir président
d'une cour d'assises, envoyer les pauvres diables qui
valent mieux que nous avec T. F. sur l'épaule, afin de
prouver aux riches qu'ils peuvent dormir tranquillement.
Ce n'est pas drôle, et puis c'est long. D'abord, deux
années à droguer dans Paris, à regarder, sans y toucher,
les *nanans* dont nous sommes friands. C'est fatigant de
désirer toujours sans jamais se satisfaire. Si vous étiez
pâle et de la nature des mollusques, vous n'auriez rien

à craindre; mais nous avons le sang fiévreux des lions et un appétit à faire vingt sottises par jour. Vous succomberez donc à ce supplice, le plus horrible que nous ayons aperçu dans l'enfer du bon Dieu. Admettons que vous soyez sage, que vous buviez du lait et que vous fassiez des élégies; il faudra, généreux comme vous l'êtes, commencer, après bien des ennuis et des privations à rendre un chien enragé, par devenir le substitut de quelque drôle, dans un trou de ville où le gouvernement vous jettera mille francs d'appointements, comme on jette une soupe à un dogue de boucher. Aboie après les voleurs, plaide pour le riche, fais guillotiner des gens de cœur. Bien obligé! Si vous n'avez pas de protections, vous pourrirez dans votre tribunal de province. Vers trente ans, vous serez juge à douze cents francs par an, si vous n'avez pas encore jeté la robe aux orties. Quand vous aurez atteint la quarantaine, vous épouserez quelque fille de meunier, riche d'environ six mille livres de rente. Merci. Ayez des protections, vous serez procureur du roi à trente ans, avec mille écus d'appointements, et vous épouserez la fille du maire. Si vous faites quelques-unes de ces petites bassesses politiques, comme de lire sur un bulletin Villèle au lieu de Manuel (ça rime, ça met la conscience en repos), vous serez, à quarante ans, procureur général, et pourrez devenir député. Remarquez, mon cher enfant, que nous aurons fait des accrocs à notre petite conscience, que nous aurons eu vingt ans d'ennuis, de misères secrètes, et que nos sœurs auront coiffé sainte Catherine. J'ai l'honneur de vous faire observer de plus qu'il n'y a que vingt procureurs généraux en France, et que vous êtes vingt mille aspirants au grade, parmi lesquels il se rencontre des farceurs qui vendraient leur famille pour monter d'un cran. Si le métier vous dégoûte, voyons autre chose. Le baron de Rastignac veut-il être avocat? Oh! joli. Il faut pâtir pendant dix ans, dépenser mille francs par mois, avoir une bibliothèque, un cabinet, aller dans le monde, baiser la robe d'un avoué pour avoir des causes, balayer le palais avec sa langue. Si ce métier vous menait à bien, je ne dirais pas non; mais trouvez-moi dans Paris cinq avocats qui, à cinquante ans, gagnent plus de cinquante mille francs par an? Bah! plutôt que de m'amoindrir ainsi l'âme, j'aimerais mieux me faire corsaire. D'ailleurs, où prendre des écus? Tout ça n'est pas gai. Nous avons une ressource dans la dot d'une femme. Voulez-vous vous marier? ce sera vous mettre une pierre au cou ; puis, si vous vous mariez pour de l'argent, que deviennent nos sentiments d'honneur, notre noblesse ! Autant commencer aujourd'hui votre révolte contre les conventions humaines. Ce ne serait rien que se coucher comme un serpent devant une femme, lécher les pieds de la mère, faire des bassesses à dégoûter une truie, pouah ! si vous trouviez au moins le bonheur. Mais vous serez malheureux comme les pierres d'égout avec une femme que vous aurez épousée ainsi. Vaut encore mieux guerroyer avec les hommes que de lutter avec sa femme. Voilà le carrefour de la vie, jeune homme, choisissez. Vous avez déjà choisi : vous êtres allé chez notre cousin de Beauséant, et vous y avez flairé le luxe. Vous êtes allé chez madame de Restaud, la fille du père Goriot, et vous y avez flairé la Parisienne. Ce jour-là vous êtes revenu avec un mot sur votre front, et que j'ai bien su lire : *Parvenir !* parvenir à tout prix. Bravo ! ai-je dit, voilà un gaillard qui me va. Il vous a fallu de l'argent. Où en prendre ? Vous avez saigné vos sœurs. Tous les frères *flouent* plus ou moins leurs sœurs. Vos quinze cents francs arrachés, Dieu sait comme ! dans un pays où l'on trouve plus de châtaignes que de pièces de cent sous, vont filer comme des soldats à la maraude. Après, que ferez-vous ? vous travaillerez ? Le travail, compris comme vous le comprenez en ce moment, donne, dans les vieux jours, un appartement chez maman Vauquer à des gars de la force de Poiret. Une rapide fortune est le problème que se proposent de résoudre en ce moment cinquante mille jeunes gens qui se trouvent tous dans votre position. Vous êtes une unité de ce nombre-là. Jugez des efforts que vous avez à faire et de l'acharnement du combat. Il faut vous manger les uns les autres comme des araignées dans un pot, attendu qu'il n'y a pas cinquante mille bonnes places. Savez-vous comment on fait son chemin ici ? par l'éclat du génie ou par l'adresse de la corruption. Il faut entrer dans cette masse d'hommes comme un boulet de canon, ou s'y glisser comme une peste. L'honnêteté ne sert à rien. L'on plie sous le pouvoir du génie, on le hait, on tâche de le calomnier, parce qu'il prend sans partager ; mais on plie s'il persiste ; en un mot, on l'adore à genoux quand on n'a pas pu l'enterrer sous la boue. La corruption est en force, le talent est rare. Ainsi, la corruption est l'arme de la médiocrité qui abonde, et vous en sentirez partout la pointe. Vous verrez des femmes dont les maris ont six mille francs d'appointements pour tout potage, et qui dépensent plus de dix mille francs à leur toilette. Vous verrez des employés à douze cents francs acheter des terres. Vous verrez des femmes se prostituer pour aller dans la voiture du fils d'un pair de France, qui peut courir à Longchamp sur la chaussée du milieu. Vous avez vu le pauvre bêta de père Goriot obligé de payer la lettre de change endossée par sa fille, dont le mari a cinquante mille livres de rente. Je vous défie de faire deux pas dans Paris sans rencontrer des manigances infernales. Je parierais ma tête contre un pied de cette salade que vous donnerez dans un guêpier chez la première femme qui vous plaira, fût-elle riche, belle et jeune. Toutes sont bricolées par les lois, en guerre avec leurs maris à propos de tout. Je n'en finirais pas s'il fallait vous expliquer les trafics qui se font pour des amants, pour des chiffons, pour des enfants, pour le ménage ou pour la vanité, rarement par vertu, soyez-en sûr. Aussi l'honnête homme est-il l'ennemi commun. Mais que croyez-vous que soit l'honnête homme ? A Paris, l'honnête homme est celui qui se tait, et refuse de partager. Je ne vous parle pas de ces pauvres ilotes qui partout font la besogne sans être jamais récompensés de leurs travaux, et que je nomme la confrérie des savates du bon Dieu. Certes, là est la vertu dans toute la fleur de sa bêtise, mais là est la misère. Je vois d'ici la grimace de ces braves gens si Dieu nous faisait la mauvaise plaisanterie de s'absenter au jugement dernier. Si donc vous voulez promptement la fortune, il faut être déjà riche ou le paraître. Pour s'enrichir, il s'agit ici de jouer de grands coups ; autrement on carotte, et votre serviteur ! Si, dans les cent professions que vous pouvez embrasser, il se rencontre dix hommes qui réussissent vite, le public les appelle des voleurs. Tirez vos conclusions. Voilà la vie telle qu'elle est. Ça n'est pas plus beau que la cuisine, ça pue tout autant, et il faut se salir les mains si l'on veut fricoter ; sachez seulement vous bien débarbouiller : là est toute la morale de notre époque. Si je vous parle ainsi du monde, il m'en a donné le droit, je le connais. Croyez-vous que je blâme ? du tout. Il a toujours été ainsi. Les moralistes ne le changeront jamais. L'homme est imparfait. Il est parfois plus ou moins hypocrite, et les niais disent alors qu'il a ou n'a pas de mœurs. Je n'accuse pas les riches en faveur du peuple : l'homme est le même en haut, en bas, au milieu. Il se rencontre par chaque million de ce haut bétail dix lurons qui se mettent au-dessus de tout, même des lois; j'en suis. Vous, si vous êtes un homme supérieur, allez en droite ligne et la tête haute. Mais il faudra lutter contre l'envie, la calomnie, la médiocrité, contre tout le monde. Napoléon a rencontré un ministre de la guerre qui s'appelait Aubry, et qui a failli l'envoyer aux colonies. Tâtez-vous! Voyez si vous pourrez vous lever tous les matins avec plus de volonté que vous n'en aviez la veille. Dans ces conjonctures, je vais vous faire une proposition que personne ne refuserait. Ecoutez bien. Moi, voyez-vous, j'ai une idée. Mon idée est d'aller vivre de la vie patriarcale au milieu d'un grand domaine, cent mille arpents, par exemple, aux Etats-Unis, dans le Sud. Je veux m'y faire planteur, avoir des esclaves, gagner quelques bons petits millions à vendre mes bœufs, mon tabac, mes bois, en vivant comme un souverain, en faisant mes volontés, en menant une vie qu'on ne conçoit pas ici, où l'on se tapit dans un terrier de plâtre. Je suis un grand poète. Mes poésies, je ne les écris pas : elles consistent en actions et en sentiments. Je possède en ce moment cinquante mille francs. qui me donnerait à peine quarante nègres. J'ai besoin de deux cent mille francs, parce que je veux deux cents nègres, afin de satisfaire mon goût pour la vie patriarcale. Des nègres, voyez-vous ? c'est des enfants tout venus dont on fait ce qu'on veut, sans qu'un curieux procureur du roi arrive vous en demander compte. Avec ce capital noir, en dix ans j'aurai trois ou quatre millions. Si je réussis, personne ne me demandera : « Qui es-tu ? » Je serai monsieur Quatre-Millions, citoyen des Etats-Unis. J'aurai cinquante ans, je ne serai pas encore pourri, je m'amuserai à ma façon. En deux mots, si je vous procure une dot d'un million, me donnerez-vous deux cent mille francs ? Vingt pour cent de commission, hein! est-ce trop cher ? Vous vous ferez aimer de votre petite femme. Une fois marié, vous manifesterez des inquiétudes, des remords, vous ferez le triste pendant quinze jours. Une nuit, après quelques singeries, vous déclarerez, entre deux baisers, deux cent mille francs de dettes à votre femme, en lui disant : « Mon amour! » Ce vaudeville est joué tous les jours par les jeunes gens les plus distingués. Une jeune femme ne refuse pas sa bourse à celui qui lui prend le cœur. Croyez-vous que vous y perdrez ? Non. Vous trouverez le moyen de regagner vos deux cent mille francs dans une affaire. Avec votre argent et votre esprit, vous amasserez une fortune aussi considérable que vous pourrez la souhaiter. *Ergo* vous aurez fait, en six mois de temps, votre bonheur, celui d'une femme aimable et celui de votre papa Vautrin, sans compter celui de votre famille qui souffle dans ses doigts, l'hiver, faute de bois. Ne vous étonnez ni de ce que je vous propose, ni de ce que je vous demande! Sur soixante beaux mariages qui ont lieu dans Paris, il y en a quarante-sept qui donnent lieu à des marchés semblables. La Chambre des Notaires a forcé monsieur...

— Que faut-il que je fasse ? dit avidement Rastignac en interrompant Vautrin.

— Presque rien, répondit cet homme en laissant échapper un mouvement de joie semblable à la sourde expression d'un pêcheur qui sent un poisson au bout de sa ligne. Ecoutez-moi bien! Le cœur d'une pauvre fille malheureuse et misérable est l'éponge la plus avide à se remplir d'amour, une éponge sèche qui se dilate aussitôt qu'il y tombe une goutte de sentiment. Faire la cour à une jeune personne qui se rencontre dans des conditions de solitude, de désespoir et de pauvreté sans qu'elle se doute de sa fortune à venir! dam! c'est quinte et quatorze en main, c'est connaître les numéros à la loterie, et c'est jouer sur les rentes en sachant les nouvelles. Vous construisez sur pilotis un mariage indestructible. Viennent des millions à cette jeune fille, elle vous les jettera aux pieds, comme si c'était des cailloux. « Prends, mon bien-aimé! Prends, Adolphe! Alfred! Prends, Eugène! » dira-t-elle si Adolphe, Alfred ou Eugène ont eu le bon esprit de se sacrifier pour elle. Ce que j'entends par des sacrifices, c'est vendre un vieil habit afin d'aller au Cadran-Bleu manger ensemble des croûtes aux champignons; de là, le soir, à l'Ambigu-Comique; c'est mettre sa montre au Mont-de-Piété pour lui donner un châle. Je ne vous parle pas du gribouillage de l'amour ni des fariboles auxquelles tiennent tant les femmes, comme, par exemple, de répandre des gouttes d'eau sur le papier à lettre en manière de larmes quand on est loin d'elles : vous m'avez l'air de connaître parfaitement l'argot du cœur. Paris, voyez-vous, est comme une forêt du Nouveau-Monde, où s'agitent vingt espèces de peuplades sauvages, les Illinois, les Hurons, qui vivent du produit que donnent les différentes chasses sociales; vous êtes un chasseur de millions. Pour les prendre, vous usez de pièges, de pipeaux, d'appeaux. Il y a plusieurs manières de chasser. Les uns chassent à la dot; les autres chassent à la liquidation; ceux-ci pêchent des consciences, ceux-là vendent leurs abonnés pieds et poings liés. Celui qui revient avec sa gibecière bien garnie est salué, fêté, reçu dans la bonne société. Rendons justice à ce sol hospitalier, vous avez affaire à la ville la plus complaisante qui soit dans le monde. Si les fières aristocraties de toutes les capitales de l'Europe refusent d'admettre dans leurs rangs un millionnaire infâme, Paris lui tend les bras, court à ses fêtes, mange ses dîners et trinque avec son infamie.

— Mais où trouver une fille? dit Eugène.

— Elle est à vous, devant vous!

— Mademoiselle Victorine?

— Juste!

— Eh! comment?

— Elle vous aime déjà, votre petite baronne de Rastignac!

— Elle n'a pas un sou, reprit Eugène étonné.

— Ah! nous y voilà. Encore deux mots, dit Vautrin, et tout s'éclaircira. Le père Taillefer est un vieux coquin qui passe pour avoir assassiné l'un de ses amis pendant la Révolution. C'est un de mes gaillards qui ont de l'indépendance dans les opinions. Il est banquier, principal associé de la maison Frédéric Taillefer et compagnie. Il a un fils unique, auquel il veut laisser son bien, au détriment de Victorine. Moi, je n'aime pas ces injustices-là. Je suis comme don Quichotte, j'aime à prendre la défense du faible contre le fort. Si la volonté de Dieu était de lui retirer son fils, Taillefer reprendrait sa fille; il voudrait un héritier quelconque, une bêtise qui est dans la nature et il ne peut plus avoir d'enfants, je le sais. Victorine est douce et gentille, elle aura bientôt entortillé son père, et le fera tourner comme une toupie d'Allemagne avec le fouet du sentiment! Elle sera trop sensible à votre amour pour vous oublier, vous l'épouserez. Moi, je me charge du rôle de la Providence, je ferai vouloir le bon Dieu. J'ai un ami pour qui je me suis dévoué, un colonel de l'armée de la Loire qui vient d'être employé dans la garde royale. Il écoute mes avis, et s'est fait ultra-royaliste : ce n'est pas un de ces imbéciles qui tiennent à leurs opinions. Si j'ai encore un conseil à vous donner, mon ange, c'est de ne pas plus tenir à vos opinions qu'à vos paroles. Quand on vous les demandera, vendez-les. Un homme qui se vante de ne jamais changer d'opinion est un homme qui se charge d'aller toujours en ligne droite, un niais qui croit à l'infaillibilité. Il n'y a pas de principes, il n'y a que des

événements; il n'y a pas de lois, il n'y a que des circons-
stances : l'homme supérieur épouse les événements et les
circonstances pour les conduire. S'il y avait des principes
et des lois fixes, les peuples n'en changeraient pas comme
nous changeons de chemises. L'homme n'est pas tenu
d'être plus sage que toute une nation. L'homme qui a
rendu le moins de services à la France est un fétiche
vénéré pour avoir toujours vu en rouge, il est tout au plus
bon à mettre au Conservatoire, parmi les machines, en
l'étiquetant la Fayette; tandis que le prince auquel chacun lance sa pierre, et qui méprise assez l'humanité pour
lui cracher au visage autant de serments qu'elle en
demande, a empêché le partage de la France au congrès
de Vienne : on lui doit des couronnes, on lui jette de la
boue. Oh! je connais les affaires, moi! j'ai les secrets de
bien des hommes! Suffit. J'aurai une opinion inébran-
lable le jour où j'aurai rencontré trois têtes d'accord sur
l'emploi d'un principe et j'attendrai longtemps! L'on
ne trouve pas dans les tribunaux trois juges qui aient le
même avis sur un article de la loi. Je reviens à mon
homme. Il remettrait Jésus-Christ en croix si je le lui
disais. Sur un seul mot de son papa Vautrin, il cherchera
querelle à ce drôle qui n'envoie pas seulement cent sous
à sa pauvre sœur, et... Ici Vautrin se leva, se mit en garde,
et fit le mouvement d'un maître d'armes qui se fend. —
Et, à l'ombre! ajouta-t-il.

— Quelle horreur! dit Eugène. Vous voulez plaisanter, monsieur Vautrin ?

— Là, là, là, du calme, reprit cet homme. Ne faites pas
l'enfant : cependant, si cela peut vous amuser, courroucez-
vous! emportez-vous! Dites que je suis un infâme, un scélérat, un coquin, un bandit, mais ne m'appelez ni escroc,
ni espion! Allez, dites, lâchez votre bordée! Je vous pardonne, c'est si naturel à votre âge! J'ai été comme ça, moi!
Seulement, réfléchissez. Vous ferez pis quelque jour.
Vous irez coqueter chez quelque jolie femme et vous
recevrez de l'argent. Vous y avez pensé! dit Vautrin;
car, comment réussirez-vous, si vous n'escomptez pas
votre amour ? La vertu, mon cher étudiant, ne se scinde
pas : elle est ou n'est pas. On nous parle de faire pénitence de nos fautes. Encore un joli système que celui
en vertu duquel on est quitte d'un crime avec un acte de
contrition! Séduire une femme pour arriver à vous poser
sur tel bâton de l'échelle sociale, jeter la zizanie entre les
enfants d'une famille, enfin toutes les infamies qui se

pratiquent sous le manteau d'une cheminée ou autrement dans un but de plaisir ou d'intérêt personnel, croyez-vous que ce soient des actes de foi, d'espérance et de charité ? Pourquoi deux mois de prison au dandy qui, dans une nuit, ôte à un enfant la moitié de sa fortune, et pourquoi le bagne au pauvre diable qui vole un billet de mille francs avec les circonstances aggravantes ? Voilà vos lois. Il n'y a pas un article qui n'arrive à l'absurde. L'homme en gants et à paroles jaunes a commis des assassinats où l'on ne verse pas de sang, mais où l'on en donne; l'assassin a ouvert une porte avec un monseigneur : deux choses nocturnes! Entre ce que je vous propose et ce que vous ferez un jour, il n'y a que le sang de moins. Vous croyez à quelque chose de fixe dans ce monde-là! Méprisez donc les hommes, et voyez les mailles par où l'on peut passer à travers le réseau du Code. Le secret des grandes fortunes sans cause apparente est un crime oublié, parce qu'il a été proprement fait.

— Silence, monsieur, je ne veux pas en entendre davantage, vous me feriez douter de moi-même. En ce moment le sentiment est toute ma science.

— A votre aise, bel enfant. Je vous croyais plus fort, dit Vautrin, je ne vous dirai plus rien. Un dernier mot, cependant. Il regarda fixement l'étudiant : Vous avez mon secret, lui dit-il.

— Un jeune homme qui vous refuse saura bien l'oublier.

— Vous avez bien dit cela, ça me fait plaisir. Un autre, voyez-vous, sera moins scrupuleux. Souvenez-vous de ce que je veux faire pour vous. Je vous donne quinze jours. C'est à prendre ou à laisser.

— Quelle tête de fer a donc cet homme! se dit Rastignac en voyant Vautrin s'en aller tranquillement, sa canne sous le bras. Il m'a dit crûment ce que madame de Beauséant me disait en y mettant des formes. Il me déchirait le cœur avec des griffes d'acier. Pourquoi veux-je aller chez madame de Nucingen ? Il a deviné mes motifs aussitôt que je les ai conçus. En deux mots, ce brigand m'a dit plus de choses sur la vertu que ne m'en ont dit les hommes et les livres. Si la vertu ne souffre pas de capitulation, j'ai donc volé mes sœurs ? dit-il en jetant le sac sur la table. Il s'assit, et resta là plongé dans une étourdissante méditation. — Etre fidèle à la vertu, martyre sublime! Bah! tout le monde croit à la vertu; mais qui est

vertueux ? Les peuples ont la liberté pour idole ; mais où
est sur la terre un peuple libre ? Ma jeunesse est encore
bleue comme un ciel sans nuage : vouloir être grand ou
riche, n'est-ce pas se résoudre à mentir, plier, ramper, se
redresser, flatter, dissimuler ? n'est-ce pas consentir à se
faire le valet de ceux qui ont menti, plié, rampé ? Avant
d'être leur complice, il faut les servir. Eh bien ! non. Je
veux travailler noblement, saintement ; je veux travailler
jour et nuit, ne devoir ma fortune qu'à mon labeur. Ce
sera la plus lente des fortunes, mais chaque jour ma tête
reposera sur mon oreiller sans une pensée mauvaise.
Qu'y a-t-il de plus beau que de contempler sa vie et de la
trouver pure comme un lis ? Moi et la vie, nous sommes
comme un jeune homme et sa fiancée. Vautrin m'a fait
voir ce qui arrive après dix ans de mariage. Diable !
ma tête se perd. Je ne veux penser à rien, le cœur est un
bon guide.

Eugène fut tiré de sa rêverie par la voix de la grosse
Sylvie, qui lui annonça son tailleur, devant lequel il se
présenta, tenant à la main ses deux sacs d'argent, et il ne
fut pas fâché de cette circonstance. Quand il eut essayé
ses habits soir, il remit sa nouvelle toilette du matin
qui le métamorphosait complètement. — Je vaux bien
monsieur de Trailles, se dit-il. Enfin j'ai l'air d'un gentilhomme !

— Monsieur, dit le père Goriot en entrant chez
Eugène, vous m'avez demandé si je connaissais les maisons où va madame de Nucingen ?

— Oui !

— Eh bien ! elle va lundi prochain au bal du maréchal Carigliano. Si vous pouvez y être, vous me direz si
mes deux filles se sont bien amusées, comment elles
seront mises, enfin tout.

— Comment avez-vous su cela, mon bon père
Goriot ? dit Eugène en le faisant asseoir à son feu.

— Sa femme de chambre me l'a dit. Je sais tout ce
qu'elles font par Thérèse et par Constance, reprit-il d'un
air joyeux. Le vieillard ressemblait à un amant encore
assez jeune pour être heureux d'un stratagème qui le met
en communication avec sa maîtresse sans qu'elle puisse
s'en douter. — Vous les verrez, vous ! dit-il en exprimant
avec naïveté une douloureuse envie.

— Je ne sais pas, répondit Eugène. Je vais aller chez
madame de Beauséant lui demander si elle peut me présenter à la maréchale.

Eugène pensait avec une sorte de joie intérieure à se montrer chez la vicomtesse mis comme il le serait désormais. Ce que les moralistes nomment les abîmes du cœur humain sont uniquement les décevantes pensées, les involontaires mouvements de l'intérêt personnel. Ces péripéties, le sujet de tant de réclamations, ces retours soudains sont des calculs faits au profit de nos jouissances. En se voyant bien mis, bien ganté, bien botté, Rastignac oublia sa vertueuse résolution. La jeunesse n'ose pas se regarder au miroir de la conscience quand elle verse du côté de l'injustice, tandis que l'âge mûr s'y est vu : là gît toute la différence entre ces deux phases de la vie. Depuis quelques jours, les deux voisins, Eugène et le père Goriot, étaient devenus bons amis. Leur secrète amitié tenait aux raisons psychologiques qui avaient engendré des sentiments contraires entre Vautrin et l'étudiant. Le hardi philosophe qui voudra constater les effets de nos sentiments dans le monde physique trouvera sans doute plus d'une preuve de leur effective matérialité dans les rapports qu'ils créent entre nous et les animaux. Quels physiognomoniste est plus prompt à deviner un caractère qu'un chien l'est à savoir si un inconnu l'aime ou ne l'aime pas ? Les *atomes crochus*, expression proverbiale dont chacun se sert, sont un de ces faits qui restent dans les langages pour démentir les niaiseries philosophiques dont s'occupent ceux qui aiment à vanner les épluchures des mots primitifs. On se sent aimé. Le sentiment s'empreint en toutes choses et traverse les espaces. Une lettre est une âme, elle est un si fidèle écho de la voix qui parle que les esprits délicats la comptent parmi les plus riches trésors de l'amour. Le père Goriot, que son sentiment irréfléchi élevait jusqu'au sublime de la nature canine, avait flairé la compassion, l'admirative bonté, les sympathies juvéniles qui s'étaient émues pour lui dans le cœur de l'étudiant. Cependant cette union naissante n'avait encore amené aucune confidence. Si Eugène avait manifesté de voir madame de Nucingen, ce n'était pas qu'il comptât sur le vieillard pour être introduit par lui chez elle; mais il espérait qu'une indiscrétion pourrait le bien servir. Le père Goriot ne lui avait parlé de ses filles qu'à propos de ce qu'il s'était permis d'en dire publiquement le jour de ses deux visites. — Mon cher monsieur, lui avait-il dit le lendemain, comment avez-vous pu croire que madame de Restaud vous en ait voulu d'avoir prononcé mon nom ? Mes deux filles m'aiment bien. Je suis heureux père. Seulement, mes deux gendres se sont mal conduits envers moi. Je n'ai pas voulu faire souffrir ces chères créatures de mes dissensions avec leurs maris, et j'ai préféré les voir en secret. Ce mystère me donne mille jouissances que ne comprennent pas les autres pères qui peuvent voir leurs filles quand ils veulent. Moi, je ne le peux pas, comprenez-vous ? Alors je vais, quand il fait beau, dans les Champs-Elysées, après avoir demandé aux femmes de chambre si mes filles sortent. Je les attends au passage, le cœur me bat quand les voitures arrivent, je les admire dans leur toilette, elles me jettent en passant un petit rire qui me dore la nature comme s'il y tombait un rayon de quelque beau soleil. Et je reste, elles doivent revenir. Je les vois encore! l'air leur a fait du bien, elles sont roses. J'entends dire autour de moi : Voilà une belle femme! Ça me réjouit le cœur. N'est-ce pas mon sang ? J'aime les chevaux qui les traînent, et je voudrais être le petit chien qu'elles ont sur leurs genoux. Je vis de leurs plaisirs. Chacun a sa façon d'aimer, la mienne ne fait pourtant de mal à personne, pourquoi le monde s'occupe-t-il de moi ? Je suis heureux à ma manière. Est-ce contre les lois que j'aille voir mes filles, le soir, au moment où elles sortent de leurs maisons pour se rendre au bal ? Quel chagrin pour moi si j'arrive trop tard, et qu'on me dise : Madame est sortie. Un soir j'ai attendu jusqu'à trois heures du matin pour voir Nasie, que je n'avais pas vue depuis deux jours. J'ai manqué crever d'aise! Je vous en prie, ne parlez de moi que pour dire combien mes filles sont bonnes. Elles veulent me combler de toutes sortes de cadeaux; je les en empêche, je leur dis : « Gardez donc votre argent! Que voulez-vous que j'en fasse ? Il ne me faut rien. » En effet, mon cher monsieur, que suis-je ? un méchant cadavre dont l'âme est partout où sont mes filles. Quand vous aurez vu madame de Nucingen, vous me direz celle des deux que vous préférez, dit le bonhomme après un moment de silence en voyant Eugène qui se disposait à partir pour aller se promener aux Tuileries en attendant l'heure de se présenter chez madame de Beauséant.

Cette promenade fut fatale à l'étudiant. Quelques femmes le remarquèrent. Il était si beau, si jeune, et d'une élégance de si bon goût! En se voyant l'objet d'une attention presque admirative, il ne pensa plus à ses sœurs ni à sa tante dépouillées, ni à ses vertueuses répugnances. Il avait vu passer au-dessus de sa tête ce démon qu'il est si facile de prendre pour un ange, ce Satan aux ailes diaprées, qui sème des rubis, qui jette ses flèches d'or au front des palais, empourpre les femmes, revêt d'un sot éclat les trônes, si simples dans leur origine; il avait écouté le dieu de cette vanité crépitante dont le clinquant nous semble être un symbole de puissance. La parole de Vautrin, quelque cynique qu'elle fût, s'était logée dans son cœur comme dans le souvenir d'une vierge se grave le profil ignoble d'une vieille marchande à la toilette, qui lui a dit : « Or et amour à flots! » Après avoir indolemment flâné, vers cinq heures Eugène se présenta chez madame de Beauséant, et il y reçut un de ces coups terribles contre lesquels les cœurs jeunes sont sans armes. Il avait jusqu'alors trouvé la vicomtesse pleine de cette aménité polie, de cette grâce melliflue donnée par l'éducation aristocratique, et qui n'est complète que si elle vient du cœur.

Quand il entra, madame de Beauséant fit un geste sec, et lui dit d'une voix brève : — Monsieur de Rastignac, il m'est impossible de vous voir, en ce moment du moins! je suis en affaire...

Pour un observateur, et Rastignac l'était devenu promptement, cette phrase, le geste, le regard, l'inflexion de voix, étaient l'histoire du caractère et des habitudes de la caste. Il aperçut la main de fer sous le gant de velours; la personnalité, l'égoïsme, sous les manières; le bois, sous le vernis. Il entendit enfin le MOI LE ROI qui commence sous les panaches du trône et finit sous le cimier du dernier gentilhomme. Eugène s'était trop facilement abandonné sur sa parole à croire aux noblesses de la femme. Comme tous les malheureux, il avait signé de bonne foi le pacte délicieux qui doit lier le bienfaiteur à l'obligé, et dont le premier article consacre entre les grands cœurs une complète égalité. La bienfaisance, qui réunit deux êtres en un seul, est une passion céleste aussi incomprise, aussi rare que l'est le véritable amour. L'un et l'autre est la prodigalité des belles âmes. Rastignac voulait arriver au bal de la duchesse de Carigliano, il dévora cette bourrasque.

— Madame, dit-il d'une voix émue, s'il ne s'agissait pas d'une chose importante, je ne serais pas venu vous importuner; soyez assez gracieuse pour me permettre de vous voir plus tard, j'attendrai.

— Eh bien! venez dîner avec moi, dit-elle un peu

confuse de la dureté qu'elle avait mise dans ses paroles;
car cette femme était vraiment aussi bonne que grande.

Quoique touché de ce retour soudain, Eugène se dit
en s'en allant : « Rampe, supporte tout. Que doivent être
les autres, si, dans un moment, la meilleure des femmes
efface les promesses de son amitié, te laisse là comme un
vieux soulier ? Chacun pour soi, donc ? Il est vrai que sa
maison n'est pas une boutique, et que j'ai tort d'avoir
besoin d'elle. Il faut, comme dit Vautrin, se faire boulet
de canon. » Les amères réflexions de l'étudiant furent bientôt dissipées par le plaisir qu'il se promettait en dînant
chez la vicomtesse. Ainsi, par une sorte de fatalité, les
moindres événements de sa vie conspiraient à le pousser
dans la carrière où, suivant les observations du terrible
sphinx de la Maison Vauquer, il devait, comme sur un
champ de bataille, tuer pour ne pas être tué, tromper
pour ne pas être trompé; où il devait déposer à la barrière
sa conscience, son cœur, mettre un masque, se jouer sans
pitié des hommes, et, comme à Lacédémone, saisir sa
fortune sans être vu, pour mériter la couronne. Quand
il revint chez la vicomtesse, il la trouva pleine de cette
bonté gracieuse qu'elle lui avait toujours témoignée.
Tous deux allèrent dans une salle à manger où le vicomte
attendait sa femme, et où resplendissait ce luxe de table
qui sous la Restauration fut poussé, comme chacun le
sait, au plus haut degré. Monsieur de Beauséant, semblable
à beaucoup de gens blasés, n'avait plus guère d'autres
plaisirs que ceux de la bonne chère; il était en fait de
gourmandise de l'école de Louis XVIII et du duc d'Es-
cars. Sa table offrait donc un double luxe, celui du contenant et celui du contenu. Jamais semblable spectacle
n'avait frappé les yeux d'Eugène, qui dînait pour la première fois dans une de ces maisons où les grandeurs
sociales sont héréditaires. La mode venait de supprimer
les soupers qui terminaient autrefois les bals de l'Empire, où les militaires avaient besoin de prendre des
forces pour se préparer à tous les combats qui les attendaient au dedans comme au dehors. Eugène n'avait encore
assisté qu'à des bals. L'aplomb qui le distingua plus tard
si éminemment, et qu'il commençait à prendre, l'empêcha
de s'ébahir niaisement. Mais en voyant cette argenterie
sculptée, et les mille recherches d'une table somptueuse,
en admirant pour la première fois un service fait sans
bruit, il était difficile à un homme d'ardente imagination
de ne pas préférer cette vie constamment élégante à la vie

de privations qu'il voulait embrasser le matin. Sa pensée
le rejeta pendant un moment dans sa pension bourgeoise;
il en eut une si profonde horreur qu'il se jura de la quitter au mois de janvier, autant pour se mettre dans une maison propre que pour fuir Vautrin, dont il sentait la large
main sur son épaule. Si l'on vient à songer aux milles
formes que prend à Paris la corruption, parlante ou
muette, un homme de bon sens se demande par quelle
aberration l'Etat y met des écoles, y assemble des jeunes
gens, comment les jolies femmes y sont respectées, comment l'or étalé par les changeurs ne s'envole pas magi-
quement de leurs sébiles. Mais si l'on vient à songer
qu'il est peu d'exemples de crimes, voire même de délits
commis par les jeunes gens, de quel respect ne doit-on
pas être pris pour ces patients Tantales qui se combattent eux-mêmes, et sont presque toujours victorieux!
S'il était bien peint dans sa lutte avec Paris, le pauvre
étudiant fournirait un des sujets les plus dramatiques
de notre civilisation moderne. Madame de Beauséant
regardait vainement Eugène pour le convier à parler, il
ne voulut rien dire en présence du vicomte.

— Me menez-vous ce soir aux Italiens ? demanda la
vicomtesse à son mari.

— Vous ne pouvez douter du plaisir que j'aurais à
vous obéir, répondit-il avec une galanterie moqueuse
dont l'étudiant fut la dupe, mais je dois aller rejoindre
quelqu'un aux Variétés.

— Sa maîtresse, se dit-elle.

— Vous n'avez donc pas d'Ajuda ce soir ? demanda
le vicomte.

— Non, répondit-elle avec humeur.

— Eh bien! s'il vous faut absolument un bras, prenez celui de monsieur de Rastignac.

La vicomtesse regarda Eugène en souriant.

— Ce sera bien compromettant pour vous, dit-elle.

— *Le Français aime le péril, parce qu'il y trouve la
gloire*, a dit monsieur de Chateaubriand, répondit Rastignac en s'inclinant.

Quelques moments après, il fut emporté près de
madame de Beauséant, dans un coupé rapide, au théâtre
à la mode, et crut à quelque féerie lorsqu'il entra dans une
loge de face, et qu'il se vit le but de toutes les lorgnettes
concurremment avec la vicomtesse, dont la toilette était
délicieuse. Il marchait d'enchantements en enchantements.

— Vous avez à me parler, lui dit madame de Beau-séant. Ah! tenez, voici madame de Nucingen à trois loges de la nôtre. Sa sœur et monsieur de Trailles sont de l'autre côté.

En disant ces mots, la vicomtesse regardait la loge où devait être mademoiselle de Rochefide, et, n'y voyant pas monsieur d'Ajuda, sa figure prit un éclat extraordinaire.

— Elle est charmante, dit Eugène après avoir regardé madame de Nucingen.

— Elle a les cils blancs.

— Oui, mais quelle jolie taille mince!

— Elle a de grosses mains.

— Les beaux yeux!

— Elle a le visage en long.

— Mais la forme longue a de la distinction.

— Cela est heureux pour elle qu'il y en ait là. Voyez comment elle prend et quitte son lorgnon! Le Goriot perce dans tous ses mouvements, dit la vicomtesse au grand étonnement d'Eugène.

En effet, madame de Beauséant lorgnait la salle et semblait ne pas faire attention à madame de Nucingen, dont elle ne perdait cependant pas un geste. L'assemblée était exquisément belle. Delphine de Nucingen n'était pas peu flattée d'occuper exclusivement le jeune, le beau, l'élégant cousin de madame de Beauséant, il ne regardait qu'elle.

— Si vous continuez à la couvrir de vos regards, vous allez faire scandale, monsieur de Rastignac. Vous ne réus-sirez à rien, si vous vous jetez ainsi à la tête des gens.

— Ma chère cousine, dit Eugène, vous m'avez déjà bien protégé; si vous voulez achever votre ouvrage, je ne vous demande plus que de me rendre un service qui vous donnera peu de peine et me fera grand bien. Me voilà pris.

— Déjà ?

— Oui.

— Et de cette femme ?

— Mes prétentions seraient-elles donc écoutées ail-leurs ? dit-il en lançant un regard pénétrant à sa cousine. Madame la duchesse de Carigliano est attachée à madame la duchesse de Berry, reprit-il après une pause, vous devez la voir, ayez la bonté de me présenter chez elle et de m'amener au bal qu'elle donne lundi. J'y rencontre-rai madame de Nucingen, et je livrerai ma première escarmouche.

— Volontiers, dit-elle. Si vous vous sentez déjà du
goût pour elle, vos affaires de cœur vont très bien. Voici
de Marsay dans la loge de la princesse Galathionne.
Madame de Nucingen est au supplice, elle se dépite. Il
n'y a pas de meilleur moment pour aborder une femme,
surtout une femme de banquier. Ces dames de la Chaussée-d'Antin aiment toutes la vengeance.

— Que feriez-vous donc, vous, en pareil cas ?

— Moi, je souffrirais en silence.

En ce moment le marquis d'Ajuda se présenta dans la
loge de madame de Beauséant.

— J'ai mal fait mes affaires afin de venir vous retrouver, dit-il, et je vous en instruis pour que ce ne soit pas
un sacrifice.

Les rayonnements du visage de la vicomtesse apprirent
à Eugène à reconnaître les expressions d'un véritable
amour, et à ne pas les confondre avec les simagrées de la
coquetterie parisienne. Il admira sa cousine, devint muet
et céda sa place à monsieur d'Ajuda en soupirant. « Quelle
noble, quelle sublime créature est une femme qui aime
ainsi! se dit-il. Et cet homme la trahirait pour une pou-
pée! comment peut-on la trahir ? » Il se sentit au cœur
une rage d'enfant. Il aurait voulu se rouler aux pieds de
madame de Beauséant, il souhaitait le pouvoir des
démons afin de l'emporter dans son cœur, comme un
aigle enlève de la plaine dans son aire une jeune chèvre
blanche qui tette encore. Il était humilié d'être dans ce
grand Musée de la beauté sans son tableau, sans une
maîtresse à lui. « Avoir une maîtresse et une position
quasi royale, se disait-il, c'est le signe de la puissance! »
Et il regarda madame de Nucingen comme un homme
insulté regarde son adversaire. La vicomtesse se retourna
vers lui pour lui adresser sur sa discrétion mille remer-
ciements dans un clignement d'yeux. Le premier acte
était fini.

— Vous connaissez assez madame de Nucingen pour
lui présenter monsieur de Rastignac ? dit-elle au marquis
d'Ajuda.

— Mais elle sera charmée de voir monsieur, dit le
marquis.

Le beau Portugais se leva, prit le bras de l'étudiant,
qui en un clin d'œil se trouva auprès de madame de Nucingen.

— Madame la baronne, dit le marquis, j'ai l'honneur
de vous présenter le chevalier Eugène de Rastignac, un

cousin de la vicomtesse de Beauséant. Vous faites une si vive impression sur lui, que j'ai voulu compléter son bonheur en le rapprochant de son idole.

Ces mots furent dits avec un certain accent de raillerie qui en faisait passer la pensée un peu brutale, mais qui, bien sauvée, ne déplaît jamais à une femme. Madame de Nucingen sourit, et offrit à Eugène la place de son mari, qui venait de sortir.

— Je n'ose pas vous proposer de rester près de moi, monsieur, lui dit-elle. Quand on a le bonheur d'être auprès de madame de Beauséant, on y reste.

— Mais, lui dit à voix basse Eugène, il me semble, madame, que si je veux plaire à ma cousine, je demeurerai près de vous. Avant l'arrivée de monsieur le marquis, nous parlions de vous et de la distinction de toute votre personne, dit-il à haute voix.

Monsieur d'Ajuda se retira.

— Vraiment, monsieur, dit la baronne, vous allez me rester ? Nous ferons donc connaissance, madame de Restaud m'avait déjà donné le plus vif désir de vous voir.

— Elle est donc bien fausse, elle m'a fait consigner à sa porte.

— Comment ?

— Madame, j'aurai la conscience de vous en dire la raison ; mais je réclame toute votre indulgence en vous confiant un pareil secret. Je suis le voisin de monsieur votre père. J'ignorais que madame de Restaud fût sa fille. J'ai eu l'imprudence d'en parler fort innocemment, et j'ai fâché madame votre sœur et son mari. Vous ne sauriez croire combien madame la duchesse de Langeais et ma cousine ont trouvé cette apostasie filiale de mauvais goût. Je leur ai raconté la scène, elles en ont ri comme des folles. Ce fut alors qu'en faisant un parallèle entre vous et votre sœur, madame de Beauséant me parla en fort bons termes, et me dit combien vous étiez excellente pour mon voisin, monsieur Goriot. Comment, en effet, ne l'aimeriez-vous pas ? il vous adore si passionnément que j'en suis déjà jaloux. Nous avons parlé de vous ce matin pendant deux heures. Puis, tout plein de ce que votre père m'a raconté, ce soir en dînant avec ma cousine, je lui disais que vous ne pouviez pas être aussi belle que vous étiez aimante. Voulant sans doute favoriser une si chaude admiration, madame de Beauséant m'a amené ici, en me disant avec sa grâce habituelle que je vous y verrais.

— Comment, monsieur, dit la femme du banquier, je vous dois déjà de la reconnaissance ? Encore un peu, nous allons être de vieux amis.

— Quoique l'amitié doive être près de vous un sentiment peu vulgaire, dit Rastignac, je ne veux jamais être votre ami.

Ces sottises stéréotypées à l'usage des débutants paraissent toujours charmantes aux femmes, et ne sont pauvres que lues à froid. Le geste, l'accent, le regard d'un jeune homme, leur donnent d'incalculables valeurs. Madame de Nucingen trouva Rastignac charmant. Puis, comme toutes les femmes, ne pouvant rien dire à des questions aussi drûment posées que l'était celle de l'étudiant, elle répondit à une autre chose.

— Oui, ma sœur se fait tort par la manière dont elle se conduit avec ce pauvre père, qui vraiment a été pour nous un dieu. Il a fallu que monsieur de Nucingen m'ordonnât positivement de ne voir mon père que le matin, pour que je cédasse sur ce point. Mais j'en ai longtemps été bien malheureuse. Je pleurais. Ces violences, venues après les brutalités du mariage, ont été l'une des raisons qui troublèrent le plus mon ménage. Je suis certes la femme de Paris la plus heureuse aux yeux du monde, la plus malheureuse en réalité. Vous allez me trouver folle de vous parler ainsi. Mais vous connaissez mon père, et, à ce titre, vous ne pouvez pas m'être étranger.

— Vous n'avez jamais rencontré personne, lui dit Eugène, qui soit animé d'un plus vif désir de vous appartenir. Que cherchez-vous toutes ? le bonheur, reprit-il d'une voix qui allait à l'âme. Eh bien ! si, pour une femme, le bonheur est d'être aimée, adorée, d'avoir un ami à qui elle puisse confier ses désirs, ses fantaisies, ses chagrins, ses joies; se montrer dans la nudité de son âme, avec ses jolis défauts et ses belles qualités, sans craindre d'être trahie; croyez-moi, ce cœur dévoué, toujours ardent, ne peut se rencontrer que chez un homme jeune, plein d'illusions, qui peut mourir sur un seul de vos signes, qui ne sait rien encore du monde et n'en veut rien savoir, parce que vous devenez le monde pour lui. Moi, voyez-vous, vous allez rire de ma naïveté, j'arrive du fond d'une province, entièrement neuf, n'ayant connu que de belles âmes, et je comptais rester sans amour. Il m'est arrivé de voir ma cousine, qui m'a mis trop près de son cœur; elle m'a fait deviner les mille trésors de la passion, je suis, comme Chérubin, l'amant de toutes les femmes, en attendant que je puisse me dévouer à quelqu'une d'entre elles. En vous voyant, quand je suis entré, je me suis senti porté vers vous comme par un courant. J'avais déjà tant pensé à vous! Mais je ne vous avais pas rêvée aussi belle que vous l'êtes en réalité. Madame de Beauséant m'a ordonné de ne pas vous tant regarder. Elle ne sait pas ce qu'il y a d'attrayant à voir vos jolies lèvres rouges, votre teint blanc, vos yeux si doux. Moi aussi, je vous dis des folies, mais laissez-les-moi dire.

Rien ne plaît plus aux femmes que de s'entendre débiter ces douces paroles. La plus sévère dévote les écoute, même quand elle ne doit pas y répondre. Après avoir ainsi commencé, Rastignac défila son chapelet d'une voix coquettement sourde; et madame de Nucingen encourageait Eugène par des sourires en regardant de temps en temps de Marsay, qui ne quittait pas la loge de la princesse Galathionne. Rastignac resta près de madame de Nucingen jusqu'au moment où son mari vint la chercher pour l'emmener.

— Madame, lui dit Eugène, j'aurai le plaisir de vous aller voir avant le bal de la duchesse de Carigliano.

— *Puisqui matame fous encache*, dit le baron, épais Alsacien dont la figure ronde annonçait une dangereuse finesse, *fous êtes sir d'être pien essi.*

— Mes affaires sont en bon train, car elle ne s'est pas bien effarouchée en m'entendant lui dire : « M'aimerez-vous bien ? » Le mors est mis à ma bête, sautons dessus et gouvernons-la, se dit Eugène en allant saluer madame de Beauséant qui se levait et se retirait avec l'Ajuda. Le pauvre étudiant ne savait pas que la baronne était distraite, et attendait de de Marsay une de ces lettres décisives qui déchirent l'âme. Tout heureux de son faux succès, Eugène accompagna la vicomtesse jusqu'au péristyle, où chacun attend sa voiture.

— Votre cousin ne se ressemble plus à lui-même, dit le Portugais en riant à la vicomtesse quand Eugène les eut quittés. Il va faire sauter la banque. Il est souple comme une anguille, et je crois qu'il ira loin. Vous seule avez pu lui trier sur le volet une femme au moment où il faut la consoler.

— Mais, dit madame de Beauséant, il faut savoir si elle aime encore celui qui l'abandonne.

L'étudiant revint à pied du Théâtre-Italien à la rue Neuve-Sainte-Geneviève, en faisant les plus doux projets. Il avait bien remarqué l'attention avec laquelle madame de Restaud l'avait examiné, soit dans la loge de la vicomtesse, soit dans celle de madame de Nucingen, et il présuma que la porte de la comtesse ne lui serait plus fermée. Ainsi déjà quatre relations majeures, car il comptait bien plaire à la maréchale, allaient lui être acquises au cœur de la haute société parisienne. Sans trop s'expliquer les moyens, il devinait par avance que, dans le jeu compliqué des intérêts de ce monde, il devait s'accrocher à un rouage pour se trouver en haut de la machine, et il se sentait la force d'en enrayer la roue. « Si madame de Nucingen s'intéresse à moi, je lui apprendrai à gouverner son mari. Ce mari fait des affaires d'or, il pourra m'aider à ramasser tout d'un coup une fortune. » Il ne se disait pas cela crûment, il n'était pas encore assez politique pour chiffrer une situation, l'apprécier et la calculer ; ces idées flottaient à l'horizon sous la forme de légers nuages, et, quoiqu'elles n'eussent pas l'âpreté de celles de Vautrin, si elles avaient été soumises au creuset de la conscience, elles n'auraient rien donné de bien pur. Les hommes arrivent, par une suite de transactions de ce genre, à cette morale relâchée que professe l'époque actuelle, où se rencontrent plus rarement que dans aucun temps ces hommes rectangulaires, ces belles volontés qui ne se plient jamais au mal, à qui la moindre déviation de la ligne droite semble être un crime : magnifiques images de la probité qui nous ont valu deux chefs-d'œuvre, Alceste de Molière, puis récemment Jenny Deans et son père, dans l'œuvre de Walter Scott. Peut-être l'œuvre opposée, la peinture des sinuosités dans lesquelles un homme du monde, un ambitieux fait rouler sa conscience, en essayant de côtoyer le mal, afin d'arriver à son but en gardant les apparences, ne serait-elle ni moins belle, ni moins dramatique. En atteignant au seuil de sa pension, Rastignac s'était épris de madame de Nucingen, elle lui avait paru svelte, fine comme une hirondelle. L'enivrante douceur de ses yeux, le tissu délicat et soyeux de sa peau sous laquelle il avait cru voir couler le sang, le son enchanteur de sa voix, ses blonds cheveux, il se rappelait tout ; et peut-être la marche, en mettant son sang en mouvement, aidait-elle à cette fascination. L'étudiant frappa rudement à la porte du père Goriot.

— Mon voisin, dit-il, j'ai vu madame Delphine.

— Où ?

— Aux Italiens.

— S'amusait-elle bien ? Entrez donc. Et le bonhomme,

qui s'était levé en chemise, ouvrit sa porte et se recoucha promptement.

— Parlez-moi donc d'elle, demanda-t-il.

Eugène, qui se trouvait pour la première fois chez le père Goriot, ne fut pas maître d'un mouvement de stupéfaction en voyant le bouge où vivait le père, après avoir admiré la toilette de la fille. La fenêtre était sans rideaux ; le papier de tenture collé sur les murailles s'en détachait en plusieurs endroits par l'effet de l'humidité, et se recroquevillait en laissant apercevoir le plâtre jauni par la fumée. Le bonhomme gisait sur un mauvais lit, n'avait qu'une maigre couverture et un couvre-pied ouaté fait avec les bons morceaux des vieilles robes de madame Vauquer. Le carreau était humide et plein de poussière. En face de la croisée se voyait une de ces vieilles commodes en bois de rose à ventre renflé, qui ont des mains en cuivre tordu en façon de sarments décorés de feuilles ou de fleurs ; un vieux meuble à tablette de bois sur lequel était un pot à eau dans sa cuvette et tous les ustensiles nécessaires pour se faire la barbe. Dans un coin, les souliers ; à la tête du lit, une table de nuit sans porte ni marbre ; au coin de la cheminée, où il n'y avait pas trace de feu, se trouvait la table carrée, en bois de noyer, dont la barre avait servi au père Goriot à dénaturer son écuelle en vermeil. Un méchant secrétaire sur lequel était le chapeau du bonhomme, un fauteuil foncé de paille et deux chaises complétaient ce mobilier misérable. La flèche du lit, attachée au plancher par une loque, soutenait une mauvaise bande d'étoffe à carreaux rouges et blancs. Le plus pauvre commissionnaire était certes moins mal meublé dans son grenier, que ne l'était le père Goriot chez madame Vauquer. L'aspect de cette chambre donnait froid et serrait le cœur, elle ressemblait au plus triste logement d'une prison. Heureusement Goriot ne vit pas l'expression qui se peignit sur la physionomie d'Eugène quand celui-ci posa sa chandelle sur la table de nuit. Le bonhomme se tourna de son côté en restant couvert jusqu'au menton.

— Eh bien ! qui aimez-vous mieux de madame de Restaud ou de madame de Nucingen ?

— Je préfère madame Delphine, répondit l'étudiant, parce qu'elle vous aime mieux.

A cette parole chaudement dite, le bonhomme sortit son bras du lit et serra la main d'Eugène.

— Merci, merci, répondit le vieillard ému. Que vous a-t-elle donc dit de moi ?

L'étudiant répéta les paroles de la baronne en les embellissant, et le vieillard l'écouta comme s'il eût entendu la parole de Dieu.

— Chère enfant! oui, oui, elle m'aime bien. Mais ne la croyez pas dans ce qu'elle vous a dit d'Anastasie. Les deux sœurs se jalousent, voyez-vous? c'est encore une preuve de leur tendresse. Madame de Restaud m'aime bien aussi. Je le sais. Un père est avec ses enfants comme Dieu est avec nous, il va jusqu'au fond des cœurs, et juge les intentions. Elles sont toutes deux aussi aimantes. Oh! si j'avais eu de bons gendres, j'aurais été trop heureux. Il n'est sans doute pas de bonheur complet ici-bas. Si j'avais vécu chez elles; mais rien que d'entendre leurs voix, de les savoir là, de les voir aller, sortir, comme quand je les avais chez moi, ça m'eût fait cabrioler le cœur. Etaient-elles bien mises?

— Oui, dit Eugène. Mais, monsieur Goriot, comment, en ayant des filles aussi richement établies que sont les vôtres, pouvez-vous demeurer dans un taudis pareil?

— Ma foi, dit-il d'un air en apparence insouciant, à quoi cela me servirait-il d'être mieux? Je ne puis guère vous expliquer ces choses-là; je ne sais pas dire deux paroles de suite comme il faut. Tout est là, ajouta-t-il en se frappant le cœur. Ma vie, à moi, est dans mes deux filles. Si elles s'amusent, si elles sont heureuses, bravement mises, si elles marchent sur des tapis, qu'importe de quel drap je sois vêtu, et comment est l'endroit où je me couche? Je n'ai point froid si elles ont chaud, je ne m'ennuie jamais si elles rient. Je n'ai de chagrins que les leurs. Quand vous serez père, quand vous vous direz, en oyant gazouiller vos enfants : « C'est sorti de moi! », que vous sentirez ces petites créatures tenir à chaque goutte de votre sang, dont elles ont été la fine fleur, car c'est ça! vous vous croirez attaché à leur peau, vous croirez être agité vous-même par leur marche. Leur voix me répond partout. Un regard d'elles, quand il est triste, me fige le sang. Un jour vous saurez que l'on est bien plus heureux de leur bonheur que du sien propre. Je ne peux pas vous expliquer ça : c'est des mouvements intérieurs qui répandent l'aise partout. Enfin, je vis trois fois. Voulez-vous que je vous dise une drôle de chose? Eh bien! quand j'ai été père, j'ai compris Dieu. Il est tout entier partout, puisque la création est sortie de lui. Monsieur, je suis ainsi avec mes filles. Seulement j'aime mieux mes filles que Dieu n'aime le monde, parce que le monde n'est pas si beau que Dieu, et que mes filles sont plus belles que moi. Elles me tiennent si bien à l'âme, que j'avais idée que vous les verriez ce soir. Mon Dieu! un homme qui rendrait ma petite Delphine aussi heureuse qu'une femme l'est quand elle est bien aimée; mais je lui cirerais ses bottes, je lui ferais ses commissions. J'ai su par sa femme de chambre que ce petit monsieur de Marsay est un mauvais chien. Il m'a pris des envies de lui tordre le cou. Ne pas aimer un bijou de femme, une voix de rossignol, et faite comme un modèle! Où a-t-elle eu les yeux d'épouser cette grosse souche d'Alsacien? Il leur fallait à toutes deux de jolis jeunes gens bien aimables. Enfin, elles ont fait à leur fantaisie.

Le père Goriot était sublime. Jamais Eugène ne l'avait pu voir illuminé par les feux de sa passion paternelle. Une chose digne de remarque est la puissance d'infusion que possèdent les sentiments. Quelque grossière que soit une créature, dès qu'elle exprime une affection forte et vraie, elle exhale un fluide particulier qui modifie la physionomie, anime le geste, colore la voix. Souvent l'être le plus stupide arrive, sous l'effort de la passion, à la plus haute éloquence dans l'idée, si ce n'est dans le langage, et semble se mouvoir dans une sphère lumineuse. Il y avait en ce moment dans la voix, dans le geste de ce bonhomme, la puissance communicative qui signale le grand acteur. Mais nos beaux sentiments ne sont-ils pas les poésies de la volonté?

— Eh bien! vous ne serez peut-être pas fâché d'apprendre, lui dit Eugène, qu'elle va rompre sans doute avec ce de Marsay. Ce beau-fils l'a quittée pour s'attacher à la princesse Galathionne. Quant à moi, ce soir, je suis tombé amoureux de madame Delphine.

— Bah! dit le père Goriot.

— Oui. Je ne lui ai pas déplu. Nous avons parlé amour pendant une heure, et je dois aller la voir après-demain samedi.

— Oh! que je vous aimerais, mon cher monsieur, si vous lui plaisiez. Vous êtes bon, vous ne la tourmenteriez point. Si vous la trahissiez, je vous couperais le cou, d'abord. Une femme n'a pas deux amours, voyez-vous? Mon Dieu! mais je dis des bêtises, monsieur Eugène. Il fait froid ici pour vous. Mon Dieu! vous l'avez donc entendue, que vous a-t-elle dit pour moi?

— Rien, se dit en lui-même Eugène. — Elle m'a dit,

répondit-il à haute voix, qu'elle vous envoyait un bon baiser de fille.

— Adieu, mon voisin, dormez bien, faites de beaux rêves; les miens sont tout faits avec ce mot-là. Que Dieu vous protège dans tous vos désirs! Vous avez été pour moi ce soir comme un bon ange; vous me rapportez l'air de ma fille.

— Le pauvre homme, se dit Eugène en se couchant, il y a de quoi toucher des cœurs de marbre. Sa fille n'a pas plus pensé à lui qu'au Grand Turc.

Depuis cette conversation, le père Goriot vit dans son voisin un confident inespéré, un ami. Il s'était établi entre eux les seuls rapports par lesquels ce vieillard pouvait s'attacher à un autre homme. Les passions ne font jamais de faux calcul. Le père Goriot se voyait un peu plus près de sa fille Delphine, il s'en voyait mieux reçu, si Eugène devenait cher à la baronne. D'ailleurs il lui avait confié l'une de ses douleurs. Madame de Nucingen, à laquelle mille fois par jour il souhaitait le bonheur, n'avait pas connu les douceurs de l'amour. Certes, Eugène était, pour se servir de son expression, un des jeunes gens les plus gentils qu'il eût jamais vus, et il semblait pressentir qu'il lui donnerait tous les plaisirs dont elle avait été privée. Le bonhomme se prit donc pour son voisin d'une amitié qui alla croissant, et sans laquelle il eût été sans doute impossible de connaître le dénouement de cette histoire.

Le lendemain matin, au déjeuner, l'affectation avec laquelle le père Goriot regardait Eugène, près duquel il se plaça, les quelques paroles qu'il lui dit, et le changement de sa physionomie, ordinairement semblable à un masque de plâtre, surprirent les pensionnaires. Vautrin, qui revoyait l'étudiant pour la première fois depuis leur conférence, semblait vouloir lire dans son âme. En se souvenant du projet de cet homme, Eugène, qui, avant de s'endormir, avait, pendant la nuit, mesuré le vaste champ qui s'ouvrait à ses regards, pensa nécessairement à la dot de mademoiselle Taillefer, et ne put s'empêcher de regarder Victorine comme le plus vertueux jeune homme regarde une riche héritière. Par hasard, leurs yeux se rencontrèrent. La pauvre fille ne manqua pas de trouver Eugène charmant dans sa nouvelle tenue. Le coup d'œil qu'ils échangèrent fut assez significatif pour que Rastignac ne doutât pas d'être pour elle l'objet de ces confus désirs qui atteignent toutes les jeunes filles et qu'elles rattachent au premier être séduisant. Une voix lui criait : « Huit cent mille francs ! » Mais tout à coup il se rejeta dans ses souvenirs de la veille, et pensa que sa passion de commande pour madame de Nucingen était l'antidote de ses mauvaises pensées involontaires.

— L'on donnait hier aux Italiens *Le Barbier de Séville* de Rossini. Je n'avais jamais entendu de si délicieuse musique, dit-il. Mon Dieu ! est-on heureux d'avoir une loge aux Italiens.

Le père Goriot saisit cette parole au vol comme un chien saisit un mouvement de son maître.

— Vous êtes comme des coqs-en-pâte, dit madame Vauquer, vous autres hommes, vous faites tout ce qui vous plaît.

— Comment êtes-vous revenu ? demanda Vautrin.

— A pied, répondit Eugène.

— Moi, reprit le tentateur, je n'aimerais pas de demi-plaisirs ; je voudrais aller là dans ma voiture, dans ma loge, et revenir bien commodément. Tout ou rien ! voilà ma devise.

— Et qui est bonne, reprit madame Vauquer.

— Vous irez peut-être voir madame de Nucingen, dit Eugène à voix basse à Goriot. Elle vous recevra certes à bras ouverts ; elle voudra savoir de vous mille petits détails sur moi. J'ai appris qu'elle ferait tout au monde pour être reçue chez ma cousine, madame la vicomtesse de Beauséant. N'oubliez pas de lui dire que je l'aime trop pour ne pas penser à lui procurer cette satisfaction.

Rastignac s'en alla promptement à l'Ecole de Droit, il voulait rester le moins de temps possible dans cette odieuse maison. Il flâna pendant presque toute la journée, en proie à cette fièvre de tête qu'ont connue les jeunes gens affectés de trop vives espérances. Les raisonnements de Vautrin le faisaient réfléchir à la vie sociale, au moment où il rencontra son ami Bianchon dans le jardin du Luxembourg.

— Où as-tu pris cet air grave ? lui dit l'étudiant en médecine en lui prenant le bras pour se promener devant le palais.

— Je suis tourmenté par de mauvaises idées.

— En quel genre ? Ça se guérit, les idées.

— Comment ?

— En y succombant.

— Tu ris sans savoir ce dont il s'agit. As-tu lu Rousseau ?

— Oui.

— Te souviens-tu de ce passage où il demande à son lecteur ce qu'il ferait au cas où il pourrait s'enrichir en tuant à la Chine par sa seule volonté un vieux mandarin, sans bouger de Paris.

— Oui.

— Eh bien ?

— Bah ! J'en suis à mon trente-troisième mandarin.

— Ne plaisante pas. Allons, s'il t'était prouvé que la chose est possible et qu'il te suffit d'un signe de tête, le ferais-tu ?

— Est-il bien vieux, le mandarin ? Mais, bah ! jeune ou vieux, paralytique ou bien portant, ma foi... Diantre ! Eh bien, non.

— Tu es un brave garçon, Bianchon. Mais si tu aimais une femme à te mettre pour elle l'âme à l'envers, et qu'il lui fallût de l'argent, beaucoup d'argent pour sa toilette, pour sa voiture, pour toutes ses fantaisies enfin ?

— Mais tu m'ôtes la raison, et tu veux que je raisonne.

— Eh bien ! Bianchon, je suis fou, guéris-moi. J'ai deux sœurs qui sont des anges de beauté, de candeur, et je veux qu'elles soient heureuses. Où prendre deux cent mille francs pour leur dot d'ici à cinq ans ? Il est, vois-tu, des circonstances dans la vie où il faut jouer gros jeu et ne pas user son bonheur à gagner des sous.

— Mais tu poses la question qui se trouve à l'entrée de la vie pour tout le monde, et tu veux couper le nœud gordien avec l'épée. Pour agir ainsi, mon cher, il faut être Alexandre, sinon l'on va au bagne. Moi, je suis heureux de la petite existence que je me créerai en province, où je succéderai tout bêtement à mon père. Les affections de l'homme se satisfont dans le plus petit cercle aussi pleinement que dans une immense circonférence. Napoléon ne dînait pas deux fois, et ne pouvait pas avoir plus de maîtresses qu'en prend un étudiant en médecine quand il est interne aux Capucins. Notre bonheur, mon cher, tiendra toujours entre la plante de nos pieds et notre occiput ; et, qu'il coûte un million par an ou cent louis, la perception intrinsèque en est la même au dedans de nous. Je conclus à la vie du Chinois.

— Merci, tu m'as fait du bien, Bianchon ! nous serons toujours amis.

— Dis donc, reprit l'étudiant en médecine, en sortant du cours de Cuvier au Jardin des Plantes, je viens d'apercevoir la Michonneau et le Poiret causant sur un banc avec un monsieur que j'ai vu dans les troubles de l'année dernière aux environs de la Chambre des Députés, et qui m'a fait l'effet d'être un homme de la police déguisé en honnête bourgeois vivant de ses rentes. Etudions ce couple-là : je te dirai pourquoi. Adieu, je vais répondre à mon appel de quatre heures.

Quand Eugène revint à la pension, il trouva le père Goriot qui l'attendait.

— Tenez, dit le bonhomme, voilà une lettre d'elle. Hein, la jolie écriture !

Eugène décacheta la lettre et lut.

« Monsieur, mon père m'a dit que vous aimiez la musique italienne. Je serais heureuse si vous vouliez me faire le plaisir d'accepter une place dans ma loge. Nous aurons samedi la Fodor et Pellegrini, je suis sûre alors que vous ne me refuserez pas. Monsieur de Nucingen se joint à moi pour vous prier de venir dîner avec nous sans cérémonie. Si vous acceptez, vous le rendrez bien content de n'avoir pas à s'acquitter de sa corvée conjugale en m'accompagnant. Ne me répondez pas, venez, et agréez mes compliments.

« D. DE N. »

— Montrez-la-moi, dit le bonhomme à Eugène quand il eut lu la lettre. Vous irez, n'est-ce pas ? ajouta-t-il après avoir flairé le papier. Cela sent-il bon ! Ses doigts ont touché ça, pourtant !

— Une femme ne se jette pas ainsi à la tête d'un homme, se disait l'étudiant. Elle veut se servir de moi pour ramener de Marsay. Il n'y a que le dépit qui fasse faire de ces choses-là.

— Eh bien ! dit le père Goriot, à quoi pensez-vous donc ?

Eugène ne connaissait pas le délire de vanité dont certaines femmes étaient saisies en ce moment, et ne savait pas que, pour s'ouvrir une porte dans le faubourg Saint-Germain, la femme d'un banquier était capable de tous les sacrifices. A cette époque, la mode commençait à mettre au-dessus de toutes les femmes celles qui étaient admises dans la société du faubourg Saint-Germain, dites les dames du Petit-Château, parmi lesquelles madame de Beauséant, son amie la duchesse de Langeais et la duchesse de Maufrigneuse tenaient le premier rang. Rastignac seul ignorait la fureur dont étaient saisies les femmes de la Chaussée-d'Antin pour entrer dans le cercle supérieur où brillaient les constellations de leur sexe. Mais sa défiance le servit bien, elle lui donna de la froideur, et le triste pouvoir de poser des conditions au lieu d'en recevoir.

— Oui, j'irai, répondit-il.

Ainsi la curiosité le menait chez madame de Nucingen, tandis que, si cette femme l'eût dédaigné, peut-être y aurait-il été conduit par la passion. Néanmoins il n'attendit pas le lendemain et l'heure de partir sans une sorte d'impatience. Pour un jeune homme, il existe dans sa première intrigue autant de charmes peut-être qu'il s'en rencontre dans un premier amour. La certitude de réussir engendre mille félicités que les hommes n'avouent pas, et qui font tout le charme de certaines femmes. Le désir ne naît pas moins de la difficulté que de la facilité des triomphes. Toutes les passions des hommes sont bien certainement excitées ou entretenues par l'une ou l'autre de ces deux causes, qui divisent l'empire amoureux. Peut-être cette division est-elle une conséquence de la grande question des tempéraments, qui domine, quoi qu'on en dise, la société. Si les mélancoliques ont besoin du tonique des coquetteries, peut-être les gens nerveux ou sanguins décampent-ils si la résistance dure trop. En d'autres termes, l'élégie est aussi essentiellement lymphatique que le dithyrambe est bilieux. En faisant sa toilette, Eugène savoura tous ces petits bonheurs dont n'osent parler les jeunes gens, de peur de se faire moquer d'eux, mais qui chatouillent l'amour-propre. Il arrangeait ses cheveux en pensant que le regard d'une jolie femme se coulerait sous leurs boucles noires. Il se permit des singeries enfantines autant qu'en aurait fait une jeune fille en s'habillant pour le bal. Il regarda complaisamment sa taille mince, en déplissant son habit. — Il est certain, se dit-il, qu'on en peut trouver de plus mal tournés! Puis il descendit au moment où tous les habitués de la pension étaient à table, et reçut gaiement le hourra de sottises que sa tenue élégante excita. Un trait des mœurs particulières aux pensions bourgeoises est l'ébahissement qu'y cause une toilette soignée. Personne n'y met un habit neuf sans que chacun dise son mot.

— Kt, kt, kt, kt, fit Bianchon en faisant claquer sa langue contre son palais, comme pour exciter un cheval.

— Tournure de duc et pair! dit madame Vauquer.

— Monsieur va en conquête ? fit observer mademoiselle Michonneau.

— Kocquériko! cria le peintre.

— Mes compliments à madame votre épouse, dit
l'employé au Muséum.

— Monsieur a une épouse ? demanda Poiret.

— Une épouse à compartiments, qui va sur l'eau,
garantie bon teint, dans les prix de vingt-cinq à quarante,
dessins à carreaux du dernier goût, susceptible de se
laver, d'un joli porter, moitié fil, moitié coton, moitié
laine, guérissant le mal de dents, et autres maladies
approuvées par l'Académie royale de Médecine! excellente d'ailleurs pour les enfants! meilleure encore contre
les maux de tête, les plénitudes et autres maladies de
l'œsophage, des yeux et des oreilles, cria Vautrin avec
la volubilité comique et l'accentuation d'un opérateur.
Mais combien cette merveille, me direz-vous, messieurs ?
deux sous ? Non. Rien du tout. C'est un reste des fournitures faites au Grand Mongol, et que tous les souve-
rains de l'Europe, y compris le grrrrrrand-duc de Bade,
ont voulu voir! Entrez droit devant vous! et passez au
petit bureau. Allez, la musique! Brooum, là, là, trinn!
là, là, boum, boum! Monsieur de la clarinette, tu joues
faux, reprit-il d'une voix enrouée, je te donnerai sur les
doigts.

— Mon Dieu! que cet homme-là est agréable, dit
madame Vauquer à madame Couture, je ne m'ennuie-
rais jamais avec lui.

Au milieu des rires et des plaisanteries dont ce discours comiquement débité fut le signal, Eugène put saisir
le regard furtif de mademoiselle Taillefer qui se pencha
sur madame Couture, à l'oreille de laquelle elle dit quelques mots.

— Voilà le cabriolet, dit Sylvie.

— Où dîne-t-il donc ? demanda Bianchon.

— Chez madame la baronne de Nucingen.

— La fille de monsieur Goriot, répondit l'étudiant.

A ce nom, les regards se portèrent sur l'ancien vermicellier, qui contemplait Eugène avec une sorte d'envie.

Rastignac arriva rue Saint-Lazare, dans une de ces
maisons légères, à colonnes minces, à portiques mesquins, qui constituent le *joli* à Paris, une véritable maison de banquier, pleine de recherches coûteuses, de stucs,
de paliers d'escalier en mosaïque de marbre. Il trouva
madame de Nucingen dans un petit salon à peintures

italiennes, dont le décor ressemblait à celui des cafés. La
baronne était triste. Les efforts qu'elle fit pour cacher son
chagrin intéressèrent d'autant plus vivement Eugène
qu'il n'y avait rien de joué. Il croyait rendre une femme
joyeuse par sa présence, et la trouvait au désespoir. Ce
désappointement piqua son amour-propre.

— J'ai bien peu de droits à votre confiance, madame,
dit-il après l'avoir lutinée sur sa préoccupation; mais si
je vous gênais, je compte sur votre bonne foi, vous me le
diriez franchement.

— Restez, dit-elle, je serais seule si vous vous en alliez.
Nucingen dîne en ville, et je ne voudrais pas être seule,
j'ai besoin de distraction.

— Mais qu'avez-vous ?

— Vous seriez la dernière personne à qui je le dirais,
s'écria-t-elle.

— Je veux le savoir, je dois alors être pour quelque
chose dans ce secret.

— Peut-être! Mais non, reprit-elle, c'est des querelles
de ménage qui doivent être ensevelies au fond du cœur.
Ne vous le disais-je pas avant-hier ? je ne suis point heureuse. Les chaînes d'or sont les plus pesantes.

Quand une femme dit à un jeune homme qu'elle est
malheureuse, si ce jeune homme est spirituel, bien mis,
s'il a quinze cents francs d'oisiveté dans sa poche, il doit
penser ce que se disait Eugène, et devient fat.

— Que pouvez-vous désirer ? répondit-il. Vous êtes
belle, jeune, aimée, riche.

— Ne parlons pas de moi, dit-elle en faisant un sinistre
mouvement de tête. Nous dînerons ensemble, tête à tête,
nous irons entendre la plus délicieuse musique. Suis-je à
votre goût? reprit-elle en se levant et montrant sa robe en
cachemire blanc à dessins perses de la plus riche élégance.

— Je voudrais que vous fussiez toute à moi, dit
Eugène. Vous êtes charmante.

— Vous auriez une triste propriété, dit-elle en souriant
avec amertume. Rien ici ne vous annonce le malheur, et
cependant, malgré ces apparences, je suis au désespoir.
Mes chagrins m'ôtent le sommeil, je deviendrai laide.

— Oh! cela est impossible, dit l'étudiant. Mais je suis
curieux de connaître ces peines qu'un amour dévoué
n'effacerait pas ?

— Ah! si je vous les confiais, vous me fuiriez, dit-elle.
Vous ne m'aimez encore que par une galanterie qui est
de costume chez les hommes; mais si vous m'aimiez bien,

vous tomberiez dans un désespoir affreux. Vous voyez que je dois me taire. De grâce, reprit-elle, parlons d'autre chose. Venez voir mes appartements.

— Non, restons ici, répondit Eugène en s'asseyant sur une causeuse devant le feu près de madame de Nucingen, dont il prit la main avec assurance.

Elle la laissa prendre et l'appuya même sur celle du jeune homme par un de ces mouvements de force concentrée qui trahissent de fortes émotions.

— Écoutez, lui dit Rastignac; si vous avez des chagrins, vous devez me les confier. Je peux vous prouver que je vous aime pour vous. Ou vous parlerez et me direz vos peines afin que je puisse les dissiper, fallût-il tuer six hommes, ou je sortirai pour ne plus revenir.

— Eh bien! s'écria-t-elle saisie par une pensée de désespoir qui la fit se frapper le front, je vais vous mettre à l'instant même à l'épreuve. Oui, se dit-elle, il n'est plus que ce moyen. Elle sonna.

— La voiture de monsieur est-elle attelée? dit-elle à son valet de chambre.

— Oui, madame.

— Je la prends. Vous lui donnerez la mienne et mes chevaux. Vous ne servirez le dîner qu'à sept heures.

— Allons, venez, dit-elle à Eugène, qui crut rêver en se trouvant dans le coupé de monsieur de Nucingen, à côté de cette femme.

— Au Palais-Royal, dit-elle au cocher, près du Théâtre-Français.

En route, elle parut agitée, et refusa de répondre aux mille interrogations d'Eugène, qui ne savait que penser de cette résistance muette, compacte, obtuse.

— En un moment elle m'échappe, se disait-il.

Quand la voiture s'arrêta, la baronne regarda l'étudiant d'un air qui imposa silence à ses folles paroles; car il s'était emporté.

— Vous m'aimez bien? dit-elle.

— Oui, répondit-il en cachant l'inquiétude qui le saisissait.

— Vous ne penserez rien de mal sur moi, quoi que je puisse vous demander?

— Non.

— Êtes-vous disposé à m'obéir?

— Aveuglément.

— Êtes-vous allé quelquefois au jeu? dit-elle d'une voix tremblante.

— Jamais.

— Ah! je respire. Vous aurez du bonheur. Voici ma bourse, dit-elle. Prenez donc! il y a cent francs, c'est tout ce que possède cette femme si heureuse. Montez dans une maison de jeu, je ne sais où elles sont, mais je sais qu'il y en a au Palais-Royal. Risquez les cent francs à un jeu qu'on nomme la roulette, et perdez tout, ou rapportez-moi six mille francs. Je vous dirai mes chagrins à votre retour.

— Je veux bien que le diable m'emporte si je comprends quelque chose à ce que je vais faire, mais je vais vous obéir, dit-il avec une joie causée par cette pensée : « Elle se compromet avec moi, elle n'aura rien à me refuser. »

Eugène prend la jolie bourse, court au numéro NEUF, après s'être fait indiquer par un marchand d'habits la plus prochaine maison de jeu. Il y monte, se laisse prendre son chapeau; mais il entre et demande où est la roulette. A l'étonnement des habitués, le garçon de salle le mène devant une longue table. Eugène, suivi de tous les spectateurs, demande sans vergogne où il faut mettre l'enjeu.

— Si vous placez un louis sur un seul de ces trente-six numéros, et qu'il sorte, vous aurez trente-six louis, lui dit un vieillard respectable à cheveux blancs.

Eugène jette les cent francs sur le chiffre de son âge, vingt et un. Un cri d'étonnement part sans qu'il ait eu le temps de se reconnaître. Il avait gagné sans le savoir.

— Retirez donc votre argent, lui dit le vieux monsieur, l'on ne gagne pas deux fois dans ce système-là.

Eugène prend un râteau que lui tend le vieux monsieur, il tire à lui les trois mille six cents francs et, toujours sans rien savoir du jeu, les place sur la rouge. La galerie le regarde avec envie, en voyant qu'il continue à jouer. La roue tourne, il gagne encore, et le banquier lui jette encore trois mille six cents francs.

— Vous avez sept mille deux cents francs à vous, lui dit à l'oreille le vieux monsieur. Si vous m'en croyez, vous vous en irez, la rouge a passé huit fois. Si vous êtes charitable, vous reconnaîtrez ce bon avis en soulageant la misère d'un ancien préfet de Napoléon qui se trouve dans le dernier besoin.

Rastignac étourdi se laisse prendre dix louis par l'homme à cheveux blancs, et descend avec les sept mille francs, ne comprenant encore rien au jeu, mais stupéfié de son bonheur.

— Ah çà! où me mènerez-vous maintenant, dit-il en montrant les sept mille francs à madame de Nucingen quand la portière fut refermée.

Delphine le serra par une étreinte folle et l'embrassa vivement, mais sans passion. « Vous m'avez sauvée! » Des larmes de joie coulèrent en abondance sur ses joues. Je vais tout vous dire, mon ami. Vous serez mon ami, n'est-ce pas? Vous me voyez riche, opulente, rien ne me manque ou je parais ne manquer de rien! Eh bien! sachez que monsieur de Nucingen ne me laisse pas disposer d'un sou : il paye toute la maison, mes voitures, mes loges; il m'alloue pour ma toilette une somme insuffisante, il me réduit à une misère secrète par calcul. Je suis trop fière pour l'implorer. Ne serais-je pas la dernière des créatures si j'achetais son argent au prix où il veut me le vendre! Comment, moi riche de sept cent mille francs, me suis-je laissé dépouiller? par fierté, par indignation. Nous sommes si jeunes, si naïves, quand nous commençons la vie conjugale! La parole par laquelle il fallait demander de l'argent à mon mari me déchirait la bouche; je n'osais jamais, je mangeais l'argent de mes économies et celui que me donnait mon pauvre père; puis je me suis endettée. Le mariage est pour moi la plus horrible des déceptions, je ne puis vous en parler : qu'il vous suffise de savoir que je me jetterais par la fenêtre s'il fallait vivre avec Nucingen autrement qu'en ayant chacun notre appartement séparé. Quand il a fallu lui déclarer mes dettes de jeune femme, des bijoux, des fantaisies (mon pauvre père nous avait accoutumées à ne nous rien refuser), j'ai souffert le martyre; mais enfin j'ai trouvé le courage de les dire. N'avais-je pas une fortune à moi? Nucingen s'est emporté, il m'a dit que je le ruinerais, des horreurs! J'aurais voulu être à cent pieds sous terre. Comme il avait pris ma dot, il a payé; mais en stipulant désormais pour mes dépenses personnelles une pension à laquelle je me suis résignée, afin d'avoir la paix. Depuis, j'ai voulu répondre à l'amour-propre de quelqu'un que vous connaissez, dit-elle. Si j'ai été trompée par lui, je serais mal venue à ne pas rendre justice à la noblesse de son caractère. Mais enfin il m'a quittée indignement! On ne devrait jamais abandonner une femme à laquelle on a jeté, dans un jour de détresse, un tas d'or! On doit l'aimer toujours! Vous, belle âme de vingt et un ans, vous jeune et pur, vous me demanderez comment une femme peut accepter de l'or d'un homme ? Mon Dieu ! n'est-il pas naturel de tout partager avec l'être auquel nous devons notre bonheur ? Quand on s'est tout donné, qui pourrait s'inquiéter d'une parcelle de ce tout ? L'argent ne devient quelque chose qu'au moment où le sentiment n'est plus. N'est-on pas lié pour la vie ? Qui de nous prévoit une séparation en se croyant bien aimée ? Vous nous jurez un amour éternel, comment avoir alors des intérêts distincts ? Vous ne savez pas ce que j'ai souffert aujourd'hui, lorsque Nucingen m'a positivement refusé de me donner six mille francs, lui qui les donne tous les mois à sa maîtresse, une fille de l'Opéra ! Je voulais me tuer. Les idées les plus folles me passaient par la tête. Il y a eu des moments où j'enviais le sort d'une servante, de ma femme de chambre. Aller trouver mon père, folie ! Anastasie et moi nous l'avons égorgé : mon pauvre père se serait vendu s'il pouvait valoir six mille francs. J'aurais été le désespérer en vain. Vous m'avez sauvée de la honte et de la mort, j'étais ivre de douleur. Ah ! monsieur, je vous devais cette explication : j'ai été bien déraisonnablement folle avec vous. Quand vous m'avez quittée, et que je vous ai eu perdu de vue, je voulais m'enfuir à pied... où ? je ne sais. Voilà la vie de la moitié des femmes de Paris : un luxe extérieur, des soucis cruels dans l'âme. Je connais de pauvres créatures encore plus malheureuses que je ne le suis. Il y a pourtant des femmes obligées de faire faire de faux mémoires par leurs fournisseurs. D'autres sont forcées de voler leurs maris : les uns croient que des cachemires de cent louis se donnent pour cinq cents francs, les autres qu'un cachemire de cinq cents francs vaut cent louis. Il se rencontre de pauvres femmes qui font jeûner leurs enfants et grappillent pour avoir une robe. Moi, je suis pure de ces odieuses tromperies. Voici ma dernière angoisse. Si quelques femmes se vendent à leurs maris pour les gouverner, moi au moins je suis libre ! Je pourrais me faire couvrir d'or par Nucingen, et je préfère pleurer la tête appuyée sur le cœur d'un homme que je puisse estimer. Ah ! ce soir monsieur de Marsay n'aura pas le droit de me regarder comme une femme qu'il a payée. Elle se mit le visage dans ses mains, pour ne pas montrer ses pleurs à Eugène, qui lui dégagea la figure pour la contempler, elle était sublime ainsi. — Mêler l'argent aux sentiments, n'est-ce pas horrible ? Vous ne pourrez pas m'aimer, dit-elle.

Ce mélange de bons sentiments, qui rendent les femmes si grandes, et des fautes que la constitution actuelle de la société les force à commettre, bouleversait Eugène, qui disait des paroles douces et consolantes en admirant cette belle femme, si naïvement imprudente dans son cri de douleur.

— Vous ne vous armerez pas de ceci contre moi, dit-elle, promettez-le-moi.

— Ah! madame! j'en suis incapable, dit-il.

Elle lui prit la main et la mit sur son cœur par un mouvement plein de reconnaissance et de gentillesse. — Grâce à vous me voilà redevenue libre et joyeuse. Je vivais pressée par une main de fer. Je veux maintenant vivre simplement, ne rien dépenser. Vous me trouverez bien comme je serai, mon ami, n'est-ce pas ? Gardez ceci, dit-elle en ne prenant que six billets de banque. En conscience je vous dois mille écus, car je me suis considérée comme étant de moitié avec vous. Eugène se défendit comme une vierge. Mais la baronne lui ayant dit : — Je vous regarde comme mon ennemi si vous n'êtes pas mon complice, il prit l'argent. — Ce sera une mise de fonds en cas de malheur, dit-il.

— Voilà le mot que je redoutais, s'écria-t-elle en pâlissant. Si vous voulez que je sois quelque chose pour vous, jurez-moi, dit-elle, de ne jamais retourner au jeu. Mon Dieu! moi, vous corrompre! j'en mourrais de douleur.

Ils étaient arrivés. Le contraste de cette misère et de cette opulence étourdissait l'étudiant, dans les oreilles duquel les sinistres paroles de Vautrin vinrent retentir.

— Mettez-vous là, dit la baronne en entrant dans sa chambre et montrant une causeuse auprès du feu, je vais écrire une lettre bien difficile! Conseillez-moi.

— N'écrivez pas, lui dit Eugène, enveloppez les billets, mettez l'adresse, et envoyez-les par votre femme de chambre.

— Mais vous êtes un amour d'homme, dit-elle. Ah! voilà, monsieur, ce que c'est que d'avoir été bien élevé! Ceci est du Beauséant tout pur, dit-elle en souriant.

— Elle est charmante, se dit Eugène qui s'éprenait de plus en plus. Il regarda cette chambre où respirait la voluptueuse élégance d'une riche courtisane.

— Cela vous plaît-il ? dit-elle en sonnant sa femme de chambre.

— Thérèse, portez cela vous-même à monsieur de

Marsay, et remettez-le à lui-même. Si vous ne le trouvez pas, vous me rapporterez la lettre.

Thérèse ne partit pas sans avoir jeté un malicieux coup d'œil sur Eugène. Le dîner était servi. Rastignac donna le bras à madame de Nucingen, qui le mena dans une salle à manger délicieuse, où il retrouva le luxe de table qu'il avait admiré chez sa cousine.

— Les jours d'Italiens, dit-elle, vous viendrez dîner avec moi, et vous m'accompagnerez.

— Je m'accoutumerais à cette douce vie si elle devait durer ; mais je suis un pauvre étudiant qui a sa fortune à faire.

— Elle se fera, dit-elle en riant. Vous voyez, tout s'arrange : je ne m'attendais pas à être si heureuse.

Il est dans la nature des femmes de prouver l'impossible par le possible et de détruire les faits par des pressentiments. Quand madame de Nucingen et Rastignac entrèrent dans leur loge aux Bouffons, elle eut un air de contentement qui la rendait si belle, que chacun se permit de ces petites calomnies contre lesquelles les femmes sont sans défense, et qui font souvent croire à des désordres inventés à plaisir. Quand on connaît Paris, on ne croit à rien de ce qui s'y dit, et l'on ne dit rien de ce qui s'y fait. Eugène prit la main de la baronne, et tous deux se parlèrent par des pressions plus ou moins vives, en se communiquant les sensations que leur donnait la musique. Pour eux, cette soirée fut enivrante. Ils sortirent ensemble, et madame de Nucingen voulut reconduire Eugène jusqu'au Pont-Neuf, en lui disputant, pendant toute la route, un des baisers qu'elle lui avait si chaleureusement prodigués au Palais-Royal. Eugène lui reprocha cette inconséquence.

— Tantôt, répondit-elle, c'était de la reconnaissance pour un dévouement inespéré ; maintenant ce serait une promesse.

— Et vous ne voulez m'en faire aucune, ingrate. Il se fâcha. En faisant un de ces gestes d'impatience qui ravissent un amant, elle lui donna sa main à baiser, qu'il prit avec une mauvaise grâce dont elle fut enchantée.

— A lundi, au bal, dit-elle.

En s'en allant à pied, par un beau clair de lune, Eugène tomba dans de sérieuses réflexions. Il était à la fois heureux et mécontent : heureux d'une aventure dont le dénouement probable lui donnait une des plus jolies et des plus élégantes femmes de Paris, objet de ses

désirs; mécontent de voir ses projets de fortune renversés,
et ce fut alors qu'il éprouva la réalité des pensées indé-
cises auxquelles il s'était livré l'avant-veille. L'insuccès
nous accuse toujours la puissance de nos prétentions.
Plus Eugène jouissait de la vie parisienne, moins il
voulait demeurer obscur et pauvre. Il chiffonnait son
billet de mille francs dans sa poche, en se faisant mille
raisonnements captieux pour se l'approprier. Enfin il
arriva rue Neuve-Sainte-Geneviève, et quand il fut en
haut de l'escalier, il y vit de la lumière. Le père Goriot
avait laissé sa porte ouverte et sa chandelle allumée,
afin que l'étudiant n'oubliât pas de *lui raconter sa fille*,
suivant son expression. Eugène ne lui cacha rien.

— Mais, s'écria le père Goriot dans un violent désespoir de jalousie, elles me croient ruiné : j'ai encore treize
cents livres de rente! Mon Dieu! la pauvre petite, que ne
venait-elle ici! j'aurais vendu mes rentes, nous aurions
pris sur le capital, et avec le reste je me serais fait du viager. Pourquoi n'êtes-vous pas venu me confier son embarras, mon brave voisin? Comment avez-vous eu le cœur
d'aller risquer au jeu ses pauvres petits cent francs?
c'est à fendre l'âme. Voilà ce que c'est que des gendres!
Oh! si je les tenais, je leur serrerais le cou. Mon Dieu!
pleurer, elle a pleuré?

— La tête sur mon gilet, dit Eugène.

— Oh! donnez-le-moi, dit le père Goriot. Comment!
il y a eu là des larmes de ma fille, de ma chère Delphine,
qui ne pleurait jamais étant petite! Oh! je vous en achè-
terai un autre, ne le portez plus, laissez-le-moi. Elle doit,
d'après son contrat, jouir de ses biens. Ah! je vais aller
trouver Derville, un avoué, dès demain. Je vais faire
exiger le placement de sa fortune. Je connais les lois, je
suis un vieux loup, je vais retrouver mes dents.

— Tenez, père, voici mille francs qu'elle a voulu me
donner sur notre gain. Gardez-les-lui, dans le gilet.

Goriot regarda Eugène, lui tendit la main pour prendre
la sienne, sur laquelle il laissa tomber une larme.

— Vous réussirez dans la vie, lui dit le vieillard. Dieu
est juste, voyez-vous? Je me connais en probité, moi,
et puis vous assurer qu'il y a bien peu d'hommes qui
vous ressemblent. Vous voulez donc être aussi mon cher
enfant? Allez, dormez. Vous pouvez dormir, vous n'êtes
pas encore père. Elle a pleuré, j'apprends ça, moi, qui
étais là tranquillement à manger comme un imbécile
pendant qu'elle souffrait; moi, moi qui vendrais le Père,

le Fils et le Saint-Esprit pour leur éviter une larme à toutes deux!

— Par ma foi, se dit Eugène en se couchant, je crois que je serai honnête homme toute ma vie. Il y a du plaisir à suivre les inspirations de sa conscience.

Il n'y a peut-être que ceux qui croient en Dieu qui font le bien en secret, et Eugène croyait en Dieu. Le lendemain, à l'heure du bal, Rastignac alla chez madame de Beauséant, qui l'emmena pour le présenter à la duchesse de Carigliano. Il reçut le plus gracieux accueil de la maréchale, chez laquelle il retrouva madame de Nucingen. Delphine s'était parée avec l'intention de plaire à tous pour mieux plaire à Eugène, de qui elle attendait impatiemment un coup d'œil, en croyant cacher son impatience. Pour qui sait deviner les émotions d'une femme, ce moment est plein de délices. Qui ne s'est souvent plu à faire attendre son opinion, à déguiser coquettement son plaisir, à chercher des aveux dans l'inquiétude que l'on cause, à jouir des craintes qu'on dissipera par un sourire ? Pendant cette fête, l'étudiant mesura tout à coup la portée de sa position, et comprit qu'il avait un état dans le monde en étant cousin avoué de madame de Beauséant. La conquête de madame la baronne de Nucingen, qu'on lui donnait déjà, le mettait si bien en relief, que tous les jeunes gens lui jetaient des regards d'envie; en en surprenant quelques-uns, il goûta les premiers plaisirs de la fatuité. En passant d'un salon dans un autre, en traversant les groupes, il entendit vanter son bonheur. Les femmes lui prédisaient toutes des succès. Delphine, craignant de le perdre, lui promit de ne pas lui refuser le soir le baiser qu'elle s'était tant défendu d'accorder l'avant-veille. A ce bal, Rastignac reçut plusieurs engagements. Il fut présenté par sa cousine à quelques femmes qui toutes avaient des prétentions à l'élégance, et dont les maisons passaient pour être agréables; il se vit lancé dans le plus grand et le plus beau monde de Paris. Cette soirée eut donc pour lui les charmes d'un brillant début, et il devait s'en souvenir jusque dans ses vieux jours, comme une jeune fille se souvient du bal où elle a eu des triomphes. Le lendemain, quand, en déjeunant, il raconta ses succès au père Goriot devant les pensionnaires, Vautrin se prit à sourire d'une façon diabolique.

— Et vous croyez, s'écria ce féroce logicien, qu'un jeune homme à la mode peut demeurer rue Neuve-

Sainte-Geneviève, dans la Maison-Vauquer ? pension
infiniment respectable sous tous les rapports, certainement, mais qui n'est rien moins que fashionable. Elle
est cossue, elle est belle de son abondance, elle est fière
d'être le manoir momentané d'un Rastignac; mais, enfin,
elle est rue Neuve-Sainte-Geneviève, et ignore le luxe,
parce qu'elle est purement *patriarchalorama*. Mon jeune
ami, reprit Vautrin, d'un air paternellement railleur, si
vous voulez faire figure à Paris, il vous faut trois chevaux
et un tilbury pour le matin, un coupé pour le soir, en
tout neuf mille francs pour le véhicule. Vous seriez
indigne de votre destinée si vous ne dépensiez trois
mille francs chez votre tailleur, six cents francs chez le
parfumeur, cent écus chez le bottier, cent écus chez le
chapelier. Quant à votre blanchisseuse, elle vous coûtera
mille francs. Les jeunes gens à la mode ne peuvent se
dispenser d'être très forts sur l'article du linge : n'est-ce
pas ce qu'on examine le plus souvent en eux ? L'amour
et l'église veulent de belles nappes sur leurs autels. Nous
sommes à quatorze mille. Je ne vous parle pas de ce que
vous perdrez au jeu, en paris, en présents; il est impossible de ne pas compter pour deux mille francs l'argent de
poche. J'ai mené cette vie-là, j'en connais les débours.
Ajoutez à ces nécessités premières trois cents louis pour
la pâtée, mille francs pour la niche. Allez, mon enfant,
nous en avons pour nos petits vingt-cinq mille par an
dans les flancs, ou nous tombons dans la crotte, nous
nous faisons moquer de nous, et nous sommes destitué
de notre avenir, de nos succès, de nos maîtresses!
J'oublie le valet de chambre et le groom! Est-ce Christophe qui portera vos billets doux ? Les écrirez-vous
sur le papier dont vous vous servez ? Ce serait vous
suicider. Croyez-en un vieillard plein d'expérience!
reprit-il en faisant un *rinforzando* dans sa voix de basse.
Ou déportez-vous dans une vertueuse mansarde, et
mariez-vous-y avec le travail, ou prenez une autre
voie.

Et Vautrin cligna de l'œil en guignant mademoiselle
Taillefer de manière à rappeler et résumer dans ce regard
les raisonnements séducteurs qu'il avait semés au cœur
de l'étudiant pour le corrompre. Plusieurs jours se passèrent pendant lesquels Rastignac mena la vie la plus
dissipée. Il dînait presque tous les jours avec madame de
Nucingen, qu'il accompagnait dans le monde. Il rentrait
à trois ou quatre heures du matin, se levait à midi pour

faire sa toilette, allait se promener au Bois avec Delphine, quand il faisait beau, prodiguant ainsi son temps
sans en savoir le prix, et aspirant tous les enseignements,
toutes les séductions du luxe avec l'ardeur dont est saisi
l'impatient calice d'un dattier femelle pour les fécon-
dantes poussières de son hyménée. Il jouait gros jeu,
perdait ou gagnait beaucoup, et finit par s'habituer à la
vie exorbitante des jeunes gens de Paris. Sur ses premiers
gains, il avait renvoyé quinze cents francs à sa mère et
à ses sœurs, en accompagnant sa restitution de jolis
présents. Quoiqu'il eût annoncé vouloir quitter la Maison-Vauquer, il y était encore dans les derniers jours
du mois de janvier, et ne savait comment en sortir. Les
jeunes gens sont soumis presque tous à une loi en apparence inexplicable, mais dont la raison vient de leur
jeunesse même, et de l'espèce de furie avec laquelle ils
se ruent au plaisir. Riches ou pauvres, ils n'ont jamais
d'argent pour les nécessités de la vie, tandis qu'ils en
trouvent toujours pour leurs caprices. Prodigues de
tout ce qui s'obtient à crédit, ils sont avares de tout ce
qui se paye à l'instant même, et semblent se venger de
ce qu'ils n'ont pas, en dissipant tout ce qu'ils peuvent
avoir. Ainsi, pour nettement poser la question, un étudiant prend bien plus de soin de son chapeau que de
son habit. L'énormité du gain rend le tailleur essentiellement créditeur, tandis que la modicité de la somme
fait du chapelier un des êtres les plus intraitables parmi
ceux avec lesquels il est forcé de parlementer. Si le
jeune homme assis au balcon d'un théâtre offre à la
lorgnette des jolies femmes d'étourdissants gilets, il est
douteux qu'il ait des chaussettes ; le bonnetier est encore
un des charançons de sa bourse. Rastignac en était là.
Toujours vide pour madame Vauquer, toujours pleine
pour les exigences de la vanité, sa bourse avait des revers
et des succès lunatiques en désaccord avec les paiements
les plus naturels. Afin de quitter la pension puante,
ignoble où s'humiliaient périodiquement ses prétentions,
ne fallait-il pas payer un mois à son hôtesse, et acheter
des meubles pour son appartement de dandy ? c'était
toujours la chose impossible. Si, pour se procurer l'argent
nécessaire à son jeu, Rastignac savait acheter chez son
bijoutier des montres et des chaînes d'or chèrement
payées sur ses gains, et qu'il portait au Mont-de-Piété,
ce sombre et discret ami de la jeunesse, il se trouvait
sans invention comme sans audace quand il s'agissait

de payer sa nourriture, son logement, ou d'acheter les outils indispensables à l'exploitation de la vie élégante. Une nécessité vulgaire, des dettes contractées pour des besoins satisfaits, ne l'inspiraient plus. Comme la plupart de ceux qui ont connu cette vie de hasard, il attendait au dernier moment pour solder des créances sacrées aux yeux des bourgeois, comme faisait Mirabeau, qui ne payait son pain que quand il se présentait sous la forme dragonnante d'une lettre de change. Vers cette époque, Rastignac avait perdu son argent, et s'était endetté. L'étudiant commençait à comprendre qu'il lui serait impossible de continuer cette existence sans avoir des ressources fixes. Mais, tout en gémissant sous les piquantes atteintes de sa situation précaire, il se sentait incapable de renoncer aux jouissances excessives de cette vie, et voulait la continuer à tout prix. Les hasards sur lesquels il avait compté pour sa fortune devenaient chimériques, et les obstacles réels grandissaient. En s'initiant aux secrets domestiques de monsieur et madame de Nucingen, il s'était aperçu que, pour convertir l'amour en instrument de fortune, il fallait avoir bu toute honte, et renoncer aux nobles idées qui sont l'absolution des fautes de la jeunesse. Cette vie extérieurement splendide, mais rongée par tous les *tænias* du remords, et dont les fugitifs plaisirs étaient chèrement expiés par de persistantes angoisses, il l'avait épousée, il s'y roulait en se faisant, comme le Distrait de La Bruyère, un lit dans la fange du fossé; mais, comme le Distrait, il ne souillait encore que son vêtement.

— Nous avons donc tué le mandarin ? lui dit un jour Bianchon en sortant de table.

— Pas encore, répondit-il, mais il râle.

L'étudiant en médecine prit ce mot pour une plaisanterie, et ce n'en était pas une. Eugène, qui, pour la première fois depuis longtemps, avait dîné à la pension, s'était montré pensif pendant le repas. Au lieu de sortir au dessert, il resta dans la salle à manger assis auprès de mademoiselle Taillefer, à laquelle il jeta de temps en temps des regards expressifs. Quelques pensionnaires étaient encore attablés et mangeaient des noix, d'autres se promenaient en continuant des discussions commencées. Comme presque tous les soirs, chacun s'en allait à sa fantaisie, suivant le degré d'intérêt qu'il prenait à la conversation, ou selon le plus ou le moins de pesanteur que lui causait sa digestion. En hiver, il était rare que la

salle à manger fût entièrement évacuée avant huit heures,
moment où les quatre femmes demeuraient seules et se
vengeaient du silence que leur sexe leur imposait au
milieu de cette réunion masculine. Frappé de la préoccupation à laquelle Eugène était en proie, Vautrin resta
dans la salle à manger, quoiqu'il eût paru d'abord
empressé de sortir, et se tint constamment de manière
à n'être pas vu d'Eugène, qui put le croire parti. Puis,
au lieu d'accompagner ceux des pensionnaires qui s'en
allèrent les derniers, il stationna sournoisement dans le
salon. Il avait lu dans l'âme de l'étudiant et pressentait
un symptôme décisif. Rastignac se trouvait en effet dans
une situation perplexe que beaucoup de jeunes gens ont
dû connaître. Aimante ou coquette, madame de Nucingen
avait fait passer Rastignac par toutes les angoisses d'une
passion véritable, en déployant pour lui les ressources de
la diplomatie féminine en usage à Paris. Après s'être
compromise aux yeux du public pour fixer près d'elle le
cousin de madame de Beauséant, elle hésitait à lui
donner réellement les droits dont il paraissait jouir. Depuis
un mois elle irritait si bien les sens d'Eugène, qu'elle
avait fini par attaquer le cœur. Si, dans les premiers
moments de sa liaison, l'étudiant s'était cru le maître,
madame de Nucingen était devenue la plus forte, à
l'aide de ce manège qui mettait en mouvement chez
Eugène tous les sentiments, bons ou mauvais, des deux
ou trois hommes qui sont dans un jeune homme de
Paris. Etait-ce en elle un calcul ? Non; les femmes sont
toujours vraies, même au milieu de leurs plus grandes
faussetés, parce qu'elles cèdent à quelque sentiment
naturel. Peut-être Delphine, après avoir laissé prendre
tout à coup tant d'empire sur elle par ce jeune homme
et lui avoir montré trop d'affection, obéissait-elle à un
sentiment de dignité, qui la faisait ou revenir sur ses
concessions, ou se plaire à les suspendre. Il est si naturel
à une Parisienne, au moment même où la passion l'entraîne, d'hésiter dans sa chute, d'éprouver le cœur de
celui auquel elle va livrer son avenir! Toutes les espérances de madame de Nucingen avaient été trahies une
première fois, et sa fidélité pour un jeune égoïste venait
d'être méconnue. Elle pouvait être défiante à bon droit.
Peut-être avait-elle aperçu dans les manières d'Eugène,
que son rapide succès avait rendu fat, une sorte de més-
estime causée par les bizarreries de leur situation. Elle
désirait sans doute paraître imposante à un homme de cet

âge, et se trouver grande devant lui après avoir été si longtemps petite devant celui par qui elle était abandonnée. Elle ne voulait pas qu'Eugène la crût une facile conquête, précisément parce qu'il savait qu'elle avait appartenu à de Marsay. Enfin, après avoir subi le dégradant plaisir d'un véritable monstre, un libertin jeune, elle éprouvait tant de douceur à se promener dans les régions fleuries de l'amour, que c'était sans doute un charme pour elle d'en admirer tous les aspects, d'en écouter longtemps les frémissements, et de se laisser longtemps caresser par de chastes brises. Le véritable amour payait pour le mauvais. Ce contresens sera malheureusement fréquent tant que les hommes ne sauront pas combien de fleurs fauchent dans l'âme d'une jeune femme les premiers coups de la tromperie. Quelles que fussent ses raisons, Delphine se jouait de Rastignac, et se plaisait à se jouer de lui, sans doute parce qu'elle se savait aimée et sûre de faire cesser les chagrins de son amant, suivant son royal bon plaisir de femme. Par respect de lui-même, Eugène ne voulait pas que son premier combat se terminât par une défaite, et persistait dans sa poursuite, comme un chasseur qui veut absolument tuer une perdrix à sa première fête de Saint-Hubert. Ses anxiétés, son amour-propre offensé, ses désespoirs, faux ou véritables, l'attachaient de plus en plus à cette femme. Tout Paris lui donnait madame de Nucingen, auprès de laquelle il n'était pas plus avancé que le premier jour où il l'avait vue. Ignorant encore que la coquetterie d'une femme offre quelquefois plus de bénéfices que son amour ne donne de plaisir, il tombait dans de sottes rages. Si la saison pendant laquelle une femme se dispute à l'amour offrait à Rastignac le butin de ses primeurs, elles lui devenaient aussi coûteuses qu'elles étaient vertes, aigrelettes et délicieuses à savourer. Parfois, en se voyant sans un sou, sans avenir, il pensait, malgré la voix de sa conscience, aux chances de fortune dont Vautrin lui avait démontré la possibilité dans un mariage avec mademoiselle Taillefer. Or il se trouvait alors dans un moment où sa misère parlait si haut, qu'il céda presque involontairement aux artifices du terrible sphinx par les regards duquel il était souvent fasciné. Au moment où Poiret et mademoiselle Michonneau remontèrent chez eux, Rastignac, se croyant seul entre madame Vauquer et madame Couture, qui se tricotait des manches de laine en sommeillant auprès du poêle, regarda mademoiselle Taillefer d'une manière assez tendre pour lui faire baisser les yeux.

— Auriez-vous des chagrins, monsieur Eugène ? lui dit Victorine après un moment de silence.

— Quel homme n'a pas ses chagrins ! répondit Rastignac. Si nous étions sûrs, nous autres jeunes gens, d'être bien aimés, avec un dévouement qui nous récompensât des sacrifices que nous sommes toujours disposés à faire, nous n'aurions peut-être jamais de chagrins.

Mademoiselle Taillefer lui jeta, pour toute réponse, un regard qui n'était pas équivoque.

— Vous, mademoiselle, vous vous croyez sûre de votre cœur aujourd'hui ; mais répondriez-vous de ne jamais changer ?

Un sourire vint errer sur les lèvres de la pauvre fille comme un rayon jailli de son âme, et fit si bien reluire sa figure qu'Eugène fut effrayé d'avoir provoqué une aussi vive explosion de sentiment.

— Quoi ! si demain vous étiez riche et heureuse, si une immense fortune vous tombait des nues, vous aimeriez encore le jeune homme pauvre qui vous aurait plu durant vos jours de détresse ?

Elle fit un joli signe de tête.

— Un jeune homme bien malheureux ?

Nouveau signe.

— Quelles bêtises dites-vous donc là ? s'écria madame Vauquer.

— Laissez-nous, répondit Eugène, nous nous entendons.

— Il y aurait donc alors promesse de mariage entre monsieur le chevalier Eugène de Rastignac et mademoiselle Victorine Taillefer ? dit Vautrin de sa grosse voix en se montrant tout à coup à la porte de la salle à manger.

— Ah ! vous m'avez fait peur, dirent à la fois madame Couture et madame Vauquer.

— Je pourrais plus mal choisir, répondit en riant Eugène à qui la voix de Vautrin causa la plus cruelle émotion qu'il eût jamais ressentie.

— Pas de mauvaises plaisanteries, messieurs, dit madame Couture. Ma fille, remontons chez nous.

Madame Vauquer suivit ses deux pensionnaires, afin d'économiser sa chandelle et son feu en passant la soirée chez elles. Eugène se trouva seul et face à face avec Vautrin.

— Je savais bien que vous y arriveriez, lui dit cet

homme en gardant un imperturbable sang-froid. Mais, écoutez! j'ai de la délicatesse tout comme un autre, moi. Ne vous décidez pas dans ce moment, vous n'êtes pas dans votre assiette ordinaire. Vous avez des dettes. Je ne veux pas que ce soit la passion, le désespoir, mais la raison qui vous détermine à venir à moi. Peut-être vous faut-il quelque millier d'écus. Tenez, le voulez-vous ?

Ce démon prit dans sa poche un portefeuille, et en tira trois billets de banque qu'il fit papilloter aux yeux de l'étudiant. Eugène était dans la plus cruelle des situations. Il devait au marquis d'Ajuda et au comte de Trailles cent louis perdus sur parole. Il ne les avait pas, et n'osait aller passer la soirée chez madame de Restaud, où il était attendu. C'était une de ces soirées sans cérémonies où l'on mange des petits gâteaux, où l'on boit du thé, mais où l'on peut perdre six mille francs au whist.

— Monsieur, lui dit Eugène en cachant avec peine un tremblement convulsif, après ce que vous m'avez confié, vous devez comprendre qu'il m'est impossible de vous avoir des obligations.

— Eh bien! vous m'auriez fait de la peine de parler autrement, reprit le tentateur. Vous êtes un beau jeune homme, délicat, fier comme un lion et doux comme une jeune fille. Vous seriez une belle proie pour le diable. J'aime cette qualité des jeunes gens. Encore deux ou trois réflexions de haute politique, et vous verrez le monde comme il est. En y jouant quelques petites scènes de vertu, l'homme supérieur y satisfait toutes ses fantaisies aux grands applaudissements des niais du parterre. Avant peu de jours vous serez à nous. Ah! si vous vouliez devenir mon élève, je vous ferais arriver à tout. Vous ne formeriez pas un désir qu'il ne fût à l'instant comblé, quoi que vous puissiez souhaiter : honneur, fortune, femmes. On vous réduirait toute la civilisation en ambroisie. Vous seriez notre enfant gâté, notre Benjamin, nous nous exterminerions tous pour vous avec plaisir. Tout ce qui vous ferait obstacle serait aplati. Si vous conservez des scrupules, vous me prenez donc pour un scélérat ? Eh bien, un homme qui avait autant de probité que vous croyez en avoir encore, Monsieur de Turenne, faisait, sans se croire compromis, de petites affaires avec des brigands. Vous ne voulez pas être mon obligé, hein ? Qu'à cela ne tienne, reprit Vautrin en laissant échapper un sourire. Prenez ces chiffons, et mettez-moi là-dessus, dit-il en tirant un timbre, là, en travers : *Accepté pour la somme de*

trois mille cinq cents francs payable en un an. Et datez !
L'intérêt est assez fort pour vous ôter tout scrupule ; vous
pouvez m'appeler juif, et vous regarder comme quitte
de toute reconnaissance. Je vous permets de me mépriser
encore aujourd'hui, sûr que plus tard vous m'aimerez.
Vous trouverez en moi de ces immenses abîmes, de ces
vastes sentiments concentrés que les niais appellent des
vices ; mais vous ne me trouverez jamais ni lâche ni
ingrat. Enfin, je ne suis ni un pion ni un fou, mais une
tour, mon petit.

— Quel homme êtes-vous donc ? s'écria Eugène, vous
avez été créé pour me tourmenter.

— Mais non, je suis un bon homme qui veut se crotter
pour que vous soyez à l'abri de la boue pour le reste de vos
jours. Vous vous demandez pourquoi ce dévouement ?
Eh bien ! je vous le dirai tout doucement quelque jour,
dans le tuyau de l'oreille. Je vous ai d'abord surpris en
vous montrant le carillon de l'ordre social et le jeu de la
machine ; mais votre premier effroi se passera comme
celui du conscrit sur le champ de bataille, et vous vous
accoutumerez à l'idée de considérer les hommes comme
des soldats décidés à périr pour le service de ceux qui se
sacrent rois eux-mêmes. Les temps sont bien changés.
Autrefois on disait à un brave : « Voilà cent écus, tue-moi
monsieur un tel », et l'on soupait tranquillement après
avoir mis un homme à l'ombre pour un oui, pour un non.
Aujourd'hui je vous propose de vous donner une belle
fortune contre un signe de tête qui ne vous compromet
en rien, et vous hésitez. Le siècle est mou.

Eugène signa la traite, et l'échangea contre les billets
de banque.

— Eh bien ! voyons, parlons raison, reprit Vautrin.
Je veux partir d'ici à quelques mois pour l'Amérique,
aller planter mon tabac. Je vous enverrai les cigares de
l'amitié. Si je deviens riche, je vous aiderai. Si je n'ai pas
d'enfants (cas probable, je ne suis pas curieux de me
replanter ici par bouture), eh bien ! je vous léguerai ma
fortune. Est-ce être l'ami d'un homme ? Mais je vous
aime, moi. J'ai la passion de me dévouer pour un autre.
Je l'ai déjà fait. Voyez-vous, mon petit, je vis dans une
sphère plus élevée que celles des autres hommes. Je considère les actions comme des moyens, et ne vois que le but.
Qu'est-ce qu'un homme pour moi ? Ça ! fit-il en faisant
claquer l'ongle de son pouce sous une de ses dents. Un
homme est tout ou rien. Il est moins que rien quand il se

nomme Poiret : on peut l'écraser comme une punaise, il est plat et il pue. Mais un homme est un dieu quand il vous ressemble : ce n'est plus une machine couverte en peau, mais un théâtre où s'émeuvent les plus beaux sentiments, et je ne vis que par les sentiments. Un sentiment, n'est-ce pas le monde dans une pensée ? Voyez le père Goriot : ses deux filles sont pour lui tout l'univers, elles sont le fil avec lequel il se dirige dans la création. Eh bien ! pour moi qui ai bien creusé la vie, il n'existe qu'un seul sentiment réel, une amitié d'homme à homme. Pierre et Jaffier, voilà ma passion. Je sais *Venise sauvée* par cœur. Avez-vous vu beaucoup de gens assez poilus pour, quand un camarade dit : « Allons enterrer un corps ! », y aller sans souffler mot ni l'embêter de morale ? J'ai fait ça, moi. Je ne parlerais pas ainsi à tout le monde. Mais vous, vous êtes un homme supérieur, on peut tout vous dire, vous savez tout comprendre. Vous ne patouillerez pas longtemps dans les marécages où vivent les crapoussins qui nous entourent ici. Eh bien ! voilà qui est dit. Vous épouserez. Poussons chacun nos pointes ! La mienne est en fer et ne mollit jamais, hé, hé ! »

Vautrin sortit sans vouloir entendre la réponse négative de l'étudiant, afin de le mettre à son aise. Il semblait connaître le secret de ces petites résistances, de ces combats dont les hommes se parent devant eux-mêmes, et qui leur servent à se justifier leurs actions blâmables.

« Qu'il fasse comme il voudra, je n'épouserai certes pas mademoiselle Taillefer ! » se dit Eugène.

Après avoir subi le malaise d'une fièvre intérieure que lui causa l'idée d'un pacte fait avec cet homme dont il avait horreur, mais qui grandissait à ses yeux par le cynisme même de ses idées et par l'audace avec laquelle il étreignait la société, Rastignac s'habilla, demanda une voiture, et vint chez madame de Restaud. Depuis quelques jours, cette femme avait redoublé de soins pour un jeune homme dont chaque pas était un progrès au cœur du grand monde, et dont l'influence paraissait devoir être un jour redoutable. Il paya messieurs de Trailles et d'Ajuda, joua au whist une partie de la nuit, et regagna ce qu'il avait perdu. Superstitieux comme la plupart des hommes dont le chemin est à faire et qui sont plus ou moins fatalistes, il voulut voir dans son bonheur une récompense du ciel pour sa persévérance à rester dans le bon chemin. Le lendemain matin, il s'empressa de demander à Vautrin s'il avait encore sa lettre de change. Sur une

réponse affirmative, il lui rendit les trois mille francs
en manifestant un plaisir assez naturel.

— Tout va bien, lui dit Vautrin.

— Mais je ne suis pas votre complice, dit Eugène.

— Je sais, je sais, répondit Vautrin en l'interrompant.
Vous faites encore des enfantillages. Vous vous arrêtez
aux bagatelles de la porte.

Deux jours après, Poiret et mademoiselle Michonneau
se trouvaient assis sur un banc, au soleil, dans une allée
solitaire du Jardin des Plantes, et causaient avec le monsieur qui paraissait à bon droit suspect à l'étudiant en
médecine.

— Mademoiselle, disait monsieur Gondureau, je ne
vois pas d'où naissent vos scrupules. Son Excellence
Monseigneur le Ministre de la Police Générale du
Royaume...

— Ah ! Son Excellence Monseigneur le Ministre de la
Police Générale du Royaume... répéta Poiret.

— Oui, Son Excellence s'occupe de cette affaire, dit
Gondureau.

A qui ne paraîtra-t-il pas invraisemblable que Poiret,
ancien employé, sans doute homme de vertus bourgeoises,
quoique dénué d'idées, continuât d'écouter le prétendu
rentier de la rue de Buffon, au moment où il prononçait
le mot de police en laissant ainsi voir la physionomie d'un
agent de la rue de Jérusalem à travers son masque d'honnête homme ? Cependant rien n'était plus naturel. Chacun comprendra mieux l'espèce particulière à laquelle
appartenait Poiret, dans la grande famille des niais, après
une remarque déjà faite par certains observateurs, mais
qui jusqu'à présent n'a pas été publiée. Il est une nation
plumigère, serrée au budget entre le premier degré de
latitude qui comporte les traitements de douze cents
francs, espèce de Groenland administratif, et le troisième
degré, où commencent les traitements un peu plus chauds
de trois à six mille, région tempérée, où s'acclimate la
gratification, où elle fleurit malgré les difficultés de la
culture. Un des traits caractéristiques qui trahit le mieux
l'infirme étroitesse de cette gent subalterne, est une sorte
de respect involontaire, machinal, instinctif, pour ce
grand lama de tout ministère, connu de l'employé par
une signature illisible et sous le nom de SON EXCELLENCE
MONSEIGNEUR LE MINISTRE, cinq mots qui équivalent

à l'*Il Bondo Cani* du *Calife de Bagdad*, et qui, aux yeux de ce peuple aplati, représente un pouvoir sacré, sans appel. Comme le pape pour les chrétiens, Monseigneur est administrativement infaillible aux yeux de l'employé; l'éclat qu'il jette se communique à ses actes, à ses paroles, à celles dites en son nom; il couvre tout de sa broderie, et légalise les actions qu'il ordonne; son nom d'Excellence, qui atteste la pureté de ses intentions et la sainteté de ses vouloirs, sert de passeport aux idées les moins admissibles. Ce que ces pauvres gens ne feraient pas dans leur intérêt, ils s'empressent de l'accomplir dès que le mot Son Excellence est prononcé. Les bureaux ont leur obéissance passive, comme l'armée a la sienne : système qui étouffe la conscience, annihile un homme et finit, avec le temps, par l'adapter comme une vis ou un écrou à la machine gouvernementale. Aussi monsieur Gondureau, qui paraissait se connaître en hommes, distingua-t-il promptement en Poiret un de ces niais bureaucratiques, et fit-il sortir le *Deus ex machina*, le mot talismanique de Son Excellence, au moment où il fallait, en démasquant ses batteries, éblouir le Poiret, qui lui semblait le mâle de la Michonneau, comme la Michonneau lui semblait la femelle du Poiret.

— Du moment où Son Excellence elle-même, Son Excellence Monseigneur le! Ah! c'est très différent, dit Poiret.

— Vous entendez monsieur, dans le jugement duquel vous paraissez avoir confiance, reprit le faux rentier en s'adressant à mademoiselle Michonneau. Eh bien! Son Excellence a maintenant la certitude la plus complète que le prétendu Vautrin, logé dans la Maison-Vauquer, est un forçat évadé du bagne de Toulon, où il est connu sous le nom de *Trompe-la-Mort*.

— Ah! Trompe-la-Mort! dit Poiret, il est bien heureux, s'il a mérité ce nom-là.

— Mais oui, reprit l'agent. Ce sobriquet est dû au bonheur qu'il a eu de ne jamais perdre la vie dans les entreprises extrêmement audacieuses qu'il a exécutées. Cet homme est dangereux, voyez-vous! Il a des qualités qui le rendent extraordinaire. Sa condamnation est même une chose qui lui a fait dans sa partie un honneur infini...

— C'est donc un homme d'honneur, demanda Poiret.

— A sa manière. Il a consenti à prendre sur son compte le crime d'un autre, un faux commis par un très beau jeune homme qu'il aimait beaucoup, un jeune Italien assez joueur, entré depuis au service militaire, où il s'est d'ailleurs parfaitement comporté.

— Mais si Son Excellence le Ministre de la Police est sûr que monsieur Vautrin soit Trompe-la-Mort, pourquoi donc aurait-il besoin de moi? dit mademoiselle Michonneau.

— Ah! oui, dit Poiret, si en effet le Ministre, comme vous nous avez fait l'honneur de nous le dire, a une certitude quelconque...

— Certitude n'est pas le mot; seulement on se doute. Vous allez comprendre la question. Jacques Collin, surnommé Trompe-la-Mort, a toute la confiance des trois bagnes, qui l'ont choisi pour être leur agent et leur banquier. Il gagne beaucoup à s'occuper de ce genre d'affaires, qui nécessairement veut un homme de marque.

— Ah! ah! comprenez-vous le calembour, mademoiselle? dit Poiret. Monsieur l'appelle un homme de *marque*, parce qu'il a été marqué.

— Le faux Vautrin, dit l'agent en continuant, reçoit les capitaux de messieurs les forçats, les place, les leur conserve, et les tient à la disposition de ceux qui s'évadent, ou de leurs familles, quand ils en disposent par testament, ou de leurs maîtresses, quand ils tirent sur lui pour elles.

— De leurs maîtresses! Vous voulez dire de leurs femmes, fit observer Poiret.

— Non, monsieur. Le forçat n'a généralement que des épouses illégitimes, que nous nommons des concubines.

— Ils vivent donc tous en état de concubinage?

— Conséquemment.

— Eh bien! dit Poiret, voilà des horreurs que Monseigneur ne devrait pas tolérer. Puisque vous avez l'honneur de voir Son Excellence, c'est à vous, qui me paraissez avoir des idées philanthropiques, à l'éclairer sur la conduite immorale de ces gens, qui donnent un très mauvais exemple au reste de la société.

— Mais, monsieur, le gouvernement ne les met pas là pour offrir le modèle de toutes les vertus.

— C'est juste. Cependant, monsieur, permettez.

— Mais, laissez donc dire monsieur, mon cher mignon, dit mademoiselle Michonneau.

— Vous comprenez, mademoiselle, reprit Gondureau. Le gouvernement peut avoir un grand intérêt à mettre la main sur une caisse illicite, que l'on dit monter à un total assez majeur. Trompe-la-Mort encaisse des valeurs considérables en recelant non seulement les sommes possédées par quelques-uns de ses camarades, mais encore celles qui proviennent de la Société des Dix Mille...

— Dix mille voleurs! s'écria Poiret effrayé.

— Non, la Société des Dix Mille est une association de hauts voleurs, de gens qui travaillent en grand, et ne se mêlent pas d'une affaire où il n'y a pas dix mille francs à gagner. Cette société se compose de tout ce qu'il y a de plus distingué parmi ceux de nos hommes qui vont droit en cour d'assises. Ils connaissent le Code, et ne risquent jamais de se faire appliquer la peine de mort quand ils sont pincés. Collin est leur homme de confiance, leur conseil. A l'aide de ses immenses ressources, cet homme a su se créer une police à lui, des relations fort étendues qu'il enveloppe d'un mystère impénétrable. Quoique depuis un an nous l'ayons entouré d'espions, nous n'avons pas encore pu voir dans son jeu. Sa caisse et ses talents servent donc constamment à solder le vice, à faire les fonds au crime, et entretiennent sur pied une armée de mauvais sujets qui sont dans un perpétuel état de guerre avec la société. Saisir Trompe-la-Mort et s'emparer de sa banque, ce sera couper le mal dans sa racine. Aussi cette expédition est-elle devenue une affaire d'Etat et de haute politique, susceptible d'honorer ceux qui coopéreront à sa réussite. Vous-même, monsieur, pourriez être de nouveau employé dans l'administration, devenir secrétaire d'un commissaire de police, fonctions qui ne vous empêcheraient point de toucher votre pension de retraite.

— Mais pourquoi, dit mademoiselle Michonneau, Trompe-la-Mort ne s'en va-t-il pas avec la caisse ?

— Oh! fit l'agent, partout où il irait, il serait suivi d'un homme chargé de le tuer, s'il volait le bagne. Puis une caisse ne s'enlève pas aussi facilement qu'on enlève une demoiselle de bonne maison. D'ailleurs, Collin est un gaillard incapable de faire un trait semblable, il se croirait déshonoré.

— Monsieur, dit Poiret, vous avez raison, il serait tout à fait déshonoré.

— Tout cela ne nous dit pas pourquoi vous ne venez pas tout bonnement vous emparer de lui, demanda mademoiselle Michonneau.

— Eh bien! mademoiselle, je réponds... Mais, lui dit-il à l'oreille, empêchez votre monsieur de m'interrompre, ou nous n'en aurons jamais fini. Il doit avoir beaucoup de fortune pour se faire écouter, ce vieux-là. Trompe-la-Mort, en venant ici, a chaussé la peau d'un honnête homme, il s'est fait bon bourgeois de Paris, il s'est logé dans une pension sans apparence; il est fin, allez! on ne le prendra jamais sans vert. Donc monsieur Vautrin est un homme considéré, qui fait des affaires considérables.

— Naturellement, se dit Poiret à lui-même.

— Le Ministre, si l'on se trompait en arrêtant un vrai Vautrin, ne veut pas se mettre à dos le commerce de Paris, ni l'opinion publique. Monsieur le Préfet de police branle dans le manche, il a des ennemis. S'il y avait erreur, ceux qui veulent sa place profiteraient des clabaudages et des criailleries libérales pour le faire sauter. Il s'agit ici de procéder comme dans l'affaire de Cogniard, le faux comte de Sainte-Hélène; si ç'avait été un vrai comte de Sainte-Hélène, nous n'étions pas propres. Aussi faut-il vérifier.

— Oui, mais vous avez besoin d'une jolie femme, dit vivement mademoiselle Michonneau.

— Trompe-la-Mort ne se laisserait pas aborder par une femme, dit l'agent. Apprenez un secret : il n'aime pas les femmes.

— Mais je ne vois pas alors à quoi je suis bonne pour une semblable vérification, une supposition que je consentirais à la faire pour deux mille francs.

— Rien de plus facile, dit l'inconnu. Je vous remettrai un flacon contenant une dose de liqueur préparée pour donner un coup de sang qui n'a pas le moindre danger et simule une apoplexie. Cette drogue peut se mêler également au vin et au café. Sur-le-champ vous transportez votre homme sur un lit, et vous le déshabillez afin de savoir s'il ne meurt pas. Au moment où vous serez seule, vous lui donnerez une claque sur l'épaule, paf! et vous verrez reparaître les lettres.

— Mais c'est rien du tout, ça, dit Poiret.

— Eh bien! consentez-vous ? dit Gondureau à la vieille fille.

— Mais, mon cher monsieur, dit mademoiselle Michonneau, au cas où il n'y aurait point de lettres, aurais-je les deux mille francs.

— Non.

— Quelle sera donc l'indemnité ?

— Cinq cents francs.

— Faire une chose pareille pour si peu. Le mal est le

même dans la conscience, et j'ai ma conscience à calmer, monsieur.

— Je vous affirme, dit Poiret, que mademoiselle a beaucoup de conscience, outre que c'est une très aimable personne et bien entendue.

— Eh bien! reprit mademoiselle Michonneau, donnez-moi trois mille francs si c'est Trompe-la-Mort, et rien si c'est un bourgeois.

— Ça va, dit Gondureau, mais à condition que l'affaire sera faite demain.

— Pas encore, mon cher monsieur, j'ai besoin de consulter mon confesseur.

— Finaude! dit l'agent en se levant. A demain alors. Et si vous étiez pressée de me parler, venez petite rue Sainte-Anne, au bout de la cour de la Sainte-Chapelle. Il n'y a qu'une porte sous la voûte. Demandez monsieur Gondureau.

Bianchon, qui revenait du cours de Cuvier, eut l'oreille frappée du mot assez original de Trompe-la-Mort, et entendit le ça va du célèbre chef de la police de sûreté.

— Pourquoi n'en finissez-vous pas, ce serait trois cents francs de rente viagère, dit Poiret à mademoiselle Michonneau.

— Pourquoi ? dit-elle. Mais il faut y réfléchir. Si monsieur Vautrin était ce Trompe-la-Mort, peut-être y aurait-il plus d'avantage à s'arranger avec lui. Cependant, lui demander de l'argent, ce serait le prévenir, et il serait homme à décamper *gratis*. Ce serait un *puff* abominable.

— Quand il serait prévenu, reprit Poiret, ce monsieur ne nous a-t-il pas dit qu'il était surveillé ? Mais vous, vous perdriez tout.

— D'ailleurs, pensa mademoiselle Michonneau, je ne l'aime point, cet homme! Il ne sait me dire que des choses désagréables.

— Mais, reprit Poiret, vous feriez mieux. Ainsi que l'a dit ce monsieur, qui me paraît fort bien, outre qu'il est très proprement couvert, c'est un acte d'obéissance aux lois que de débarrasser la société d'un criminel, quelque vertueux qu'il puisse être. Qui a bu boira. S'il lui prenait fantaisie de nous assassiner tous ? Mais, que diable! nous serions coupables de ces assassinats, sans compter que nous en serions les premières victimes.

La préoccupation de mademoiselle Michonneau ne lui permettait pas d'écouter les phrases tombant une à une de la bouche de Poiret, comme les gouttes d'eau qui suintent à travers le robinet d'une fontaine mal fermée. Quand une fois ce vieillard avait commencé la série de ses phrases, et que mademoiselle Michonneau ne l'arrêtait pas, il parlait toujours, à l'instar d'une mécanique montée. Après avoir entamé un premier sujet, il était conduits par ses parenthèses à en traiter de tout opposés, sans avoir rien conclu. En arrivant à la Maison-Vauquer, il s'était faufilé dans une suite de passages et de citations transitoires qui l'avaient amené à raconter sa déposition dans l'affaire du sieur Ragoulleau et de la dame Morin, où il avait comparu en qualité de témoin à décharge. En entrant, sa compagne ne manqua pas d'apercevoir Eugène de Rastignac engagé avec mademoiselle Taillefer dans une intime causerie dont l'intérêt était si palpitant que le couple ne fit aucune attention au passage des deux vieux pensionnaires quand ils traversèrent la salle à manger.

— Ça devait finir par là, dit mademoiselle Michonneau à Poiret. Ils se faisaient des yeux à s'arracher l'âme depuis huit jours.

— Oui, répondit-il. Aussi fut-elle condamnée.

— Qui ?

— Madame Morin.

— Je vous parle de mademoiselle Victorine, dit la Michonneau en entrant, sans y faire attention, dans la chambre de Poiret, et vous me répondez par madame Morin. Qu'est-ce que c'est que cette femme-là ?

— De quoi serait donc coupable mademoiselle Victorine ? demanda Poiret.

— Elle est coupable d'aimer M. Eugène de Rastignac, et va de l'avant sans savoir où ça la mènera, pauvre innocente !

Eugène avait été, pendant la matinée, réduit au désespoir par madame de Nucingen. Dans son for intérieur, il s'était abandonné complètement à Vautrin, sans vouloir sonder ni les motifs de l'amitié que lui portait cet homme extraordinaire, ni l'avenir d'une semblable union. Il fallait un miracle pour le tirer de l'abîme où il avait déjà mis le pied depuis une heure, en échangeant avec mademoiselle Taillefer les plus douces promesses. Victorine croyait entendre la voix d'un ange, les cieux s'ouvraient pour elle, la Maison-Vauquer se parait des teintes fantastiques que les décorateurs donnent aux palais de théâtre : elle aimait, elle était aimée, elle le croyait du moins ! Et quelle femme ne l'aurait cru comme elle en voyant Rastignac, en l'écoutant durant cette heure dérobée à tous les argus de la maison ? En se débattant contre sa conscience, en sachant qu'il faisait mal et voulant faire mal, en se disant qu'il rachèterait ce péché véniel par le bonheur d'une femme, il s'était embelli de son désespoir, et resplendissait de tous les feux de l'enfer qu'il avait au cœur. Heureusement pour lui, le miracle eut lieu : Vautrin entra joyeusement, et lut dans l'âme des deux jeunes gens qu'il avait mariés par les combinaisons de son infernal génie, mais dont il troubla soudain la joie en chantant de sa grosse voix railleuse :

> Ma Fanchette est charmante
> Dans sa simplicité...

Victorine se sauva en emportant autant de bonheur qu'elle avait eu jusqu'alors de malheur dans sa vie. Pauvre fille ! un serrement de mains, sa joue effleurée par les cheveux de Rastignac, une parole dite si près de son oreille qu'elle avait senti la chaleur des lèvres de l'étudiant, la pression de sa taille par un bras tremblant, un baiser pris sur son cou, furent les accordailles de sa passion, que le voisinage de la grosse Sylvie, menaçant d'entrer dans cette radieuse salle à manger, rendit plus ardentes, plus vives, plus engageantes que les plus beaux témoignages de dévouement racontés dans les plus célèbres histoires d'amour. Ces *menus suffrages*, suivant une jolie expression de nos ancêtres, paraissaient être des crimes à une pieuse jeune fille confessée tous les quinze jours ! En cette heure, elle avait prodigué plus de trésors d'âme que plus tard, riche et heureuse, elle n'en aurait donné en se livrant tout entière.

— L'affaire est faite, dit Vautrin à Eugène. Nos deux dandies se sont piochés. Tout s'est passé convenablement. Affaire d'opinion. Notre pigeon a insulté mon faucon. A demain, dans la redoute de Clignancourt. A huit heures et demie, mademoiselle Taillefer héritera de l'amour et de la fortune de son père, pendant qu'elle sera là tranquillement à tremper ses mouillettes de pain beurré dans son café. N'est-ce pas drôle à se dire ? Ce petit Taillefer est très fort à l'épée, il est confiant comme un brelan carré; mais il sera saigné par un coup que j'ai inventé, une manière de relever l'épée et de vous piquer le front. Je vous montrerai cette botte-là, car elle est furieusement utile.

Rastignac écoutait d'un air stupide, et ne pouvait rien répondre. En ce moment le père Goriot, Bianchon et quelques autres pensionnaires arrivèrent.

— Voilà comme je vous voulais, lui dit Vautrin. Vous savez ce que vous faites. Bien, mon petit aiglon! vous gouvernerez les hommes; vous êtes fort, carré, poilu; vous avez mon estime.

Il voulut lui prendre la main. Rastignac retira vivement la sienne, et tomba sur une chaise en pâlissant; il croyait voir une mare de sang devant lui.

— Ah! nous avons encore quelques petits langes tachés de vertu, dit Vautrin à voix basse. Papa d'Oliban a trois millions, je sais sa fortune. La dot vous rendra blanc comme une robe de mariée, et à vos propres yeux.

Rastignac n'hésita plus. Il résolut d'aller prévenir pendant la soirée messieurs Taillefer père et fils. En ce moment, Vautrin l'ayant quitté, le père Goriot lui dit à l'oreille : — Vous êtes triste, mon enfant! je vais vous égayer, moi. Venez! Et le vieux vermicellier allumait son rat-de-cave à une des lampes. Eugène le suivit tout ému de curiosité.

— Entrons chez vous, dit le bonhomme, qui avait demandé la clef de l'étudiant à Sylvie. Vous avez cru ce matin qu'elle ne vous aimait pas, hein! reprit-il. Elle vous a renvoyé de force, et vous vous en êtes allé fâché, désespéré. Nigaudinos! Elle m'attendait. Comprenez-vous? Nous devions aller achever d'arranger un bijou d'appartement dans lequel vous irez demeurer d'ici à trois jours. Ne me vendez pas. Elle veut vous faire une surprise; mais je ne tiens pas à vous cacher plus longtemps le secret. Vous serez rue d'Artois, à deux pas de la rue Saint-Lazare. Vous y serez comme un prince. Nous vous avons eu des meubles comme pour une épousée. Nous avons fait bien des choses depuis un mois, et ne vous en disant rien. Mon avoué s'est mis en campagne, ma fille aura ses trente-six mille francs par an, l'intérêt de sa dot, et je vais faire exiger le placement de ses huit cent mille francs en bons biens au soleil.

Eugène était muet et se promenait, les bras croisés, de long en long, dans sa pauvre chambre en désordre. Le père Goriot saisit un moment où l'étudiant lui tournait le dos, et mit sur la cheminée une boîte en maroquin rouge, sur laquelle étaient imprimées en or les armes de Rastignac.

— Mon cher enfant, disait le pauvre bonhomme, je

me suis mis dans tout cela jusqu'au cou. Mais, voyez-
vous, il y avait à moi bien de l'égoïsme, je suis intéressé
dans votre changement de quartier. Vous ne me refuserez
pas, hein! si je vous demande quelque chose ?

— Que voulez-vous ?

— Au-dessus de votre appartement, au cinquième, il
y a une chambre qui en dépend, j'y demeurerai, pas
vrai ? Je me fais vieux, je suis trop loin de mes filles. Je
ne vous gênerai pas. Seulement je serai là. Vous me parlerez d'elle tous les soirs. Ça ne vous contrariera pas,
dites ? Quand vous rentrerez, que je serai dans mon lit,
je vous entendrai, je me dirai : Il vient de voir ma petite
Delphine. Il l'a menée au bal, elle est heureuse par lui.
Si j'étais malade, ça me mettrait du baume dans le cœur
de vous écouter revenir, vous remuer, aller. Il y a tant
de ma fille en vous! Je n'aurai qu'un pas à faire
pour être aux Champs-Élysées, où elles passent tous les
jours, je les verrai toujours, tandis que quelquefois
j'arrive trop tard. Et puis elle viendra chez vous peut-
être! Je l'entendrai, je la verrai dans sa douillette du
matin, trottant, allant gentiment comme une petite chatte.
Elle est redevenue, depuis un mois, ce qu'elle était,
jeune fille, gaie, pimpante. Son âme est en convalescence,
elle vous doit le bonheur. Oh! je ferais pour vous l'impossible. Elle me disait tout à l'heure en revenant : « Papa,
je suis bien heureuse! » Quand elles me disent cérémo-
nieusement, *Mon père*, elles me glacent; mais quand elles
m'appellent *papa*, il me semble encore les voir petites,
elles me rendent tous mes souvenirs. Je suis mieux leur
père. Je crois qu'elles ne sont encore à personne! Le
bonhomme s'essuya les yeux, il pleurait. — Il y a longtemps que je n'avais entendu cette phrase, longtemps
qu'elle ne m'avait donné le bras. Oh! oui, voilà bien dix
ans que je n'ai marché côte à côte avec une de mes filles.
Est-ce bon de se frotter à sa robe, de se mettre à son pas,
de partager sa chaleur! Enfin, j'ai mené Delphine, ce
matin, partout. J'entrais avec elle dans les boutiques.
Et je l'ai reconduite chez elle. Oh! gardez-moi près de
vous. Quelquefois vous aurez besoin de quelqu'un pour
vous rendre service, je serai là. Oh! si cette grosse souche
d'Alsacien mourait, si sa goutte avait l'esprit de remonter
dans l'estomac, ma pauvre fille serait-elle heureuse!
Vous seriez mon gendre, vous seriez ostensiblement son
mari. Bah! elle est si malheureuse de ne rien connaître
aux plaisirs de ce monde, que je l'absous de tout. Le bon

Dieu doit être du côté des pères qui aiment bien. Elle
vous aime trop! dit-il en hochant la tête après une pause.
En allant, elle causait de vous avec moi : « N'est-ce pas,
mon père, il est bien! il a bon cœur! Parle-t-il de moi ? »
Bah, elle m'en a dit, depuis la rue d'Artois jusqu'au passage des Panoramas, des volumes! Elle m'a enfin versé
son cœur dans le mien. Pendant toute cette bonne matinée
je n'étais plus vieux, je ne pesais pas une once. Je lui
ai dit que vous m'aviez remis le billet de mille francs.
Oh! la chérie, elle en a été émue aux larmes. Qu'avez-
vous donc là sur votre cheminée ? dit enfin le père Goriot
qui se mourait d'impatience en voyant Rastignac immobile.

Eugène tout abasourdi regardait son voisin d'un air
hébété. Ce duel, annoncé par Vautrin pour le lendemain,
contrastait si violemment avec la réalisation de ses plus
chères espérances, qu'il éprouvait toutes les sensations du
cauchemar. Il se tourna vers la cheminée, y aperçut la
petite boîte carrée, l'ouvrit, et trouva dedans un papier
qui couvrait une montre de Bréguet. Sur ce papier étaient
écrits ces mots : « Je veux que vous pensiez à moi à
toute heure, *parce que...*

DELPHINE. »

Ce dernier mot faisait sans doute allusion à quelque
scène qui avait eu lieu entre eux. Eugène en fut attendri.
Ses armes étaient intérieurement émaillées dans l'or de la
boîte. Ce bijou si longtemps envié, la chaîne, la clef,
la façon, les dessins répondaient à tous ses vœux. Le père
Goriot était radieux. Il avait sans doute promis à sa fille
de lui rapporter les moindres effets de la surprise que
causerait son présent à Eugène, car il était en tiers dans
ces jeunes émotions et ne paraissait pas le moins heureux.
Il aimait déjà Rastignac et pour sa fille et pour lui-même.

— Vous irez la voir ce soir, elle vous attend. La grosse
souche d'Alsacien soupe chez sa danseuse. Ah! ah! il a
été bien sot quand mon avoué lui a dit son fait. Ne pré-
tend-il pas aimer ma fille à l'adoration ? qu'il y touche
et je le tue. L'idée de savoir ma Delphine à... (il soupira)
me ferait commettre un crime; mais ce ne serait pas un
homicide, c'est une tête de veau sur un corps de porc.
Vous me prendrez avec vous, n'est-ce pas ?

— Oui, mon bon père Goriot, vous savez bien que je
vous aime...

— Je le vois, vous n'avez pas honte de moi, vous!

Laissez-moi vous embrasser. Et il serra l'étudiant dans ses bras. — Vous la rendrez bien heureuse, promettez-le-moi! Vous irez ce soir, n'est-ce pas ?

— Oh, oui! Je dois sortir pour des affaires qu'il est impossible de remettre.

— Puis-je vous être bon à quelque chose ?

— Ma foi, oui! Pendant que j'irai chez madame de Nucingen, allez chez M. Taillefer le père, lui dire de me donner une heure dans la soirée pour lui parler d'une affaire de la dernière importance.

— Serait-ce donc vrai, jeune homme, dit le père Goriot en changeant de visage; feriez-vous la cour à sa fille, comme le disent ces imbéciles d'en bas ? Tonnerre de Dieu! vous ne savez pas ce que c'est qu'une tape à la Goriot. Et si vous nous trompiez, ce serait l'affaire d'un coup de poing. Oh! ce n'est pas possible.

— Je vous jure que je n'aime qu'une femme au monde, dit l'étudiant, je ne le sais que depuis un moment.

— Ah, quel bonheur! fit le père Goriot.

— Mais, reprit l'étudiant, le fils de Taillefer se bat demain, et j'ai entendu dire qu'il serait tué.

— Qu'est-ce que cela vous fait ? dit Goriot.

— Mais il faut lui dire d'empêcher son fils de se rendre... s'écria Eugène.

En ce moment, il fut interrompu par la voix de Vautrin, qui se fit entendre sur le pas de sa porte, où il chantait :

O Richard, ô mon roi!
L'univers t'abandonne...

Broum! broum! broum! broum! broum!

J'ai longtemps parcouru le monde,
Et l'on m'a vu...

Tra la, la, la, la...

— Messieurs, cria Christophe, la soupe vous attend, et tout le monde est à table.

— Tiens, dit Vautrin, viens prendre une bouteille de mon vin de Bordeaux.

— La trouvez-vous jolie, la montre ? dit le père Goriot. Elle a bon goût, hein!

Vautrin, le père Goriot et Rastignac descendirent ensemble et se trouvèrent, par suite de leur retard, placés à côté les uns des autres à table. Eugène marqua la plus grande froideur à Vautrin pendant le dîner, quoique jamais cet homme, si aimable aux yeux de madame Vauquer, n'eût déployé autant d'esprit. Il fut pétillant de saillies, et sut mettre en train tous les convives. Cette assurance, ce sang-froid consternaient Eugène.

— Sur quelle herbe avez-vous donc marché aujourd'hui ? lui dit madame Vauquer. Vous êtes gai comme un pinson.

— Je suis toujours gai quand j'ai fait de bonnes affaires.

— Des affaires ? dit Eugène.

— Eh bien, oui. J'ai livré une partie de marchandises qui me vaudra de bons droits de commission. Mademoiselle Michonneau, dit-il en s'apercevant que la vieille fille l'examinait, ai-je dans la figure un trait qui vous déplaise, que vous me faites l'*œil américain* ? Faut le dire ! je le changerai pour vous être agréable. Poiret, nous ne nous fâcherons pas pour ça, hein ? dit-il en guignant le vieil employé.

— Sac à papier ! vous devriez poser pour un Hercule-Farceur, dit le jeune peintre à Vautrin.

— Ma foi, ça va ! si mademoiselle Michonneau veut poser en Vénus du Père-Lachaise, répondit Vautrin.

— Et Poiret ? dit Bianchon.

— Oh ! Poiret posera en Poiret. Ce sera le dieu des jardins ! s'écria Vautrin. Il dérive de poire...

— Molle ! reprit Bianchon. Vous seriez alors entre la poire et le fromage.

— Tout ça, c'est des bêtises, dit madame Vauquer, et vous feriez mieux de nous donner de votre vin de Bordeaux dont j'aperçois une bouteille qui montre son nez ! Ça nous entretiendra en joie, outre que c'est bon à l'*estomaque*.

— Messieurs, dit Vautrin, madame la présidente nous rappelle à l'ordre. Madame Couture et Mademoiselle Victorine ne se formaliseront pas de vos discours badins ; mais respectez l'innocence du père Goriot. Je vous propose une petite bouteillorama de vin de Bordeaux, que le nom de Laffitte rend doublement illustre, soit dit sans allusion politique. Allons, Chinois ! dit-il en regardant Christophe qui ne bougea pas. Ici, Christophe ! Comment tu n'entends pas ton nom ? Chinois, amène les liquides !

— Voilà, monsieur, dit Christophe en lui présentant la bouteille.

Après avoir rempli le verre d'Eugène et celui du père

Goriot, il s'en versa lentement quelques gouttes qu'il dégusta, pendant que ses deux voisins buvaient, et tout à coup il fit une grimace.

— Diable! diable! il sent le bouchon. Prends cela pour toi, Christophe, et va nous en chercher; à droite, tu sais? Nous sommes seize, descends huit bouteilles.

— Puisque vous vous fendez, dit le peintre, je paye un cent de marrons.

— Oh! oh!

— Booououh!

— Prrrr!

Chacun poussa des exclamations qui partirent comme les fusées d'une girandole.

— Allons, maman Vauquer, deux de champagne, lui cria Vautrin.

— Quien, c'est cela! Pourquoi pas demander la maison? Deux de champagne! mais ça coûte douze francs! Je ne les gagne pas, non! Mais si monsieur Eugène veut les payer, j'offre du cassis.

— V'là son cassis qui purge comme de la manne, dit l'étudiant en médecine à voix basse.

— Veux-tu te taire, Bianchon, s'écria Rastignac, je ne peux pas entendre parler de manne sans que le cœur... Oui, va pour le vin de Champagne, je le paye, ajouta l'étudiant.

— Sylvie, dit madame Vauquer, donnez les biscuits et les petits gâteaux.

— Vos petits gâteaux sont trop grands, dit Vautrin, ils ont de la barbe. Mais quant aux biscuits, aboulez.

En un moment le vin de Bordeaux circula, les convives s'animèrent, la gaieté redoubla. Ce fut des rires féroces, au milieu desquels éclatèrent quelques imitations des diverses voix d'animaux. L'employé au Muséum s'étant avisé de reproduire un cri de Paris qui avait de l'analogie avec le miaulement du chat amoureux, aussitôt huit voix beuglèrent simultanément les phrases suivantes : — A repasser les couteaux! — Mo-ron pour les p'tits oiseaux! — Voilà le plaisir, mesdames, voilà le plaisir! — A raccommoder la faïence! — A la barque, à la barque! — Battez vos femmes, vos habits! — Vieux habits, vieux galons, vieux chapeaux à vendre! — A la cerise, à la douce! La palme fut à Bianchon pour l'accent nasillard avec lequel il cria : — Marchand de parapluies! En quelques instants ce fut un tapage à casser la tête, une conversation pleine de coq-à-l'âne, un véri-

table opéra que Vautrin conduisait comme un chef
d'orchestre, en surveillant Eugène et le père Goriot, qui
semblaient ivres déjà. Le dos appuyé sur leur chaise,
tous deux contemplaient ce désordre inaccoutumé d'un
air grave, en buvant peu; tous deux étaient préoccupés
de ce qu'ils avaient à faire pendant la soirée, et néanmoins ils se sentaient incapables de se lever. Vautrin,
qui suivait les changements de leur physionomie en leur
lançant des regards de côté, saisit le moment où leurs
yeux vacillèrent et parurent vouloir se fermer, pour se
pencher à l'oreille de Rastignac et lui dire : « Mon petit
gars, nous ne sommes pas assez rusé pour lutter avec
notre papa Vautrin, et il vous aime trop pour vous laisser
faire des sottises. Quand j'ai résolu quelque chose, le
bon Dieu seul est assez fort pour me barrer le passage.
Ah! nous voulions aller prévenir le père Taillefer,
commettre des fautes d'écolier! Le four est chaud, la
farine est pétrie, le pain est sur la pelle; demain nous en
ferons sauter les miettes par-dessus notre tête en y
mordant; et nous empêcherions d'enfourner ?... non, non,
tout cuira! Si nous avons quelques petits remords, la
digestion les emportera. Pendant que nous dormirons
notre petit somme, le colonel comte Franchessini vous
ouvrira la succession de Michel Taillefer avec la pointe
de son épée. En héritant de son frère, Victorine aura
quinze petits mille francs de rente. J'ai déjà pris des
renseignements, et sais que la succession de la mère
monte à plus de trois cent mille... »

Eugène entendit ces paroles sans pouvoir y répondre :
il sentait sa langue collée à son palais, et se trouvait en
proie à une somnolence invincible; il ne voyait déjà plus
la table et les figures des convives qu'à travers un brouillard lumineux. Bientôt le bruit s'apaisa, les pensionnaires
s'en allèrent un à un. Puis, quand il ne resta plus que
madame Vauquer, madame Couture, mademoiselle Victorine, Vautrin et le père Goriot, Rastignac aperçut,
comme s'il eût rêvé, madame Vauquer occupée à prendre
les bouteilles pour en vider les restes de manière à en
faire des bouteilles pleines.

— Ah! sont-ils fous, sont-ils jeunes! disait la veuve.

Ce fut la dernière phrase que put comprendre Eugène.

— Il n'y a que monsieur Vautrin pour faire de ces
farces-là, dit Sylvie. Allons, voilà Christophe qui ronfle
comme une toupie.

— Adieu, maman, dit Vautrin. Je vais au boulevard

admirer M. Marty dans *Le Mont Sauvage*, une grande
pièce tirée du *Solitaire*. Si vous voulez, je vous y mène
ainsi que ces dames.

— Je vous remercie, dit madame Couture.

— Comment, ma voisine ! s'écria madame Vauquer,
vous refusez de voir une pièce prise dans *Le Solitaire*, un
ouvrage fait par Atala de Chateaubriand, et que nous
aimions tant à lire, qui est si joli que nous pleurions
comme des madeleines d'Elodie sous les *tyeuilles* cet
été dernier, enfin un ouvrage moral qui peut être susceptible d'instruire votre demoiselle ?

— Il nous est défendu d'aller à la comédie, répondit
Victorine.

— Allons, les voilà partis, ceux-là, dit Vautrin en
remuant d'une manière comique la tête du père Goriot
et celle d'Eugène.

En plaçant la tête de l'étudiant sur la chaise, pour qu'il
pût dormir commodément, il le baisa chaleureusement
au front, en chantant :

> Dormez, mes chères amours !
> Pour vous je veillerai toujours.

— J'ai peur qu'il ne soit malade, dit Victorine.

— Restez à le soigner alors, reprit Vautrin. C'est,
lui souffla-t-il à l'oreille, votre devoir de femme soumise. Il vous adore, ce jeune homme, et vous serez sa
petite femme, je vous le prédis. Enfin, dit-il à haute voix,
*ils furent considérés dans tout le pays, vécurent heureux, et
eurent beaucoup d'enfants.* Voilà comment finissent tous
les romans d'amour. Allons, maman dit-il en se tournant
vers madame Vauquer, qu'il étreignit, mettez le chapeau,
la belle robe à fleurs, l'écharpe de la comtesse. Je vais
vous aller chercher un fiacre, soi-même. Et il partit en
chantant :

> Soleil, soleil, divin soleil,
> Toi qui fais mûrir les citrouilles...

— Mon Dieu ! dites donc, madame Couture, cet
homme-là me ferait vivre heureuse sur les toits. Allons,
dit-elle en se tournant vers le vermicellier, voilà le père
Goriot parti. Ce vieux cancre-là n'a jamais eu l'idée de
me mener *nune* part, lui. Mais il va tomber par terre,
mon Dieu ! C'est-y indécent à un homme d'âge de perdre

la raison! Vous me direz qu'on ne perd point ce qu'on n'a pas, Sylvie, montez-le donc chez lui.

Sylvie prit le bonhomme par-dessous le bras, le fit marcher, et le jeta tout habillé comme un paquet au travers de son lit.

— Pauvre jeune homme, disait madame Couture en écartant les cheveux d'Eugène qui lui tombaient dans les yeux, il est comme une jeune fille, il ne sait pas ce que c'est qu'un excès.

— Ah! je peux bien dire que depuis trente et un ans que je tiens ma pension, dit madame Vauquer, il m'est passé bien des jeunes gens par les mains, comme on dit, mais je n'en ai jamais vu d'aussi gentil, d'aussi distingué que monsieur Eugène. Est-il beau quand il dort! Prenez-lui donc la tête sur votre épaule, madame Couture. Bah! il tombe sur celle de mademoiselle Victorine : il y a un dieu pour les enfants. Encore un peu, il se fendait la tête sur la pomme de la chaise. A eux deux, ils feraient un bien joli couple.

— Ma voisine, taisez-vous donc, s'écria madame Couture, vous dites des choses...

— Bah! fit madame Vauquer, il n'entend pas. Allons, Sylvie, viens m'habiller. Je vais mettre mon grand corset.

— Ah bien! votre grand corset, après avoir dîné, madame, dit Sylvie. Non, cherchez quelqu'un pour vous serrer, ce ne sera pas moi qui serai votre assassin. Vous commettriez là une imprudence à vous coûter la vie.

— Ça m'est égal, il faut faire honneur à monsieur Vautrin.

— Vous aimez donc bien vos héritiers ?

— Allons, Sylvie, pas de raisons, dit la veuve en s'en allant.

— A son âge, dit la cuisinière en montrant sa maîtresse à Victorine.

Madame Couture et sa pupille, sur l'épaule de laquelle dormait Eugène, restèrent seules dans la salle à manger. Les ronflements de Christophe retentissaient dans la maison silencieuse, et faisaient ressortir le paisible sommeil d'Eugène, qui dormait aussi gracieusement qu'un enfant. Heureuse de pouvoir se permettre un de ces actes de charité par lesquels s'épanchent tous les sentiments de la femme, et qui lui faisait sans crime sentir le cœur du jeune homme battant sur le sien, Victorine avait dans la physionomie quelque chose de maternellement protecteur qui la rendait fière. A travers les mille pensées qui s'élevaient dans son cœur, perçait un tumultueux mouvement de volupté qu'excitait l'échange d'une jeune et pure chaleur.

— Pauvre chère fille! dit madame Couture en lui pressant la main.

La vieille dame admirait cette candide et souffrante figure, sur laquelle était descendue l'auréole du bonheur. Victorine ressemblait à l'une de ces naïves peintures du Moyen Age dans lesquelles tous les accessoires sont négligés par l'artiste, qui a réservé la magie d'un pinceau calme et fier pour la figure jaune de ton, mais où le ciel semble se refléter avec ses teintes d'or.

— Il n'a pourtant pas bu plus de deux verres, maman, dit Victorine en passant ses doigts dans la chevelure d'Eugène.

— Mais si c'était un débauché, ma fille, il aurait porté le vin comme tous ces autres. Son ivresse fait son éloge.

Le bruit d'une voiture retentit dans la rue.

— Maman, dit la jeune fille, voici monsieur Vautrin. Prenez donc monsieur Eugène. Je ne voudrais pas être vue ainsi par cet homme, il a des expressions qui salissent l'âme, et des regards qui gênent une femme comme si on lui enlevait sa robe.

— Non, dit madame Couture, tu te trompes! Monsieur Vautrin est un brave homme, un peu dans le genre de défunt monsieur Couture, brusque, mais bon, un bourru bienfaisant.

En ce moment Vautrin entra tout doucement, et regarda le tableau formé par ces deux enfants que la lueur de la lampe semblait caresser.

— Eh bien! dit-il en se croisant les bras, voilà de ces scènes qui auraient inspiré de belles pages à ce bon Bernardin de Saint-Pierre, l'auteur de *Paul et Virginie*. La jeunesse est bien belle, madame Couture. Pauvre enfant, dors, dit-il en contemplant Eugène, le bien vient quelquefois en dormant. Madame, reprit-il en s'adressant à la veuve, ce qui m'attache à ce jeune homme, ce qui m'émeut, c'est de savoir la beauté de son âme en harmonie avec celle de sa figure. Voyez, n'est-ce pas un chérubin posé sur l'épaule d'un ange? il est digne d'être aimé, celui-là! Si j'étais femme, je voudrais mourir (non, pas si bête!) vivre pour lui. En les admirant ainsi, madame, dit-il à voix basse et se penchant à l'oreille de la veuve, je ne puis m'empêcher de penser que Dieu les a créés pour être l'un à l'autre. La Providence a des voies bien

cachées, elle sonde les reins et les cœurs, s'écria-t-il à
haute voix. En vous voyant unis, mes enfants, unis par
une même pureté, par tous les sentiments humains, je me
dis qu'il est impossible que vous soyez jamais séparés
dans l'avenir. Dieu est juste. Mais, dit-il à la jeune fille,
il me semble avoir vu chez vous des lignes de prospérité.
Donnez-moi votre main, mademoiselle Victorine ? je me
connais en chiromancie, j'ai dit souvent la bonne aventure. Allons, n'ayez pas peur. Oh! qu'aperçois-je ? Foi
d'honnête homme, vous serez avant peu l'une des plus
riches héritières de Paris. Vous comblerez de bonheur
celui qui vous aime. Votre père vous appelle auprès de
lui. Vous vous mariez avec un homme titré, jeune, beau,
qui vous adore.

En ce moment, les pas lourds de la coquette veuve qui
descendait interrompirent les prophéties de Vautrin.

— Voilà mamman Vauquerre belle comme un astrrre,
ficelée comme une carotte. N'étouffons-nous pas un petit
brin ? lui dit-il en mettant sa main sur le haut du busc;
les avant-cœurs sont bien pressés, maman. Si nous pleu-
rons, il y aura explosion; mais je ramasserai les débris
avec un soin d'antiquaire.

— Il connaît le langage de la galanterie française,
celui-là! dit la veuve en se penchant à l'oreille de madame
Couture.

— Adieu, enfants, reprit Vautrin en se tournant vers
Eugène et Victorine. Je vous bénis, leur dit-il en leur
imposant ses mains au-dessus de leurs têtes. Croyez-moi,
mademoiselle, c'est quelque chose que les vœux d'un
honnête homme, ils doivent porter bonheur, Dieu les
écoute.

— Adieu, ma chère amie, dit madame Vauquer à sa
pensionnaire. Croyez-vous, ajouta-t-elle à voix basse,
que monsieur Vautrin ait des intentions relatives à ma
personne ?

— Heu! heu!

— Ah! ma chère mère, dit Victorine en soupirant et
en regardant ses mains, quand les deux femmes furent
seules, si ce bon monsieur Vautrin disait vrai!

— Mais il ne faut qu'une chose pour cela, répondit la
vieille dame, seulement que ton monstre de frère tombe
de cheval.

— Ah! maman.

— Mon dieu, peut-être est-ce un péché que de souhaiter du mal à son ennemi, reprit la veuve. Eh bien! j'en

ferai pénitence. En vérité, je porterai de bon cœur des
fleurs sur sa tombe. Mauvais cœur ! il n'a pas le courage de
parler pour sa mère, dont il garde à ton détriment l'héri-
tage par des micmacs. Ma cousine avait une belle fortune. Pour ton malheur, il n'a jamais été question de son
apport dans le contrat.

— Mon bonheur me serait souvent pénible à porter
s'il coûtait la vie à quelqu'un, dit Victorine. Et s'il fallait,
pour être heureuse, que mon frère disparût, j'aimerais
mieux toujours être ici.

— Mon Dieu, comme dit ce bon monsieur Vautrin,
qui, tu le vois, est plein de religion, reprit madame Couture, j'ai eu du plaisir à savoir qu'il n'est pas incrédule
comme les autres, qui parlent de Dieu avec moins de
respect que n'en a le diable. Eh bien ! qui peut savoir
par quelles voies il plaît à la Providence de nous conduire ?

Aidées par Sylvie, les deux femmes finirent par transporter Eugène dans sa chambre, le couchèrent sur son
lit, et la cuisinière lui défit ses habits pour le mettre à
l'aise. Avant de partir, quand sa protectrice eut le dos
tourné, Victorine mit un baiser sur le front d'Eugène
avec tout le bonheur que devait lui causer ce criminel
larcin. Elle regarda sa chambre, ramassa pour ainsi dire
dans une seule pensée les mille félicités de cette journée,
en fit un tableau qu'elle contempla longtemps, et s'endormit la plus heureuse créature de Paris. Le festoiement
à la faveur duquel Vautrin avait fait boire à Eugène et
au père Goriot du vin narcotisé décida la perte de cet
homme. Bianchon, à moitié gris, oublia de questionner
mademoiselle Michonneau sur Trompe-la-Mort. S'il
avait prononcé ce nom, il aurait certes éveillé la prudence
de Vautrin, ou, pour lui rendre son vrai nom, de Jacques
Collin, l'une des célébrités du bagne. Puis le sobriquet de
Vénus du Père-Lachaise décida mademoiselle Michonneau à livrer le forçat au moment où, confiante en la générosité de Collin, elle calculait s'il ne valait pas mieux le
prévenir et le faire évader pendant la nuit. Elle venait de
sortir, accompagnée de Poiret, pour aller trouver le fameux
chef de la police de sûreté, petite rue Sainte-Anne,
croyant encore avoir affaire à un employé supérieur
nommé Gondureau. Le directeur de la police judiciaire
la reçut avec grâce. Puis, après une conversation où tout
fut précisé, mademoiselle Michonneau demanda la
potion à l'aide de laquelle elle devait opérer la vérification de la marque. Au geste de contentement que fit le

grand homme de la petite rue Sainte-Anne, en cherchant une fiole dans le tiroir de son bureau, mademoiselle Michonneau devina qu'il y avait dans cette capture quelque chose de plus important que l'arrestation d'un simple forçat. A force de se creuser la cervelle, elle soupçonna que la police espérait, d'après quelques révélations faites par les traîtres du bagne, arriver à temps pour mettre la main sur des valeurs considérables. Quand elle eut exprimé ses conjectures à ce renard, il se mit à sourire, et voulut détourner les soupçons de la vieille fille.

— Vous vous trompez, répondit-il. Collin est la *sorbonne* la plus dangereuse qui jamais se soit trouvée du côté des voleurs. Voilà tout. Les coquins le savent bien; il est leur drapeau, leur soutien, leur Bonaparte enfin; ils l'aiment tous. Ce drôle ne nous laissera jamais sa *tronche* en place de Grève.

Mademoiselle Michonneau ne comprenant pas, Gondureau lui expliqua les deux mots d'argot dont il s'était servi. *Sorbonne* et *tronche* sont deux énergiques expressions du langage des voleurs, qui, les premiers, ont senti la nécessité de considérer la tête humaine sous deux aspects. La *sorbonne* est la tête de l'homme vivant, son conseil, sa pensée. La *tronche* est un mot de mépris destiné à exprimer combien la tête devient peu de chose quand elle est coupée.

— Collin nous joue, reprit-il. Quand nous rencontrons de ces hommes en façon de barres d'acier trempées à l'anglaise, nous avons la ressource de les tuer si, pendant leur arrestation, ils s'avisent de faire la moindre résistance. Nous comptons sur quelques voies de fait pour tuer Collin demain matin. On évite ainsi le procès, les frais de garde, la nourriture, et ça débarrasse la société. Les procédures, les assignations aux témoins, leurs indemnités, l'exécution, tout ce qui doit légalement nous défaire de ces garnements-là coûte au-delà des mille écus que vous aurez. Il y a économie de temps. En donnant un bon coup de baïonnette dans la panse de Trompe-la-Mort, nous empêcherons une centaine de crimes, et nous éviterons la corruption de cinquante mauvais sujets qui se tiendront bien sagement aux environs de la correctionnelle. Voilà de la police bien faite. Selon les vrais philanthropes, se conduire ainsi, c'est prévenir les crimes.

— Mais c'est servir son pays, dit Poiret.

— Eh bien! répliqua le chef, vous dites des choses sensées ce soir, vous. Oui, certes, nous servons le pays.

Aussi le monde est-il bien injuste à notre égard. Nous rendons à la société de bien grands services ignorés. Enfin, il est d'un homme supérieur de se mettre au-dessus des préjugés, et d'un chrétien d'adopter les malheurs que le bien entraîne après soi quand il n'est pas fait selon les idées reçues. Paris est Paris, voyez-vous ? Ce mot explique ma vie. J'ai l'honneur de vous saluer, mademoiselle. Je serai avec mes gens au Jardin du Roi demain. Envoyez Christophe rue de Buffon, chez monsieur Gondureau, dans la maison où j'étais. Monsieur, je suis votre serviteur. S'il vous était jamais volé quelque chose, usez de moi pour vous le faire retrouver, je suis à votre service.

— Eh bien ! dit Poiret à mademoiselle Michonneau, il se rencontre des imbéciles que ce mot de police met sens dessus dessous. Ce monsieur est très aimable, et ce qu'il vous demande est simple comme bonjour.

Le lendemain devait prendre place parmi les jours les plus extraordinaires de l'histoire de la Maison-Vauquer. Jusqu'alors l'événement le plus saillant de cette vie paisible avait été l'apparition météorique de la fausse comtesse de l'Ambermesnil. Mais tout allait pâlir devant les péripéties de cette grande journée, de laquelle il serait éternellement question dans les conversations de madame Vauquer. D'abord Goriot et Eugène de Rastignac dormirent jusqu'à onze heures. Madame Vauquer, rentrée à minuit de la Gaieté, resta jusqu'à dix heures et demie au lit. Le long sommeil de Christophe, qui avait achevé le vin offert par Vautrin, causa des retards dans le service de la maison. Poiret et mademoiselle Michonneau ne se plaignirent pas de ce que le déjeuner se reculait. Quant à Victorine et à madame Couture, elles dormirent la grasse matinée. Vautrin sortit avant huit heures, et revint au moment même où le déjeuner fut servi. Personne ne réclama donc, lorsque, vers onze heures un quart, Sylvie et Christophe allèrent frapper à toutes les portes, en disant que le déjeuner attendait. Pendant que Sylvie et le domestique s'absentèrent, mademoiselle Michonneau, descendant la première, versa la liqueur dans le gobelet d'argent appartenant à Vautrin, et dans lequel la crème pour son café chauffait au bain-marie, parmi tous les autres. La vieille fille avait compté sur cette particularité de la pension pour faire son coup. Ce ne fut pas sans quelques difficultés que les sept pensionnaires se trouvèrent réunis. Au moment où Eugène, qui se détirait les bras, descendait le dernier de tous, un commissionnaire lui remit une lettre de madame de Nucingen. Cette lettre était ainsi conçue :

« Je n'ai ni fausse vanité ni colère avec vous, mon ami. Je vous ai attendu jusqu'à deux heures après minuit. Attendre un être que l'on aime ! Qui a connu ce supplice ne l'impose à personne. Je vois bien que vous aimez pour la première fois. Qu'est-il donc arrivé ? L'inquiétude m'a prise. Si je n'avais craint de livrer les secrets de mon cœur, je serais allée savoir ce qui vous advenait d'heureux ou de malheureux. Mais sortir à cette heure, soit à pied, soit en voiture, n'était-ce pas se perdre ? J'ai senti le malheur d'être femme. Rassurez-moi, expliquez-moi pourquoi vous n'êtes pas venu, après ce que vous a dit mon père. Je me fâcherai, mais je vous pardonnerai. Etes-vous malade ? pourquoi vous loger si loin ? Un mot, de grâce. A bientôt, n'est-ce pas ? Un mot me suffira si vous êtes occupé. Dites : J'accours, ou je souffre. Mais si vous étiez mal portant, mon père serait venu me le dire ! Qu'est-il donc arrivé ?... »

— Oui, qu'est-il arrivé ? s'écria Eugène qui se précipita dans la salle à manger en froissant la lettre sans l'achever. Quelle heure est-il ?

— Onze heures et demie, dit Vautrin en sucrant son café.

Le forçat évadé jeta sur Eugène le regard froidement fascinateur que certains hommes éminemment magnétiques ont le don de lancer, et qui, dit-on, calme les fous furieux dans les maisons d'aliénés. Eugène trembla de tous ses membres. Le bruit d'un fiacre se fit entendre dans la rue, et un domestique à la livrée de monsieur Taillefer, et que reconnut sur-le-champ madame Couture, entra précipitamment d'un air effaré.

— Mademoiselle, s'écria-t-il, monsieur votre père vous demande. Un grand malheur est arrivé. Monsieur Frédéric s'est battu en duel, il a reçu un coup d'épée dans le front, les médecins désespèrent de le sauver; vous aurez à peine le temps de lui dire adieu, il n'a plus sa connaissance.

— Pauvre jeune homme ! s'écria Vautrin. Comment se querelle-t-on quand on a trente bonnes mille livres de rente ? Décidément la jeunesse ne sait pas se conduire.

— Monsieur ! lui cria Eugène.

— Eh bien! quoi, grand enfant? dit Vautrin en ache-
vant de boire son café tranquillement, opération que mademoiselle Michonneau suivait de l'œil avec trop d'attention pour s'émouvoir de l'événement extraordinaire qui
stupéfiait tout le monde. N'y a-t-il pas des duels tous les
matins à Paris?

— Je vais avec vous, Victorine, disait madame Couture.

Et ces deux femmes s'envolèrent sans châle ni chapeau.
Avant de s'en aller, Victorine, les yeux en pleurs, jeta
sur Eugène un regard qui lui disait: Je ne croyais pas que
notre bonheur dût me causer des larmes!

— Bah! vous êtes donc prophète, monsieur Vautrin? dit madame Vauquer.

— Je suis tout, dit Jacques Collin.

— C'est-y singulier! reprit madame Vauquer en enfi-
lant une suite de phrases insignifiantes sur cet événement. La mort nous prend sans nous consulter. Les jeunes
gens s'en vont souvent avant les vieux. Nous sommes
heureuses, nous autres femmes, de n'être pas sujettes
au duel; mais nous avons d'autres maladies que n'ont
pas les hommes. Nous faisons les enfants, et le mal de
mère dure longtemps! Quel quine pour Victorine! Son
père est forcé de l'adopter.

— Voilà! dit Vautrin en regardant Eugène, hier elle
était sans un sou, ce matin elle est riche de plusieurs
millions.

— Dites donc, monsieur Eugène, s'écria madame Vauquer, vous avez mis la main au bon endroit.

A cette interpellation, le père Goriot regarda l'étudiant
et lui vit à la main la lettre chiffonnée.

— Vous ne l'avez pas achevée! qu'est-ce que cela veut
dire? seriez-vous comme les autres? lui demanda-t-il.

— Madame, je n'épouserai jamais mademoiselle Victorine, dit Eugène en s'adressant à madame Vauquer
avec un sentiment d'horreur et de dégoût qui surprit les
assistants.

Le père Goriot saisit la main de l'étudiant et la lui serra.
Il aurait voulu la baiser.

— Oh, oh! fit Vautrin. Les Italiens ont un bon mot:
col tempo!

— J'attends la réponse, dit à Rastignac le commissionnaire de madame de Nucingen.

— Dites que j'irai.

L'homme s'en alla. Eugène était dans un violent état

d'irritation qui ne lui permettait pas d'être prudent. — Que faire ? disait-il à haute voix, en se parlant à lui-même. Point de preuves !

Vautrin se mit à sourire. En ce moment la potion absorbée par l'estomac commençait à opérer. Néanmoins le forçat était si robuste qu'il se leva, regarda Rastignac, lui dit d'une voix creuse : — Jeune homme, le bien nous vient en dormant.

Et il tomba roide mort.

— Il y a donc une justice divine, dit Eugène.

— Eh bien ! qu'est-ce qui lui prend donc, à ce pauvre cher monsieur Vautrin ?

— Une apoplexie, cria mademoiselle Michonneau.

— Sylvie, allons, ma fille, va chercher le médecin, dit la veuve. Ah ! monsieur Rastignac, courez donc vite chez monsieur Bianchon ; Sylvie peut ne pas rencontrer notre médecin, monsieur Grimprel.

Rastignac, heureux d'avoir un prétexte de quitter cette épouvantable caverne, s'enfuit en courant.

— Christophe, allons, trotte chez l'apothicaire demander quelque chose contre l'apoplexie.

Christophe sortit.

— Mais, père Goriot, aidez-nous donc à le transporter là-haut, chez lui.

Vautrin fut saisi, manœuvré à travers l'escalier et mis sur son lit.

— Je ne vous suis bon à rien, je vais voir ma fille, dit monsieur Goriot.

— Vieil égoïste ! s'écria madame Vauquer, va, je te souhaite de mourir comme un chien.

— Allez donc voir si vous avez de l'éther, dit à madame Vauquer mademoiselle Michonneau qui, aidée par Poiret, avait défait les habits de Vautrin.

Madame Vauquer descendit chez elle et laissa mademoiselle Michonneau maîtresse du champ de bataille.

— Allons, ôtez-lui donc sa chemise et retournez-le vite ! Soyez donc bon à quelque chose en m'évitant de voir des nudités, dit-elle à Poiret. Vous restez là comme Baba.

Vautrin retourné, mademoiselle Michonneau appliqua sur l'épaule du malade une forte claque et les deux fatales lettres reparurent en blanc au milieu de la place rouge.

— Tiens, vous avez bien lestement gagné votre gratification de trois mille francs, s'écria Poiret en tenant Vautrin debout, pendant que mademoiselle Michonneau

lui remettait sa chemise. — Ouf! il est lourd, reprit-il
en le couchant.

— Taisez-vous. S'il y avait une caisse? dit vivement
la vieille fille dont les yeux semblaient percer les murs,
tant elle examinait avec avidité les moindres meubles de
la chambre. — Si l'on pouvait ouvrir ce secrétaire, sous
un prétexte quelconque? reprit-elle.

— Ce serait peut-être mal, répondit Poiret.

— Non. L'argent volé, ayant été celui de tout le
monde, n'est plus à personne. Mais le temps nous manque,
répondit-elle. J'entends la Vauquer.

— Voilà de l'éther, dit madame Vauquer. Par exemple,
c'est aujourd'hui la journée aux aventures. Dieu! cet
homme-là ne peut pas être malade, il est blanc comme un
poulet.

— Comme un poulet? répéta Poiret.

— Son cœur bat régulièrement, dit la veuve en lui
posant la main sur le cœur.

— Régulièrement? dit Poiret étonné.

— Il est très bien.

— Vous trouvez? demanda Poiret.

— Dame! il a l'air de dormir. Sylvie est allée chercher un médecin. Dites donc, mademoiselle Michonneau,
il renifle à l'éther. Bah! c'est un *se-passe* (un spasme).
Son pouls est bon. Il est fort comme un Turc. Voyez
donc, mademoiselle, quelle palatine il a sur l'estomac; il
vivra cent ans, cet homme-là! Sa perruque tient bien tout
de même. Tiens, elle est collée, il a de faux cheveux, rapport à ce qu'il est rouge. On dit qu'ils sont tout bons
ou tout mauvais, les rouges! Il serait donc bon, lui?

— Bon à pendre, dit Poiret.

— Vous voulez dire au cou d'une jolie femme, s'écria
vivement mademoiselle Michonneau. Allez-vous-en donc,
monsieur Poiret. Ça nous regarde, nous autres, de vous
soigner quand vous êtes malades. D'ailleurs, pour ce à
quoi vous êtes bon, vous pouvez bien vous promener,
ajouta-t-elle. Madame Vauquer et moi, nous garderons
bien ce cher monsieur Vautrin.

Poiret s'en alla doucement et sans murmurer, comme
un chien à qui son maître donne un coup de pied. Rastignac était sorti pour marcher, pour prendre l'air, il
étouffait. Ce crime commis à heure fixe, il avait voulu
l'empêcher la veille. Qu'était-il arrivé? Que devait-il
faire? Il tremblait d'en être le complice. Le sang-froid
de Vautrin l'épouvantait encore.

— Si cependant Vautrin mourait sans parler, se disait Rastignac.

Il allait à travers les allées du Luxembourg, comme s'il eût été traqué par une meute de chiens, et il lui semblait en entendre les aboiements.

— Eh bien! lui cria Bianchon, as-tu lu *Le Pilote?*

Le Pilote était une feuille radicale dirigée par monsieur Tissot, et qui donnait pour la province, quelques heures après les journaux du matin, une édition où se trouvaient les nouvelles du jour, qui alors avaient, dans les départements, vingt-quatre heures d'avance sur les autres feuilles.

— Il s'y trouve une fameuse histoire, dit l'interne de l'hôpital Cochin. Le fils Taillefer s'est battu en duel avec le comte Franchessini, de la vieille garde, qui lui a mis deux pouces de fer dans le front. Voilà la petite Victorine un des plus riches partis de Paris. Hein! si l'on avait su cela? Quel trente-et-quarante que la mort! Est-il vrai que Victorine te regardait d'un bon œil, toi?

— Tais-toi, Bianchon, je ne l'épouserai jamais. J'aime une délicieuse femme, je suis aimé, je...

— Tu dis cela comme si tu te battais les flancs pour ne pas être infidèle. Montre-moi donc une femme qui vaille le sacrifice de la fortune du sieur Taillefer.

— Tous les démons sont donc après moi? s'écria Rastignac.

— Après qui donc en as-tu? es-tu fou? Donne-moi donc la main, dit Bianchon, que je te tâte le pouls. Tu as la fièvre.

— Va donc chez la mère Vauquer, lui dit Eugène, ce scélérat de Vautrin vient de tomber comme mort.

— Ah! dit Bianchon, qui laissa Rastignac seul, tu me confirmes des soupçons que je veux aller vérifier.

La longue promenade de l'étudiant en droit fut solennelle. Il fit en quelque sorte le tour de sa conscience. S'il flotta, s'il examina, s'il hésita, du moins sa probité sortit de cette âpre et terrible discussion éprouvée comme une barre de fer qui résiste à tous les essais. Il se souvint des confidences que le père Goriot lui avait faites la veillé, il se rappela l'appartement choisi pour lui près de Delphine, rue d'Artois; il reprit sa lettre, la relut, la baisa. — Un tel amour est mon ancre de salut, se dit-il. Ce pauvre vieillard a bien souffert par le cœur. Il ne dit rien de ses chagrins, mais qui ne les devinerait pas! Eh bien! j'aurai soin de lui comme d'un père, je lui donnerai mille jouissances. Si elle m'aime, elle viendra souvent chez moi passer la journée près de lui. Cette grande comtesse de Restaud est une infâme, elle ferait un portier de son père. Chère Delphine! elle est meilleure pour le bonhomme, elle est digne d'être aimée. Ah! ce soir je serai donc heureux! Il tira la montre, l'admira. — Tout m'a réussi! Quand on s'aime bien pour toujours, l'on peut s'aider, je puis recevoir cela. D'ailleurs je parviendrai, certes, et pourrai tout rendre au centuple. Il n'y a dans cette liaison ni crime, ni rien qui puisse faire froncer le sourcil à la vertu la plus sévère. Combien d'honnêtes gens contractent des unions semblables! Nous ne trompons personne; et ce qui nous avilit, c'est le mensonge. Mentir, n'est-ce pas abdiquer? Elle s'est depuis longtemps séparée de son mari. D'ailleurs, je lui dirai, moi, à cet Alsacien, de me céder une femme qu'il lui est impossible de rendre heureuse.

Le combat de Rastignac dura longtemps. Quoique la victoire dût rester aux vertus de la jeunesse, il fut néanmoins ramené par une invincible curiosité sur les quatre heures et demie, à la nuit tombante, vers la Maison-Vauquer, qu'il se jurait à lui-même de quitter pour toujours. Il voulait savoir si Vautrin était mort. Après avoir eu l'idée de lui administrer un vomitif, Bianchon avait fait porter à son hôpital les matières rendues par Vautrin, afin de les analyser chimiquement. En voyant l'insistance que mit mademoiselle Michonneau à vouloir les faire jeter, ses doutes se fortifièrent. Vautrin fut d'ailleurs trop promptement rétabli pour que Bianchon ne soupçonnât pas quelque complot contre le joyeux boute-en-train de la pension. A l'heure où rentra Rastignac, Vautrin se trouvait donc debout près du poêle dans la salle à manger. Attirés plus tôt que de coutume par la nouvelle du duel de Taillefer le fils, les pensionnaires, curieux de connaître les détails de l'affaire et l'influence qu'elle avait eue sur la destinée de Victorine, étaient réunis, moins le père Goriot, et devisaient de cette aventure. Quand Eugène entra, ses yeux rencontrèrent ceux de l'imperturbable Vautrin, dont le regard pénétra si avant dans son cœur et y remua si fortement quelques cordes mauvaises, qu'il en frissonna.

— Eh bien! cher enfant, lui dit le forçat évadé, la Camuse aura longtemps tort avec moi. J'ai, selon ces dames, soutenu victorieusement un coup de sang qui aurait dû tuer un bœuf.

— Ah! vous pouvez bien dire un taureau, s'écria la veuve Vauquer.

— Seriez-vous donc fâché de me voir en vie? dit Vautrin à l'oreille de Rastignac, dont il crut deviner les pensées. Ce serait d'un homme diantrement fort!

— Ah! ma foi, dit Bianchon, mademoiselle Michonneau parlait avant-hier d'un monsieur surnommé *Trompe-la-Mort;* ce nom-là vous irait bien.

Ce mot produisit sur Vautrin l'effet de la foudre : il pâlit et chancela, son regard magnétique tomba comme un rayon de soleil sur mademoiselle Michonneau, à laquelle ce jet de volonté cassa les jarrets. La vieille fille se laissa couler sur une chaise. Poiret s'avança vivement entre elle et Vautrin, comprenant qu'elle était en danger, tant la figure du forçat devint férocement significative en déposant le masque bénin sous lequel se cachait sa vraie nature. Sans rien comprendre encore à ce drame, tous les pensionnaires restèrent ébahis. En ce moment, l'on entendit le pas de plusieurs hommes, et le bruit de quelques fusils que des soldats firent sonner sur le pavé de la rue. Au moment où Collin cherchait machinalement une issue en regardant les fenêtres et les murs, quatre hommes se montrèrent à la porte du salon. Le premier était le chef de la police de sûreté, les trois autres étaient des officiers de paix.

— Au nom de la loi et du roi, dit un des officiers dont le discours fut couvert par un murmure d'étonnement.

Bientôt le silence régna dans la salle à manger, les pensionnaires se séparèrent pour livrer passage à trois de ces hommes qui tous avaient la main dans leur poche de côté et y tenaient un pistolet armé. Deux gendarmes qui suivaient les agents occupèrent la porte du salon, et deux autres se montrèrent à celle qui sortait par l'escalier. Le pas et les fusils de plusieurs soldats retentirent sur le pavé caillouteux qui longeait la façade. Tout espoir de fuite fut donc interdit à Trompe-la-Mort, sur qui tous les regards s'arrêtèrent irrésistiblement. Le chef alla droit à lui, commença par lui donner sur la tête une tape si violemment appliquée qu'il fit sauter la perruque et rendit à la tête de Collin toute son horreur. Accompagnées de cheveux rouge brique et courts qui leur donnaient un épouvantable caractère de force mêlée de ruse, cette tête et cette face, en harmonie avec le buste, furent intelligemment illuminées comme si les feux de l'enfer les eussent éclairées. Chacun comprit tout Vautrin, son passé, son présent, son avenir, ses doctrines implacables, la religion de son bon plaisir, la royauté que lui donnaient le cynisme de ses pensées, de ses actes, et la force d'une organisation faite à tout. Le sang lui monta au visage, et ses yeux brillèrent comme ceux d'un chat sauvage. Il bondit sur lui-même par un mouvement empreint d'une si féroce énergie, il rugit si bien qu'il arracha des cris de terreur à tous les pensionnaires. A ce geste de lion, et s'appuyant sur la clameur générale, les agents tirèrent leurs pistolets. Collin comprit son danger en voyant briller le chien de chaque arme, et donna tout à coup la preuve de la plus haute puissance humaine. Horrible et majestueux spectacle! sa physionomie présenta un phénomène qui ne peut être comparé qu'à celui de la chaudière pleine de cette vapeur fumeuse qui soulèverait les montagnes, et que dissout en un clin d'œil une goutte d'eau froide. La goutte d'eau qui froidit sa rage fut une réflexion rapide comme un éclair. Il se mit à sourire et regarda sa perruque.

— Tu n'es pas dans tes jours de politesse, dit-il au chef de la police de sûreté. Et il tendit ses mains aux gendarmes en les appelant par un signe de tête. Messieurs les gendarmes, mettez-moi les menottes ou les poucettes. Je prends à témoin les personnes présentes que je ne résiste pas. Un murmure admiratif, arraché par la promptitude avec laquelle la lave et le feu sortirent et rentrèrent dans ce volcan humain, retentit dans la salle. — Ça te la coupe, monsieur l'enfonceur, reprit le forçat en regardant le célèbre directeur de la police judiciaire.

— Allons, qu'on se déshabille, lui dit l'homme de la petite rue Sainte-Anne d'un air plein de mépris.

— Pourquoi ? dit Collin, il y a des dames. Je ne nie rien, et je me rends.

Il fit une pause, et regarda l'assemblée comme un orateur qui va dire des choses surprenantes.

— Ecrivez, papa Lachapelle, dit-il en s'adressant à un petit vieillard en cheveux blancs qui s'était assis au bout de la table après avoir tiré d'un portefeuille le procès-verbal de l'arrestation. Je reconnais être Jacques Collin, dit Trompe-la-Mort, condamné à vingt ans de fers; et je viens de prouver que je n'ai pas volé mon surnom. Si j'avais seulement levé la main, dit-il aux pensionnaires, ces trois mouchards-là répandaient tout mon *raisiné* sur le *trimar* domestique de maman Vauquer. Ces drôles se mêlent de combiner des guet-apens!

Madame Vauquer se trouva mal en entendant ces mots.

— Mon Dieu! c'est à en faire une maladie; moi qui étais hier à la Gaîté avec lui, dit-elle à Sylvie.

— De la philosophie, maman, reprit Collin. Est-ce un malheur d'être allée dans ma loge hier, à la Gaîté? s'écria-t-il. Etes-vous meilleure que nous? Nous avons moins d'infamie sur l'épaule que vous n'en avez dans le cœur, membres flasques d'une société gangrenée : le meilleur d'entre vous ne me résistait pas. Ses yeux s'arrêtèrent sur Rastignac, auquel il adressa un sourire gracieux qui contrastait singulièrement avec la rude expression de sa figure. — Notre marché va toujours, mon ange, en cas d'acceptation, toutefois! Vous savez? Il chanta!

Ma Fanchette est charmante
Dans sa simplicité.

— Ne soyez pas embarrassé, reprit-il, je sais faire mes recouvrements. L'on me craint trop pour me flouer, moi!

Le bagne avec ses mœurs et son langage, avec ses brusques transitions du plaisant à l'horrible, son épouvantable grandeur, sa familiarité, sa bassesse, fut tout à coup représenté dans cette interpellation et par cet homme, qui ne fut plus un homme, mais le type de toute une nation dégénérée, d'un peuple sauvage et logique, brutal et souple. En un moment Collin devint un poème infernal où se peignirent tous les sentiments humains, moins un seul, celui du repentir. Son regard était celui de l'archange déchu qui veut toujours la guerre. Rastignac baissa les yeux en acceptant ce cousinage criminel comme une expiation de ses mauvaises pensées.

— Qui m'a trahi? dit Collin en promenant son terrible regard sur l'assemblée. Et l'arrêtant sur mademoiselle Michonneau : C'est toi, lui dit-il, vieille cagnotte, tu m'as donné un faux coup de sang, curieuse! En disant deux mots, je pourrais te faire scier le cou dans huit jours. Je te pardonne, je suis chrétien. D'ailleurs ce n'est pas toi qui m'as vendu. Mais qui? — Ah! ah! vous fouillez là-haut, s'écria-t-il en entendant les officiers de la police judiciaire qui ouvraient ses armoires et s'emparaient de ses effets. Dénichés les oiseaux, envolés d'hier. Et vous ne saurez rien. Mes livres de commerce sont là, dit-il en se frappant le front. Je sais qui m'a vendu maintenant. Ce ne peut être que ce gredin de Fil-de-Soie. Pas vrai, père l'empoigneur? dit-il au chef de police. Ça s'accorde trop bien avec le séjour de nos billets de banque là-haut. Plus rien, mes petits mouchards. Quant à Fil-de-Soie, il sera *terré* sous quinze jours, lors même que vous le feriez garder par toute votre gendarmerie. — Que lui avez-vous donné, à cette Michonnette ? dit-il aux gens de la police, quelque millier d'écus ? Je valais mieux que ça, Ninon cariée, Pompadour en loques, Vénus du Père-Lachaise. Si tu m'avais prévenu, tu aurais eu six mille francs. Ah! tu ne t'en doutais pas, vieille vendeuse de chair, sans quoi j'aurais eu la préférence. Oui, je les aurais donnés pour éviter un voyage qui me contrarie et qui me fait perdre de l'argent, disait-il pendant qu'on lui mettait les menottes. Ces gens-là vont se faire un plaisir de me traîner un temps infini pour m'*otolondrer*. S'ils m'envoyaient tout de suite au bagne, je serais bientôt rendu à mes occupations, malgré nos petits badauds du quai des Orfèvres. Là-bas, ils vont se mettre l'âme à l'envers pour faire évader leur général, ce bon Trompe-la-Mort! Y a-t-il un de vous qui soit, comme moi, riche de plus de dix mille frères prêts à tout faire pour vous ? demanda-t-il avec fierté. Il y a du bon là, dit-il en se frappant le cœur; je n'ai jamais trahi personne! Tiens, cagnotte, vois-les, dit-il en s'adressant à la vieille fille. Ils me regardent avec terreur, mais toi tu leur soulèves le cœur de dégoût. Ramasse ton lot. Il fit une pause en contemplant les pensionnaires. — Etes-vous bêtes, vous autres! n'avez-vous jamais vu de forçat ? Un forçat de la trempe de Collin, ici présent, est un homme moins lâche que les autres, et qui proteste contre les profondes déceptions du contrat social, comme dit Jean-Jacques, dont je me glorifie d'être l'élève. Enfin, je suis seul contre le gouvernement avec son tas de tribunaux, de gendarmes, de budgets, et je les roule.

— Diantre! dit le peintre, il est fameusement beau à dessiner.

— Dis-moi, menin de monseigneur le bourreau, gouverneur de la Veuve (nom plein de terrible poésie que les forçats donnent à la guillotine), ajouta-t-il en se tournant vers le chef de la police de sûreté, sois bon enfant, dis-moi si c'est Fil-de-Soie qui m'a vendu! Je ne voudrais pas qu'il payât pour un autre, ce ne serait pas juste.

En ce moment les agents qui avaient tout ouvert et tout inventorié chez lui rentrèrent et parlèrent à voix basse au chef de l'expédition. Le procès-verbal était fini.

— Messieurs, dit Collin en s'adressant aux pension-

naires, ils vont m'emmener. Vous avez été tous très
aimables pour moi pendant mon séjour ici, j'en aurai de
la reconnaissance. Recevez mes adieux. Vous me per-
mettrez de vous envoyer des figues de Provence. Il
fit quelques pas, et se retourna pour regarder Rastignac.
Adieu, Eugène, dit-il d'une voix douce et triste qui
contrastait singulièrement avec le ton brusque de ses
discours. Si tu étais gêné, je t'ai laissé un ami dévoué.
Malgré ses menottes, il put se mettre en garde, fit un appel
de maître d'armes, cria : Une, deux ! et se fendit. En cas
de malheur, adresse-toi là. Homme et argent, tu peux
disposer de tout.

Ce singulier personnage mit assez de bouffonnerie
dans ces dernières paroles pour qu'elles ne pussent être
comprises que de Rastignac et de lui. Quand la maison
fut évacuée par les gendarmes, par les soldats et par les
agents de la police, Sylvie, qui frottait de vinaigre les
tempes de sa maîtresse, regarda les pensionnaires étonnés.

— Eh bien ! dit-elle, c'était un bon homme tout de
même.

Cette phrase rompit le charme que produisaient sur
chacun l'affluence et la diversité des sentiments excités
par cette scène. En ce moment, les pensionnaires, après
s'être examinés entre eux, virent tous à la fois mademoiselle Michonneau grêle, sèche et froide autant qu'une
momie, tapie près du poêle, les yeux baissés, comme si
elle eût craint que l'ombre de son abat-jour ne fût pas
assez forte pour cacher l'expression de ses regards. Cette
figure, qui leur était antipathique depuis si longtemps,
fut tout à coup expliquée. Un murmure, qui, par sa
parfaite unité de son, trahissait un dégoût unanime,
retentit sourdement. Mademoiselle Michonneau l'entendit et resta. Bianchon, le premier, se pencha vers son
voisin.

— Je décampe si cette fille doit continuer à dîner avec
nous, dit-il à demi-voix.

En un clin d'œil chacun, moins Poiret, approuva la
proposition de l'étudiant en médecine, qui, fort de l'adhé-
sion générale, s'avança vers le vieux pensionnaire.

— Vous qui êtes lié particulièrement avec mademoiselle Michonneau, lui dit-il, parlez-lui, faites-lui
comprendre qu'elle doit s'en aller à l'instant même.

— A l'instant même ? répéta Poiret étonné.

Puis il vint auprès de la vieille, et lui dit quelques mots
à l'oreille.

— Mais mon terme est payé, je suis ici pour mon argent comme tout le monde, dit-elle en lançant un regard de vipère sur les pensionnaires.

— Qu'à cela ne tienne, nous nous cotiserons pour vous le rendre, dit Rastignac.

— Monsieur soutient Collin, répondit-elle en jetant sur l'étudiant un regard venimeux et interrogateur, il n'est pas difficile de savoir pourquoi.

A ce mot, Eugène bondit comme pour se ruer sur la vieille fille et l'étrangler. Ce regard, dont il comprit les perfidies, venait de jeter une horrible lumière dans son âme.

— Laissez-la donc, s'écrièrent les pensionnaires.

Rastignac se croisa les bras et resta muet.

— Finissons-en avec mademoiselle Judas, dit le peintre en s'adressant à madame Vauquer. Madame, si vous ne mettez pas à la porte la Michonneau, nous quittons tous votre baraque, et nous dirons partout qu'il ne s'y trouve que des espions et des forçats. Dans le cas contraire, nous nous tairons tous sur cet événement, qui, au bout du compte, pourrait arriver dans les meilleures sociétés, jusqu'à ce qu'on marque les galériens au front, et qu'on leur défende de se déguiser en bourgeois de Paris, et de se faire aussi bêtement farceurs qu'ils le sont tous.

A ce discours, madame Vauquer retrouva miraculeusement la santé, se redressa, se croisa les bras, ouvrit ses yeux clairs et sans apparence de larmes.

— Mais, mon cher monsieur, vous voulez donc la ruine de ma maison ? Voilà monsieur Vautrin... Oh ! mon Dieu, se dit-elle en s'interrompant elle-même, je ne puis pas m'empêcher de l'appeler par son nom d'honnête homme ! Voilà, reprit-elle, un appartement vide, et vous voulez que j'en aie deux de plus à louer dans une saison où tout le monde est casé.

— Messieurs, prenons nos chapeaux, et allons dîner place Sorbonne, chez Flicoteaux, dit Bianchon.

Madame Vauquer calcula d'un seul coup d'œil le parti le plus avantageux, et roula jusqu'à mademoiselle Michonneau.

— Allons, ma chère petite belle, vous ne voulez pas la mort de mon établissement, hein ? Vous voyez à quelle extrémité me réduisent ces messieurs ; remontez dans votre chambre pour ce soir.

— Du tout, du tout, crièrent les pensionnaires, nous voulons qu'elle sorte à l'instant.

— Mais elle n'a pas dîné, cette pauvre demoiselle, dit Poiret d'un ton piteux.

— Elle ira dîner où elle voudra, crièrent plusieurs voix.

— A la porte, la moucharde!

— A la porte, les mouchards!

— Messieurs, s'écria Poiret, qui s'éleva tout à coup à la hauteur du courage que l'amour prête aux béliers, respectez une personne du sexe.

— Les mouchards ne sont d'aucun sexe, dit le peintre.

— Fameux sexorama!

— A la portorama!

— Messieurs, ceci est indécent. Quand on renvoie les gens, on doit y mettre des formes. Nous avons payé, nous restons, dit Poiret en se couvrant de sa casquette et se plaçant sur une chaise à côté de mademoiselle Michonneau, que prêchait madame Vauquer.

— Méchant, lui dit le peintre d'un air comique, petit méchant, va!

— Allons, si vous ne vous en allez pas, nous nous en allons, nous autres, dit Bianchon.

Et les pensionnaires firent en masse un mouvement vers le salon.

— Mademoiselle, que voulez-vous donc? s'écria madame Vauquer, je suis ruinée. Vous ne pouvez pas rester, ils vont en venir à des actes de violence.

Mademoiselle Michonneau se leva.

— Elle s'en ira! — Elle ne s'en ira pas! — Elle s'en ira! — Elle ne s'en ira pas! Ces mots dits alternativement, et l'hostilité des propos qui commençaient à se tenir sur elle, contraignirent mademoiselle Michonneau à partir, après quelques stipulations faites à voix basse avec l'hôtesse.

— Je vais chez madame Buneaud, dit-elle d'un air menaçant.

— Allez où vous voudrez, mademoiselle, dit madame Vauquer, qui vit une cruelle injure dans le choix qu'elle faisait d'une maison avec laquelle elle rivalisait, et qui lui était conséquemment odieuse. Allez chez la Buneaud, vous aurez du vin à faire danser les chèvres, et des plats achetés chez les regrattiers.

Les pensionnaires se mirent sur deux files dans le plus grand silence. Poiret regarda si tendrement mademoiselle Michonneau, il se montra si naïvement indécis, sans savoir s'il devait la suivre ou rester, que les pension-

naires, heureux du départ de mademoiselle Michonneau,
se mirent à rire en se regardant.

— Xi, xi, xi, Poiret, lui cria le peintre. Allons, houpe
là, haoup!

L'employé au Muséum se mit à chanter comiquement
ce début d'une romance connue :

> Partant pour la Syrie,
> Le jeune et beau Dunois...

— Allez donc, vous en mourez d'envie, *trahit sua
quemque voluptas*, dit Bianchon.

— Chacun suit sa particulière, traduction libre de
Virgile, dit le répétiteur.

Mademoiselle Michonneau ayant fait le geste de prendre le bras de Poiret en le regardant, il ne put résister à
cet appel, et vint donner son appui à la vieille. Des applaudissements éclatèrent, et il y eut une explosion de rires.
— Bravo, Poiret! — Ce vieux Poiret! — Apollon-
Poiret. — Mars-Poiret. — Courageux Poiret!

En ce moment, un commissionnaire entra, remit une
lettre à madame Vauquer, qui se laissa couler sur sa
chaise, après l'avoir lue.

— Mais il n'y a plus qu'à brûler ma maison, le tonnerre y tombe. Le fils Taillefer est mort à trois heures. Je
suis bien punie d'avoir souhaité du bien à ces dames au
détriment de ce pauvre jeune homme. Madame Couture
et Victorine me redemandent leurs effets, et vont demeurer chez son père. Monsieur Taillefer permet à sa fille de
garder la veuve Couture comme demoiselle de compagnie. Quatre appartements vacants, cinq pensionnaires
de moins! Elle s'assit et parut près de pleurer. Le malheur est entré chez moi, s'écria-t-elle.

Le roulement d'une voiture qui s'arrêtait retentit tout
à coup dans la rue.

— Encore quelque chape-chute, dit Sylvie.

Goriot montra soudain une physionomie brillante et
colorée de bonheur, qui pouvait faire croire à sa régéné-
ration.

— Goriot en fiacre, dirent les pensionnaires, la fin
du monde arrive.

Le bonhomme alla droit à Eugène, qui restait pensif
dans un coin, et le prit par le bras : — Venez, lui dit-il
d'un air joyeux.

— Vous ne savez donc pas ce qui se passe ? lui dit

Eugène. Vautrin était un forçat que l'on vient d'arrêter, et le fils Taillefer est mort.

— Eh bien! qu'est-ce que ça nous fait? répondit le père Goriot. Je dîne avec ma fille, chez vous, entendez-vous? Elle vous attend, venez!

Il tira si violemment Rastignac par le bras, qu'il le fit marcher de force, et parut l'enlever comme si c'eût été sa maîtresse.

— Dînons, cria le peintre.

En un moment chacun prit sa chaise et s'attabla.

— Par exemple, dit la grosse Sylvie, tout est malheur aujourd'hui, mon haricot de mouton s'est attaché. Bah! vous le mangerez brûlé, tant pire!

Madame Vauquer n'eut pas le courage de dire un mot en ne voyant que dix personnes au lieu de dix-huit autour de sa table; mais chacun tenta de la consoler et de l'égayer. Si d'abord les externes s'entretinrent de Vautrin et des événements de la journée, ils obéirent bientôt à l'allure serpentine de leur conversation, et se mirent à parler des duels, du bagne, de la justice, des lois à refaire, des prisons. Puis ils se trouvèrent à mille lieues de Jacques Collin, de Victorine et de son frère. Quoiqu'ils ne fussent que dix, ils crièrent comme vingt, et semblaient être plus nombreux qu'à l'ordinaire; ce fut toute la différence qu'il y eut entre ce dîner et celui de la veille. L'insouciance habituelle de ce monde égoïste qui, le lendemain, devait avoir dans les événements quotidiens de Paris une autre proie à dévorer, reprit le dessus, et madame Vauquer elle-même se laissa calmer par l'espérance, qui emprunta la voix de la grosse Sylvie.

Cette journée devait être jusqu'au soir une fantasmagorie pour Eugène, qui, malgré la force de son caractère et la bonté de sa tête, ne savait comment classer ses idées, quand il se trouva dans le fiacre à côté du père Goriot dont les discours trahissaient une joie inaccoutumée, et retentissaient à son oreille, après tant d'émotions, comme les paroles que nous entendons en rêve.

— C'est fini de ce matin. Nous dînons tous les trois ensemble, ensemble! comprenez-vous? Voici quatre ans que je n'ai dîné avec ma Delphine, ma petite Delphine. Je vais l'avoir à moi pendant toute une soirée. Nous sommes chez vous depuis ce matin. J'ai travaillé comme un manœuvre, habit bas. J'aidais à porter les meubles. Ah! ah! vous ne savez pas comme elle est gentille à table, elle s'occupera de moi : « Tenez, papa, mangez

donc de cela, c'est bon. » Et alors je ne peux pas manger.
Oh! y a-t-il longtemps que je n'ai été tranquille avec
elle comme nous allons l'être!

— Mais, lui dit Eugène, aujourd'hui le monde est
donc renversé?

— Renversé? dit le père Goriot. Mais à aucune époque le monde n'a si bien été. Je ne vois que des figures
gaies dans les rues, des gens qui se donnent des poi-
gnées de main, et qui s'embrassent; des gens heureux
comme s'ils allaient tous dîner chez leurs filles, y *gobi-
chonner* un bon petit dîner qu'elle a commandé devant
moi au chef du café des Anglais. Mais bah! près d'elle
le chicotin serait doux comme miel.

— Je crois revenir à la vie, dit Eugène.

— Mais marchez donc, cocher, cria le père Goriot en
ouvrant la glace de devant. Allez donc plus vite, je vous
donnerai cent sous pour boire si vous me menez en dix
minutes là où vous savez. En entendant cette promesse,
le cocher traversa Paris avec la rapidité de l'éclair.

— Il ne va pas, ce cocher, disait le père Goriot.

— Mais où me conduisez-vous donc? lui demanda
Rastignac.

— Chez vous, dit le père Goriot.

La voiture s'arrêta rue d'Artois. Le bonhomme descendit le premier et jeta dix francs au cocher, avec la
prodigalité d'un homme veuf qui, dans le paroxysme de
son plaisir, ne prend garde à rien.

— Allons, montons, dit-il à Rastignac en lui faisant
traverser une cour et le conduisant à la porte d'un appartement situé au troisième étage, sur le derrière d'une
maison neuve et de belle apparence. Le père Goriot n'eut
pas besoin de sonner. Thérèse, la femme de chambre de
madame de Nucingen, leur ouvrit la porte. Eugène se vit
dans un délicieux appartement de garçon, composé d'une
antichambre, d'un petit salon, d'une chambre à coucher
et d'un cabinet ayant vue sur un jardin. Dans le petit
salon, dont l'ameublement et le décor pouvaient soutenir
la comparaison avec ce qu'il y avait de plus joli, de plus
gracieux, il aperçut, à la lumière des bougies, Delphine,
qui se leva d'une causeuse, au coin du feu, mit son écran
sur la cheminée, et lui dit avec une intonation de voix
chargée de tendresse : — Il a donc fallu vous aller chercher, monsieur qui ne comprenez rien.

Thérèse sortit. L'étudiant prit Delphine dans ses bras,
la serra vivement et pleura de joie. Ce dernier contraste

entre ce qu'il voyait et ce qu'il venait de voir, dans un jour où tant d'irritations avaient fatigué son cœur et sa tête, détermina chez Rastignac un accès de sensibilité nerveuse.

— Je savais bien, moi, qu'il t'aimait, dit tout bas le père Goriot à sa fille pendant qu'Eugène abattu gisait sur la causeuse sans pouvoir prononcer une parole ni se rendre compte encore de la manière dont ce dernier coup de baguette avait été frappé.

— Mais venez donc voir, lui dit madame de Nucingen en le prenant par la main et l'emmenant dans une chambre dont les tapis, les meubles et les moindres détails lui rappelèrent, en de plus petites proportions, celle de Delphine.

— Il y manque un lit, dit Rastignac.

— Oui, monsieur, dit-elle en rougissant et lui serrant la main.

Eugène la regarda, et comprit, jeune encore, tout ce qu'il y avait de pudeur vraie dans un cœur de femme aimante.

— Vous êtes une de ces créatures que l'on doit adorer toujours, lui dit-il à l'oreille. Oui, j'ose vous le dire, puisque nous nous comprenons si bien : plus vif et sincère est l'amour, plus il doit être voilé, mystérieux. Ne donnons notre secret à personne.

— Oh! je ne serai pas quelqu'un, moi, dit le père Goriot en grognant.

— Vous savez bien que vous êtes *nous*, vous...

— Ah! voilà ce que je voulais. Vous ne ferez pas attention à moi, n'est-ce pas? J'irai, je viendrai comme un bon esprit qui est partout, et qu'on sait être là sans le voir. Eh bien! Delphinette, Ninette, Dedel! n'ai-je pas eu raison de te dire : « Il y a un joli appartement rue d'Artois, meublons-le pour lui! » Tu ne voulais pas. Ah! c'est moi qui suis l'auteur de ta joie, comme je suis l'auteur de tes jours. Les pères doivent toujours donner pour être heureux. Donner toujours, c'est ce qui fait qu'on est père.

— Comment? dit Eugène.

— Oui, elle ne voulait pas, elle avait peur qu'on ne dît des bêtises, comme si le monde valait le bonheur! Mais toutes les femmes rêvent de faire ce qu'elle fait...

Le père Goriot parlait tout seul, madame de Nucingen avait emmené Rastignac dans le cabinet où le bruit d'un baiser retentit, quelque légèrement qu'il fût pris. Cette pièce était en rapport avec l'élégance de l'appartement, dans lequel d'ailleurs rien ne manquait.

— A-t-on bien deviné vos vœux ? dit-elle en revenant dans le salon pour se mettre à table.

— Oui, dit-il, trop bien. Hélas ! ce luxe si complet, ces beaux rêves réalisés, toutes les poésies d'une vie jeune, élégante, je les sens trop pour ne pas les mériter ; mais je ne puis les accepter de vous, et je suis trop pauvre encore pour...

— Ah ! ah ! vous me résistez déjà, dit-elle d'un petit air d'autorité railleuse en faisant une de ces jolies moues que font les femmes quand elles veulent se moquer de quelque scrupule pour le mieux dissiper.

Eugène s'était trop solennellement interrogé pendant cette journée, et l'arrestation de Vautrin, en lui montrant la profondeur de l'abîme dans lequel il avait failli rouler, venait de trop bien corroborer ses sentiments nobles et sa délicatesse pour qu'il cédât à cette caressante réfutation de ses idées généreuses. Une profonde tristesse s'empara de lui.

— Comment ! dit madame de Nucingen, vous refuseriez ? Savez-vous ce que signifie un refus semblable ? Vous doutez de l'avenir, vous n'osez pas vous lier à moi. Vous avez donc peur de trahir mon affection ? Si vous m'aimez, si je... vous aime, pourquoi reculez-vous devant d'aussi minces obligations ? Si vous connaissiez le plaisir que j'ai eu à m'occuper de tout ce ménage de garçon, vous n'hésiteriez pas, et vous me demanderiez pardon. J'avais de l'argent à vous, et je l'ai bien employé, voilà tout. Vous croyez être grand, et vous êtes petit. Vous demandez bien plus... (Ah ! dit-elle en saisissant un regard de passion chez Eugène) et vous faites des façons pour des niaiseries. Si vous ne m'aimez point, oh ! oui, n'acceptez pas. Mon sort est dans un mot. Parlez ! Mais, mon père, dites-lui donc quelques bonnes raisons, ajouta-t-elle en se tournant vers son père après une pause. Croit-il que je ne sois pas moins chatouilleuse que lui sur notre honneur ?

Le père Goriot avait le sourire fixe d'un thériaki en voyant, en écoutant cette jolie querelle.

— Enfant ! vous êtes à l'entrée de la vie, reprit-elle en saisissant la main d'Eugène, vous trouvez une barrière insurmontable pour beaucoup de gens, une main de femme vous l'ouvre, et vous reculez ! Mais vous réussirez, vous ferez une brillante fortune, le succès est écrit sur

votre beau front. Ne pourrez-vous pas alors me rendre
ce que je vous prête aujourd'hui ? Autrefois les dames
ne donnaient-elles pas à leurs chevaliers des armures, des
épées, des casques, des cottes de mailles, des chevaux,
afin qu'ils pussent aller combattre en leur nom dans les
tournois ? Eh bien! Eugène, les choses que je vous offre
sont les armes de l'époque, des outils nécessaires à qui
veut être quelque chose. Il est joli, le grenier où vous
êtes, s'il ressemble à la chambre de papa. Voyons, nous
ne dînerons donc pas ? Voulez-vous m'attrister ? Répondez donc! dit-elle en lui secouant la main. Mon Dieu,
papa, décide-le donc, ou je sors et ne le revois jamais.

— Je vais vous décider, dit le père Goriot en sortant
de son extase. Mon cher monsieur Eugène, vous allez
emprunter de l'argent à des juifs, n'est-ce pas ?

— Il le faut bien, dit-il.

— Bon, je vous tiens, reprit le bonhomme en tirant
un mauvais portefeuille en cuir tout usé. Je me suis fait
juif, j'ai payé toutes les factures, les voici. Vous ne devez
pas un centime pour tout ce qui se trouve ici. Ça ne fait
pas une grosse somme, tout au plus cinq mille francs. Je
vous les prête, moi! Vous ne me refuserez pas, je ne suis
pas une femme. Vous m'en ferez une reconnaissance sur
un chiffon de papier, et vous me les rendrez plus tard.

Quelques pleurs roulèrent à la fois dans les yeux d'Eugène et de Delphine, qui se regardèrent avec surprise.
Rastignac tendit la main au bonhomme et la lui serra.

— Eh bien, quoi! n'êtes-vous pas mes enfants ? dit
Goriot.

— Mais, mon pauvre père, dit madame de Nucingen,
comment avez-vous donc fait ?

— Ah! nous y voilà, répondit-il. Quand je t'ai eu
décidée à le mettre près de toi, que je t'ai vue achetant
des choses comme pour une mariée, je me suis dit :
« Elle va se trouver dans l'embarras! » L'avoué prétend
que le procès à intenter à ton mari, pour lui faire rendre
ta fortune, durera plus de six mois. Bon. J'ai vendu mes
treize cent cinquante livres de rente perpétuelle; je me
suis fait, avec quinze mille francs, douze cents francs de
rentes viagères bien hypothéquées, et j'ai payé vos mar-
chands avec le reste du capital, mes enfants. Moi, j'ai
là-haut une chambre de cinquante écus par an, je peux
vivre comme un prince avec quarante sous par jour, et
j'aurai encore du reste. Je n'use rien, il ne me faut presque pas d'habits. Voilà quinze jours que je ris dans ma

barbe en me disant : « Vont-ils être heureux! » Eh bien,
n'êtes-vous pas heureux ?

— Oh! papa, papa! dit madame de Nucingen en
sautant sur son père qui la reçut sur ses genoux. Elle
le couvrit de baisers, lui caressa les joues avec ses cheveux blonds, et versa des pleurs sur ce vieux visage
épanoui, brillant. — Cher père, vous êtes un père! Non,
il n'existe pas deux pères comme vous sous le ciel.
Eugène vous aimait bien déjà, que sera-ce maintenant!

— Mais, mes enfants, dit le père Goriot qui depuis
dix ans n'avait pas senti le cœur de sa fille battre sur le
sien, mais, Delphinette, tu veux donc me faire mourir
de joie! Mon pauvre cœur se brise. Allez, monsieur
Eugène, nous sommes déjà quittes! Et le vieillard serrait
sa fille par une étreinte si sauvage, si délirante, qu'elle
dit : — Ah! tu me fais mal. — Je t'ai fait mal! dit-il en
pâlissant. Il la regarda d'un air surhumain de douleur.
Pour bien peindre la physionomie de ce Christ de la
Paternité, il faudrait aller chercher des comparaisons
dans les images que les princes de la palette ont inventées
pour peindre la passion soufferte au bénéfice des mondes
par le Sauveur des hommes. Le père Goriot baisa bien
doucement la ceinture que ses doigts avaient trop pressée.
— Non, non, je ne t'ai pas fait mal; non, reprit-il en la
questionnant par un sourire; c'est toi qui m'as fait mal
avec ton cri. Ça coûte plus cher, dit-il à l'oreille de sa
fille en la lui baisant avec précaution, mais il faut l'attraper, sans quoi il se fâcherait.

Eugène était pétrifié par l'inépuisable dévouement de
cet homme, et le contemplait en exprimant cette naïve
admiration qui, au jeune âge, est de la foi.

— Je serai digne de tout cela, s'écria-t-il.

— O mon Eugène, c'est beau ce que vous venez de
dire là. Et madame de Nucingen baisa l'étudiant au front.

— Il a refusé pour toi mademoiselle Taillefer et ses
millions, dit le père Goriot. Oui, elle vous aimait, la
petite; et, son frère mort, la voilà riche comme Crésus.

— Oh! pourquoi le dire ? s'écria Rastignac.

— Eugène, lui dit Delphine à l'oreille, maintenant
j'ai un regret pour ce soir. Ah! je vous aimerai bien, moi!
et toujours.

— Voilà la plus belle journée que j'aie eue depuis
vos mariages, s'écria le père Goriot. Le bon Dieu peut
me faire souffrir tant qu'il lui plaira, pourvu que ce ne
soit pas par vous, je me dirai : En février de cette année,

j'ai été pendant un moment plus heureux que les hommes ne peuvent l'être pendant toute leur vie. Regarde-moi, Fifine! dit-il à sa fille. Elle est bien belle, n'est-ce pas ? Dites-moi donc, avez-vous rencontré beaucoup de femmes qui aient ses jolies couleurs et sa petite fossette ? Non, pas vrai ? Eh bien, c'est moi qui ai fait cet amour de femme. Désormais, en se trouvant heureuse par vous, elle deviendra mille fois mieux. Je puis aller en enfer, mon voisin, dit-il, s'il vous faut ma part de paradis, je vous la donne. Mangeons, mangeons, reprit-il en ne sachant plus ce qu'il disait, tout est à nous.

— Ce pauvre père !

— Si tu savais, mon enfant, dit-il en se levant et allant à elle, lui prenant la tête et la baisant au milieu de ses nattes de cheveux, combien tu peux me rendre heureux à bon marché! viens me voir quelquefois, je serai là-haut, tu n'auras qu'un pas à faire. Promets-le-moi, dis!

— Oui, cher père.

— Dis encore.

— Oui, mon bon père.

— Tais-toi, je te le ferais dire cent fois si je m'écoutais. Dînons.

La soirée tout entière fut employée en enfantillages, et le père Goriot ne se montra pas le moins fou des trois. Il se couchait aux pieds de sa fille pour les baiser; il la regardait longtemps dans les yeux; il frottait sa tête contre sa robe; enfin il faisait des folies comme en aurait fait l'amant le plus jeune et le plus tendre.

— Voyez-vous ? dit Delphine à Eugène, quand mon père est avec nous, il faut être tout à lui. Ce sera pourtant bien gênant quelquefois.

Eugène, qui s'était senti déjà plusieurs fois des mouvements de jalousie, ne pouvait pas blâmer ce mot, qui renfermait le principe de toutes les ingratitudes.

— Et quand l'appartement sera-t-il fini ? dit Eugène en regardant autour de la chambre. Il faudra donc nous quitter ce soir ?

— Oui, mais demain vous viendrez dîner avec moi, dit-elle d'un air fin. Demain est un jour d'Italiens.

— J'irai au parterre, moi, dit le père Goriot.

Il était minuit. La voiture de madame de Nucingen attendait. Le père Goriot et l'étudiant retournèrent à la Maison-Vauquer en s'entretenant de Delphine avec un croissant enthousiasme qui produisit un curieux combat d'expressions entre ces deux violentes passions. Eugène ne pouvait pas se dissimuler que l'amour du père, qu'aucun intérêt personnel n'entachait, écrasait le sien par sa persistance et par son étendue. L'idole était toujours pure et belle pour le père, et son adoration s'accroissait de tout le passé comme de l'avenir. Ils trouvèrent madame Vauquer seule au coin de son poêle, entre Sylvie et Christophe. La vieille hôtesse était là comme Marius sur les ruines de Carthage. Elle attendait les deux seuls pensionnaires qui lui restassent, en se désolant avec Sylvie. Quoique lord Byron ait prêté d'assez belles lamentations au Tasse, elles sont bien loin de la profonde vérité de celles qui échappaient à madame Vauquer.

— Il n'y aura donc que trois tasses de café à faire demain matin, Sylvie. Hein! ma maison déserte, n'est-ce pas à fendre le cœur? Qu'est-ce que la vie sans mes pensionnaires? Rien du tout. Voilà ma maison démeublée de ses hommes. La vie est dans les meubles. Qu'ai-je fait au ciel pour m'être attiré tous ces désastres? Nos provisions de haricots et de pommes de terre sont faites pour vingt personnes. La police chez moi! Nous allons donc ne manger que des pommes de terre! Je renverrai donc Christophe!

Le Savoyard, qui dormait, se réveilla soudain et dit :

— Madame?

— Pauvre garçon! c'est comme un dogue, dit Sylvie.

— Une saison morte, chacun s'est casé. D'où me tombera-t-il des pensionnaires? J'en perdrai la tête. Et cette sibylle de Michonneau qui m'enlève Poiret! Qu'est-ce qu'elle lui faisait donc pour s'être attaché cet homme-là qui la suit comme un toutou?

— Ah! dame! fit Sylvie en hochant la tête, ces vieilles filles, ça connaît les rubriques.

— Ce pauvre monsieur Vautrin dont ils ont fait un forçat, reprit la veuve, eh bien! Sylvie, c'est plus fort que moi, je ne le crois pas encore. Un homme gai comme ça, qui prenait du gloria pour quinze francs par mois, et qui payait rubis sur l'ongle!

— Et qui était généreux! dit Christophe.

— Il y a erreur, dit Sylvie.

— Mais non, il a avoué lui-même, reprit madame Vauquer. Et dire que toutes ces choses-là sont arrivées chez moi, dans un quartier où il ne passe pas un chat! Foi d'honnête femme, je rêve. Car, vois-tu, nous avons vu Louis XVI avoir son accident, nous avons vu tomber l'Empereur, nous l'avons vu revenir et retomber, tout cela c'était dans l'ordre des choses possibles; tandis qu'il n'y a point de chances contre des pensions bourgeoises : on peut se passer de roi, mais il faut toujours qu'on mange; et quand une honnête femme, née de Conflans, donne à dîner avec toutes bonnes choses, mais à moins que la fin du monde n'arrive... Mais, c'est ça, c'est la fin du monde.

— Et penser que mademoiselle Michonneau, qui vous fait tout ce tort, va recevoir, à ce qu'on dit, mille écus de rente, s'écria Sylvie.

— Ne m'en parle pas, ce n'est qu'une scélérate! dit madame Vauquer. Et elle va chez la Buneaud, par-dessus le marché! Mais elle est capable de tout, elle a dû faire des horreurs, elle a tué, volé dans son temps. Elle devait aller au bagne à la place de ce pauvre cher homme...

En ce moment Eugène et le père Goriot sonnèrent.

— Ah! voilà mes deux fidèles, dit la veuve en soupirant.

Les deux fidèles, qui n'avaient qu'un fort léger souvenir des désastres de la pension bourgeoise, annoncèrent sans cérémonie à leur hôtesse qu'ils allaient demeurer à la Chaussée-d'Antin.

— Ah! Sylvie! dit la veuve, voilà mon dernier atout. Vous m'avez donné le coup de la mort, messieurs! ça m'a frappée dans l'estomac. J'ai une barre là. Voilà une journée qui me met dix ans de plus sur la tête. Je deviendrai folle, ma parole d'honneur! Que faire des haricots? Ah! bien, si je suis seule ici, tu t'en iras demain, Christophe. Adieu, messieurs, bonne nuit.

— Qu'a-t-elle donc? demanda Eugène à Sylvie.

— Dame! voilà tout le monde parti par suite des affaires. Ça lui a troublé la tête. Allons, je l'entends qui pleure. Ça lui fera du bien de *chigner*. Voilà la première fois qu'elle se vide les yeux depuis que je suis à son service.

Le lendemain, madame Vauquer s'était, suivant son expression, *raisonnée*. Si elle parut affligée comme une femme qui avait perdu tous ses pensionnaires, et dont la vie était bouleversée, elle avait toute sa tête; et montra ce qu'était la vraie douleur, une douleur profonde, la douleur causée par l'intérêt froissé, par les habitudes rompues. Certes, le regard qu'un amant jette sur les lieux habités par sa maîtresse, en les quittant, n'est pas plus triste que ne le fut celui de madame Vauquer sur sa table vide. Eugène la consola en lui disant que Bianchon, dont l'internat finissait dans quelques jours, viendrait sans doute le remplacer; que l'employé du Muséum avait souvent manifesté le désir d'avoir l'appartement de madame Couture, et que dans peu de jours elle aurait remonté son personnel.

— Dieu vous entende, mon cher monsieur! mais le malheur est ici. Avant dix jours, la mort y viendra, vous verrez, lui dit-elle en jetant un regard lugubre sur la salle à manger. Qui prendra-t-elle ?

— Il fait bon déménager, dit tout bas Eugène au père Goriot.

— Madame, dit Sylvie en accourant effarée, voici trois jours que je n'ai vu Mistigris.

— Ah! bien, si mon chat est mort, s'il nous a quittés, je...

La pauvre veuve n'acheva pas, elle joignit les mains et se renversa sur le dos de son fauteuil, accablée par ce terrible pronostic.

Vers midi, heure à laquelle les facteurs arrivaient dans le quartier du Panthéon, Eugène reçut une lettre élégamment enveloppée, cachetée aux armes de Beauséant. Elle contenait une invitation adressée à monsieur et à madame de Nucingen pour le grand bal annoncé depuis un mois, et qui devait avoir lieu chez la vicomtesse. A cette invitation était joint un petit mot pour Eugène :

« J'ai pensé, monsieur, que vous vous chargeriez avec plaisir d'être l'interprète de mes sentiments auprès de madame de Nucingen; je vous envoie l'invitation que vous m'avez demandée, et serai charmée de faire la connaissance de la sœur de madame de Restaud. Amenez-moi donc cette jolie personne, et faites en sorte qu'elle ne prenne pas toute votre affection, vous m'en devez beaucoup en retour de celle que je vous porte.

                                        « Vicomtesse DE BEAUSÉANT. »

— Mais, se dit Eugène en relisant ce billet, madame de Beauséant me dit assez clairement qu'elle ne veut pas du baron de Nucingen. Il alla promptement chez Delphine, heureux d'avoir à lui procurer une joie dont il recevrait sans doute le prix. Madame de Nucingen était au bain. Rastignac attendit dans le boudoir, en butte aux impatiences naturelles à un jeune homme ardent et pressé de prendre possession d'une maîtresse, l'objet de deux ans de désirs. C'est des émotions qui ne se rencontrent pas deux fois dans la vie des jeunes gens. La première femme réellement femme à laquelle s'attache un homme, c'est-à-dire celle qui se présente à lui dans la splendeur des accompagnements que veut la société parisienne, celle-là n'a jamais de rivale. L'amour à Paris ne ressemble en rien aux autres amours. Ni les hommes ni les femmes n'y sont dupes des montres pavoisées de lieux communs que chacun étale par décence sur ses affections soi-disant désintéressées. En ce pays, une femme ne doit pas satisfaire seulement le cœur et les sens, elle sait parfaitement qu'elle a de plus grandes obligations à remplir envers les mille vanités dont se compose la vie. Là surtout l'amour est essentiellement vantard, effronté, gaspilleur, charlatan et fastueux. Si toutes les femmes de la cour de Louis XIV ont envié à mademoiselle de La Vallière l'entraînement de passion qui fit oublier à ce grand prince que ses manchettes coûtaient chacune mille écus quand il les déchira pour faciliter au duc de Vermandois son entrée sur la scène du monde, que peut-on demander au reste de l'humanité ? Soyez jeunes, riches et titrés, soyez mieux encore si vous pouvez ; plus vous apporterez de grains d'encens à brûler devant l'idole, plus elle vous sera favorable, si toutefois vous avez une idole. L'amour est une religion, et son culte doit coûter plus cher que celui de toutes les autres reli-gions ; il passe promptement, et passe en gamin qui tient à marquer son passage par des dévastations. Le luxe du sentiment est la poésie des greniers ; sans cette richesse, qu'y deviendrait l'amour ? S'il est des excep-tions à ces lois draconiennes du code parisien, elles se rencontrent dans la solitude, chez les âmes qui ne se sont point laissé entraîner par les doctrines sociales, qui vivent près de quelque source aux eaux claires, fugitives, mais incessantes ; qui, fidèles à leurs ombrages verts, heureuses d'écouter le langage de l'infini, écrit pour elles en toute chose et qu'elles retrouvent en elles-mêmes, attendent patiemment leurs ailes en plaignant ceux de la terre. Mais Rastignac, semblable à la plupart des jeunes gens, qui, par avance, ont goûté les grandeurs, voulait se pré-senter tout armé dans la lice du monde ; il en avait épousé la fièvre, et sentait peut-être la force de le dominer, mais sans connaître ni les moyens ni le but de cette ambition. A défaut d'un amour pur et sacré, qui remplit la vie, cette soif du pouvoir peut devenir une belle chose ; il suffit de dépouiller tout intérêt personnel et de se pro-poser la grandeur d'un pays pour objet. Mais l'étudiant n'était pas encore arrivé au point d'où l'homme peut contempler le cours de la vie et la juger. Jusqu'alors il n'avait même pas complètement secoué le charme des fraîches et suaves idées qui enveloppent comme d'un feuillage la jeunesse des enfants élevés en province. Il avait continuellement hésité à franchir le Rubicon parisien. Malgré ses ardentes curiosités, il avait toujours conservé quelques arrière-pensées de la vie heureuse que mène le vrai gentilhomme dans son château. Néanmoins ses derniers scrupules avaient disparu la veille, quand il s'était vu dans son appartement. En jouissant des avantages matériels de la fortune, comme il jouissait depuis longtemps des avantages moraux que donne la naissance, il avait dépouillé sa peau d'homme de province, et s'était doucement établi dans une position d'où il découvrait un bel avenir. Aussi, en attendant Delphine, mollement assis dans ce joli boudoir qui devenait un peu le sien, se voyait-il si loin du Rastignac venu l'année dernière à Paris, qu'en le lorgnant par un effet d'optique morale, il se demandait s'il se ressemblait en ce moment à lui-même.

— Madame est dans sa chambre, vint lui dire Thérèse qui le fit tressaillir.

Il trouva Delphine étendue sur sa causeuse, au coin du feu, fraîche, reposée. A la voir ainsi étalée sur des flots de mousseline, il était impossible de ne pas la comparer à ces belles plantes de l'Inde dont le fruit vient dans la fleur.

— Eh bien! nous voilà, dit-elle avec émotion.

— Devinez ce que je vous apporte, dit Eugène en s'asseyant près d'elle et lui prenant le bras pour lui baiser la main.

Madame de Nucingen fit un mouvement de joie en lisant l'invitation. Elle tourna sur Eugène ses yeux mouillés, et lui jeta ses bras au cou pour l'attirer à elle dans un délire de satisfaction vaniteuse.

— Et c'est vous (toi, lui dit-elle à l'oreille; mais Thérèse est dans mon cabinet de toilette, soyons prudents!), vous à qui je dois ce bonheur? Oui, j'ose appeler cela un bonheur. Obtenu par vous, n'est-ce pas plus qu'un triomphe d'amour-propre? Personne ne m'a voulu présenter dans ce monde. Vous me trouverez peut-être en ce moment petite, frivole, légère comme une Parisienne; mais pensez, mon ami, que je suis prête à tout vous sacrifier, et que, si je souhaite plus ardemment que jamais d'aller dans le faubourg Saint-Germain, c'est que vous y êtes.

— Ne pensez-vous pas, dit Eugène, que madame de Beauséant a l'air de nous dire qu'elle ne compte pas voir le baron de Nucingen à son bal ?

— Mais oui, dit la baronne en rendant la lettre à Eugène. Ces femmes-là ont le génie de l'impertinence. Mais n'importe, j'irai. Ma sœur doit s'y trouver, je sais qu'elle prépare une toilette délicieuse. Eugène, reprit-elle à voix basse, elle y va pour dissiper d'affreux soupçons. Vous ne savez pas les bruits qui courent sur elle ? Nucingen est venu me dire ce matin qu'on en parlait hier au Cercle sans se gêner. A quoi tient, mon Dieu ! l'honneur des femmes et des familles ! Je me suis sentie attaquée, blessée dans ma pauvre sœur. Selon certaines personnes, monsieur de Trailles aurait souscrit des lettres de change montant à cent mille francs, presque toutes échues, et pour lesquelles il allait être poursuivi. Dans cette extrémité, ma sœur aurait vendu ses diamants à un juif, ces beaux diamants que vous avez pu lui voir, et qui viennent de madame de Restaud la mère. Enfin, depuis deux jours, il n'est question que de cela. Je conçois alors qu'Anastasie se fasse faire une robe lamée, et veuille attirer sur elle tous les regards chez madame de Beauséant, en y paraissant dans tout son éclat et avec ses diamants. Mais je ne veux pas être au-dessous d'elle. Elle a toujours cherché à m'écraser, elle n'a jamais été bonne pour moi, qui lui rendais tant de services, qui avais toujours de l'argent pour elle quand elle n'en avait pas. Mais laissons le monde, aujourd'hui je veux être tout heureuse.

Rastignac était encore à une heure du matin chez madame de Nucingen, qui, en lui prodiguant l'adieu des amants, cet adieu plein de joies à venir, lui dit avec une expression de mélancolie : — Je suis si peureuse, si superstitieuse, donnez à mes pressentiments le nom qu'il vous plaira, que je tremble de payer mon bonheur par quelque affreuse catastrophe.

— Enfant, dit Eugène.

— Ah ! c'est moi qui suis l'enfant ce soir, dit-elle en riant.

Eugène revint à la Maison-Vauquer avec la certitude de la quitter le lendemain, il s'abandonna donc pendant la route à ces jolis rêves que font tous les jeunes gens quand ils ont encore sur les lèvres le goût du bonheur.

— Eh bien ? lui dit le père Goriot quand Rastignac passa devant sa porte.

— Eh bien ! répondit Eugène, je vous dirai tout demain.

— Tout, n'est-ce pas ? cria le bonhomme. Couchez-vous. Nous allons commencer demain notre vie heureuse.

Le lendemain, Goriot et Rastignac n'attendaient plus que le bon vouloir d'un commissionnaire pour partir de la pension bourgeoise, quand vers midi le bruit d'un équipage qui s'arrêtait précisément à la porte de la Maison-Vauquer retentit dans la rue Neuve-Sainte-Geneviève. Madame de Nucingen descendit de sa voiture, demanda si son père était encore à la pension. Sur la réponse affirmative de Sylvie, elle monta lestement l'escalier. Eugène se trouvait chez lui sans que son voisin le sût. Il avait, en déjeunant, prié le père Goriot d'emporter ses effets, en lui disant qu'ils se retrouveraient à quatre heures rue d'Artois. Mais, pendant que le bonhomme avait été chercher des porteurs, Eugène, ayant promptement répondu à l'appel de l'école, était revenu sans que personne l'eût aperçu, pour compter avec madame Vauquer, ne voulant pas laisser cette charge à Goriot, qui, dans son fanatisme, aurait sans doute payé pour lui. L'hôtesse était sortie, Eugène remonta chez lui pour voir s'il n'y oubliait rien, et s'applaudit d'avoir eu cette pensée en voyant dans le tiroir de sa table l'acceptation en blanc, souscrite à Vautrin, qu'il avait insouciamment jetée là le jour où il l'avait acquittée. N'ayant pas de feu, il allait la déchirer en petits morceaux quand, en reconnaissant la voix de Delphine, il ne voulut faire aucun bruit, et s'arrêta pour l'entendre, en pensant qu'elle ne devait avoir aucun secret pour lui. Puis, dès les premiers mots, il trouva la conversation entre le père et la fille trop intéressante pour ne pas l'écouter.

— Ah ! mon père, dit-elle, plaise au ciel que vous ayez eu l'idée de demander compte de ma fortune assez à temps pour que je ne sois pas ruinée ! Puis-je parler ?

— Oui, la maison est vide, dit le père Goriot d'une voix altérée.

— Qu'avez-vous donc, mon père ? reprit madame de Nucingen.

— Tu viens, répondit le vieillard, de me donner un coup de hache sur la tête. Dieu te pardonne, mon enfant ! Tu ne sais pas combien je t'aime ; si tu l'avais su, tu ne m'aurais pas dit brusquement de semblables choses, surtout si rien n'est désespéré. Qu'est-il donc arrivé de si pressant pour que tu sois venue me chercher ici quand dans quelques instants nous allions être rue d'Artois ?

— Eh! mon père, est-on maître de son premier mouvement dans une catastrophe ? Je suis folle! Votre avoué nous a fait découvrir un peu plus tôt le malheur qui sans doute éclatera plus tard. Votre vieille expérience commerciale va nous devenir nécessaire et je suis accourue vous chercher comme on s'accroche à une branche quand on se noie. Lorsque monsieur Derville a vu Nucingen lui opposer mille chicanes, il l'a menacé d'un procès en lui disant que l'autorisation du président du tribunal serait promptement obtenue. Nucingen est venu ce matin chez moi pour me demander si je voulais sa ruine et la mienne. Je lui ai répondu que je ne me connaissais à rien de tout cela, que j'avais une fortune, que je devais être en possession de ma fortune, et que tout ce qui avait rapport à ce démêlé regardait mon avoué, que j'étais de la dernière ignorance et dans l'impossibilité de rien entendre à ce sujet. N'était-ce pas ce que vous m'aviez recommandé de dire ?

— Bien, répondit le père Goriot.

— Eh bien! reprit Delphine, il m'a mise au fait de ses affaires. Il a jeté tous ses capitaux et les miens dans des entreprises à peine commencées, et pour lesquelles il a fallu mettre de grandes sommes en dehors. Si je le forçais à me représenter ma dot, il serait obligé de déposer son bilan; tandis que, si je veux attendre un an, il s'engage sur l'honneur à me rendre une fortune double ou triple de la mienne en plaçant mes capitaux dans des opérations territoriales à la fin desquelles je serai maîtresse de tous les biens. Mon cher père, il était sincère, il m'a effrayée. Il m'a demandé pardon de sa conduite, il m'a rendu ma liberté, m'a permis de me conduire à ma guise, à la condition de le laisser entièrement maître de gérer les affaires sous mon nom. Il m'a promis, pour me prouver sa bonne foi, d'appeler monsieur Derville toutes les fois que je le voudrais pour juger si les actes en vertu desquels il m'instituerait propriétaire seraient convenablement rédigés. Enfin il s'est remis entre mes mains pieds et poings liés. Il demande encore pendant deux ans la conduite de la maison, et m'a suppliée de ne rien dépenser pour moi de plus qu'il ne m'accorde. Il m'a prouvé que tout ce qu'il pouvait faire était de conserver les apparences, qu'il avait renvoyé sa danseuse, et qu'il allait être contraint à la plus stricte mais à la plus sourde économie, afin d'atteindre au terme de ses spéculations sans altérer son crédit. Je l'ai malmené, j'ai tout mis en doute afin de le pousser à bout et d'en apprendre davantage : il m'a montré ses livres, enfin il a pleuré. Je n'ai jamais vu d'homme en pareil état. Il avait perdu la tête, il parlait de se tuer, il délirait. Il m'a fait pitié.

— Et tu crois à ces sornettes, s'écria le père Goriot. C'est un comédien! J'ai rencontré des Allemands en affaires : ces gens-là sont presque tous de bonne foi, pleins de candeur; mais, quand, sous leur air de franchise et de bonhomie, ils se mettent à être malins et charlatans, ils le sont alors plus que les autres. Ton mari t'abuse. Il se sent serré de près, il fait le mort, il veut rester plus maître sous ton nom qu'il ne l'est sous le sien. Il va profiter de cette circonstance pour se mettre à l'abri des chances de son commerce. Il est aussi fin que perfide; c'est un mauvais gars. Non, non, je ne m'en irai pas au Père-Lachaise en laissant mes filles dénuées de tout. Je me connais encore un peu aux affaires. Il a, dit-il, engagé ses fonds dans les entreprises, eh bien! ses intérêts sont représentés par des valeurs, par des reconnaissances, par des traités! qu'il les montre, et liquide avec toi. Nous choisirons les meilleures spéculations, nous en courrons les chances, et nous aurons les titres recognitifs en notre nom de *Delphine Goriot, épouse séparée quant aux biens du baron de Nucingen.* Mais nous prend-il pour des imbéciles, celui-là? Croit-il que je puisse supporter pendant deux jours l'idée de te laisser sans fortune, sans pain? Je ne la supporterais pas un jour, pas une nuit, pas deux heures! Si cette idée était vraie, je n'y survivrais pas. Eh quoi! j'aurai travaillé pendant quarante ans de ma vie, j'aurai porté des sacs sur mon dos, j'aurai sué des averses, je me serai privé pendant toute ma vie pour vous, mes anges, qui me rendiez tout travail, tout fardeau léger; et aujourd'hui ma fortune, ma vie s'en iraient en fumée! Ceci me ferait mourir enragé. Par tout ce qu'il y a de plus sacré sur terre et au ciel, nous allons tirer ça au clair, vérifier les livres, la caisse, les entreprises! Je ne dors pas, je ne me couche pas, je ne mange pas, qu'il ne me soit prouvé que ta fortune est là tout entière. Dieu merci, tu es séparée de biens; tu auras maître Derville pour avoué, un honnête homme heureusement. Jour de Dieu! tu garderas ton bon petit million, tes cinquante mille livres de rente, jusqu'à la fin de tes jours, ou je fais un tapage dans Paris, ah! ah! Mais je m'adresserais aux chambres si les tribunaux nous victimaient. Te savoir tranquille et heureuse du côté de l'argent, mais cette pensée allégeait tous mes maux et calmait mes chagrins. L'argent, c'est la vie. Monnaie fait tout. Que nous chante-t-il donc, cette grosse souche d'Alsacien? Delphine, ne fais pas une concession d'un quart de liard à cette grosse bête, qui t'a mise à la chaîne et t'a rendue malheureuse. S'il a besoin de toi, nous le tricoterons ferme, et nous le ferons marcher droit. Mon Dieu, j'ai la tête en feu, j'ai dans le crâne quelque chose qui me brûle. Ma Delphine sur la paille! Oh! ma Fifine, toi! Sapristi, où sont mes gants? Allons! partons, je veux aller tout voir, les livres, les affaires, la caisse, la correspondance, à l'instant. Je ne serai calme que quand il me sera prouvé que ta fortune ne court plus de risques, et que je la verrai de mes yeux.

— Mon cher père! allez-y prudemment. Si vous mettiez la moindre velléité de vengeance en cette affaire, et si vous montriez des intentions trop hostiles, je serais perdue. Il vous connaît, il a trouvé tout naturel que, sous votre inspiration, je m'inquiétasse de ma fortune; mais, je vous le jure, il la tient en ses mains, et a voulu la tenir. Il est homme à s'enfuir avec tous les capitaux, et à nous laisser là, le scélérat! Il sait bien que je ne déshonorerai pas moi-même le nom que je porte en le poursuivant. Il est à la fois fort et faible. J'ai bien tout examiné. Si nous le poussons à bout, je suis ruinée.

— Mais c'est donc un fripon?

— Eh bien! oui, mon père, dit-elle en se jetant sur une chaise en pleurant. Je ne voulais pas vous l'avouer pour vous épargner le chagrin de m'avoir mariée à un homme de cette espèce-là! Mœurs secrètes et conscience, l'âme et le corps, tout en lui s'accorde! c'est effroyable: je le hais et le méprise. Oui, je ne puis plus estimer ce vil Nucingen après tout ce qu'il m'a dit. Un homme capable de se jeter dans les combinaisons commerciales dont il m'a parlé n'a pas la moindre délicatesse, et mes craintes viennent de ce que j'ai lu parfaitement dans son âme. Il m'a nettement proposé, lui, mon mari, la liberté, vous savez ce que cela signifie? si je voulais être, en cas de malheur, un instrument entre ses mains, enfin si je voulais lui servir de prête-nom.

— Mais les lois sont là! Mais il y a une place de Grève pour les gendres de cette espèce-là, s'écria le père Goriot; mais je le guillotinerais moi-même s'il n'y avait pas de bourreau.

— Non, mon père, il n'y a pas de lois contre lui. Ecoutez en deux mots son langage, dégagé des circonlocutions dont il l'enveloppait : « Ou tout est perdu, vous n'avez pas un liard, vous êtes ruinée; car je ne saurais choisir pour complice une autre personne que vous; ou vous me laisserez conduire à bien mes entreprises. » Est-ce clair ? Il tient encore à moi. Ma probité de femme le rassure; il sait que je lui laisserai sa fortune, et me contenterai de la mienne. C'est une association improbe et voleuse à laquelle je dois consentir sous peine d'être ruinée. Il m'achète ma conscience et la paye en me laissant être à mon aise la femme d'Eugène. « Je te permets de commettre des fautes, laisse-moi faire des crimes en ruinant de pauvres gens! » Ce langage est-il encore assez clair ? Savez-vous ce qu'il nomme faire des opérations ? Il achète des terrains nus sous son nom, puis il y fait bâtir des maisons par des hommes de paille. Ces hommes concluent les marchés pour les bâtisses avec tous les entrepreneurs, qu'ils payent en effets à longs termes, et consentent, moyennant une légère somme, à donner quittance à mon mari, qui est alors possesseur des maisons, tandis que ces hommes s'acquittent avec les entrepreneurs dupés en faisant faillite. Le nom de la maison Nucingen a servi à éblouir les pauvres constructeurs. J'ai compris cela. J'ai compris aussi que, pour prouver, en cas de besoin, le paiement de sommes énormes, Nucingen a envoyé des valeurs considérables à Amsterdam, à Londres, à Naples, à Vienne. Comment les saisirions-nous ?

Eugène entendit le son lourd des genoux du père Goriot, qui tomba sans doute sur le carreau de sa chambre.

— Mon Dieu, que t'ai-je fait ? Ma fille livrée à ce misérable, il exigera tout d'elle s'il le veut. Pardon, ma fille! cria le vieillard.

— Oui, si je suis dans un abîme, il y a peut-être de votre faute, dit Delphine. Nous avons si peu de raison quand nous nous marions! Connaissons-nous le monde, les affaires, les hommes, les mœurs ? Les pères devraient penser pour nous. Cher père, je ne vous reproche rien, pardonnez-moi ce mot. En ceci la faute est toute à moi.

Non, ne pleurez point, papa, dit-elle en baisant le front de son père.

— Ne pleure pas non plus, ma petite Delphine. Donne tes yeux, que je les essuie en les baisant. Va! je vais retrouver ma caboche, et débrouiller l'écheveau d'affaires que ton mari a mêlé.

— Non, laisse-moi faire; je saurai le manœuvrer. Il m'aime, eh bien, je me servirai de mon empire sur lui pour l'amener à me placer promptement quelques capitaux en propriétés. Peut-être lui ferai-je racheter sous mon nom Nucingen, en Alsace, il y tient. Seulement venez demain pour examiner ses livres, ses affaires. Monsieur Derville ne sait rien de ce qui est commercial. Non, ne venez pas demain. Je ne veux pas me tourner le sang. Le bal de madame de Beauséant a lieu après-demain, je veux me soigner pour y être belle, reposée, et faire honneur à mon cher Eugène! Allons donc voir sa chambre.

En ce moment une voiture s'arrêta dans la rue Neuve-Sainte-Geneviève, et l'on entendit dans l'escalier la voix de madame de Restaud, qui disait à Sylvie : — Mon père y est-il? Cette circonstance sauva heureusement Eugène, qui méditait déjà de se jeter sur son lit et de feindre d'y dormir.

— Ah! mon père, vous a-t-on parlé d'Anastasie? dit Delphine en reconnaissant la voix de sa sœur. Il paraîtrait qu'il arrive aussi de singulières choses dans son ménage.

— Quoi donc! dit le père Goriot : ce serait donc ma fin. Ma pauvre tête ne tiendra pas à un double malheur.

— Bonjour, mon père, dit la comtesse en entrant. Ah! te voilà, Delphine.

Madame de Restaud parut embarrassée de rencontrer sa sœur.

— Bonjour, Nasie, dit la baronne. Trouves-tu donc ma présence extraordinaire? Je vois mon père tous les jours, moi.

— Depuis quand?

— Si tu y venais, tu le saurais.

— Ne me taquine pas, Delphine, dit la comtesse d'une voix lamentable. Je suis bien malheureuse, je suis perdue, mon pauvre père! oh! bien perdue cette fois!

— Qu'as-tu, Nasie? cria le père Goriot. Dis-nous tout, mon enfant. Elle pâlit. Delphine, allons, secoursla donc, sois bonne pour elle, je t'aimerai encore mieux, si je peux, toi!

— Ma pauvre Nasie, dit madame de Nucingen en asseyant sa sœur, parle. Tu vois en nous les deux seules personnes qui t'aimeront toujours assez pour te pardonner tout. Vois-tu, les affections de famille sont les plus sûres. Elle lui fit respirer des sels, et la comtesse revint à elle.

— J'en mourrai, dit le père Goriot. Voyons, reprit-il en remuant son feu de mottes, approchez-vous toutes les deux. J'ai froid. Qu'as-tu, Nasie ? dis vite, tu me tues...

— Eh bien! dit la pauvre femme, mon mari sait tout. Figurez-vous, mon père, il y a quelque temps, vous souvenez-vous de cette lettre de change de Maxime ? Eh bien! ce n'était pas la première. J'en avais déjà payé beaucoup. Vers le commencement de janvier, monsieur de Trailles me paraissait bien chagrin. Il ne me disait rien; mais il est si facile de lire dans le cœur des gens qu'on aime, un rien suffit : puis il y a des pressentiments. Enfin il était plus aimant, plus tendre que je ne l'avais jamais vu, j'étais toujours plus heureuse. Pauvre Maxime! dans sa pensée, il me faisait ses adieux, m'a-t-il dit; il voulait se brûler la cervelle. Enfin je l'ai tant tourmenté, tant supplié, je suis restée deux heures à ses genoux. Il m'a dit qu'il devait cent mille francs! Oh! papa, cent mille francs! Je suis devenue folle. Vous ne les aviez pas, j'avais tout dévoré...

— Non, dit le père Goriot, je n'aurais pas pu les faire, à moins d'aller les voler. Mais j'y aurais été, Nasie! J'irai.

A ce mot lugubrement jeté, comme un son du râle d'un mourant, et qui accusait l'agonie du sentiment paternel réduit à l'impuissance, les deux sœurs firent une pause. Quel égoïsme serait resté froid à ce cri de désespoir qui, semblable à une pierre lancée dans un gouffre, en révélait la profondeur ?

— Je les ai trouvés en disposant de ce qui ne m'appartenait pas, mon père, dit la comtesse en fondant en larmes.

Delphine fut émue et pleura en mettant la tête sur le cou de sa sœur.

— Tout est donc vrai, dit-elle.

Anastasie baissa la tête, madame de Nucingen la saisit à plein corps, la baisa tendrement, et l'appuyant sur son cœur : — Ici, tu seras toujours aimée sans être jugée, lui dit-elle.

— Mes anges, dit Goriot d'une voix faible, pourquoi votre union est-elle due au malheur ?

— Pour sauver la vie de Maxime, enfin pour sauver tout mon bonheur, reprit la comtesse encouragée par ces témoignages d'une tendresse chaude et palpitante, j'ai porté chez cet usurier que vous connaissez, un homme fabriqué par l'enfer, que rien ne peut attendrir, ce monsieur Gobseck, les diamants de famille auxquels tient tant monsieur de Restaud, les siens, les miens, tout, je les ai vendus. Vendus ! comprenez-vous ? il a été sauvé ! Mais, moi, je suis morte. Restaud a tout su.

— Par qui ? comment ? Que je le tue ! cria le père Goriot.

— Hier, il m'a fait appeler dans sa chambre. J'y suis allée... « Anastasie, m'a-t-il dit d'une voix... (oh ! sa voix a suffi, j'ai tout deviné), où sont vos diamants ? » Chez moi. « Non, m'a-t-il dit en me regardant, ils sont là, sur ma commode. » Et il m'a montré l'écrin qu'il avait couvert de son mouchoir. « Vous savez d'où ils viennent ? » m'a-t-il dit. Je suis tombée à ses genoux... j'ai pleuré, je lui ai demandé de quelle mort il voulait me voir mourir.

— Tu as dit cela ! s'écria le père Goriot. Par le sacré nom de Dieu, celui qui vous fera mal à l'une ou à l'autre, tant que je serai vivant, peut être sûr que je le brûlerai à petit feu ! Oui, je le déchiquetterai comme...

Le père Goriot se tut, les mots expiraient dans sa gorge.

— Enfin, ma chère, il m'a demandé quelque chose de plus difficile à faire que de mourir. Le ciel préserve toute femme d'entendre ce que j'ai entendu !

— J'assassinerai cet homme, dit le père Goriot tranquillement. Mais il n'a qu'une vie, et il m'en doit deux. Enfin, quoi ? reprit-il en regardant Anastasie.

— Eh bien ! dit la comtesse en continuant après une pause, il m'a regardée : « Anastasie, m'a-t-il dit, j'ensevelis tout dans le silence, nous resterons ensemble, nous avons des enfants. Je ne tuerai pas monsieur de Trailles, je pourrais le manquer, et pour m'en défaire autrement je pourrais me heurter contre la justice humaine. Le tuer dans vos bras, ce serait déshonorer les enfants. Mais pour ne voir périr ni vos enfants, ni leur père, ni moi, je vous impose deux conditions. Répondez : Ai-je un enfant à moi ? » J'ai dit oui. « Lequel ? » a-t-il demandé. Ernest, notre aîné. « Bien, a-t-il dit. Maintenant, jurez-moi de m'obéir désormais sur un seul point. » J'ai juré. « Vous signerez la vente de vos biens quand je vous le demanderai. »

— Ne signe pas, cria le père Goriot. Ne signe jamais cela. Ah! ah! monsieur de Restaud, vous ne savez pas ce que c'est que de rendre une femme heureuse, elle va chercher le bonheur là où il est, et vous la punissez de votre niaise impuissance ?... Je suis là, moi, halte-là! il me trouvera dans sa route. Nasie, sois en repos. Ah, il tient à son héritier! bon, bon. Je lui empoignerai son fils, qui, sacré tonnerre, est mon petit-fils. Je puis bien le voir, ce marmot ? Je le mets dans mon village, j'en aurai soin, sois bien tranquille. Je le ferai capituler, ce monstre-là, en lui disant : A nous deux! Si tu veux avoir ton fils, rends à ma fille son bien, et laisse-la se conduire à sa guise.

— Mon père!

— Oui, ton père! Ah! je suis un vrai père. Que ce drôle de grand seigneur ne maltraite pas mes filles. Tonnerre! je ne sais pas ce que j'ai dans les veines. J'y ai le sang d'un tigre, je voudrais dévorer ces deux hommes. O mes enfants! voilà donc votre vie ? Mais c'est ma mort. Que deviendrez-vous donc quand je ne serai plus là ? Les pères devraient vivre autant que leurs enfants. Mon Dieu, comme ton monde est mal arrangé! Et tu as un fils cependant, à ce qu'on nous dit. Tu devrais nous empêcher de souffrir dans nos enfants. Mes chers anges, quoi! ce n'est qu'à vos douleurs que je dois votre présence. Vous ne me faites connaître que vos larmes. Eh bien, oui, vous m'aimez, je le vois. Venez, venez vous plaindre ici! mon cœur est grand, il peut tout recevoir. Oui, vous aurez beau le percer, les lambeaux feront encore des cœurs de père. Je voudrais prendre vos peines, souffrir pour vous. Ah! quand vous étiez petites, vous étiez bien heureuses...

— Nous n'avons eu que ce temps-là de bon, dit Delphine. Où sont les moments où nous dégringolions du haut des sacs dans le grand grenier ?

— Mon père! ce n'est pas tout, dit Anastasie à l'oreille de Goriot qui fit un bond. Les diamants n'ont pas été vendu cent mille francs. Maxime est poursuivi. Nous n'avons plus que douze mille francs à payer. Il m'a promis d'être sage, de ne plus jouer. Il ne me reste plus au monde que son amour, et je l'ai payé trop cher pour ne pas mourir s'il m'échappait. Je lui ai sacrifié fortune,

honneur, repos, enfants. Oh! faites qu'au moins Maxime
soit libre, honoré, qu'il puisse demeurer dans le monde
où il saura se faire une position. Maintenant il ne me
doit pas que le bonheur, nous avons des enfants qui
seraient sans fortune. Tout sera perdu s'il est mis à
Sainte-Pélagie.

— Je ne les ai pas, Nasie. Plus, plus rien, plus rien!
C'est la fin du monde. Oh! le monde va crouler, c'est
sûr. Allez-vous-en, sauvez-vous avant! Ah! j'ai encore
mes boucles d'argent, six couverts, les premiers que j'aie
eus dans ma vie. Enfin, je n'ai plus que douze cents francs
de rente viagère...

— Qu'avez-vous donc fait de vos rentes perpétuelles?

— Je les ai vendues en me réservant ce petit bout de
revenu pour mes besoins. Il me fallait douze mille francs
pour arranger un appartement à Fifine.

— Chez toi, Delphine? dit madame de Restaud à sa
sœur.

— Oh! qu'est-ce que cela fait! reprit le père Goriot,
les douze mille francs sont employés.

— Je devine, dit la comtesse. Pour monsieur de Rastignac. Ah! ma pauvre Delphine, arrête-toi. Vois où j'en
suis.

— Ma chère, monsieur de Rastignac est un jeune
homme incapable de ruiner sa maîtresse.

— Merci, Delphine. Dans la crise où je me trouve,
j'attendais mieux de toi; mais tu ne m'as jamais aimée.

— Si, elle t'aime, Nasie, cria le père Goriot, elle me
le disait tout à l'heure. Nous parlions de toi, elle me soutenait que tu étais belle et qu'elle n'était que jolie, elle!

— Elle! répéta la comtesse, elle est d'un beau froid.

— Quand cela serait, dit Delphine en rougissant, comment t'es-tu comportée envers moi? Tu m'as reniée, tu
m'as fait fermer les portes de toutes les maisons où je
souhaitais aller, enfin tu n'as jamais manqué la moindre
occasion de me causer de la peine. Et moi, suis-je venue,
comme toi, soutirer à ce pauvre père, mille francs à
mille francs, sa fortune, et le réduire dans l'état où il est?
Voilà ton ouvrage, ma sœur. Moi, j'ai vu mon père tant
que j'ai pu, je ne l'ai pas mis à la porte, et je ne suis pas
venue lui lécher les mains quand j'avais besoin de lui.
Je ne savais seulement pas qu'il eût employé ces
douze mille francs pour moi. J'ai de l'ordre, moi! tu le
sais. D'ailleurs, quand papa m'a fait des cadeaux, je ne
les ai jamais quêtés.

— Tu étais plus heureuse que moi : monsieur de Marsay était riche, tu en sais quelque chose. Tu as toujours été vilaine comme l'or. Adieu, je n'ai ni sœur, ni...

— Tais-toi, Nasie! cria le père Goriot.

— Il n'y a qu'une sœur comme toi qui puisse répéter ce que le monde ne croit plus, tu es un monstre, lui dit Delphine.

— Mes enfants, mes enfants, taisez-vous, ou je me tue devant vous.

— Va, Nasie, je te pardonne, dit madame de Nucingen en continuant, tu es malheureuse. Mais je suis meilleure que tu ne l'es. Me dire cela au moment où je me sentais capable de tout pour te secourir, même d'entrer dans la chambre de mon mari, ce que je ne ferais ni pour moi ni pour... Ceci est digne de tout ce que tu as commis de mal contre moi depuis neuf ans.

— Mes enfants, mes enfants, embrassez-vous! dit le père. Vous êtes deux anges.

— Non, laissez-moi, cria la comtesse que Goriot avait prise par le bras et qui secoua l'embrassement de son père. Elle a moins de pitié pour moi que n'en aurait mon mari. Ne dirait-on pas qu'elle est l'image de toutes les vertus!

— J'aime encore mieux passer pour devoir de l'argent à monsieur de Marsay que d'avouer que monsieur de Trailles me coûte plus de deux cent mille francs, répondit madame de Nucingen.

— Delphine! cria la comtesse en faisant un pas vers elle.

— Je te dis la vérité quand tu me calomnies, répliqua froidement la baronne.

— Delphine! tu es une...

Le père Goriot s'élança, retint la comtesse et l'empêcha de parler en lui couvrant la bouche avec sa main.

— Mon Dieu! mon père, à quoi donc avez-vous touché ce matin? lui dit Anastasie.

— Eh bien, oui, j'ai tort, dit le pauvre père en s'essuyant les mains à son pantalon. Mais je ne savais pas que vous viendriez, je déménage.

Il était heureux de s'être attiré un reproche qui détournait sur lui la colère de sa fille.

— Ah! reprit-il en s'asseyant, vous m'avez fendu le cœur. Je me meurs, mes enfants! Le crâne me cuit intérieurement comme s'il avait du feu. Soyez donc gentilles, aimez-vous bien! Vous me feriez mourir. Delphine,

Nasie, allons, vous aviez raison, vous aviez tort toutes les
deux. Voyons, Dedel, reprit-il en portant sur la baronne
des yeux pleins de larmes, il lui faut douze mille francs,
cherchons-les. Ne vous regardez pas comme ça. Il se
mit à genoux devant Delphine. — Demande-lui pardon
pour me faire plaisir, lui dit-il à l'oreille, elle est la plus
malheureuse, voyons ?

— Ma pauvre Nasie, dit Delphine épouvantée de la
sauvage et folle expression que la douleur imprimait sur
le visage de son père, j'ai eu tort, embrasse-moi...

— Ah! vous me mettez du baume sur le cœur, cria le
père Goriot. Mais où trouver douze mille francs ? Si je
me proposais comme remplaçant ?

— Ah! mon père! dirent les deux filles en l'entourant,
non, non.

— Dieu vous récompensera de cette pensée, notre vie
n'y suffirait point! n'est-ce pas, Nasie ? reprit Delphine.

— Et puis, pauvre père, ce serait une goutte d'eau, fit
observer la comtesse.

— Mais on ne peut donc rien faire de son sang ? cria
le vieillard désespéré. Je me voue à celui qui te sauvera,
Nasie! je tuerai un homme pour lui. Je ferai comme
Vautrin, j'irai au bagne! je... Il s'arrêta comme s'il eût
été foudroyé. Plus rien! dit-il en s'arrachant les cheveux.
Si je savais où aller pour voler, mais il est encore difficile
de trouver un vol à faire. Et puis il faudrait du monde
et du temps pour prendre la Banque. Allons, je dois
mourir, je n'ai plus qu'à mourir. Oui, je ne suis plus bon
à rien, je ne suis plus père! non. Elle me demande, elle
a besoin! et moi, misérable, je n'ai rien. Ah! tu t'es fait
des rentes viagères, vieux scélérat, et tu avais des filles!
Mais tu ne les aimes donc pas ? Crève, crève comme un
chien que tu es! Oui, je suis au-dessous d'un chien,
un chien ne se conduirait pas ainsi! Oh! ma tête! elle
bout!

— Mais, papa, crièrent les deux jeunes femmes qui
l'entouraient pour l'empêcher de se frapper la tête contre
les murs, soyez donc raisonnable.

Il sanglotait. Eugène, épouvanté, prit la lettre de
change souscrite à Vautrin, et dont le timbre comportait
une plus forte somme; il en corrigea le chiffre, en fit
une lettre de change régulière de douze mille francs à
l'ordre de Goriot et entra.

— Voici tout votre argent, madame, dit-il en présentant le papier. Je dormais, votre conversation m'a réveillé,

j'ai pu savoir ainsi ce que je devais à monsieur Goriot. En voici le titre que vous pouvez négocier, je l'acquitterai fidèlement.

La comtesse, immobile, tenait le papier.

— Delphine, dit-elle pâle et tremblante de colère, de fureur, de rage, je te pardonnais tout, Dieu m'en est témoin, mais ceci! Comment, monsieur était là, tu le savais! tu as eu la petitesse de te venger en me laissant lui livrer mes secrets, ma vie, celle de mes enfants, ma honte, mon honneur! Va, tu ne m'es plus de rien, je te hais, je te ferai tout le mal possible, je... La colère lui coupa la parole, et son gosier se sécha.

— Mais c'est mon fils, notre enfant, ton frère, ton sauveur, criait le père Goriot. Embrasse-le donc, Nasie! Tiens, moi je l'embrasse, reprit-il en serrant Eugène avec une sorte de fureur. Oh! mon enfant! je serai plus qu'un père pour toi, je veux être une famille. Je voudrais être Dieu, je te jetterais l'univers aux pieds. Mais, baise-le donc, Nasie! ce n'est pas un homme, mais un ange, un véritable ange!

— Laissez-la, mon père, elle est folle en ce moment, dit Delphine.

— Folle! folle! Et toi, qu'es-tu? demanda madame de Restaud.

— Mes enfants, je meurs si vous continuez, cria le vieillard en tombant sur son lit comme frappé par une balle. — Elles me tuent! se dit-il.

La comtesse regarda Eugène, qui restait immobile, abasourdi par la violence de cette scène. — Monsieur, lui dit-elle en l'interrogeant du geste, de la voix et du regard, sans faire attention à son père dont le gilet fut rapidement défait par Delphine.

— Madame, je paierai et je me tairai, répondit-il sans attendre la question.

— Tu as tué notre père, Nasie! dit Delphine en montrant le vieillard évanoui à sa sœur, qui se sauva.

— Je lui pardonne bien, dit le bonhomme en ouvrant les yeux, sa situation est épouvantable et tournerait une meilleure tête. Console Nasie, sois douce pour elle, promets-le à ton pauvre père, qui se meurt, demanda-t-il à Delphine en lui pressant la main.

— Mais qu'avez-vous? dit-elle tout effrayée.

— Rien, rien, répondit le père, ça se passera. J'ai quelque chose qui me presse le front, une migraine. Pauvre Nasie, quel avenir!

En ce moment la comtesse rentra, se jeta aux genoux
de son père : — Pardon! cria-t-elle.

— Allons, dit le père Goriot, tu me fais encore plus
de mal maintenant.

— Monsieur, dit la comtesse à Rastignac, les yeux
baignés de larmes, la douleur m'a rendue injuste. Vous
serez un frère pour moi? reprit-elle en lui tendant la main.

— Nasie, lui dit Delphine en la serrant, ma petite
Nasie, oublions tout.

— Non, dit-elle, je m'en souviendrai, moi!

— Les anges, s'écria le père Goriot, vous m'enlevez
le rideau que j'avais sur les yeux, votre voix me ranime.
Embrassez-vous donc encore. Eh bien! Nasie, cette
lettre de change te sauvera-t-elle?

— Je l'espère. Dites donc, papa, voulez-vous y mettre
votre signature?

— Tiens, suis-je bête, moi, d'oublier ça! Mais je me
suis trouvé mal. Nasie, ne m'en veux pas. Envoie-moi
dire que tu es hors de peine. Non, j'irai. Mais non, je
n'irai pas, je ne puis plus voir ton mari, je le tuerais net.
Quant à dénaturer tes biens, je serai là. Va vite, mon
enfant, et fais que Maxime devienne sage.

Eugène était stupéfait.

— Cette pauvre Anastasie a toujours été violente, dit
madame de Nucingen, mais elle a bon cœur.

— Elle est revenue pour l'endos, dit Eugène à l'oreille
de Delphine.

— Vous croyez?

— Je voudrais ne pas le croire. Méfiez-vous d'elle,
répondit-il en levant les yeux comme pour confier à
Dieu des pensées qu'il n'osait exprimer.

— Oui, elle a toujours été un peu comédienne, et mon
pauvre père se laisse prendre à ses mines.

— Comment allez-vous, mon bon père Goriot?
demanda Rastignac au vieillard.

— J'ai envie de dormir, répondit-il.

Eugène aida Goriot à se coucher. Puis, quand le bonhomme se fut endormi en tenant la main de Delphine,
sa fille se retira.

— Ce soir aux Italiens, dit-elle à Eugène, et tu me
diras comment il va. Demain, vous déménagerez, monsieur. Voyons votre chambre. Oh! quelle horreur! dit-
elle en y entrant. Mais vous étiez plus mal que n'est mon
père. Eugène, tu t'es bien conduit. Je vous aimerais
davantage si c'était possible; mais, mon enfant, si vous

voulez faire fortune, il ne faut pas jeter comme ça des
douze mille francs par les fenêtres. Le comte de Trailles
est joueur. Ma sœur ne veut pas voir ça. Il aurait été
chercher ses douze mille francs là où il sait perdre ou
gagner des monts d'or.

Un gémissement les fit revenir chez Goriot, qu'ils
trouvèrent en apparence endormi; mais quand les deux
amants s'approchèrent, ils entendirent ces mots : « Elles
ne sont pas heureuses! » Qu'il dormît ou qu'il veillât,
l'accent de cette phrase frappa si vivement le cœur de
sa fille, qu'elle s'approcha du grabat sur lequel gisait
son père, et le baisa au front. Il ouvrit ses yeux en disant :

— C'est Delphine!

— Eh bien! comment vas-tu ? demanda-t-elle.

— Bien, dit-il. Ne sois pas inquiète, je vais sortir.
Allez, allez, mes enfants, soyez heureux.

Eugène accompagna Delphine jusque chez elle; mais,
inquiet de l'état dans lequel il avait laissé Goriot, il refusa
de dîner avec elle, et revint à la Maison-Vauquer. Il
trouva le père Goriot debout et prêt à s'attabler. Bianchon
s'était mis de manière à bien examiner la figure du vermicellier. Quand il lui vit prendre son pain et le sentir
pour juger de la farine avec laquelle il était fait, l'étudiant,
ayant observé dans ce mouvement une absence totale de
ce que l'on pourrait nommer la conscience de l'acte, fit
un geste sinistre.

— Viens donc près de moi, monsieur l'interne à
Cochin, dit Eugène.

Bianchon s'y transporta d'autant plus volontiers qu'il
allait être près du vieux pensionnaire.

— Qu'a-t-il ? demanda Rastignac.

— A moins que je ne me trompe, il est flambé! Il a
dû se passer quelque chose d'extraordinaire en lui, il me
semble être sous le poids d'une apoplexie séreuse imminente. Quoique le bas de la figure soit assez calme, les
traits supérieurs du visage se tirent vers le front malgré
lui, vois! Puis les yeux sont dans l'état particulier qui
dénote l'invasion du sérum dans le cerveau. Ne dirait-
on pas qu'ils sont pleins d'une poussière fine ? Demain
matin j'en saurai davantage.

— Y aurait-il quelque remède ?

— Aucun. Peut-être pourra-t-on retarder sa mort si
l'on trouve les moyens de déterminer une réaction vers
les extrémités, vers les jambes; mais si demain soir les
symptômes ne cessent pas, le pauvre bonhomme est

perdu. Sais-tu par quel événement la maladie a été causée ?
il a dû recevoir un coup violent sous lequel son moral
aura succombé.

— Oui, dit Rastignac en se rappelant que les deux
filles avaient battu sans relâche sur le cœur de leur père.

— Au moins, se disait Eugène, Delphine aime son
père, elle !

Le soir, aux Italiens, Rastignac prit quelques précautions afin de ne pas trop alarmer madame de Nucingen.

— N'ayez pas d'inquiétude, répondit-elle aux premiers mots que lui dit Eugène, mon père est fort. Seulement, ce matin, nous l'avons un peu secoué. Nos fortunes
sont en question, songez-vous à l'étendue de ce malheur ?
Je ne vivrais pas si votre affection ne me rendait pas
insensible à ce que j'aurais regardé naguère comme des
angoisses mortelles. Il n'est plus aujourd'hui qu'une
seule crainte, un seul malheur pour moi, c'est de perdre
l'amour qui m'a fait sentir le plaisir de vivre. En dehors
de ce sentiment tout m'est indifférent, je n'aime plus
rien au monde. Vous êtes tout pour moi. Si je sens le
bonheur d'être riche, c'est pour mieux vous plaire. Je
suis, à ma honte, plus amante que je ne suis fille. Pourquoi ? je ne sais. Toute ma vie est en vous. Mon père
m'a donné un cœur, mais vous l'avez fait battre. Le monde
entier peut me blâmer, que m'importe ! si vous, qui
n'avez pas le droit de m'en vouloir, m'acquittez des crimes auxquels me condamne un sentiment irrésistible ?
Me croyez-vous une fille dénaturée ? oh, non, il est
impossible de ne pas aimer un père aussi bon que l'est
le nôtre. Pouvais-je empêcher qu'il ne vît enfin les
suites naturelles de nos déplorables mariages ? Pourquoi
ne les a-t-il pas empêchés ? N'était-ce pas à lui de réfléchir pour nous ? Aujourd'hui, je le sais, il souffre autant
que nous ; mais que pouvions-nous y faire ? Le consoler !
nous ne le consolerions de rien. Notre résignation lui
faisait plus de douleur que nos reproches et nos plaintes
ne lui causeraient de mal. Il est des situations dans la
vie où tout est amertume.

Eugène resta muet, saisi de tendresse par l'expression
naïve d'un sentiment vrai. Si les Parisiennes sont souvent
fausses, ivres de vanité, personnelles, coquettes, froides,
il est sûr que quand elles aiment réellement, elles sacri-
fient plus de sentiments que les autres femmes à leurs
passions ; elles se grandissent de toutes leurs petitesses,
et deviennent sublimes. Puis Eugène était frappé de

l'esprit profond et judicieux que la femme déploie pour
juger les sentiments les plus naturels, quand une affection privilégiée l'en sépare et la met à distance. Madame
de Nucingen se choqua du silence que gardait Eugène.

— A quoi pensez-vous donc ? lui demanda-t-elle.

— J'écoute encore ce que vous m'avez dit. J'ai cru
jusqu'ici vous aimer plus que vous ne m'aimiez.

Elle sourit et s'arma contre le plaisir qu'elle éprouva,
pour laisser la conversation dans les bornes imposées par
les convenances. Elle n'avait jamais entendu les expressions vibrantes d'un amour jeune et sincère. Quelques
mots de plus, elle ne se serait plus contenue.

— Eugène, dit-elle en changeant de conversation,
vous ne savez donc pas ce qui se passe ? Tout Paris sera
demain chez madame de Beauséant. Les Rochefide et le
marquis d'Ajuda se sont entendus pour ne rien ébruiter;
mais le Roi signe demain le contrat de mariage, et votre
pauvre cousine ne sait rien encore. Elle ne pourra pas se
dispenser de recevoir, et le marquis ne sera pas à son bal.
On ne s'entretient que de cette aventure.

— Et le monde se rit d'une infamie, et il y trempe!
Vous ne savez donc pas que madame de Beauséant en
mourra ?

— Non, dit Delphine en souriant, vous ne connaissez
pas ces sortes de femmes-là. Mais tout Paris viendra chez
elle, et j'y serai! Je vous dois ce bonheur-là pourtant.

— Mais, dit Rastignac, n'est-ce pas un de ces bruits
absurdes comme on en fait tant courir à Paris ?

— Nous saurons la vérité demain.

Eugène ne rentra pas à la Maison-Vauquer. Il ne put
se résoudre à ne pas jouir de son nouvel appartement.
Si, la veille, il avait été forcé de quitter Delphine, à une
heure après minuit, ce fut Delphine qui le quitta vers
deux heures pour retourner chez elle. Il dormit le lendemain assez tard, attendit vers midi madame de
Nucingen, qui vint déjeuner avec lui. Les jeunes gens
sont si avides de ces jolis bonheurs, qu'il avait presque
oublié le père Goriot. Ce fut une longue fête pour lui
que de s'habituer à chacune de ces élégantes choses qui
lui appartenaient. Madame de Nucingen était là, donnant
à tout un nouveau prix. Cependant, vers quatre heures,
les deux amants pensèrent au père Goriot en songeant
au bonheur qu'il se promettait à venir demeurer dans
cette maison. Eugène fit observer qu'il était nécessaire
d'y transporter promptement le bonhomme, s'il devait

être malade, et quitta Delphine pour courir à la Maison-Vauquer. Ni le père Goriot ni Bianchon n'étaient à table.

— Eh bien! lui dit le peintre, le père Goriot est éclopé. Bianchon est là-haut près de lui. Le bonhomme a vu l'une de ses filles, la comtesse de Restaurama. Puis il a voulu sortir et sa maladie a empiré. La société va être privée d'un de ses beaux ornements.

Rastignac s'élança vers l'escalier.

— Hé! monsieur Eugène!

— Monsieur Eugène! madame vous appelle, cria Sylvie.

— Monsieur, lui dit la veuve, monsieur Goriot et vous, vous deviez sortir le quinze de février. Voici trois jours que le quinze est passé, nous sommes au dix-huit, il faudra me payer un mois pour vous et pour lui, mais, si vous voulez garantir le père Goriot, votre parole me suffira.

— Pourquoi? n'avez-vous pas confiance?

— Confiance! si le bonhomme n'avait plus sa tête et mourait, ses filles ne me donneraient pas un liard, et toute sa défroque ne vaut pas dix francs. Il a emporté ce matin ses derniers couverts, je ne sais pourquoi. Il s'était mis en jeune homme. Dieu me pardonne, je crois qu'il avait du rouge, il m'a paru rajeuni.

— Je réponds de tout, dit Eugène en frissonnant d'horreur et appréhendant une catastrophe

Il monta chez le père Goriot. Le vieillard gisait sur son lit, et Bianchon était auprès de lui.

— Bonjour, père, lui dit Eugène.

Le bonhomme lui sourit doucement, et répondit en tournant vers lui des yeux vitreux. — Comment va-t-elle?

— Bien. Et vous?

— Pas mal.

— Ne le fatigue pas, dit Bianchon en entraînant Eugène dans un coin de la chambre.

— Eh bien? lui dit Rastignac.

— Il ne peut être sauvé que par un miracle. La congestion séreuse a eu lieu, il a les sinapismes; heureusement il les sent, ils agissent.

— Peut-on le transporter?

— Impossible. Il faut le laisser là, lui éviter tout mouvement physique et toute émotion...

— Mon bon Bianchon, dit Eugène, nous le soignerons à nous deux.

— J'ai déjà fait venir le médecin en chef de mon hôpital.

— Eh bien ?

— Il prononcera demain soir. Il m'a promis de venir après sa journée. Malheureusement ce fichu bonhomme a commis ce matin une imprudence sur laquelle il ne veut pas s'expliquer. Il est entêté comme une mule. Quand je lui parle, il fait semblant de ne pas entendre, et dort pour ne pas me répondre; ou bien, s'il a les yeux ouverts, il se met à geindre. Il est sorti vers le matin, il a été à pied dans Paris, on ne sait où. Il a emporté tout ce qu'il possédait de vaillant, il a été faire quelque sacré trafic pour lequel il a outrepassé ses forces! Une de ses filles est venue.

— La comtesse ? dit Eugène. Une grande brune, l'œil vif et bien coupé, joli pied, taille souple ?

— Oui.

— Laisse-moi seul un moment avec lui, dit Rastignac. Je vais le confesser, il me dira tout, à moi.

— Je vais aller dîner pendant ce temps-là. Seulement tâche de ne pas trop l'agiter; nous avons encore quelque espoir.

— Sois tranquille.

— Elles s'amuseront bien demain, dit le père Goriot à Eugène quand ils furent seuls. Elles vont à un grand bal.

— Qu'avez-vous donc fait ce matin, papa, pour être si souffrant ce soir qu'il vous faille rester au lit ?

— Rien.

— Anastasie est venue ? demanda Rastignac.

— Oui, répondit le père Goriot.

— Eh bien! ne me cachez rien. Que vous a-t-elle encore demandé ?

— Ah! reprit-il en rassemblant ses forces pour parler, elle était bien malheureuse, allez, mon enfant! Nasie n'a pas un sou depuis l'affaire des diamants. Elle avait commandé, pour ce bal, une robe lamée qui doit lui aller comme un bijou. Sa couturière, une infâme, n'a pas voulu lui faire crédit, et sa femme de chambre a payé mille francs en à-compte sur la toilette. Pauvre Nasie, en être venue là! Ça m'a déchiré le cœur. Mais la femme de chambre, voyant ce Restaud retirer toute sa confiance à Nasie, a eu peur de perdre son argent, et s'entend avec la couturière pour ne livrer la robe que si les mille francs sont rendus. Le bal est demain, la robe est prête, Nasie est au désespoir. Elle a voulu m'emprunter mes couverts

pour les engager. Son mari veut qu'elle aille à ce bal
pour montrer à tout Paris les diamants qu'on prétend
vendus par elle. Peut-elle dire à ce monstre : « Je dois
mille francs, payez-les » ? Non. J'ai compris ça, moi. Sa
sœur Delphine ira là dans une toilette superbe. Anastasie
ne doit pas être au-dessous de sa cadette. Et puis elle
est si noyée de larmes, ma pauvre fille! J'ai été si humilié
de n'avoir pas eu douze mille francs hier, que j'aurais
donné le reste de ma misérable vie pour racheter ce tort-
là. Voyez-vous ? j'avais eu la force de tout supporter,
mais mon dernier manque d'argent m'a crevé le cœur.
Oh! oh! je n'en ai fait ni une ni deux, je me suis rafistolé,
requinqué; j'ai vendu pour six cents francs de couverts
et de boucles, puis j'ai engagé, pour un an, mon titre
de rente viagère contre quatre cents francs une fois
payés, au papa Gobseck. Bah! je mangerai du pain! ça
me suffisait quand j'étais jeune, ça peut encore aller.
Au moins elle aura une belle soirée, ma Nasie. Elle sera
pimpante. J'ai le billet de mille francs là sous mon chevet.
Ça me réchauffe d'avoir là sous la tête ce qui va faire
plaisir à la pauvre Nasie! Elle pourra mettre sa mauvaise
Victoire à la porte. A-t-on vu des domestiques ne pas
avoir confiance dans leurs maîtres! Demain je serai bien,
Nasie vient à dix heures. Je ne veux pas qu'elles me
croient malade, elles n'iraient point au bal, elles me soigneraient. Nasie m'embrassera demain comme son
enfant, ses caresses me guériront. Enfin, n'aurais-je pas
dépensé mille francs chez l'apothicaire ? J'aime mieux
les donner à mon Guérit-Tout, à ma Nasie. Je la conso-
lerai dans sa misère, au moins. Ça m'acquitte du tort de
m'être fait du viager. Elle est au fond de l'abîme, et moi
je ne suis plus assez fort pour l'en tirer. Oh! je vais me
remettre au commerce. J'irai à Odessa pour y acheter du
grain. Les blés valent là trois fois moins que les nôtres
ne coûtent. Si l'introduction des céréales est défendue
en nature, les braves gens qui font les lois n'ont pas
songé à prohiber les fabrications dont les blés sont le
principe. Hé, hé!... j'ai trouvé cela, moi, ce matin! Il y a
de beaux coups à faire dans les amidons.

— Il est fou, se dit Eugène en regardant le vieillard.
Allons, restez en repos, ne parlez pas...

Eugène descendit pour dîner quand Bianchon remonta.
Puis tous deux passèrent la nuit à garder le malade à
tour de rôle, en s'occupant, l'un à lire ses livres de médecine, l'autre à écrire à sa mère et à ses sœurs. Le lende-

main, les symptômes qui se déclarèrent chez le malade furent, suivant Bianchon, d'un favorable augure; mais ils exigèrent des soins continuels dont les deux étudiants étaient seuls capables, et dans le récit desquels il est impossible de compromettre la pudibonde phraséologie de l'époque. Les sangsues mises sur le corps appauvri du bonhomme furent accompagnées de cataplasmes, de bains de pied, de manœuvres médicales pour lesquelles il fallait d'ailleurs la force et le dévouement des deux jeunes gens. Madame de Restaud ne vint pas; elle envoya chercher sa somme par un commissionnaire.

— Je croyais qu'elle serait venue elle-même. Mais ce n'est pas un mal, elle se serait inquiétée, dit le père en paraissant heureux de cette circonstance.

A sept heures du soir, Thérèse vint apporter une lettre de Delphine.

« *Que faites-vous donc, mon ami ? A peine aimée, serais-je déjà négligée ? Vous m'avez montré, dans ces confidences versées de cœur à cœur, une trop belle âme pour n'être pas de ceux qui restent toujours fidèles en voyant combien les sentiments ont de nuances. Comme vous l'avez dit en écoutant la prière de Moïse :* « *Pour les uns c'est une même note, pour les autres c'est l'infini de la musique !* » *Songez que je vous attends ce soir pour aller au bal de madame de Beauséant. Décidément le contrat de monsieur d'Ajuda a été signé ce matin à la cour, et la pauvre vicomtesse ne l'a su qu'à deux heures. Tout Paris va se porter chez elle, comme le peuple encombre la Grève quand il doit y avoir une exécution. N'est-ce pas horrible d'aller voir si cette femme cachera sa douleur, si elle saura bien mourir ? Je n'irais certes pas, mon ami, si j'avais été déjà chez elle ; mais elle ne recevra plus sans doute, et tous les efforts que j'ai faits seraient superflus. Ma situation est bien différente de celle des autres. D'ailleurs, j'y vais pour vous aussi. Je vous attends. Si vous n'étiez pas près de moi dans deux heures, je ne sais si je vous pardonnerais cette félonie.* »

Rastignac prit une plume et répondit ainsi :

« *J'attends un médecin pour savoir si votre père doit vivre encore. Il est mourant. J'irai vous porter l'arrêt, et j'ai peur que ce ne soit un arrêt de mort. Vous verrez si vous pouvez aller au bal. Mille tendresses.* »

Le médecin vint à huit heures et demie, et, sans donner un avis favorable, il ne pensa pas que la mort dût être imminente. Il annonça des mieux et des rechutes alter-

natives d'où dépendraient la vie et la raison du bonhomme.

— Il vaudrait mieux qu'il mourût promptement, fut
le dernier mot du docteur.

Eugène confia le père Goriot aux soins de Bianchon,
et partit pour aller porter à madame de Nucingen les
tristes nouvelles qui, dans son esprit encore imbu des
devoirs de famille, devaient suspendre toute joie.

— Dites-lui qu'elle s'amuse tout de même, lui cria le
père Goriot qui paraissait assoupi, mais qui se dressa
sur son séant au moment où Rastignac sortit.

Le jeune homme se présenta navré de douleur à Delphine, et la trouva coiffée, chaussée, n'ayant plus que sa
robe de bal à mettre. Mais, semblables aux coups de
pinceau par lesquels les peintres achèvent leurs tableaux,
les derniers apprêts voulaient plus de temps que n'en
demandait le fond même de la toile.

— Eh quoi, vous n'êtes pas habillé ? dit-elle.

— Mais, madame, votre père...

— Encore mon père, s'écria-t-elle en l'interrompant.
Mais vous ne m'apprendrez pas ce que je dois à mon
père. Je connais mon père depuis longtemps. Pas un mot,
Eugène. Je ne vous écouterai que quand vous aurez fait
votre toilette. Thérèse a tout préparé chez vous; ma
voiture est prête, prenez-la; revenez. Nous causerons de
mon père en allant au bal. Il faut partir de bonne heure;
si nous sommes pris dans la file des voitures, nous serons
bien heureux de faire notre entrée à onze heures.

— Madame!

— Allez! pas un mot, dit-elle courant dans son boudoir pour y prendre un collier.

— Mais allez donc, monsieur Eugène, vous fâcherez
madame, dit Thérèse en poussant le jeune homme épouvanté de cet élégant parricide.

Il alla s'habiller en faisant les plus tristes, les plus
décourageantes réflexions. Il voyait le monde comme un
océan de boue dans lequel un homme se plongeait jusqu'au cou, s'il y trempait le pied. — Il ne s'y commet
que des crimes mesquins! se dit-il. Vautrin est plus
grand. Il avait vu les trois grandes expressions de la
société : l'Obéissance, la Lutte et la Révolte; la Famille,
le Monde et Vautrin. Et il n'osait prendre parti. L'Obéissance était ennuyeuse, la Révolte impossible, et la Lutte
incertaine. Sa pensée le reporta au sein de sa famille. Il
se souvint des pures émotions de cette vie calme, il se

rappela les jours passés au milieu des êtres dont il était chéri. En se conformant aux lois naturelles du foyer domestique, ces chères créatures y trouvaient un bonheur plein, continu, sans angoisses. Malgré ces bonnes pensées, il ne se sentit pas le courage de venir confesser la foi des âmes pures à Delphine, en lui ordonnant la Vertu au nom de l'Amour. Déjà son éducation commencée avait porté ses fruits. Il aimait égoïstement déjà. Son tact lui avait permis de reconnaître la nature du cœur de Delphine. Il pressentait qu'elle était capable de marcher sur le corps de son père pour aller au bal, et il n'avait ni la force de jouer le rôle d'un raisonneur, ni le courage de lui déplaire, ni la vertu de la quitter. « Elle ne me pardonnerait jamais d'avoir eu raison contre elle dans cette circonstance », se dit-il. Puis il commenta les paroles des médecins, il se plut à penser que le père Goriot n'était pas aussi dangereusement malade qu'il le croyait; enfin, il entassa des raisonnements assassins pour justifier Delphine. Elle ne connaissait pas l'état dans lequel était son père. Le bonhomme lui-même la renverrait au bal, si elle l'allait voir. Souvent la loi sociale, implacable dans sa formule, condamne là où le crime apparent est excusé par les innombrables modifications qu'introduisent au sein des familles la différence des caractères, la diversité des intérêts et des situations. Eugène voulait se tromper lui-même, il était prêt à faire à sa maîtresse le sacrifice de sa conscience. Depuis deux jours, tout était changé dans sa vie. La femme y avait jeté ses désordres, elle avait fait pâlir la famille, elle avait tout confisqué à son profit. Rastignac et Delphine s'étaient rencontrés dans les conditions voulues pour éprouver l'un par l'autre les plus vives jouissances. Leur passion bien préparée avait grandi par ce qui tue les passions, par la jouissance. En possédant cette femme, Eugène s'aperçut que jusqu'alors il ne l'avait que désirée, il ne l'aima qu'au lendemain du bonheur : l'amour n'est peut-être que la reconnaissance du plaisir. Infâme ou sublime, il adorait cette femme pour les voluptés qu'il lui avait apportées en dot, et pour toutes celles qu'il en avait reçues; de même que Delphine aimait Rastignac autant que Tantale aurait aimé l'ange qui serait venu satisfaire sa faim, ou étancher la soif de son gosier desséché.

— Eh bien! comment va mon père ? lui dit madame de Nucingen quand il fut de retour et en costume de bal.

— Extrêmement mal, répondit-il, si vous voulez me donner une preuve de votre affection, nous courrons le voir.

— Eh bien, oui, dit-elle, mais après le bal. Mon bon Eugène, sois gentil, ne me fais pas de morale, viens.

Ils partirent. Eugène resta silencieux pendant une partie du chemin.

— Qu'avez-vous donc ? dit-elle.

— J'entends le râle de votre père, répondit-il avec l'accent de la fâcherie. Et il se mit à raconter avec la chaleureuse éloquence du jeune âge la féroce action à laquelle madame de Restaud avait été poussée par la vanité, la crise mortelle que le dernier dévouement du père avait déterminée, et ce que coûterait la robe lamée d'Anastasie. Delphine pleurait.

— Je vais être laide, pensa-t-elle. Ses larmes se séchèrent. J'irai garder mon père, je ne quitterai pas son chevet, reprit-elle.

— Ah ! te voilà comme je te voulais, s'écria Rastignac.

Les lanternes de cinq cents voitures éclairaient les abords de l'hôtel de Beauséant. De chaque côté de la porte illuminée piaffait un gendarme. Le grand monde affluait si abondamment, et chacun mettait tant d'empressement à voir cette grande femme au moment de sa chute, que les appartements, situés au rez-de-chaussée de l'hôtel, étaient déjà pleins quand madame de Nucingen et Rastignac s'y présentèrent. Depuis le moment où toute la cour se rua chez la grande Mademoiselle à qui Louis XIV arrachait son amant, nul désastre de cœur ne fut plus éclatant que ne l'était celui de madame de Beauséant. En cette circonstance, la dernière fille de la quasi royale maison de Bourgogne se montra supérieure à son mal, et domina jusqu'à son dernier moment le monde dont elle n'avait accepté les vanités que pour les faire servir au triomphe de sa passion. Les plus belles femmes de Paris animaient les salons de leurs toilettes et de leurs sourires. Les hommes les plus distingués de la cour, les ambassadeurs, les ministres, les gens illustrés en tout genre, chamarrés de croix, de plaques, de cordons multicolores, se pressaient autour de la vicomtesse. L'orchestre faisait résonner les motifs de sa musique sous les lambris dorés de ce palais, désert pour sa reine. Madame de Beauséant se tenait debout devant son premier salon pour recevoir ses prétendus amis. Vêtue de blanc, sans aucun ornement dans ses cheveux simplement nattés, elle semblait calme, et n'affichait ni douleur, ni fierté, ni fausse joie. Personne ne pouvait lire dans son âme. Vous eussiez dit d'une Niobé de marbre. Son sourire à ses intimes amis fut parfois railleur; mais elle parut à tous semblable à elle-même, et se montra si bien ce qu'elle était quand le bonheur la parait de ses rayons, que les plus insensibles l'admirèrent, comme les jeunes Romaines applaudissaient le gladiateur qui savait sourire en expirant. Le monde semblait s'être paré pour faire ses adieux à l'une de ses souveraines.

— Je tremblais que vous ne vinssiez pas, dit-elle à Rastignac.

— Madame, répondit-il d'une voix émue en prenant ce mot pour un reproche, je suis venu pour rester le dernier.

— Bien, dit-elle en lui prenant la main. Vous êtes peut-être ici le seul auquel je puisse me fier. Mon ami, aimez une femme que vous puissiez aimer toujours. N'en abandonnez aucune.

Elle prit le bras de Rastignac et le mena sur un canapé, dans le salon où l'on jouait.

— Allez, lui dit-elle, chez le marquis. Jacques, mon valet de chambre, vous y conduira et vous remettra une lettre pour lui. Je lui demande ma correspondance. Il vous la remettra tout entière, j'aime à le croire. Si vous avez mes lettres, montez dans ma chambre. On me préviendra.

Elle se leva pour aller au-devant de la duchesse de Langeais, sa meilleure amie, qui venait aussi. Rastignac partit, fit demander le marquis d'Ajuda à l'hôtel de Rochefide, où il devait passer la soirée, et où il le trouva. Le marquis l'emmena chez lui, remit une boîte à l'étudiant, et lui dit : « Elles y sont toutes. » Il parut vouloir parler à Eugène, soit pour le questionner sur les événements du bal et sur la vicomtesse, soit pour lui avouer que déjà peut-être il était au désespoir de son mariage, comme il le fut plus tard; mais un éclair d'orgueil brilla dans ses yeux, et il eut le déplorable courage de garder le secret sur ses plus nobles sentiments. « Ne lui dites rien de moi, mon cher Eugène. » Il pressa la main de Rastignac par un mouvement affectueusement triste, et lui fit signe de partir. Eugène revint à l'hôtel de Beauséant, et fut introduit dans la chambre de la vicomtesse, où il vit les apprêts d'un départ. Il s'assit auprès du feu, regarda la cassette en cèdre, et tomba dans une profonde mélan-

colie. Pour lui, madame de Beauséant avait les proportions des déesses de *l'Iliade*.

— Ah! mon ami, dit la vicomtesse en entrant et
appuyant sa main sur l'épaule de Rastignac.

Il aperçut sa cousine en pleurs, les yeux levés, une
main tremblante, l'autre levée. Elle prit tout à coup la
boîte, la plaça dans le feu et la vit brûler.

— Ils dansent! ils sont venus tous bien exactement,
tandis que la mort viendra tard. Chut! mon ami, dit-elle
en mettant un doigt sur la bouche de Rastignac prêt à
parler. Je ne verrai plus jamais ni Paris ni le monde. A
cinq heures du matin, je vais partir pour aller m'ensevelir au fond de la Normandie. Depuis trois heures
après midi, j'ai été obligée de faire mes préparatifs, signer
des actes, voir à des affaires; je ne pouvais envoyer personne chez... Elle s'arrêta. Il était sûr qu'on le trouverait
chez... Elle s'arrêta encore, accablée de douleur. En ces
moments tout est souffrance, et certains mots sont impossibles à prononcer. — Enfin, reprit-elle, je comptais sur
vous ce soir pour ce dernier service. Je voudrais vous
donner un gage de mon amitié. Je penserai souvent à
vous, qui m'avez paru bon et noble, jeune et candide au
milieu de ce monde où ces qualités sont si rares. Je souhaite que vous songiez quelquefois à moi. Tenez, dit-elle
en jetant les yeux autour d'elle, voici le coffret où je met-
tais mes gants. Toutes les fois que j'en ai pris avant
d'aller au bal ou au spectacle, je me sentais belle, parce
que j'étais heureuse, et je n'y touchais que pour y laisser
quelque pensée gracieuse : il y a beaucoup de moi là-
dedans, il y a toute une madame de Beauséant qui n'est
plus. Acceptez-le. J'aurai soin qu'on le porte chez vous,
rue d'Artois. Madame de Nucingen est fort bien ce soir,
aimez-la bien. Si nous ne nous voyons plus, mon ami,
soyez sûr que je ferai des vœux pour vous, qui avez été
bon pour moi. Descendons, je ne veux pas leur laisser
croire que je pleure. J'ai l'éternité devant moi, j'y serai
seule, et personne ne m'y demandera compte de mes
larmes. Encore un regard à cette chambre. Elle s'arrêta.
Puis, après s'être un moment caché les yeux avec sa main,
elle se les essuya, les baigna d'eau fraîche, et prit le bras
de l'étudiant. — Marchons! dit-elle.

Rastignac n'avait pas encore senti d'émotion aussi
violente que fut le contact de cette douleur si noblement
contenue. En rentrant dans le bal, Eugène en fit le tour
avec madame de Beauséant, dernière et délicate attention

de cette gracieuse femme. Bientôt il aperçut les deux sœurs, madame de Restaud et madame de Nucingen. La comtesse était magnifique avec tous ses diamants étalés, qui, pour elle, étaient brûlants sans doute, elle les portait pour la dernière fois. Quelque puissants que fussent son orgueil et son amour, elle ne soutenait pas bien les regards de son mari. Ce spectacle n'était pas de nature à rendre les pensées de Rastignac moins tristes. Il revit alors, sous les diamants des deux sœurs, le grabat sur lequel gisait le père Goriot. Son attitude mélancolique ayant trompé la vicomtesse, elle lui retira son bras.

— Allez! je ne veux pas vous coûter un plaisir, dit-elle.

Eugène fut bientôt réclamé par Delphine, heureuse de l'effet qu'elle produisait, et jalouse de mettre aux pieds de l'étudiant les hommages qu'elle recueillait dans ce monde, où elle espérait être adoptée.

— Comment trouvez-vous Nasie ? lui dit-elle.

— Elle a, dit Rastignac, escompté jusqu'à la mort de son père.

Vers quatre heures du matin, la foule des salons commençait à s'éclaircir. Bientôt la musique ne se fit plus entendre. La duchesse de Langeais et Rastignac se trouvèrent seuls dans le grand salon. La vicomtesse, croyant n'y rencontrer que l'étudiant, y vint après avoir dit adieu à monsieur de Beauséant, qui s'alla coucher en lui répétant : « Vous avez tort, ma chère, d'aller vous enfermer à votre âge! Restez donc avec nous. »

En voyant la duchesse, madame de Beauséant ne put retenir une exclamation.

— Je vous ai devinée, Clara, dit madame de Langeais. Vous partez pour ne plus revenir; mais vous ne partirez pas sans m'avoir entendue et sans que nous nous soyons comprises. Elle prit son amie par le bras, l'emmena dans le salon voisin, et là, la regardant avec des larmes dans les yeux, elle la serra dans ses bras et la baisa sur les joues.

— Je ne veux pas vous quitter froidement, ma chère, ce serait un remords trop lourd. Vous pouvez compter sur moi comme sur vous-même. Vous avez été grande ce soir, je me suis sentie digne de vous, et veux vous le prouver. J'ai eu des torts envers vous, je n'ai pas toujours été bien, pardonnez-moi, ma chère : je désavoue tout ce qui a pu vous blesser, je voudrais reprendre mes paroles. Une même douleur a réuni nos âmes, et je ne sais qui de nous sera la plus malheureuse. Monsieur de Montriveau n'était pas ici ce soir, comprenez-vous ? Qui

vous a vue pendant ce bal, Clara, ne vous oubliera
jamais. Moi, je tente un dernier effort. Si j'échoue, j'irai
dans un couvent! Où allez-vous, vous ?

— En Normandie, à Courcelles, aimer, prier, jusqu'au jour où Dieu me retirera de ce monde.

— Venez, monsieur de Rastignac, dit la vicomtesse
d'une voix émue, en pensant que ce jeune homme attendait. L'étudiant plia le genou, prit la main de sa cousine
et la baisa. — Antoinette, adieu! reprit madame de
Beauséant, soyez heureuse. Quant à vous, vous l'êtes,
vous êtes jeune, vous pouvez croire à quelque chose,
dit-elle à l'étudiant. A mon départ de ce monde, j'aurai
eu, comme quelques mourants privilégiés, de religieuses,
de sincères émotions autour de moi!

Rastignac s'en alla vers cinq heures, après avoir vu
madame de Beauséant dans sa berline de voyage, après
avoir reçu son dernier adieu mouillé de larmes qui prou-
vaient que les personnes les plus élevées ne sont pas
mises hors de la loi du cœur et ne vivent pas sans chagrins, comme quelques courtisans du peuple voudraient
le lui faire croire. Eugène revint à pied vers la Maison-
Vauquer, par un temps humide et froid. Son éducation
s'achevait.

— Nous ne sauverons pas le pauvre père Goriot, lui
dit Bianchon quand Rastignac entra chez son voisin.

— Mon ami, lui dit Eugène après avoir regardé le
vieillard endormi, va, poursuis la destinée modeste à
laquelle tu bornes tes désirs. Moi, je suis en enfer, et il
faut que j'y reste. Quelque mal que l'on te dise du monde,
crois-le! il n'y a pas de Juvénal qui puisse en peindre
l'horreur couverte d'or et de pierreries.

Le lendemain, Rastignac fut éveillé sur les deux heures
après midi par Bianchon, qui, forcé de sortir, le pria de
garder le père Goriot, dont l'état avait fort empiré pendant la matinée.

— Le bonhomme n'a pas deux jours, n'a peut-être
pas six heures à vivre, dit l'élève en médecine, et cependant nous ne pouvons pas cesser de combattre le mal.
Il va falloir lui donner des soins coûteux. Nous serons
bien ses gardes-malades; mais je n'ai pas le sou, moi. J'ai
retourné ses poches, fouillé ses armoires : zéro au quo-
tient. Je l'ai questionné dans un moment où il avait sa
tête, il m'a dit ne pas avoir un liard à lui. Qu'as-tu, toi ?

— Il me reste vingt francs, répondit Rastignac, mais
j'irai les jouer, je gagnerai.

— Si tu perds ?

— Je demanderai de l'argent à ses gendres et à ses filles.

— Et s'ils ne t'en donnent pas ? reprit Bianchon. Le plus pressé dans ce moment n'est pas de trouver de l'argent, il faut envelopper le bonhomme d'un sinapisme bouillant depuis les pieds jusqu'à la moitié des cuisses. S'il crie, il y aura de la ressource. Tu sais comment cela s'arrange. D'ailleurs, Christophe t'aidera. Moi, je passerai chez l'apothicaire répondre de tous les médicaments que nous y prendrons. Il est malheureux que le pauvre homme n'ait pas été transportable à notre hospice, il y aurait été mieux. Allons, viens que je t'installe, et ne le quitte pas que je ne sois revenu.

Les deux jeunes gens entrèrent dans la chambre où gisait le vieillard. Eugène fut effrayé du changement de cette face convulsée, blanche et profondément débile.

— Eh bien, papa ? lui dit-il en se penchant sur le grabat.

Goriot leva sur Eugène des yeux ternes et le regarda fort attentivement sans le reconnaître. L'étudiant ne soutint pas ce spectacle, des larmes humectèrent ses yeux.

— Bianchon, ne faudrait-il pas des rideaux aux fenêtres ?

— Non. Les circonstances atmosphériques ne l'affectent plus. Ce serait trop heureux s'il avait chaud ou froid. Néanmoins il nous faut du feu pour faire les tisanes et préparer bien des choses. Je t'enverrai des falourdes qui nous serviront jusqu'à ce que nous ayons du bois. Hier et cette nuit, j'ai brûlé le tien et toutes les mottes du pauvre homme. Il faisait humide, l'eau dégouttait des murs. A peine ai-je pu sécher la chambre. Christophe l'a balayée, c'est vraiment une écurie. J'y ai brûlé du genièvre, ça puait trop.

— Mon Dieu ! dit Rastignac, mais ses filles !

— Tiens, s'il demande à boire, tu lui donneras de ceci, dit l'interne en montrant à Rastignac un grand pot blanc. Si tu l'entends se plaindre et que le ventre soit chaud et dur, tu te feras aider par Christophe pour lui administrer... tu sais. S'il avait, par hasard, une grande exaltation, s'il parlait beaucoup, s'il avait enfin un petit brin de démence, laisse-le aller. Ce ne sera pas un mauvais signe. Mais envoie Christophe à l'hospice Cochin. Notre médecin, mon camarade ou moi, nous viendrions lui appliquer des moxas. Nous avons fait ce matin, pendant que tu dormais, une grande consultation avec un élève du doc-

teur Gall, avec un médecin en chef de l'Hôtel-Dieu et le
nôtre. Ces messieurs ont cru reconnaître de curieux
symptômes, et nous allons suivre les progrès de la maladie, afin de nous éclairer sur plusieurs points scienti-
fiques assez importants. Un de ces messieurs prétend que
la pression du sérum, si elle portait plus sur un organe que
sur un autre, pourrait développer des faits particuliers.
Écoute-le donc bien, au cas où il parlerait, afin de constatation-
ter à quel genre d'idées appartiendraient ses discours : si
c'est des effets de mémoire, de pénétration, de jugement ;
s'il s'occupe de matérialités, ou de sentiments ; s'il calcule,
s'il revient sur le passé ; enfin sois en état de nous faire
un rapport exact. Il est possible que l'invasion ait lieu en
bloc, il mourra imbécile comme il l'est en ce moment.
Tout est bien bizarre dans ces sortes de maladie ! Si la
bombe crevait par ici, dit Bianchon en montrant l'occiput du malade, il y a des exemples de phénomènes sin-
guliers : le cerveau recouvre quelques-unes de ses facul-
tés, et la mort est plus lente à se déclarer. Les sérosités
peuvent se détourner du cerveau, prendre des routes
dont on ne connaît le cours que par l'autopsie. Il y a aux
Incurables un vieillard hébété chez qui l'épanchement a
suivi la colonne vertébrale ; il souffre horriblement, mais
il vit.

— Se sont-elles bien amusées ? dit le père Goriot, qui
reconnut Eugène.

— Oh ! il ne pense qu'à ses filles, dit Bianchon. Il m'a
dit plus de cent fois cette nuit : « Elles dansent ! elle a
sa robe. » Il les appelait par leurs noms. Il me faisait
pleurer, diable m'emporte ! avec ses intonations : « Delphine ! ma petite Delphine ! Nasie ! » Ma parole d'honneur, dit l'élève en médecine, c'était à fondre en larmes.

— Delphine, dit le vieillard, elle est là, n'est-ce pas ?
Je le savais bien. Et ses yeux recouvrèrent une activité
folle pour regarder les murs et la porte.

— Je descends dire à Sylvie de préparer les sinapismes,
cria Bianchon, le moment est favorable.

Rastignac resta seul près du vieillard, assis au pied du
lit, les yeux fixés sur cette tête effrayante et douloureuse
à voir.

— Madame de Beauséant s'enfuit, celui-ci se meurt,
dit-il. Les belles âmes ne peuvent pas rester longtemps
en ce monde. Comment les grands sentiments s'allie-
raient-ils, en effet, à une société mesquine, petite, super-
ficielle ?

Les images de la fête à laquelle il avait assisté se représentèrent à son souvenir et contrastèrent avec le spectacle de ce lit de mort. Bianchon reparut soudain.

— Dis donc, Eugène, je viens de voir notre médecin en chef, et je suis revenu toujours courant. S'il se manifeste des symptômes de raison, s'il parle, couche-le sur un long sinapisme, de manière à l'envelopper de moutarde depuis la nuque jusqu'à la chute des reins, et faisnous appeler.

— Cher Bianchon, dit Eugène.

— Oh! il s'agit d'un fait scientifique, reprit l'élève en médecine avec toute l'ardeur d'un néophyte.

— Allons, dit Eugène, je serai donc le seul à soigner ce pauvre vieillard par affection.

— Si tu m'avais vu ce matin, tu ne dirais pas cela, reprit Bianchon sans s'offenser du propos. Les médecins qui ont exercé ne voient que la maladie; moi, je vois encore le malade, mon cher garçon.

Il s'en alla, laissant Eugène seul avec le vieillard, et dans l'appréhension d'une crise qui ne tarda pas à se déclarer.

— Ah! c'est vous, mon cher enfant, dit le père Goriot en reconnaissant Eugène.

— Allez-vous mieux? demanda l'étudiant en lui prenant la main.

— Oui, j'avais la tête serrée comme dans un étau, mais elle se dégage. Avez-vous vu mes filles? Elles vont venir bientôt, elles accourront aussitôt qu'elles me sauront malade, elles m'ont tant soigné rue de la Jussienne! Mon Dieu! je voudrais que ma chambre fût propre pour les recevoir. Il y a un jeune homme qui m'a brûlé toutes mes mottes.

— J'entends Christophe, lui dit Eugène, il vous monte du bois que ce jeune homme vous envoie.

— Bon! mais comment payer le bois? je n'ai pas un sou, mon enfant. J'ai tout donné, tout. Je suis à la charité. La robe lamée était-elle belle au moins? (Ah! je souffre!) Merci, Christophe. Dieu vous récompensera, mon garçon; moi, je n'ai plus rien.

— Je te payerai bien, toi et Sylvie, dit Eugène à l'oreille du garçon.

— Mes filles vous ont dit qu'elles allaient venir, n'estce pas, Christophe? Vas-y encore, je te donnerai cent sous. Dis-leur que je ne me sens pas bien, que je voudrais les embrasser, les voir encore une fois avant de mourir. Dis-leur cela, mais sans trop les effrayer.

Christophe partit sur un signe de Rastignac.

— Elles vont venir, reprit le vieillard. Je les connais.
Cette bonne Delphine, si je meurs, quel chagrin je lui
causerai! Nasie aussi. Je ne voudrais pas mourir, pour
ne pas les faire pleurer. Mourir, mon bon Eugène, c'est
ne plus les voir. Là où l'on s'en va, je m'ennuierai bien.
Pour un père, l'enfer c'est d'être sans enfants, et j'ai déjà
fait mon apprentissage depuis qu'elles sont mariées. Mon
paradis était rue de la Jussienne. Dites donc, si je vais
en paradis, je pourrai revenir sur terre en esprit autour
d'elles. J'ai entendu dire de ces choses-là. Sont-elles
vraies? Je crois les voir en ce moment telles qu'elles
étaient rue de la Jussienne. Elles descendaient le matin.
Bonjour, papa, disaient-elles. Je les prenais sur mes genoux,
je leur faisais mille agaceries, des niches. Elles me cares-
saient gentiment. Nous déjeunions tous les matins
ensemble, nous dînions, enfin j'étais père, je jouissais de
mes enfants. Quand elles étaient rue de la Jussienne, elles
ne raisonnaient pas, elles ne savaient rien du monde, elles
m'aimaient bien. Mon Dieu! pourquoi ne sont-elles pas
toujours restées petites? (Oh! je souffre, la tête me tire.)
Ah! ah! pardon, mes enfants! je souffre horriblement, et il
faut que ce soit de la vraie douleur, vous m'avez rendu bien
dur au mal. Mon Dieu! si j'avais seulement leurs mains
dans les miennes, je ne sentirais point mon mal. Croyez-
vous qu'elles viennent? Christophe est si bête! J'aurais dû
y aller moi-même. Il va les voir, lui. Mais vous avez été hier
au bal. Dites-moi donc comment elles étaient? Elles ne
savaient rien de ma maladie, n'est-ce pas? Elles n'auraient pas dansé, pauvres petites! Oh! je ne veux plus
être malade. Elles ont encore trop besoin de moi. Leurs
fortunes sont compromises. Et à quels maris sont-elles
livrées! Guérissez-moi, guérissez-moi! (Oh! que je
souffre! Ah! ah! ah!) Voyez-vous, il faut me guérir,
parce qu'il leur faut de l'argent, et je sais où aller en
gagner. J'irai faire de l'amidon en aiguilles à Odessa. Je
suis un malin, je gagnerai des millions. (Oh! je souffre
trop!)

Goriot garda le silence pendant un moment, en paraissant faire tous ses efforts pour rassembler ses forces afin
de supporter la douleur.

— Si elles étaient là, je ne me plaindrais pas, dit-il.
Pourquoi donc me plaindre?

Un léger assoupissement survint et dura longtemps.
Christophe revint. Rastignac, qui croyait le père Goriot

endormi, laissa le garçon lui rendre compte à haute voix de sa mission.

— Monsieur, dit-il, je suis d'abord allé chez madame la comtesse, à laquelle il m'a été impossible de parler, elle était dans de grandes affaires avec son mari. Comme j'insistais, monsieur de Restaud est venu lui-même, et m'a dit comme ça : « Monsieur Goriot se meurt, eh bien! c'est ce qu'il a de mieux à faire. J'ai besoin de madame de Restaud pour terminer des affaires importantes, elle ira quand tout sera fini. » Il avait l'air en colère, ce monsieur-là. J'allais sortir, lorsque madame est entrée dans l'antichambre par une porte que je ne voyais pas, et m'a dit : « Christophe, dis à mon père que je suis en discussion avec mon mari, je ne puis pas le quitter; il s'agit de la vie ou de la mort de mes enfants; mais aussitôt que tout sera fini, j'irai. » Quant à madame la baronne, autre histoire! je ne l'ai point vue, et je n'ai pas pu lui parler. « Ah! me dit la femme de chambre, madame est rentrée du bal à cinq heures un quart, elle dort; si je l'éveille avant midi, elle me grondera. Je lui dirai que son père va plus mal quand elle me sonnera. Pour une mauvaise nouvelle, il est toujours temps de la lui dire. » J'ai eu beau prier! Ah ouin! J'ai demandé à parler à monsieur le baron, il était sorti.

— Aucune de ses filles ne viendrait! s'écria Rastignac. Je vais écrire à toutes deux.

— Aucune, répondit le vieillard en se dressant sur son séant. Elles ont des affaires, elles dorment, elles ne viendront pas. Je le savais. Il faut mourir pour savoir ce que c'est que des enfants. Ah! mon ami, ne vous mariez pas, n'ayez pas d'enfants! Vous leur donnez la vie, ils vous donnent la mort. Vous les faites entrer dans le monde, ils vous en chassent. Non, elles ne viendront pas! Je sais cela depuis dix ans. Je me le disais quelquefois, mais je n'osais pas y croire.

Une larme roula dans chacun de ses yeux, sur la bordure rouge, sans en tomber.

— Ah! si j'étais riche, si j'avais gardé ma fortune, si je ne la leur avais pas donnée, elles seraient là, elles me lècheraient les joues de leurs baisers! je demeurerais dans un hôtel, j'aurais de belles chambres, des domestiques, du feu à moi; et elles seraient tout en larmes, avec leurs maris, leurs enfants. J'aurais tout cela. Mais rien. L'argent donne tout, même des filles. Oh! mon argent, où est-il? Si j'avais des trésors à laisser, elles me panseraient,

elles me soigneraient; je les entendrais, je les verrais. Ah!
mon cher enfant, mon seul enfant, j'aime mieux mon
abandon et ma misère! Au moins, quand un malheureux
est aimé, il est bien sûr qu'on l'aime. Non, je voudrais être
riche, je les verrais. Ma foi, qui sait? Elles ont toutes les
deux des cœurs de roche. J'avais trop d'amour pour elles
pour qu'elles en eussent pour moi. Un père doit être
toujours riche, il doit tenir ses enfants en bride comme des
chevaux sournois. Et j'étais à genoux devant elles. Les
misérables! elles couronnent dignement leur conduite
envers moi depuis dix ans. Si vous saviez comme elles
étaient aux petits soins pour moi dans les premiers temps
de leur mariage! (Oh! je souffre un cruel martyr!) Je
venais de leur donner à chacune près de huit cent mille
francs, elles ne pouvaient pas, ni leurs maris non plus, être
rudes avec moi. L'on me recevait: « Mon père, par-ci; mon
cher père, par-là ». Mon couvert était toujours mis chez
elles. Enfin je dînais avec leurs maris, qui me traitaient
avec considération. J'avais l'air d'avoir encore quelque
chose. Pourquoi ça? Je n'avais rien dit de mes affaires.
Un homme qui donne huit cent mille francs à ses deux
filles était un homme à soigner. Et l'on était aux petits
soins, mais c'était pour mon argent. Le monde n'est pas
beau. J'ai vu cela, moi! L'on me menait en voiture au
spectacle, et je restais comme je voulais aux soirées. Enfin
elles se disaient mes filles, et elles m'avouaient pour leur
père. J'ai encore ma finesse, allez, et rien ne m'est échappé.
Tout a été à son adresse et m'a percé le cœur. Je voyais
bien que c'était des frimes; mais le mal était sans remède.
Je n'étais pas chez elles aussi à l'aise qu'à la table d'en bas.
Je ne savais rien dire. Aussi quand quelques-uns de ces
gens du monde demandaient à l'oreille de mes gendres:
— Qui est-ce que ce monsieur-là? — C'est le père aux
écus, il est riche. — Ah, diable! disait-on, et l'on me
regardait avec le respect dû aux écus. Mais si je les gênais
quelquefois un peu, je rachetais bien mes défauts! D'ailleurs, qui donc est parfait? (Ma tête est une plaie!) Je
souffre en ce moment ce qu'il faut souffrir pour mourir,
mon cher monsieur Eugène, eh bien! ce n'est rien en
comparaison de la douleur que m'a causée le premier
regard par lequel Anastasie m'a fait comprendre que je
venais de dire une bêtise qui l'humiliait: son regard m'a
ouvert toutes les veines. J'aurais voulu tout savoir, mais
ce que j'ai bien su, c'est que j'étais de trop sur terre. Le
lendemain je suis allé chez Delphine pour me consoler,

et voilà que j'y fais une bêtise qui me l'a mise en colère.
J'en suis devenu comme fou. J'ai été huit jours ne
sachant plus ce que je devais faire. Je n'ai pas osé les aller
voir, de peur de leurs reproches. Et me voilà à la porte de
mes filles. O mon Dieu, puisque tu connais les misères,
les souffrances que j'ai endurées; puisque tu as compté
les coups de poignard que j'ai reçus, dans ce temps qui
m'a vieilli, changé, tué, blanchi, pourquoi me fais-tu donc
souffrir aujourd'hui ? J'ai bien expié le péché de les trop
aimer. Elles se sont bien vengées de mon affection, elles
m'ont tenaillé comme des bourreaux. Eh bien! les pères
sont si bêtes! je les aimais tant que j'y suis retourné
comme un joueur au jeu. Mes filles, c'était mon vice à
moi; elles étaient mes maîtresses, enfin tout! Elles avaient
toutes les deux besoin de quelque chose, de parures; les
femmes de chambre me le disaient, et je les donnais pour
être bien reçu! Mais elles m'ont fait tout de même quelques petites leçons sur ma manière d'être dans le monde.
Oh! elles n'ont pas attendu le lendemain. Elles commençaient à rougir de moi. Voilà ce que c'est que de bien
élever ses enfants. A mon âge je ne pouvais pourtant pas
aller à l'école. (Je souffre horriblement, mon Dieu! les
médecins! les médecins! Si l'on m'ouvrait la tête, je souffrirais moins.) Mes filles, mes filles, Anastasie, Delphine!
je veux les voir. Envoyez-les chercher par la gendarmerie, de force! la justice est pour moi, tout est pour moi,
la nature, le code civil. Je proteste. La patrie périra si les
pères sont foulés aux pieds. Cela est clair. La société, le
monde roulent sur la paternité, tout croule si les enfants
n'aiment pas leurs pères. Oh! les voir, les entendre, n'importe ce qu'elles me diront, pourvu que j'entende leur
voix, ça calmera mes douleurs, Delphine surtout. Mais
dites-leur, quand elles seront là, de ne pas me regarder
froidement comme elles font. Ah! mon bon ami, monsieur Eugène, vous ne savez pas ce que c'est que de trouver l'or du regard changé tout à coup en plomb gris.
Depuis le jour où leurs yeux n'ont plus rayonné sur moi,
j'ai toujours été en hiver ici; je n'ai plus eu que des chagrins à dévorer, et je les ai dévorés! J'ai vécu pour être
humilié, insulté. Je les aime tant, que j'avalais tous les
affronts par lesquels elles me vendaient une pauvre petite
jouissance honteuse. Un père se cacher pour voir ses
filles! Je leur ai donné ma vie, elles ne me donneront pas
une heure aujourd'hui! J'ai soif, j'ai faim, le cœur me
brûle, elles ne viendront pas rafraîchir mon agonie, car je

meurs, je le sens. Mais elles ne savent donc pas ce que
c'est que de marcher sur le cadavre de son père! Il y a
un Dieu dans les cieux, il nous venge malgré nous, nous
autres pères. Oh! elles viendront! Venez, mes chéries,
venez encore me baiser, un dernier baiser, le viatique de
votre père, qui priera Dieu pour vous, qui lui dira que
vous avez été de bonnes filles, qui plaidera pour vous!
Après tout, vous êtes innocentes. Elles sont innocentes,
mon ami! Dites-le bien à tout le monde, qu'on ne les
inquiète pas à mon sujet. Tout est de ma faute, je les ai
habituées à me fouler aux pieds. J'aimais cela, moi. Ça
ne regarde personne, ni la justice humaine, ni la justice
divine. Dieu serait injuste s'il les condamnait à cause de
moi. Je n'ai pas su me conduire, j'ai fait la bêtise d'abdiquer mes droits. Je me serais avili pour elles! Que voulez-vous! le plus beau naturel, les meilleures âmes
auraient succombé à la corruption de cette facilité paternelle. Je suis un misérable, je suis justement puni. Moi
seul ai causé les désordres de mes filles, je les ai gâtées.
Elles veulent aujourd'hui le plaisir, comme elles voulaient autrefois du bonbon. Je leur ai toujours permis de
satisfaire leurs fantaisies de jeunes filles. A quinze ans,
elles avaient voiture! Rien ne leur a résisté. Moi seul suis
coupable, mais coupable par amour. Leur voix m'ouvrait le cœur. Je les entends, elles viennent. Oh! oui, elles
viendront. La loi veut qu'on vienne voir mourir son père,
la loi est pour moi. Puis ça ne coûtera qu'une course. Je
la paierai. Ecrivez-leur que j'ai des millions à leur laisser!
Parole d'honneur. J'irai faire des pâtes d'Italie à Odessa.
Je connais la manière. Il y a, dans mon projet, des millions à gagner. Personne n'y a pensé. Ça ne se gâtera point
dans le transport comme le blé ou comme la farine. Eh,
eh, l'amidon? il y aura là des millions! Vous ne men-
tirez pas, dites-leur des millions, et quand même elles
viendraient par avarice, j'aime mieux être trompé, je les
verrai. Je veux mes filles! je les ai faites! elles sont à moi!
dit-il en se dressant sur son séant, en montrant à Eugène
une tête dont les cheveux blancs étaient épars et qui
menaçait par tout ce qui pouvait exprimer la menace.

— Allons, lui dit Eugène, recouchez-vous, mon bon
père Goriot, je vais leur écrire. Aussitôt que Bianchon
sera de retour, j'irai si elles ne viennent pas.

— Si elles ne viennent pas? répéta le vieillard en san-
glotant. Mais je serai mort, mort dans un accès de rage,
de rage! La rage me gagne! En ce moment, je vois ma

vie entière. Je suis dupe! elles ne m'aiment pas, elles ne m'ont jamais aimé! cela est clair. Si elles ne sont pas venues, elles ne viendront pas. Plus elles auront tardé, moins elles se décideront à me faire cette joie. Je les connais. Elles n'ont jamais rien su deviner de mes chagrins, de mes douleurs, de mes besoins, elles ne devineront pas plus ma mort; elles ne sont seulement pas dans le secret de ma tendresse. Oui, je le vois, pour elles, l'habitude de m'ouvrir les entrailles a ôté du prix à tout ce que je faisais. Elles auraient demandé à me crever les yeux, je leur aurais dit : « Crevez-les! » Je suis trop bête. Elles croient que tous les pères sont comme le leur. Il faut toujours se faire valoir. Leurs enfants me vengeront. Mais c'est dans leur intérêt de venir ici. Prévenez-les donc qu'elles compromettent leur agonie. Elles commettent tous les crimes en un seul. Mais allez donc, dites-leur donc que, ne pas venir, c'est un parricide! Elles en ont assez commis sans ajouter celui-là. Criez donc comme moi : « Hé, Nasie! hé, Delphine! venez à votre père qui a été si bon pour vous et qui souffre! » Rien, personne. Mourrai-je donc comme un chien? Voilà ma récompense, l'abandon. Ce sont des infâmes, des scélérates; je les abomine, je les maudis; je me relèverai, la nuit, de mon cercueil pour les remaudire, car, enfin, mes amis, ai-je tort? elles se conduisent bien mal! hein? Qu'est-ce que je dis? Ne m'avez-vous pas averti que Delphine est là? C'est la meilleure des deux. Vous êtes mon fils, Eugène, vous! aimez-la, soyez un père pour elle. L'autre est bien malheureuse. Et leurs fortunes! Ah, mon Dieu! J'expire, je souffre un peu trop! Coupez-moi la tête, laissez-moi seulement le cœur.

— Christophe, allez chercher Bianchon, s'écria Eugène épouvanté du caractère que prenaient les plaintes et les cris du vieillard, et ramenez-moi un cabriolet.

— Je vais aller chercher vos filles, mon bon père Goriot, je vous les ramènerai.

— De force, de force! Demandez la garde, la ligne, tout! tout, dit-il en jetant à Eugène un dernier regard où brilla la raison. Dites au gouvernement, au procureur du roi, qu'on me les amène, je le veux!

— Mais vous les avez maudites.

— Qui est-ce qui a dit cela? répondit le vieillard stupéfait. Vous savez bien que je les aime, je les adore! Je suis guéri si je les vois... Allez, mon bon voisin, mon cher enfant, allez, vous êtes bon, vous; je voudrais vous

remercier, mais je n'ai rien à vous donner que les béné-
dictions d'un mourant. Ah! je voudrais au moins voir Delphine pour lui dire de m'acquitter envers vous. Si l'autre
ne peut pas, amenez-moi celle-là. Dites-lui que vous ne
l'aimerez plus si elle ne veut pas venir. Elle vous aime
tant qu'elle viendra. A boire, les entrailles me brûlent!
Mettez-moi quelque chose sur la tête. La main de mes
filles, ça me sauverait, je le sens... Mon Dieu! qui refera
leurs fortunes si je m'en vais? Je veux aller à Odessa
pour elles, à Odessa, y faire des pâtes.

— Buvez ceci, dit Eugène en soulevant le moribond
et le prenant dans son bras gauche tandis que de l'autre
il tenait une tasse pleine de tisane.

— Vous devez aimer votre père et votre mère, vous!
dit le vieillard en serrant de ses mains défaillantes la main
d'Eugène. Comprenez-vous que je vais mourir sans les
voir, mes filles? Avoir soif toujours, et ne jamais boire,
voilà comment j'ai vécu depuis dix ans... Mes deux gendres ont tué mes filles. Oui, je n'ai plus eu de filles après
qu'elles ont été mariées. Pères, dites aux Chambres de
faire une loi sur le mariage! Enfin, ne mariez pas vos
filles si vous les aimez. Le gendre est un scélérat qui gâte
tout chez une fille, il souille tout. Plus de mariages! C'est
ce qui nous enlève nos filles, et nous ne les avons plus
quand nous mourons. Faites une loi sur la mort des
pères. C'est épouvantable, ceci! Vengeance! Ce sont mes
gendres qui les empêchent de venir. Tuez-les! A mort
le Restaud, à mort l'Alsacien, ils sont mes assassins! La
mort ou mes filles! Ah! c'est fini, je meurs sans elles!
Elles! Nasie, Fifine, allons, venez donc! Votre papa
sort...

— Mon bon père Goriot, calmez-vous, voyons, restez tranquille, ne vous agitez pas, ne pensez pas.

— Ne pas les voir, voilà l'agonie!

— Vous allez les voir.

— Vrai! cria le vieillard égaré. Oh! les voir! je vais
les voir, entendre leur voix. Je mourrai heureux. Eh bien!
oui, je ne demande plus à vivre, je n'y tenais plus, les
peines allaient croissant. Mais les voir, toucher leurs
robes, ah! rien que leurs robes, c'est bien peu; mais que
je sente quelque chose d'elles! Faites-moi prendre les
cheveux... veux...

Il tomba la tête sur l'oreiller comme s'il recevait un
coup de massue. Ses mains s'agitèrent sur la couverture
comme pour prendre les cheveux de ses filles.

— Je les bénis, dit-il en faisant un effort, bénis.

Il s'affaissa tout à coup. En ce moment Bianchon entra.

— J'ai rencontré Christophe, dit-il, il va t'amener une voiture. Puis il regarda le malade, lui souleva de force les paupières, et les deux étudiants lui virent un œil sans chaleur et terne. — Il n'en reviendra pas, dit Bianchon, je ne crois pas. Il prit le pouls, le tâta, mit la main sur le cœur du bonhomme.

— La machine va toujours; mais, dans sa position, c'est un malheur, il vaudrait mieux qu'il mourût!

— Ma foi, oui, dit Rastignac.

··· Qu'as-tu donc? tu es pâle comme la mort.

— Mon ami, je viens d'entendre des cris et des plaintes. Il y a un Dieu! Oh! oui! il y a un Dieu, et il nous a fait un monde meilleur, ou notre terre est un non-sens. Si ce n'avait pas été si tragique, je fondrais en larmes, mais j'ai le cœur et l'estomac horriblement serrés.

— Dis donc, il va falloir bien des choses; où prendre de l'argent?

Rastignac tira sa montre.

— Tiens, mets-la vite en gage. Je ne veux pas m'arrêter en route, car j'ai peur de perdre une minute, et j'attends Christophe. Je n'ai pas un liard, il faudra payer mon cocher au retour.

Rastignac se précipita dans l'escalier, et partit pour aller rue du Helder chez madame de Restaud. Pendant le chemin, son imagination, frappée de l'horrible spectacle dont il avait été témoin, échauffa son indignation. Quand il arriva dans l'antichambre et qu'il demanda madame de Restaud, on lui répondit qu'elle n'était pas visible.

— Mais, dit-il au valet de chambre, je viens de la part de son père qui se meurt.

— Monsieur, nous avons de monsieur le comte les ordres les plus sévères.

— Si monsieur de Restaud y est, dites-lui dans quelle circonstance se trouve son beau-père et prévenez-le qu'il faut que je lui parle à l'instant même.

Eugène attendit pendant longtemps.

— Il se meurt peut-être en ce moment, pensait-il.

Le valet de chambre l'introduisit dans le premier salon où monsieur de Restaud reçut l'étudiant debout, sans le faire asseoir, devant une cheminée où il n'y avait pas de feu.

— Monsieur le comte, lui dit Rastignac, monsieur votre beau-père expire en ce moment dans un bouge infâme, sans un liard pour avoir du bois; il est exactement à la mort et demande à voir sa fille...

— Monsieur, lui répondit avec froideur le comte de Restaud, vous avez pu vous apercevoir que j'ai fort peu de tendresse pour monsieur Goriot. Il a compromis son caractère avec madame de Restaud, il a fait le malheur de ma vie, je vois en lui l'ennemi de mon repos. Qu'il meure, qu'il vive, tout m'est parfaitement indifférent. Voilà quels sont mes sentiments à son égard. Le monde pourra me blâmer, je méprise l'opinion. J'ai maintenant des choses plus importantes à accomplir qu'à m'occuper de ce que penseront de moi des sots ou des indifférents. Quant à madame de Restaud, elle est hors d'état de sortir. D'ailleurs, je ne veux pas qu'elle quitte sa maison. Dites à son père qu'aussitôt qu'elle aura rempli ses devoirs envers moi, envers mon enfant, elle ira le voir. Si elle aime son père, elle peut être libre dans quelques instants...

— Monsieur le comte, il ne m'appartient pas de juger de votre conduite, vous êtes le maître de votre femme; mais je puis compter sur votre loyauté? eh bien! promettez-moi seulement de lui dire que son père n'a pas un jour à vivre, et l'a déjà maudite en ne la voyant pas à son chevet!

— Dites-le-lui vous-même, répondit monsieur de Restaud frappé des sentiments d'indignation que trahissait l'accent d'Eugène.

Rastignac entra, conduit par le comte, dans le salon où se tenait habituellement la comtesse : il la trouva noyée de larmes, et plongée dans une bergère comme une femme qui voulait mourir. Elle lui fit pitié. Avant de regarder Rastignac, elle jeta sur son mari de craintifs regards qui annonçaient une prostration complète de ses forces écrasées par une tyrannie morale et physique. Le comte hocha la tête, elle se crut encouragée à parler.

— Monsieur, j'ai tout entendu. Dites à mon père que s'il connaissait la situation dans laquelle je suis, il me pardonnerait. Je ne comptais pas sur ce supplice, il est au-dessus de mes forces, monsieur, mais je résisterai jusqu'au bout, dit-elle à son mari. Je suis mère. Dites à mon père que je suis irréprochable envers lui, malgré les apparences, cria-t-elle avec désespoir à l'étudiant.

Eugène salua les deux époux, en devinant l'horrible

crise dans laquelle était la femme, et se retira stupéfait.
Le ton de monsieur de Restaud lui avait démontré l'inutilité de sa démarche, et il comprit qu'Anastasie n'était
plus libre. Il courut chez madame de Nucingen, et la
trouva dans son lit.

— Je suis souffrante, mon pauvre ami, lui dit-elle.
J'ai pris froid en sortant du bal, j'ai peur d'avoir une
fluxion de poitrine, j'attends le médecin...

— Eussiez-vous la mort sur les lèvres, lui dit Eugène
en l'interrompant, il faut vous traîner auprès de votre
père. Il vous appelle! si vous pouviez entendre le plus
léger de ses cris, vous ne vous sentiriez point malade.

— Eugène, mon père n'est peut-être pas aussi malade
que vous le dites; mais je serais au désespoir d'avoir le
moindre tort à vos yeux, et je me conduirai comme vous
le voudrez. Lui, je le sais, il mourrait de chagrin si ma
maladie devenait mortelle par suite de cette sortie. Eh
bien! j'irai dès que mon médecin sera venu. Ah! pourquoi n'avez-vous plus votre montre? dit-elle en ne voyant
plus la chaîne. Eugène rougit. Eugène! Eugène, si vous
l'aviez déjà vendue, perdue... oh! cela serait bien mal.

L'étudiant se pencha sur le lit de Delphine, et lui dit
à l'oreille : — Vous voulez le savoir? eh bien! sachez-le!
Votre père n'a pas de quoi s'acheter le linceul dans lequel
on le mettra ce soir. Votre montre est en gage, je n'avais
plus rien.

Delphine sauta tout à coup hors de son lit, courut à son
secrétaire, y prit sa bourse, la tendit à Rastignac. Elle
sonna et s'écria : « J'y vais, j'y vais, Eugène. Laissez-moi
m'habiller; mais je serais un monstre! Allez, j'arriverai
avant vous! Thérèse, cria-t-elle à sa femme de chambre,
dites à monsieur de Nucingen de monter me parler à
l'instant même. »

Eugène, heureux de pouvoir annoncer au moribond la
présence d'une de ses filles, arriva presque joyeux rue
Neuve-Sainte-Geneviève. Il fouilla dans la bourse pour
pouvoir payer immédiatement son cocher. La bourse de
cette jeune femme, si riche, si élégante, contenait soixante-dix francs. Parvenu en haut de l'escalier, il trouva
le père Goriot maintenu par Bianchon, et opéré par le
chirurgien de l'hôpital, sous les yeux du médecin. On lui
brûlait le dos avec des moxas, dernier remède de la science,
remède inutile.

— Les sentez-vous? demandait le médecin.

Le père Goriot, ayant entrevu l'étudiant, répondit :

— Elles viennent, n'est-ce pas ?

— Il peut s'en tirer, dit le chirurgien, il parle.

— Oui, répondit Eugène, Delphine me suit.

— Allons! dit Bianchon, il parlait de ses filles, après lesquelles il crie comme un homme sur le pal crie, dit-on, après l'eau.

— Cessez, dit le médecin au chirurgien, il n'y a plus rien à faire, on ne le sauvera pas.

Bianchon et le chirurgien replacèrent le mourant à plat sur son grabat infect.

— Il faudrait cependant le changer de linge, dit le médecin. Quoiqu'il n'y ait aucun espoir, il faut respecter en lui la nature humaine. Je reviendrai, Bianchon, dit-il à l'étudiant. S'il se plaignait encore, mettez-lui de l'opium sur le diaphragme.

Le chirurgien et le médecin sortirent.

— Allons, Eugène, du courage, mon fils! dit Bianchon à Rastignac quand ils furent seuls, il s'agit de lui mettre une chemise blanche et de changer son lit. Va dire à Sylvie de monter des draps et de venir nous aider.

Eugène descendit et trouva madame Vauquer occupée à mettre le couvert avec Sylvie. Aux premiers mots que lui dit Rastignac, la veuve vint à lui, en prenant l'air aigrement doucereux d'une marchande soupçonneuse qui ne voudrait ni perdre son argent, ni fâcher le consommateur.

— Mon cher monsieur Eugène, répondit-elle, vous savez tout comme moi que le père Goriot n'a plus le sou. Donner des draps à un homme en train de tortiller de l'œil, c'est les perdre, d'autant qu'il faudra bien en sacrifier un pour le linceul. Ainsi, vous me devez déjà cent quarante-quatre francs, mettez quarante francs de draps, et quelques autres petites choses, la chandelle que Sylvie vous donnera, tout cela fait au moins deux cents francs, qu'une pauvre veuve comme moi n'est pas en état de perdre. Dame! soyez juste, monsieur Eugène, j'ai bien assez perdu depuis cinq jours que le guignon s'est logé chez moi. J'aurais donné dix écus pour que ce bonhomme-là fût parti ces jours-ci, comme vous le disiez. Ça frappe mes pensionnaires. Pour un rien, je le ferais porter à l'hôpital. Enfin, mettez-vous à ma place. Mon établissement avant tout, c'est ma vie, à moi.

Eugène remonta rapidement chez le père Goriot.

— Bianchon, l'argent de la montre ?

— Il est là sur la table, il en reste trois cent soixante

et quelques francs. J'ai payé sur ce qu'on m'a donné tout
ce que nous devions. La reconnaissance du Mont-de-
Piété est sous l'argent.

— Tenez, madame, dit Rastignac après avoir dégrin-
golé l'escalier avec horreur, soldez nos comptes. Monsieur Goriot n'a pas longtemps à rester chez vous, et
moi...

— Oui, il en sortira les pieds en avant, pauvre bonhomme, dit-elle en comptant deux cents francs, d'un air
moitié gai, moitié mélancolique.

— Finissons, dit Rastignac.

— Sylvie, donnez les draps, et allez aider ces messieurs, là-haut.

— Vous n'oublierez pas Sylvie, dit madame Vauquer
à l'oreille d'Eugène, voilà deux nuits qu'elle veille.

Dès qu'Eugène eut le dos tourné, la vieille courut à sa
cuisinière : — Prends les draps retournés, numéro sept.
Par Dieu, c'est toujours assez bon pour un mort, lui
dit-elle à l'oreille.

Eugène, qui avait déjà monté quelques marches de
l'escalier, n'entendit pas les paroles de la vieille hôtesse.

— Allons, lui dit Bianchon, passons-lui sa chemise.
Tiens-le droit.

Eugène se mit à la tête du lit et soutint le moribond,
auquel Bianchon enleva sa chemise, et le bonhomme
fit un geste comme pour garder quelque chose sur sa
poitrine, et poussa des cris plaintifs et inarticulés, à la
manière des animaux qui ont une grande douleur à
exprimer.

— Oh! oh! dit Bianchon, il veut une petite chaîne de
cheveux et un petit médaillon que nous lui avons ôtés
tout à l'heure pour lui poser ses moxas. Pauvre homme!
il faut la lui remettre. Elle est sur la cheminée.

Eugène alla prendre une chaîne tressée avec des cheveux blond cendré, sans doute ceux de madame Goriot.
Il lut d'un côté du médaillon : Anastasie, et de l'autre :
Delphine. Image de son cœur qui reposait toujours sur
son cœur. Les boucles contenues étaient d'une telle
finesse qu'elles devaient avoir été prises pendant la première enfance des deux filles. Lorsque le médaillon tou-
cha sa poitrine, le vieillard fit un *ban* prolongé qui annonçait une satisfaction effrayante à voir. C'était un des derniers retentissements de sa sensibilité, qui semblait se
retirer au centre inconnu d'où partent et où s'adressent
nos sympathies. Son visage convulsé prit une expression

de joie maladive. Les deux étudiants, frappés de ce terrible éclat d'une force de sentiment qui survivait à la
pensée, laissèrent tomber chacun des larmes chaudes sur
le moribond qui jeta un cri de plaisir aigu.

— Nasie! Fifine! dit-il.

— Il vit encore, dit Bianchon.

— A quoi ça lui sert-il ? dit Sylvie

— A souffrir, répondit Rastignac.

Après avoir fait à son camarade un signe pour lui dire
de l'imiter, Bianchon s'agenouilla pour passer ses bras
sous les jarrets du malade, pendant que Rastignac en
faisait autant de l'autre côté du lit afin de passer les mains
sous le dos. Sylvie était là, prête à retirer les draps quand
le moribond serait soulevé, afin de les remplacer par ceux
qu'elle apportait. Trompé sans doute par les larmes,
Goriot usa ses dernières forces pour étendre les mains,
rencontra de chaque côté de son lit les têtes des étudiants,
les saisit violemment par les cheveux, et l'on entendit
faiblement : « Ah! mes anges! » Deux mots, deux mur-
mures accentués par l'âme qui s'envola sur cette parole.

— Pauvre cher homme, dit Sylvie attendrie de cette
exclamation où se peignit un sentiment suprême que le
plus horrible, le plus involontaire des mensonges exal-
tait une dernière fois.

Le dernier soupir de ce père devait être un soupir de
joie. Ce soupir fut l'expression de toute sa vie, il se
trompait encore. Le père Goriot fut pieusement replacé
sur son grabat. A compter de ce moment, sa physionomie
garda la douloureuse empreinte du combat qui se livrait
entre la mort et la vie dans une machine qui n'avait plus
cette espèce de conscience cérébrale d'où résulte le sentiment du plaisir et de la douleur pour l'être humain.
Ce n'était plus qu'une question de temps pour la des-
truction.

— Il va rester ainsi quelques heures, et mourra sans
que l'on s'en aperçoive, il ne râlera même pas. Le cerveau
doit être complètement envahi.

En ce moment on entendit dans l'escalier un pas de
jeune femme haletante.

— Elle arrive trop tard, dit Rastignac.

Ce n'était pas Delphine, mais Thérèse, sa femme de
chambre.

— Monsieur Eugène, dit-elle, il s'est élevé une scène
violente entre monsieur et madame, à propos de l'argent
que cette pauvre madame demandait pour son père. Elle

s'est évanouie, le médecin est venu, il a fallu la saigner, elle criait : « Mon père se meurt, je veux voir papa! » Enfin, des cris à fendre l'âme.

— Assez, Thérèse. Elle viendrait que maintenant ce serait superflu, monsieur Goriot n'a plus de connaissance.

— Pauvre cher monsieur, est-il mal comme ça! dit Thérèse.

— Vous n'avez plus besoin de moi, faut que j'aille à mon dîner, il est quatre heures et demie, dit Sylvie qui faillit se heurter sur le haut de l'escalier avec madame de Restaud.

Ce fut une apparition grave et terrible que celle de la comtesse. Elle regarda le lit de mort, mal éclairé par une seule chandelle, et versa des pleurs en apercevant le masque de son père où palpitaient encore les derniers tressaillements de la vie. Bianchon se retira par discrétion.

— Je ne me suis pas échappée assez tôt, dit la comtesse à Rastignac.

L'étudiant fit un signe de tête affirmatif plein de tristesse. Madame de Restaud prit la main de son père, la baisa.

— Pardonnez-moi, mon père! Vous disiez que ma voix vous rappellerait de la tombe; eh bien, revenez un moment à la vie pour bénir votre fille repentante. Entendez-moi. Ceci est affreux! votre bénédiction est la seule que je puisse recevoir ici-bas désormais. Tout le monde me hait, vous seul m'aimez. Mes enfants eux-mêmes me haïront. Emmenez-moi avec vous, je vous aimerai, je vous soignerai. Il n'entend plus, je suis folle. Elle tomba sur ses genoux, et contempla ce débris avec une expression de délire. Rien ne manque à mon malheur, dit-elle en regardant Eugène. Monsieur de Trailles est parti, laissant ici des dettes énormes, et j'ai su qu'il me trompait. Mon mari ne me pardonnera jamais, et je l'ai laissé le maître de ma fortune. J'ai perdu toutes mes illusions. Hélas! pour qui ai-je trahi le seul cœur (elle montra son père) où j'étais adorée! Je l'ai méconnu, je l'ai repoussé, je lui ai fait mille maux, infâme que je suis!

— Il le savait, dit Rastignac.

En ce moment le père Goriot ouvrit les yeux, mais par l'effet d'une convulsion. Le geste qui révélait l'espoir de la comtesse ne fut pas moins horrible à voir que l'œil du mourant.

— M'entendrait-il? cria la comtesse. Non, se dit-elle en s'asseyant auprès de lui.

Madame de Restaud ayant manifesté le désir de garder son père, Eugène descendit pour prendre un peu de nourriture. Les pensionnaires étaient déjà réunis.

— Eh bien, lui dit le peintre, il paraît que nous allons avoir un petit mortorama là-haut ?

— Charles, lui dit Eugène, il me semble que vous devriez plaisanter sur quelque sujet moins lugubre.

— Nous ne pourrons donc plus rire ici ? reprit le peintre. Qu'est-ce que cela fait, puisque Bianchon dit que le bonhomme n'a plus sa connaissance ?

— Eh bien ! reprit l'employé du Muséum, il sera mort comme il a vécu.

— Mon père est mort ! cria la comtesse.

A ce cri terrible, Sylvie, Rastignac et Bianchon montèrent, et trouvèrent madame de Restaud évanouie. Après l'avoir fait revenir à elle, ils la transportèrent dans le fiacre qui l'attendait. Eugène la confia aux soins de Thérèse, lui ordonnant de la conduire chez madame de Nucingen.

— Oh ! il est bien mort, dit Bianchon en descendant.

— Allons, messieurs, à table, dit madame Vauquer, la soupe va se refroidir.

Les deux étudiants se mirent à côté l'un de l'autre.

— Que faut-il faire maintenant ? dit Eugène à Bianchon.

— Mais je lui ai fermé les yeux, et je l'ai convenablement disposé. Quand le médecin de la mairie aura constaté le décès que nous irons déclarer, on le coudra dans un linceul, et on l'enterrera. Que veux-tu qu'il devienne ?

— Il ne flairera plus son pain comme ça, dit un pensionnaire en imitant la grimace du bonhomme.

— Sacrebleu, messieurs, dit le répétiteur, laissez donc le père Goriot, et ne nous en faites plus manger, car on l'a mis à toute sauce depuis une heure. Un des privilèges de la bonne ville de Paris, c'est qu'on peut y naître, y vivre, y mourir sans que personne fasse attention à vous. Profitons donc des avantages de la civilisation. Il y a soixante morts aujourd'hui, voulez-vous nous apitoyer sur les hécatombes parisiennes ? Que le père Goriot soit crevé, tant mieux pour lui ! Si vous l'adorez, allez le garder, et laissez-nous manger tranquillement, nous autres.

— Oh ! oui, dit la veuve, tant mieux pour lui qu'il soit mort ! Il paraît que le pauvre homme avait bien du désagrément sa vie durant.

Ce fut la seule oraison funèbre d'un être qui, pour Eugène, représentait la Paternité. Les quinze pensionnaires se mirent à causer comme à l'ordinaire. Lorsque Eugène et Bianchon eurent mangé, le bruit des fourchettes et des cuillers, les rires de la conversation, les diverses expressions de ces figures gloutonnes et indifférentes, leur insouciance, tout les glaça d'horreur. Ils sortirent pour aller chercher un prêtre qui veillât et priât pendant la nuit près du mort. Il leur fallut mesurer les derniers devoirs à rendre au bonhomme sur le peu d'argent dont ils pourraient disposer. Vers neuf heures du soir, le corps fut placé sur un fond sanglé, entre deux chandelles, dans cette chambre nue, et un prêtre vint s'asseoir auprès de lui. Avant de se coucher, Rastignac, ayant demandé des renseignements à l'ecclésiastique sur le prix du service à faire et sur celui des convois, écrivit un mot au baron de Nucingen et au comte de Restaud en les priant d'envoyer leurs gens d'affaires afin de pourvoir à tous les frais de l'enterrement. Il leur dépêcha Christophe, puis il se coucha et s'endormit accablé de fatigue. Le lendemain matin, Bianchon et Rastignac furent obligés d'aller déclarer eux-mêmes le décès, qui vers midi fut constaté. Deux heures après, aucun des deux gendres n'avait envoyé d'argent, personne ne s'était présenté en leur nom, et Rastignac avait été forcé déjà de payer les frais du prêtre. Sylvie ayant demandé dix francs pour ensevelir le bonhomme et le coudre dans un linceul, Eugène et Bianchon calculèrent que, si les parents du mort ne voulaient se mêler de rien, ils auraient à peine de quoi pourvoir aux frais. L'étudiant en médecine se chargea donc de mettre lui-même le cadavre dans une bière de pauvre qu'il fit apporter de son hôpital, où il l'eut à meilleur marché.

— Fais une farce à ces drôles-là, dit-il à Eugène. Va acheter un terrain, pour cinq ans, au Père-Lachaise, et commande un service de troisième classe à l'église et aux Pompes Funèbres. Si les gendres et les filles se refusent à te rembourser, tu feras graver sur la tombe : « Ci-gît monsieur Goriot, père de la comtesse de Restaud et de la baronne de Nucingen, enterré aux frais de deux étudiants. »

Eugène ne suivit le conseil de son ami qu'après avoir été infructueusement chez monsieur et madame de Nucingen et chez monsieur et madame de Restaud. Il n'alla pas plus loin que la porte. Chacun des concierges avait des ordres sévères.

— Monsieur et madame, dirent-ils, ne reçoivent personne; leur père est mort, et ils sont plongés dans la plus vive douleur.

Eugène avait assez l'expérience du monde parisien pour savoir qu'il ne devait pas insister. Son cœur se serra étrangement quand il se vit dans l'impossibilité de parvenir jusqu'à Delphine.

« *Vendez une parure*, lui écrivit-il chez le concierge, *et que votre père soit décemment conduit à sa dernière demeure.* »

Il cacheta ce mot, et pria le concierge du baron de le remettre à Thérèse pour sa maîtresse; mais le concierge le remit au baron de Nucingen qui le jeta dans le feu. Après avoir fait toutes ses dispositions, Eugène revint vers trois heures à la pension bourgeoise, et ne put retenir une larme quand il aperçut à cette porte bâtarde la bière à peine couverte d'un drap noir, posée sur deux chaises dans cette rue déserte. Un mauvais goupillon, auquel personne n'avait encore touché, trempait dans un plat de cuivre argenté plein d'eau bénite. La porte n'était pas même tendue de noir. C'était la mort des pauvres, qui n'a ni faste, ni suivants, ni amis, ni parents. Bianchon, obligé d'être à son hôpital, avait écrit un mot à Rastignac pour lui rendre compte de ce qu'il avait fait avec l'église. L'interne lui mandait qu'une messe était hors de prix, qu'il fallait se contenter du service moins coûteux des vêpres, et qu'il avait envoyé Christophe avec un mot aux Pompes Funèbres. Au moment où Eugène achevait de lire le griffonnage de Bianchon, il vit entre les mains de madame Vauquer le médaillon à cercle d'or où étaient les cheveux des deux filles.

— Comment avez-vous osé prendre ça? lui dit-il.

— Pardi! fallait-il l'enterrer avec? répondit Sylvie, c'est en or.

— Certes! reprit Eugène avec indignation, qu'il emporte au moins avec lui la seule chose qui puisse représenter ses deux filles.

Quand le corbillard vint, Eugène fit remonter la bière, la décloua, et plaça religieusement sur la poitrine du bonhomme une image qui se rapportait à un temps où Delphine et Anastasie étaient jeunes, vierges et pures, et *ne raisonnaient pas*, comme il l'avait dit dans ses cris d'agonisant. Rastignac et Christophe accompagnèrent seuls, avec deux croque-morts, le char qui menait le pauvre homme à Saint-Étienne-du-Mont, église peu distante de la rue Neuve-Sainte-Geneviève. Arrivé là, le corps fut présenté à une petite chapelle basse et sombre, autour de laquelle l'étudiant chercha vainement les deux filles du père Goriot ou leurs maris. Il fut seul avec Christophe, qui se croyait obligé de rendre les derniers devoirs à un homme qui lui avait fait gagner quelques bons pourboires. En attendant les deux prêtres, l'enfant de chœur et le bedeau, Rastignac serra la main de Christophe, sans pouvoir prononcer une parole.

— Oui, monsieur Eugène, dit Christophe, c'était un brave et honnête homme, qui n'a jamais dit une parole plus haut que l'autre, qui ne nuisait à personne et n'a jamais fait de mal.

Les deux prêtres, l'enfant de chœur et le bedeau vinrent et donnèrent tout ce qu'on peut avoir pour soixante-dix francs dans une époque où la religion n'est pas assez riche pour prier gratis. Les gens du clergé chantèrent un psaume, le *Libera*, le *De profundis*. Le service dura vingt minutes. Il n'y avait qu'une seule voiture de deuil pour un prêtre et un enfant de chœur, qui consentirent à recevoir avec eux Eugène et Christophe.

— Il n'y a point de suite, dit le prêtre, nous pourrons aller vite, afin de ne pas nous attarder, il est cinq heures et demie.

Cependant, au moment où le corps fut placé dans le corbillard, deux voitures armoriées, mais vides, celle du comte de Restaud et celle du baron de Nucingen, se présentèrent et suivirent le convoi jusqu'au Père-Lachaise. A six heures, le corps du père Goriot fut descendu dans sa fosse, autour de laquelle étaient les gens de ses filles, qui disparurent avec le clergé aussitôt que fut dite la courte prière due au bonhomme pour l'argent de l'étudiant. Quand les deux fossoyeurs eurent jeté quelques pelletées de terre sur la bière pour le cacher, ils se relevèrent, et l'un d'eux, s'adressant à Rastignac, lui demanda leur pourboire. Eugène fouilla dans sa poche et n'y trouva rien, il fut forcé d'emprunter vingt sous à Christophe. Ce fait, si léger en lui-même, détermina chez Rastignac un accès d'horrible tristesse. Le jour tombait, un humide crépuscule agaçait les nerfs, il regarda la tombe et y ensevelit sa dernière larme de jeune homme, cette larme arrachée par les saintes émotions d'un cœur pur, une de ces larmes qui, de la terre où elles tombent, rejaillissent jusque dans les cieux. Il se croisa les bras, contempla les nuages, et, le voyant ainsi, Christophe le quitta.

Rastignac, resté seul, fit quelques pas vers le haut du

cimetière et vit Paris tortueusement couché le long des
deux rives de la Seine où commençaient à briller les
lumières. Ses yeux s'attachèrent presque avidement entre
la colonne de la place Vendôme et le dôme des Invalides,
là où vivait ce beau monde dans lequel il avait voulu
pénétrer. Il lança sur cette ruche bourdonnante un
regard qui semblait par avance en pomper le miel, et dit
ces mots grandioses : « A nous deux maintenant ! »

Et pour premier acte du défi qu'il portait à la Société,
Rastignac alla dîner chez madame de Nucingen.

Saché, septembre 1834.

TABLE DES MATIÈRES

GF — TEXTE INTÉGRAL — GF

1232. III. 1969 — Imp. Bussière, Saint-Amand (Cher)
N° d'édition 1577. — 4 trimestre 1968. — Printed in France.

GF — TEXTE INTÉGRAL — GF

2232-VIII-1990. — Imp. Bussière, St-Amand (Cher).
N° d'édition 12731. — 3e trimestre 1966. — Printed in France.